Månpocket

D0667787

En bra bok fastnar

En miljövänlig bok!

Pappret i denna bok är framställt av råvaror
som uteslutande kommer från miljöcertifierat
skandinaviskt skogsbruk. Det är baserat på
ren mekanisk trämassa. Inga ämnen som är
skadliga för miljön har använts vid tillverkningen.

Camilla Läckberg
PREDIKANTEN

Månpocket

Denna Månpocket är utgiven enligt överenskommelse med
Bokförlaget Forum AB, Stockholm

Omslag av Johan Petterson
Omslagsbild: Alan Martin / Acestock / Nordic Photos

© Camilla Läckberg 2004

Tryckt i Danmark hos Nørhaven Paperback A/S 2006

ISBN 91-7001-263-6

Till Micke

Dagen började lovande. Han vaknade tidigt, innan övriga familjen, och lyckades obemärkt smita ut efter att så ljudlöst som möjligt ha dragit på sig kläderna. Han lyckades också få med sig riddarhjälmen och träsvärdet som han lyckligt svingade medan han sprang de hundra meterna från huset bort till Kungsklyftans mynning. Han stannade till för ett ögonblick och tittade vördnadsfullt in i den branta skrevan mitt i berget. Det var två meter mellan bergssidorna som tornade upp sig ett tiotal meter mot himlen där sommarsolen precis hade börjat klättra. Tre stora stenblock hade för evigt blivit hängande mitt i bergsklyftan och utgjorde en imponerande syn. Platsen hade en magisk dragningskraft på en sexåring och det faktum att Kungsklyftan var förbjuden mark gjorde den inte mindre lockande.

Namnet hade den fått när Oscar II besökte Fjällbacka i slutet av 1800-talet, men det var inget han visste, eller brydde sig om, när han sakta smög sig in i skuggorna, med träsvärdet redo för anfall. Däremot hade hans pappa berättat att scenerna från Helvetesgapet i filmen om Ronja Rövardotter hade spelats in i Kungsklyftan, och när han själv såg filmen hade det kittlat lite extra i magen när han såg rövarhövdingen Mattis rida där igenom. Ibland lekte han rövare här, men i dag var han riddare. Riddare av runda bordet, som i den stora fina färgboken han fått i födelsedagspresent av mormor.

Han smög sig över de stora stenbumlingarna som täckte marken och gjorde sig redo att anfalla den stora, eldsprutande draken med sitt mod och sitt svärd. Sommarsolen nådde inte ner i klyftan, vilket gjorde den till ett kallt och mörkt ställe. Perfekt för drakar. Snart skulle han få blodet att spruta ur halsen på den, och efter en utdragen dödskamp skulle den falla död ner framför fötterna på honom.

Något i ögonvrån fångade hans uppmärksamhet. En bit rött tyg syntes bakom en stor sten och nyfikenheten tog överhand. Draken kunde vänta. Kanske dolde sig en skatt där. Han tog sats och hoppade upp på stenen och tittade ner på andra sidan. För ett ögonblick var han nära att trilla baklänges, men efter några sekunders vinglande och viftande med armarna återfann han balansen igen. Efteråt skulle han inte erkänna att han blev rädd, men just då, i det ögonblicket, hade han aldrig varit räddare i hela sitt sexåriga liv. En tant låg och lurpassade på honom. Hon låg på rygg och tittade rakt upp på honom, med stirrande ögon. Den första instinkten sa åt honom att fly, innan hon fick tag på honom och gissade att han lekte här fast han inte fick. Kanske skulle hon tvinga honom att tala om var han bodde, och släpa med honom hem till mamma och pappa som skulle bli så arga och fråga hur många gånger de sagt åt honom att han inte fick gå till Kungsklyftan utan någon vuxen i sällskap.

Men det konstiga var att tanten inte rörde på sig. Hon hade heller inga kläder på sig och för ett ögonblick blev han generad över att han stod och tittade på en naken tant. Det röda han hade sett var inte ett tygstycke utan en väska som låg precis intill henne, men han kunde inte se att det fanns några kläder någonstans. Konstigt, ligga här naken. Det var ju så kallt.

Sedan slogs han av den omöjliga tanken. Att tanten kanske var död! Han kunde inte komma på någon annan förklaring till varför hon låg så stilla. Insikten fick honom att hoppa ner från stenen och sakta backa mot klyftans mynning. Efter att ha lagt ett par meter mellan sig och den döda tanten vände han sig om och sprang hem så fort han kunde. Han brydde sig inte längre om ifall han skulle få skäll.

Svetten fick lakanen att klibba mot hennes kropp. Erica vände sig av och an i sängen, men det var omöjligt att hitta en bekväm sovställning. Den ljusa sommarnatten gjorde det inte lättare att sova och för tusende gången gjorde hon en minnesanteckning om att köpa mörkläggningsgardiner och hänga upp, eller rättare sagt förmå Patrik att göra det.

Hans förnöjda snusande bredvid retade henne till vansinne. Hur hade han mage att ligga där och småsnarka när hon låg vaken natt efter natt? Det var hans bebis också. Borde inte han ligga sympativaken eller något? Hon petade lite på honom i hopp om att han skulle vakna. Inte en rörelse. Hon petade lite hårdare. Han grymtade till, drog täcket över sig och vände ryggen mot henne.

Suckande lade hon sig på rygg med armarna korslagda över bröstet och stirrade i taket. Magen välvde sig som en stor jordglob rätt upp i vädret och hon försökte se bebisen framför sig, simmande i vätska där inne i mörkret. Kanske med tummen i munnen. Fast allt var fortfarande för overkligt för att hon skulle få några bebisbilder i huvudet. Hon var i åttonde månaden men kunde fortfarande inte greppa att det fanns en bebis där inne. Nåja, det blev nog alltför verkligt inom en snar framtid. Erica slets mellan längtan och bävan. Det var svårt att se bortom förlossningen. Skulle hon vara ärlig var det just nu svårt att se bortom problemet att inte längre kunna sova på mage. Hon tittade på väckarklockans självlysande siffror. Fyra fyrtiotvå. Kanske skulle hon tända och ligga och läsa en stund istället?

Tre och en halv timme och en dålig deckare senare var hon precis på väg att vältra sig ur sängen när telefonen ringde gällt. Hon räckte vant luren till Patrik.

"Hallå, det är Patrik." Rösten var sluddrig av sömn.

"Ja, javisst, åh fan, ja, jag kan vara där inom en kvart. Då ses vi där." Han vände sig mot Erica. "Vi har fått ett larm. Jag måste sticka."

"Men du har ju semester. Kan inte någon av de andra ta det?" Hon hörde att rösten lät gnällig, men en natts vakande gjorde inte mycket för humöret.

"Det är ett mord. Mellberg ville att jag skulle komma med. Han åker också ut."

"Ett mord? Var då?"

"Här i Fjällbacka. En liten kille hittade en död kvinna i Kungsklyftan i morse."

Patrik klädde sig raskt, vilket underlättades av att det var i mitten av juli och bara lätta sommarkläder behövdes. Innan han rusade ut genom dörren klev han upp i sängen och pussade Erica på magen, någonstans i trakten av där hon svagt ville minnas att hon tidigare haft en navel.

"Hej då, bebben. Var snäll mot mamma nu, så är jag snart hemma igen."

Han kysste henne hastigt på kinden och skyndade iväg. Suckande hasade Erica sig ur sängen och satte på sig ett av de tält till kläder som för närvarande var det enda hon hade att välja mellan. Trots bättre vetande hade hon läst mängder av bebisböcker och enligt hennes mening borde alla de människor som skrev om graviditetens fröjdefulla tillvaro tas ut på ett torg och pryglas. Ingen sömn, ledvärk, bristningar, hemorrojder, svettningar och hormonrubbningar i största allmänhet, det låg närmare verkligheten. Och inte fan glödde hon som av någon inre glöd. Muttrande tog hon sig sakta nerför trappan i jakt på dagens första kopp kaffe. Förhoppningsvis skulle den få dimmorna att lätta.

När Patrik anlände rådde redan febril aktivitet. Kungsklyftans mynning hade spärrats av med gul tejp och han räknade till tre polisbilar och en ambulans. Den tekniska personalen från Uddevalla var redan igång med sitt arbete och han visste bättre än att kliva rätt in på brottsplatsen. Det var nybörjarmisstag, vilket inte hindrade hans chef, kommissarie Mellberg, från att stolpa runt bland kriminalteknikerna. Förtvivlat tittade de på hans skor och kläder som i just det ögonblicket överförde tusentals fibrer och partiklar till deras ömtåliga arbetsplats. När Patrik stannade utanför tejpen och vinkade åt Mellberg tog han sig till deras stora lättnad därifrån och klev över avspärrningen.

"Tjena, Hedström."

Rösten var hjärtlig på gränsen till fröjdefull och Patrik ryckte till av förvåning. Ett ögonblick inbillade han sig att Mellberg var på väg att ge honom en kram, men tack och lov var det inte mer än en oroväckande känsla. Mannen såg som förvandlad ut! Det var inte mer än en vecka sedan Patrik gick på semester, men mannen framför honom var verkligen inte den samme som han lämnat surmulet sittande vid skrivbordet, muttrande om att semester som begrepp borde avskaffas.

Mellberg pumpade ivrigt Patriks hand och dunkade honom i ryggen.

"Och hur står det till med värphönan där hemma då? Blir det något snart, eller?"

"Inte förrän om en och en halv månad är det sagt."

Patrik kunde fortfarande inte förstå vad som föranlett dessa glädjeyttringar från Mellbergs sida, men sköt nyfikenheten åt sidan och försökte koncentrera sig på anledningen till att han blivit ditkallad.

"Vad är det ni har hittat?"

Mellberg gjorde en kraftansträngning för att mota bort leendet från ansiktet och pekade in mot klyftans skuggiga innandöme.

"En liten kille i sexårsåldern smet ut tidigt i morse medan föräldrarna låg och sov och skulle visst leka riddare här bland stenblocken. Istället hittade han en död kvinna. Vi fick larmet kvart över sex."

"Hur länge har teknikerna hunnit kolla brottsplatsen?"

"De kom för en timme sen. Ambulansen var här först och de kunde med en gång bekräfta att det inte var aktuellt med några medicinska åtgärder, så sen dess har teknikerna fått jobba fritt. Lite kinkiga, de där du ... Jag skulle bara in och kika lite och de var riktigt ohyfsade ska jag säga. Ja, ja, man blir väl lite anal av att krypa efter fibrer med pincett hela dagarna."

Nu kände Patrik igen sin chef igen. Det här var mera Mellbergs tongångar. Dock visste Patrik, vis av erfarenheten, att det inte var lönt att försöka korrigera hans uppfattningar. Det var lättare att bara låta det gå in genom ena örat och ut genom det andra.

"Vad vet vi om henne?"

"Ingenting just nu. I tjugofemårsåldern uppskattningsvis. Enda plagget, om man nu kan kalla det för det, är en handväska, i övrigt är hon spritt språngande naken. Rätt schyssta tuttar faktiskt."

Patrik slöt ögonen och upprepade tyst i tanken, som ett inre mantra: "Det är inte långt kvar tills han pensioneras. Det är inte långt kvar tills han pensioneras …"

Mellberg fortsatte oberört: "Det går inte att se någon uppenbar dödsorsak, men hon är rätt illa åtgången. Blåmärken över hela kroppen och en del sår från vad som ser ut som knivhugg. Och ja just det, hon ligger på en grå filt. Rättspatologen är här och kikar på henne, så förhoppningsvis kan vi få ett preliminärt utlåtande ganska snart."

"Vi har inte någon som anmälts saknad, i den åldern ungefär?"

"Nej, ingen ens i närheten. En gubbe anmäldes saknad häromveckan, men det visade sig att han bara lessnat på att sitta inklämd med frugan i en husvagn och att han stuckit med en pingla han träffat på Galären."

Patrik såg att teamet kring liket nu gjorde sig redo att försiktigt lyfta över henne i en liksäck. Händer och fötter var reglementsenligt försedda med påsar för att behålla eventuella spår, och teamet av kriminaltekniker från Uddevalla samarbetade vant för att på effektivaste sätt få ner kvinnan i säcken. Sedan skulle även filten hon låg på placeras i en plastpåse för att senare undersökas noggrant.

Det häpna uttrycket i deras ansikten och det sätt på vilket de frös till i sina rörelser sa Patrik att något oväntat inträffat.

"Vad är det?"

"Ni kommer inte att tro det här, men det ligger ben här. Och två dödskallar. Skulle jag gissa på mängden ben, så tror jag att det stämmer rätt bra med två skelett."

Sommaren 1979

Hon vinglade rejält när hon cyklade hemåt i midsommarnatten. Firandet hade blivit lite häftigare än hon tänkt sig, men det spelade ingen roll. Hon var ju vuxen, så hon gjorde väl som hon själv ville. Bäst av allt hade varit att slippa ungen för en stund. Ungen med sitt skrikande, sin ömhetstörst och sina krav på något som hon inte förmådde ge henne. Det var ju hennes fel att hon fortfarande var tvungen att bo hemma hos morsan och att kärringen knappt lät henne gå utanför husknuten, trots att hon var tjugo år. Det var ett under att hon blivit utsläppt i kväll för att få fira midsommar.

Om hon inte haft ungen hade hon kunnat bo för sig själv vid det här laget och tjänat egna pengar. Hon hade kunnat gå ut när hon ville och komma hem när hon själv kände för det, utan att någon kunde lägga sig i det. Men med ungen gick det inte. Helst hade hon velat lämna bort henne, men det gick inte kärringen med på, och det var hon som fick betala priset för det. Om hon nu så gärna ville ha ungen, kunde hon väl ta hand om henne själv?

Kärringen skulle bli rejält sur när hon trillade in så här på morgonkvisten. Andedräkten stank av alkohol och det skulle hon säkerligen få sota för i morgon. Men det var det värt. Så här roligt hade hon inte haft sen innan ungjäveln föddes.

Hon cyklade rakt igenom korsningen vid bensinstationen och fortsatte en bit fram på vägen. Sedan svängde hon av till vänster mot Bräcke men var nära att vingla ner i diket. Cykeln rätade upp sig igen och hon ökade farten för att få lite extra skjuts uppför den första branta backen. Fartvinden fläktade hennes hår och den ljusa sommarnatten var alldeles stilla. För ett ögonblick slöt hon ögonen och tänkte på den ljusa sommarnatt då tysken gjorde henne med ungen. Det hade varit en härlig och förbjuden natt, men inte värd priset hon fick betala.

Plötsligt öppnade hon ögonen igen. Något fick cykeln att tvärstanna och det sista hon mindes var marken som kom emot henne med hög hastighet.

Väl tillbaka på stationen i Tanumshede försjönk Mellberg okarakteristiskt nog i djupa tankar. Patrik sa heller inte mycket där han satt mittemot honom i fikarummet, utan begrundade även han morgonens händelser. Egentligen var det för varmt för att dricka kaffe, men han behövde något stärkande och alkohol var knappast lämpligt. Båda fläktade sig förstrött med sina skjortor för att få lite svalka. Luftkonditioneringen hade varit trasig i två veckor och ännu hade de inte lyckats få dit någon som kunde fixa den. På förmiddagen var det än så länge hanterbart, men framåt middagstid steg värmen till plågsamma höjder.

"Vafan är det som händer?" Mellberg kliade sig betänksamt någonstans mitt i boet av hår som var uppvirat på huvudet för att dölja den kala hjässan.

"Jag har ingen aning, om jag ska vara helt ärlig. Ett kvinnolik som ligger ovanpå två skelett. Hade det inte varit så att någon verkligen blivit dödad, så hade jag tyckt att det liknade ett pojkstreck. Skelett stulna från ett biologilabb eller så, men det går ju inte att komma ifrån att kvinnan blev mördad. Jag hörde en kommentar från en av rättsteknikerna också, han sa att benen inte såg särskilt färska ut. Fast det är klart, det beror ju på hur de har legat. Om de har varit utsatta för väder och vind, eller legat skyddat. Förhoppningsvis kan rättsläkaren ge någon ungefärlig uppskattning av hur gamla de är."

"Ja just det, när tror du vi kan få den första rapporten från honom?" Mellberg lade sin svettiga panna i bekymrade veck.

"Under dagen får vi nog en första rapport, sen tar det troligtvis ett par dagar för honom att gå igenom allt lite noggrannare. Så tills vidare får vi jobba på med de grejer vi kan. Var är de andra?"

Mellberg suckade. "Gösta fick ledigt i dag. Någon jävla golftävling eller något sånt. Ernst och Martin är på utryckning. Annika är på Teneriffa. Trodde väl det skulle regna den här sommaren också. Stackars krake. Kan inte ha varit roligt att åka ifrån Sverige nu med det här vädret."

Patrik tittade återigen förvånat på Mellberg och undrade över detta ovanliga uttryck för sympati. Något konstigt var på gång, det var ett som

13

var säkert. Men det var inte lönt att spilla tid på att fundera över det nu. De hade viktigare saker att tänka på.

"Du har visserligen semester den här veckan ut, men skulle du kunna tänka dig att komma in och hjälpa till med det här? Ernst är för fantasilös och Martin är för oerfaren för att driva en utredning, så vi kan verkligen behöva din hjälp."

Förfrågan var så smickrande för Patriks fåfänga att han fann sig acceptera på stående fot. Visserligen skulle han kanske få fan för det där hemma, men han tröstade sig med att det inte tog mer än en kvart att ta sig hem om Erica skulle behöva honom brådskande. Dessutom hade de haft en tendens att gå varandra på nerverna i värmen, så det kanske till och med kunde vara bra att han var hemifrån.

"Först skulle jag vilja kolla upp om det kommit in någon efterlysning av en försvunnen kvinna. Vi bör söka ganska brett, säg till exempel från Strömstad ner till Göteborg. Jag ber Martin eller Ernst kolla upp det. Jag tyckte det lät som om de var på ingång."

"Det är bra, det är jättebra. Det är rätta andan, fortsätt så!"

Mellberg reste sig från fikabordet och klappade glatt Patrik på axeln. Patrik insåg att det som vanligt skulle bli så att han gjorde jobbet och Mellberg tog åt sig äran, men det var ett faktum som inte längre var värt att reta upp sig på.

Suckande satte han både sin och Mellbergs kaffekopp i diskmaskinen. Han skulle inte behöva någon solskyddsfaktor i dag.

"Upp med er, tror ni att det här är något jävla pensionat där ni kan ligga och dra er hela dagarna!"

Rösten skar genom tjocka lager av dimma och ekade smärtsamt mot pannbenet. Johan öppnade försiktigt ett öga, men stängde det snabbt igen när det träffades av sommarsolens bländande sken.

"Men vafan ..." Robert, hans ett år äldre bror, vände sig om i sin säng och lade kudden över huvudet. Den slets bryskt ifrån honom och han satte sig muttrande upp.

"Att man aldrig kan få sovmorgon på det här stället."

"Sovmorgon är det varenda dag för er två, era slashasar. Klockan är nästan tolv. Om ni inte var uppe och rände varenda natt och gjorde gud vet vad, så kanske ni inte skulle behöva ligga och sova bort hela dagarna. Jag behöver faktiskt lite hjälp häromkring. Ni bor gratis och ni äter gratis, vuxna karlar som ni är, och då tycker jag inte att det är så mycket begärt att ni ger er stackars mor ett handtag."

Solveig Hult stod med händerna i kors över sin enorma kroppshydda. Hon var sjukligt fet, med blekheten hos den som aldrig går utanför dörren. Håret var otvättat och hängde i mörka stripiga testar kring ansiktet på henne.

"Nästan trettio år är ni och lever på er mor. Ja, se det är riktiga karlakarlar det. Och hur har ni råd att springa ute och festa vareviga kväll om jag får fråga? Jobbar gör ni inte och jag ser då aldrig något bidrag till hushållspengarna. Jag säger bara det, att hade er far varit här nu, så hade det varit slut med de här fasonerna! Har ni hört något från arbetsförmedlingen än? Ni skulle ju dit i förrförra veckan!"

Nu var det Johans tur att lägga kudden över ansiktet. Han försökte stänga ute det ständiga tjatet, som från en skiva som hakat upp sig, men även han fick kudden bryskt bortryckt och blev tvungen att sätta sig upp med sitt bakfulla huvud dunkande som en hel marschorkester.

"Frukosten har jag ställt undan sen länge. Ni får ta mat själva i kylen."

Solveigs enorma ändalykt vaggade ut ur det lilla rum som bröderna fortfarande delade och hon smällde igen dörren efter sig. De vågade inte försöka sig på att lägga sig ner igen, utan plockade fram ett cigarettpaket och tände var sin cigg. Frukost kunde de strunta i, men ciggen fick igång livsandarna och brände skönt i strupen.

"Vilket jävla bryt i går, du ..." Robert skrattade och blåste ringar i luften. "Jag sa ju att de skulle ha schyssta grejer hemma. VD på något företag i Stockholm, tacka fan för att de unnar sig det bästa."

Johan svarade inte. Till skillnad från sin storebror fick han aldrig en adrenalinkick av inbrotten, istället gick han i dagar, både före och efter en räd, med en stor, kall klump av ångest i magen. Men han hade alltid gjort som Robert sa och det föll honom inte ens in att han skulle kunna göra något annorlunda.

Gårdagens inbrott hade givit den största utdelning som de hade fått på länge. Annars hade folk börjat bli försiktiga med att ha dyra grejer i sina sommarstugor och ställde mest dit gammal skit som de inte visste var de skulle göra av, eller auktionsfynd som fick dem att känna att de gjort ett kap men som inte var värda ett skit. Men i går hade de fått tag på både en ny TV, DVD-spelare, Nintendospel och ett gäng smycken från frun i huset. Robert skulle sälja det genom sina vanliga kanaler och det skulle ge dem en rätt skön peng. Inte för att det skulle räcka särskilt länge. Stulna pengar brände i fickan och efter ett par veckor skulle de vara slut. Spenderade på spel, uteliv med frikostigt bjussande och en och annan pryl. Johan tittade på den dyra klockan han hade på sig. Som tur var förstod sig inte morsan på att känna igen något värdefullt när hon såg det. Visste hon vad den här hade kostat skulle tjatet aldrig ta slut.

Ibland kändes det som om han satt fast i ett ekorrhjul som bara gick runt, runt, medan åren passerade. Inget hade egentligen förändrats sedan de var tonåringar och han såg ingen öppning nu heller. Det enda som gav hans liv mening nu, var det enda som han någonsin hållit hemligt för Robert. En instinkt djupt inom honom sa att inget gott skulle komma av att anförtro sig åt honom. Robert skulle bara göra något smutsigt av det med sina grova kommentarer.

För en sekund tillät han sig att tänka på hur mjukt hennes hår var mot hans skrovliga kind, och hur liten hennes hand kändes när han höll den mellan sina.

"Hörru, sitt inte där och dagdröm. Vi har affärer att göra."

Robert reste sig med cigaretten dinglande i mungipan och gick före ut genom dörren. Som vanligt följde Johan efter. Han kunde inget annat.

I köket satt Solveig på sin vanliga plats. Ända sedan han var liten, sedan det där med farsan, hade han sett henne sitta i sin stol vid fönstret, medan hennes fingrar ivrigt plockade med det hon hade framför sig på bordet. I de första minnena hade hon varit vacker, men med åren hade fetman lagt sig allt tjockare över hennes kropp och anletsdrag.

Hon såg ut att vara i trans där hon satt; fingrarna levde ett eget liv, oupphörligen petande och smekande. I drygt tjugo år hade hon hållit på med de där jävla albumen, sorterat och sorterat om. Köpt nya album och satt in korten och tidningsurklippen igen. Finare, bättre. Han var inte dummare än att han förstod att det var hennes sätt att hålla kvar lyckligare tider, men någon gång måste hon väl inse att de var förbi sedan länge.

Bilderna var från den tiden då Solveig var vacker. Höjdpunkten i hennes liv hade varit när hon gifte sig med Johannes Hult, yngste son till Ephraim Hult, den berömde frikyrkopastorn och ägare till traktens förmögnaste gårdshushåll. Johannes var stilig och rik, och hon var visserligen fattig men den vackraste flicka som Bohuslän kunde uppbåda, det var vad alla sa på den tiden. Och behövdes det ytterligare bevis, så räckte det med artiklarna hon sparat från när hon kröntes till Majdrottning två år i rad. Det var dem, och de många svartvita korten av henne själv som ung, som hon nogsamt vårdat och sorterat, varje dag i över tjugo år.

Hon visste att den flickan fanns någonstans där under fettlagren, och genom korten kunde hon hålla henne kvar, även om hon för vart år som gick mer och mer gled henne ur händerna.

Med en sista blick över axeln lämnade Johan sin mor där hon satt i köket och följde Robert i hasorna. Det var som Robert sa, de hade affärer att göra.

Erica funderade på om hon skulle ge sig ut på en promenad, men insåg att det kanske inte var så smart att göra det just när solen stod som högst och hettan var som mest intensiv. Hon hade mått strålande under hela graviditeten, ända tills värmeböljan slog till på allvar. Sedan dess gick hon mest omkring som en svettig val och försökte desperat finna svalka någonstans. Patrik, gud signe honom, hade kommit på tanken att köpa en bordsfläkt till henne och den bar hon nu med sig som en dyrgrip vart hon än gick i huset. Nackdelen var att den drevs med el, så hon kunde aldrig sitta längre bort från ett eluttag än vad sladden tillät, vilket begränsade hennes valmöjligheter.

Men på verandan satt uttaget perfekt placerat och hon kunde breda ut sig i soffan med fläkten på bordet framför sig. Ingen position var bekväm i mer än fem minuter, vilket fick henne att ständigt vrida sig av och an i sina försök att hitta en skön ställning. I vissa positioner fick hon en fot mitt i revbenen eller också envisades något som troligtvis var en hand med att boxa henne i sidan, och då var hon tvungen att flytta på sig igen. Hur hon skulle klara en dryg månad till av det här var för henne ett mysterium.

De hade bara varit tillsammans ett halvår, hon och Patrik, när hon blev gravid, men konstigt nog var det inget som bekymrade någon av dem. De var båda lite äldre, lite säkrare på vad de ville och tyckte inte att det fanns någon anledning att vänta. Det var först nu som hon började få lite kalla fötter och det kändes som i senaste laget. Kanske hade de upplevt för lite vardag tillsammans innan de gav sig in på det här? Hur skulle deras förhållande klara av att plötsligt ställas inför en liten främling som krävde all den uppmärksamhet som de hittills kunnat ge till varandra?

Visserligen hade den första tidens stormiga, blinda förälskelse drivit förbi och de hade en mer realistisk, vardaglig grund att stå på, med god inblick i varandras både bra och dåliga sidor, men tänk om det i svallvågorna efter barnet bara blev de dåliga sidorna kvar? Hur många gånger

17

hade hon inte hört statistiken över alla förhållanden som gick i stöpet under det första barnets första levnadsår? Nåja, det var som sagt inte lönt att grubbla över det nu. Gjort var gjort och det gick heller inte att komma ifrån att både hon och Patrik längtade efter detta barns ankomst med varje nerv i kroppen. Förhoppningsvis skulle den längtan räcka långt för att få dem igenom den omvälvande förändringen.

Hon ryckte till när telefonen ringde. Mödosamt kämpade hon sig upp ur soffan och hoppades att den som ringde skulle ha tillräckligt tålamod för att inte lägga på innan hon hann fram.

"Ja, hallå?"

"Nej men hej, Conny."

"Jo, tack bra, lite för varmt för att vara tjock bara."

"Hälsa på? Ja, visst ... ni är välkomna på en fika."

"Övernatta? Jaaa ..." Erica suckade inombords.

"Jo, men visst. När kommer ni?"

"I kväll! Ja, nej, det är självklart inget problem. Jag bäddar i gästrummet."

Trött lade hon på luren. Det fanns en stor nackdel med att ha hus i Fjällbacka på sommaren. Plötsligt dök alla släktingar och bekanta, som inte hört av sig under årets tio kallare månader, upp. I november var de inte speciellt intresserade av att träffas, men i juli såg de chansen att bo gratis med havsutsikt. Erica hade trott att de skulle förskonas denna sommar, då halva juli gått utan att någon hört av sig. Men nu ringde hennes kusin Conny och var redan på väg till Fjällbacka från Trollhättan med fru och två barn. Det gällde bara en natt, så det skulle hon väl stå ut med. Hon hade i och för sig aldrig varit särskilt förtjust i någon av sina två kusiner, men hennes uppfostran gjorde det omöjligt att vägra att ta emot dem, även om det var vad hon borde göra, snyltare som de var enligt hennes mening.

Erica var åtminstone tacksam för att hon och Patrik hade ett hus i Fjällbacka som de kunde ta emot gäster i, objudna eller ej. Efter hennes föräldrars hastiga bortgång hade hennes svåger försökt få till stånd en försäljning. Men hennes syster Anna hade slutligen fått nog av hans fysiska och psykiska misshandel. Hon hade skilt sig från Lucas och samägde nu huset med Erica. Eftersom Anna bodde kvar i Stockholm med sina två barn, hade Patrik och Erica kunnat flyttat ihop i huset i Fjällbacka och stod i gengäld för alla kostnader. Tids nog skulle de behöva lösa husfrågan mer permanent, men än så länge var Erica bara glad att hon fortfarande hade kvar det och att hon nu bodde där året om.

Erica såg sig omkring och insåg att hon skulle behöva sätta lite fart om huset skulle vara ståndsmässigt när gästerna kom. Hon funderade över vad Patrik skulle säga om att de blev invaderade, men knyckte sedan på nacken och tänkte att om han kunde lämna henne ensam här och gå och jobba mitt under semestern, så fick väl hon ta emot gäster om hon ville. Hon hade redan glömt att hon tyckt att det skulle vara rätt så skönt att inte ha honom hemma.

Ernst och Martin hade mycket riktigt kommit tillbaka från sin utryckning, och Patrik bestämde sig för att börja med att sätta dem in i ärendet. Han ropade in dem på sitt rum och de slog sig ner i var sin stol framför skrivbordet. Det gick inte att undgå att se att Ernst var högröd i ansiktet av ilska över att Patrik hade utsetts till att leda utredningen, men Patrik valde att ignorera det. Det var något som Mellberg fick ta, i värsta fall klarade han sig utan Ernsts hjälp om kollegan vägrade att samarbeta.

"Jag antar att ni redan hört vad som har hänt."

"Ja, vi hörde det över polisradion." Martin, som var ung och entusiastisk, satt till skillnad från Ernst kapprak i stolen med ett anteckningsblock i knäet och en penna i högsta hugg.

"En kvinna har alltså hittats mördad i Kungsklyftan i Fjällbacka. Hon var naken och såg ut att vara någonstans mellan tjugo och trettio år gammal. *Under* henne hittade man två människoskelett av okänt ursprung och ålder, men jag fick en inofficiell gissning av Karlström på kriminaltekniska roteln att de inte var direkt färska. Så vi verkar ha fått en hel del att göra, förutom alla fyllebråk och rattfyllor som vi står upp till halsen i. Och både Annika och Gösta är ju lediga, så vi får kavla upp ärmarna själva så länge. Jag har visserligen också semester den här veckan, men har gått med på att gå in och jobba istället och kommer då, enligt önskemål från Mellberg, att leda den här undersökningen. Frågor på det?"

Frågan var främst ställd till Ernst, som dock valde att inte ta en konfrontation, säkerligen för att istället gnälla bakom ryggen på honom.

"Vad vill du att jag ska göra?" Martin var som en löddrig häst i fållan och cirklade nu otåligt med sin penna ovanför blocket.

"Jag vill att du börjar med att kolla i SIS vilka anmälningar det finns om kvinnor som har försvunnit under, säg de senaste två månaderna.

Bättre att ta i när det gäller tidsintervallet tills vi hört mer från Rätts-medicinska. Fast jag skulle gissa att dödsfallet ligger betydligt närmare i tiden, kanske bara ett par dagar."

"Har du inte hört?" sa Martin.

"Hört vadå?"

"Databasen ligger nere. Vi får skita i SIS och göra det på det gamla hederliga sättet."

"Fan också. Vilken jävla tajming. Ja ja, eftersom vi själva inte verkar ha något försvinnande utestående enligt vad Mellberg säger och enligt vad jag själv känner till från innan jag gick på semester, så skulle jag föreslå att du då ringer runt till alla närliggande distrikt. Ring i en cirkel som du börjar inifrån och sedan vidgar, förstår du?"

"Ja då, hur långt bort ska jag sträcka mig?"

"Så långt du behöver tills vi hittar någon som matchar. Ring Uddevalla med en gång efter mötet också, så att du kan få ett preliminärt signalement på henne att söka utifrån."

"Vad ska jag göra då?" Entusiasmen i Ernsts röst var inte direkt smittande.

Patrik tittade i de anteckningar han hastigt slängt ner efter samtalet med Mellberg.

"Jag skulle vilja att du började med att prata med dem som bor runt ingången till Kungsklyftan. Ifall de sett eller hört något i natt, eller på tidiga morgonkvisten. Klyftan är ju full med turister på dagarna så liket, eller liken om man ska vara petig, måste ha transporterats dit någon gång under natten eller morgonen. Vi kan nog anta att de fördes dit via den stora ingången, de har knappast burits uppför trapporna från Ingrid Bergmans torg. Lillkillen hittade henne vid sextiden, så någon gång mellan nio på kvällen och sex på morgonen skulle jag koncentrera mig på. Själv tänkte jag gå ner och kika lite i arkiven. Det är något med de där två skeletten som gnager i minnet. Jag har en känsla av att jag borde veta vad det är, men ... Ni kommer inte på något? Inget som rör sig i minnet ...?"

Patrik slog ut med armarna och väntade med höjda ögonbryn på något svar, men fick endast huvudskakningar från Martin och Ernst. Han suckade. Ja, då var det väl bara att ge sig ner i katakomberna då ...

Ovetande om att han var i onåd, även om han kanske skulle ha kunnat gissa det om han haft tid att fundera på saken, satt Patrik djupt nere i Tanumshede polisstations domäner och rotade bland gamla papper. Dammet hade samlat sig på de flesta av mapparna, men ordningen i dem verkade tack och lov vara god. Det mesta var arkiverat i kronologisk ordning och även om han inte riktigt visste vad han letade efter, så visste han att det fanns där.

Han satt i skräddarställning direkt på stengolvet och bläddrade metodiskt igenom låda efter låda med mappar. Decennier av människoöden passerade genom hans händer och det slog honom efterhand hur många människor och familjer som återkom gång på gång i polisens rullor. Brott verkade emellanåt gå i arv från föräldrar till barn och till och med till barnbarn, tänkte han när samma släktnamn dykt upp ännu en gång.

Mobiltelefonen ringde och han såg på displayen att det var Erica.

"Hej älskling, allt väl?" Han visste vad svaret skulle bli.

"Ja, jag vet att det är varmt. Du får sitta vid fläkten helt enkelt, det är inte mycket annat att göra."

"Du, vi har fått ett mord på halsen här och Mellberg vill att jag leder utredningen. Skulle du bli väldigt ledsen om jag gick in och jobbade ett par dagar?"

Patrik höll andan. Han visste att han borde ha ringt upp själv och berättat att han kanske måste jobba, men hade på manligt undflyende manér valt att skjuta upp det oundvikliga. Fast å andra sidan visste hon mycket väl vad villkoren för hans yrke var. Sommaren var Tanumspolisens mest hektiska period och de fick turas om att ta kortare semesterperioder, och inte ens de få dagar de kunde ta i följd var garanterade, beroende på hur mycket fylla, slagsmål och andra bieffekter av turismen som stationen hade att hantera. Och mord hamnade ju liksom på en alldeles egen skala.

Hon sa något som han höll på att missa.

"Besök sa du? Vilka då? Din kusin?" Patrik suckade.

"Nej, vad ska jag säga? Självklart hade det varit skönare om vi fått vara själva i kväll, men är de på väg så är de. Men de stannar väl bara en natt?"

"OK, men då köper jag med mig lite räkor som vi kan bjuda på. Det är ju lättvindigt, så slipper du ställa dig och laga mat. Jag är hemma vid sju. Puss, puss."

Han stoppade ner telefonen i fickan och fortsatte att bläddra bland innehållet i lådorna framför sig. En mapp märkt med "Försvunna" fångade hans intresse. Någon ambitiös människa hade vid något tillfälle samlat de anmälningar om försvunna som hade förekommit i polisens utredningar. Patrik kände att det här var vad han letade efter. Fingrarna hade blivit smutsiga av allt damm och han torkade av dem på shortsen innan han öppnade den rätt tunna mappen. Efter en stunds bläddrande och läsande visste han att minnet hade fått sig den skjuts det behövde. Han borde ha kommit ihåg det här med en gång, med tanke på hur få i distriktet som verkligen hade försvunnit utan att hittas igen, men det var väl åldern som började ta ut sin rätt. Nu hade han i alla fall anmälningarna framför sig och han kände på sig att det inte kunde vara en slump. Två kvinnor som anmälts försvunna 1979 och som aldrig återfunnits. Två skelett som hittades i Kungsklyftan.

Han tog hela mappen med sig upp i dagsljuset och lade den på skrivbordet.

Hästarna var enda anledningen till att hon stannade där hon var. Med van hand ryktade hon den bruna valacken med stadiga tag. Kroppsarbetet fungerade som en ventil för henne där frustrationen fick utlopp. Det var helt enkelt skit att vara sjutton och inte få råda över sitt eget liv. Så fort hon blev myndig skulle hon sticka från den här jävla hålan. Då skulle hon anta erbjudandet hon fått från fotografen som hade kommit fram till henne när hon gick på stan i Göteborg. När hon blivit modell i Paris och tjänade massor av pengar skulle hon tala om för dem var de kunde stoppa sin förbannade utbildning. Fotografen hade sagt att för varje år som gick så minskade hennes värde som modell och ett år av hennes liv skulle vara bortkastat innan hon fick chansen, bara för att gubben hade fått utbildning på hjärnan. Det behövdes väl ingen utbildning för att gå på catwalken, och sedan när hon var typ tjugosex och började bli för gammal så skulle hon säkert gifta sig med en miljonär och då kunde hon skratta åt hans hot om att göra henne arvlös. Hon skulle på en dag kunna shoppa upp lika mycket som hans samlade förmögenhet.

Och hennes präktiga jävla brorsa gjorde ju inte saken bättre. Visserligen var det bättre att bo hos honom och Marita än hemma, men inte mycket. Han var så förbannat rekorderlig. Inget han gjorde blev någonsin fel, medan hon automatiskt fick skulden för allting.

"Linda?"

Typiskt, inte ens här i stallet fick hon vara i fred.

"Linda?" Rösten blev mer uppfordrande. Han visste att hon var här, så det var ingen idé att försöka smita.

"Jaa, det var ett jävla tjat. Vad är det?"

"Du behöver faktiskt inte tala till mig med ett sådant tonfall. Jag tycker inte att det är så mycket begärt att du försöker vara lite hövlig."

Hon muttrade bara några svordomar till svar, och Jacob lät det passera.

"Du är faktiskt min bror och inte min farsa, har du tänkt på det?"

"Jag är väl medveten om det, ja, men så länge du bor under mitt tak, så har jag faktiskt ett visst ansvar för dig."

Bara för att han var nästan femton år äldre trodde Jacob att han visste allt, men det var lätt att sätta sig på sina höga hästar när man hade sitt på det torra. Farsan hade sagt hur många gånger som helst att Jacob minsann var en son att vara stolt över och att han skulle förvalta familjegården väl, så Linda antog att han skulle få hela klabbet en dag. Till dess kunde han kosta på sig att låtsas som om pengarna inte var viktiga för honom, men Linda såg igenom det. Alla beundrade Jacob för att han arbetade med ungdomar på glid, men alla visste också att tids nog skulle han ärva både herrgården och en förmögenhet och då skulle det bli spännande att se hur mycket av intresset för ideellt arbete som fanns kvar.

Hon fnittrade lite. Om Jacob visste att hon smet ut om kvällarna skulle han få spader, och om han visste vem hon träffade skulle hon nog få sitt livs predikan. Det gick an att prata om att vara solidarisk med de mindre bemedlade så länge de inte fanns vid den egna förstukvisten. Att Jacob skulle gå i taket om han fick reda på att hon träffade Johan hade dessutom ännu mer djupt rotade anledningar. Johan var deras kusin och fejden mellan de två släktfalangerna hade pågått sedan långt innan hon var född, ja, sedan innan Jacob var född. Varför visste hon inte, bara att så var fallet och att det gjorde att det pirrade extra i mellangärdet när hon smög ut för att träffa Johan. Hon trivdes dessutom med honom. Han var visserligen rätt försynt, men han var trots allt tio år äldre och hade därmed en säkerhet som killar i hennes ålder bara kunde drömma om. Att de var kusiner var inget hon bekymrade sig om. Nuförtiden fick kusiner till och med gifta sig med varandra och även om det inte var något som fanns med i hennes framtidsplaner, så hade hon inget emot att utforska både det ena och det andra med honom, bara det skedde i hemlighet.

"Ville du något eller hade du bara tänkt övervaka mig i största allmänhet?"

Jacob suckade djupt och lade en hand på hennes axel. Hon försökte rygga undan, men hans grepp var starkt.

"Jag förstår faktiskt inte var all denna aggression kommer ifrån. De ungdomar som jag jobbar med skulle ha gett allt för att ha haft ett hem och en uppväxt som din. Lite tacksamhet och mognad hade faktiskt varit på sin plats, vet du. Och ja, jag ville något. Marita har maten färdig, så du kan väl skynda dig att byta om och komma och äta med oss."

Han lossade sitt grepp om hennes axel och gick ut från stallet upp mot mangårdsbyggnaden. Muttrande lade Linda ner ryktborsten och gick för att göra sig i ordning. Hon var trots allt rätt hungrig.

Än en gång hade Martins hjärta krossats. För vilken gång i ordningen visste han inte, men det sved inte mindre bara för att han var van. Liksom alla gånger förr hade han trott att det denna gång var den rätta som lade ner huvudet på kudden bredvid honom. Visserligen var han fullt medveten om att hon redan var upptagen, men trodde med sin sedvanliga naivitet att han var mer än en förströelse och att hennes sambos dagar var räknade. Föga anade han att han med sin oskuldsfulla uppsyn och nästintill docksöta uppenbarelse var som en sockerbit för en fluga när det gällde lite äldre, stadgade kvinnor som levde i en vardagsslentrian med sina respektive. Män som de inte tänkte lämna för en trevlig, tjugofemårig polis, som de däremot inte drog sig för att vältra sig i sänghalmen med när lusten och behovet av bekräftelse behövde tillfredsställas. Inte för att Martin hade något emot den fysiska biten av ett förhållande, han var till och med särdeles talangfull på det området, men problemet var att han också var en osedvanligt känslomässig ung man. Förälskelser hade helt enkelt en god jordmån i Martin Molin. Det var därför som hans små historier alltid slutade i gråt och tandagnisslan för hans del, när kvinnorna tackade för sig och gick hem till sina måhända tråkiga, men stadgade och välbekanta liv.

Han suckade djupt där han satt vid skrivbordet, men tvingade sig själv att fokusera på uppgiften som låg framför honom. De samtal han hittills ringt hade varit fruktlösa, men han hade många polisdistrikt kvar att ringa till. Att databasen skulle krascha just när han behövde den som bäst var väl hans vanliga otur, och därför satt han nu här och slog telefonnummer efter telefonnummer för att försöka hitta någon som passade in på beskrivningen av den döda kvinnan.

Två timmar senare lutade han sig tillbaka och slängde besviket sin penna i väggen. Det fanns ingen som anmälts försvunnen som stämde med mordoffret. Vad skulle de göra nu?

Det var så jävla orättvist. Han var äldre än den där snorvalpen och borde ha varit den som fick befälet över den här utredningen, men otack var världens lön. I flera år hade han målmedvetet fjäskat för den där förbannade Mellberg men inte fick han något för det. Ernst tog kurvorna i hög fart på väg mot Fjällbacka och hade han inte åkt i en polisbil skulle han säkerligen ha fått se ett antal höjda långfingrar i backspegeln. Nu skulle de bara våga, turistjävlarna, då skulle de få se på fan.

Fråga runt bland grannarna. Det var en uppgift för en aspirant, inte för en med tjugofem års erfarenhet i yrket. Det kunde väl den där spolingen Martin ha fått göra, så kunde han, Ernst, ha ringt runt och pratat bort en stund med kollegorna i de närliggande distrikten.

Det kokade inom honom, men det var hans naturliga sinnestillstånd sedan barnsben, så det var inget utöver det vanliga på något sätt. Ett koleriskt lynne gjorde att han inte var särdeles lämpad för ett yrke som involverade så mycket sociala kontakter, men å andra sidan satte han sig i respekt hos buset, som instinktivt kände på sig att Ernst Lundgren inte var någon man borde bråka med om man var rädd om hälsan.

När han åkte igenom samhället sträcktes halsar överallt. Man följde honom med blicken och pekade, och han förstod att nyheten redan fortplantat sig genom hela Fjällbacka. Över Ingrid Bergmans torg fick han krypköra på grund av alla olagliga parkeringar, och han såg till sin tillfredsställelse att ett antal brådstörtade uppbrott från Café Bryggans uteservering blev resultatet. Bäst för dem det. Stod bilarna kvar när han åkte tillbaka över torget hade han inget emot att fördriva en stund med att förstöra semesterfriden för felparkerarna. Låta dem blåsa lite kanske. Flera av förarna hade suttit och sugit på en kall öl när de fick se honom köra förbi. Om han hade tur kunde han kanske rycka ett par körkort.

Det var snålt om utrymme att parkera vid den lilla gatstumpen utanför Kungsklyftan, men han klämde sig in och påbörjade operation dörrknackning. Som väntat hade ingen sett något. Människor som vanligtvis noterade om grannen så bara släppte en brakare inne hos sig blev både blinda och döva när polisen ville veta något. Fast, det var Ernst tvungen att erkänna, kanske var det så att de faktiskt inte hört något. På somrarna var ljudnivån så hög på natten, med berusade människor som vandrade hemåt framåt morgonkvisten, att man lärt sig sålla bort ljuden utanför för att kunna behålla en god nattsömn. Men förbenat irriterande var det.

Inte förrän i sista huset fick han napp. Ingen storfångst visserligen, men alltid något. Gubben i huset längst bort från Kungsklyftans mynning hade hört en bil som körde in vid tretiden när han var uppe för att slå en drill. Han kunde till och med precisera tiden till kvart i tre men hade inte brytt sig om att kika ut, så han kunde inte säga något om utseendet på vare sig förare eller bil. Men han var gammal bilskollärare och hade kört en och annan bil i sina dar, och det han var riktigt säker på var att det inte var en bil av nyare modell, utan den hade troligtvis ett par år på nacken.

Toppen, det enda han hade fått ut av två timmars dörrknackande var att mördaren med största sannolikhet hade kört hit liken vid tretiden, samt att han eventuellt körde en bil av modell äldre. Inte mycket att hurra för.

Humöret steg dock ett par grader när han körde förbi torget igen på väg tillbaka till stationen och noterade att nya parkeringssyndare hade intagit de tidigares plats. Nu skulle här blåsas så att lungorna fladdrade.

Ett ihållande ringande på dörrklockan avbröt Erica i hennes arbete med att mödosamt ta sig runt med en dammsugare. Svetten rann ymnigt om henne och hon strök bort ett par blöta hårtestar ur ansiktet innan hon öppnade dörren. De måste ha kört som biltjuvar för att vara här redan.

"Tjena, tjockisen!"

En björnkram fångade henne i ett stadigt grepp och hon kände att hon inte var den enda som svettats. Med näsan djupt förankrad i Connys armhåla insåg hon att hon själv förmodligen luktade som rosor och liljekonvalj i jämförelse.

Efter att ha krånglat sig ur kramen hälsade hon på Connys fru Britta, dock endast artigt i hand då de bara träffats vid några enstaka tillfällen. Hennes handslag var blött, slappt och kändes mest som att hålla en död fisk i handen. Erica rös och bekämpade impulsen att torka av handen mot byxorna.

"Vilken mage! Har du tvillingar där inne, eller?"

Hon ogillade starkt att få sin kroppshydda kommenterad på detta sätt, men hade redan tidigare börjat förstå att graviditeten var ett tillstånd som gjorde det fritt fram för alla som ville att både kommentera ens kroppsform och ta på ens mage på ett alldeles för familjärt sätt. Hon hade till och med varit med om att främlingar kommit fram och helt sonika börjat tafsa på hennes mage. Erica väntade bara på att det obligatoriska klämmandet skulle börja och det tog inte många sekunder innan Connys händer var där och kände efter.

"Åh, vilken liten fotbollsspelare ni har där inne. Helt klart en grabb med de här sparkarna. Kom hit ungar får ni känna!"

Erica förmådde inte protestera och blev attackerad av två par glasskletiga händer som gjorde handavtryck på hennes vita mammatröja. Som tur var tappade Lisa och Victor, sex och åtta år gamla, snart intresset.

"Vad säger den stolta fadern då? Räknar han dagarna, eller?" Conny väntade inte på något svar och Erica mindes att hans starka sida inte var dialoger. "Ja, för fan, man minns ju när de här små snorungarna kom till världen. Jävligt häftig upplevelse. Fast säg till honom att skita i att kika där nere. Gör att man tappar lusten ett bra tag framöver."

Han skrockade och stötte till Britta i sidan med armbågen. Hon tittade bara surt tillbaka. Erica insåg att det här skulle bli en lång dag. Måtte bara Patrik komma hem i tid.

Patrik knackade försiktigt på Martins dörr. Han var lite avundsjuk på ordningen där inne. Skrivbordet var så rent att man hade kunnat använda det som operationsbord.

"Hur går det? Har du hittat något?"

Martins modfällda uppsyn sa honom redan innan huvudskakningen kom att svaret var negativt. Fan också. Det viktigaste med utredningen just nu var att kunna identifiera kvinnan. Någonstans satt människor och var oroliga för henne. Någon måste ju för fasiken sakna henne!

"Du då?" Martin nickade mot mappen som Patrik höll i handen. "Har du hittat det där du letade efter?"

"Jag tror det."

Patrik lånade en stol som stod intill väggen och drog fram den så att han kunde sätta sig bredvid Martin.

"Kolla här. Två kvinnor försvann i slutet av sjuttiotalet från Fjällbacka. Jag fattar inte att jag inte kom ihåg det med en gång, det var ju förstasidesnyheter på den tiden, men här är i alla fall det utredningsmaterial som finns kvar."

Mappen som han lagt på skrivbordet var rejält dammig och han såg att Martin hade sådan lust att torka av den att det kliade i fingrarna på honom. En varnande blick fick honom att lägga band på sig. Patrik öppnade mappen och visade de fotografier som låg överst.

"Det här är Siv Lantin, hon försvann midsommardagen 1979. Hon var nitton år." Patrik drog fram nästa fotografi. "Det här är Mona Thern-

27

blad, hon försvann två veckor senare och var arton år då. Ingen av dem hittades någonsin, trots ett enormt pådrag med skallgångskedjor, draggning och allt du kan tänka dig. Sivs cykel hittades i ett dike, men det var det enda som återfanns. Och från Mona har man inte hittat något annat spår än en träningssko."

"Ja, nu när du säger det minns jag också det här. Det fanns väl en misstänkt, eller hur?"

Patrik bläddrade bland de gulnade utredningspapperen och pekade med fingret på ett maskinskrivet namn.

"Johannes Hult. Av alla människor var det hans bror, Gabriel Hult, som ringde till polisen och rapporterade att han sett sin bror med Siv Lantin, på väg mot sin gård i Bräcke natten hon försvann."

"Hur allvarligt tog man på det tipset? Jag menar, det måste ligga en hel del annat bakom om man anmäler sin bror som misstänkt till ett mord?"

"Fejden i släkten Hult hade pågått i många år och den kände nog alla till. Så uppgifterna mottogs med en viss skepsis, tror jag, men det måste ju ändå utredas, så Johannes var inne till förhör ett par gånger. Men det fanns aldrig några bevis, annat än broderns uppgifter och det var ord mot ord, så han släpptes."

"Var finns han i dag?"

"Jag är osäker, men jag har för mig att Johannes Hult tog livet av sig ganska kort därefter. Fan, nu skulle vi haft Annika här, hon hade kunnat sammanställa en mer uppdaterad akt om det här på nolltid. Det som finns i mappen här är minst sagt nödtorftigt."

"Det låter som om du är rätt säker på att skeletten vi hittade är de här två kvinnorna."

"Säker och säker. Jag går efter sannolikheten bara. Vi har två kvinnor som försvann på sjuttiotalet och nu dyker det upp två skelett som verkar ha en del år på nacken. Vad är oddsen för att det bara är ett sammanträffande? Fast säker är jag ju inte, det kan vi inte vara förrän rättsläkaren har sagt sitt. Men jag tänker se till att han får tillgång till de här uppgifterna snarast."

Patrik slängde ett öga på klockan. "Fan, det är nog bäst att jag sätter fart. Jag har lovat att vara hemma tidigt i dag. Vi har fått besök av Ericas kusin och jag måste fixa lite räkor och sånt till i kväll. Kan du se till att obducenten får den här informationen? Och stäm av med Ernst när han kommer in, ifall han har fått in något av värde."

Hettan slog emot honom som en vägg när han kom utanför polishusets väggar och Patrik skyndade med raska steg mot bilen, för att snabbt komma in i en luftkonditionerad miljö. Om den här hettan tog knäcken på honom, kunde han bara tänka sig vad den gjorde med Erica, stackars älsklingen.

Otur att de skulle få besök just nu, men han förstod att det var svårt för henne att säga nej. Och eftersom familjen Flood skulle åka dagen därpå var det ju bara en kväll som gick till spillo. Han vred upp kylan på max och styrde kosan mot Fjällbacka.

"Har du pratat med Linda?"

Laine vred nervöst sina händer. Det var en gest som han lärt sig avsky.

"Det är inte så mycket att prata om. Hon ska bara göra som hon blir tillsagd."

Gabriel tittade inte ens upp utan fortsatte lugnt med sina göromål. Tonen var avfärdande, men Laine lät sig inte tystas så lätt. Tyvärr. Han hade under många år önskat att hans fru oftare valde att tiga framför att tala. Det skulle göra underverk med hennes personlighet.

Själv var Gabriel Hult en revisorspersonlighet i själ och hjärta. Han älskade att matcha kredit mot debet och få balans i slutändan, och han avskydde av hela sitt hjärta allt som hade med känslor och allt som inte hade med logik att göra. Prydlighet var hans motto och trots sommarvärmen var han klädd i kostym och skjorta, visserligen i ett lite tunnare tyg, men inte desto mindre korrekt. Det mörka håret hade blivit tunt med åren, men han bar det bakåtkammat och gjorde ingen ansats att dölja det kala partiet mitt på. Pricken över i var de runda glasögonen som ständigt vilade längst ut på nästippen så att han nedlåtande kunde blicka över kanten mot den han pratade med. Rätt skulle vara rätt, det var det motto han levde efter och han önskade bara att människorna i hans omgivning kunde göra det samma. Istället verkade det som om de ägnade all sin kraft och energi åt att rubba hans perfekta balans och göra livet svårt för honom att leva. Allt skulle vara så mycket enklare om de bara gjorde som han sa istället för att hitta på en massa dumheter på egen hand.

Det stora orosmomentet i hans liv var för närvarande Linda. Inte hade Jacob varit så besvärlig under tonåren! I Gabriels föreställningsvärld var flickor lugnare och mer eftergivna än pojkar. Istället hade de fått ett tonårsmonster på halsen som sa bu när de sa bä och i största allmänhet gjorde sitt bästa för att förstöra sitt liv på kortast möjliga tid. Det här dumma påfundet att bli modell gav han inte mycket för. Visserligen var flickan söt, men hon hade tyvärr fått sin mors hjärna och skulle inte klara sig en timme i den hårda modellvärlden.

"Vi har haft den här diskussionen förut, Laine, och jag har inte ändrat åsikt sedan dess. Det kommer inte på fråga att Linda får åka iväg och ta bilder hos någon skum fotograf som bara vill få henne naken. Linda ska skaffa sig en utbildning, det är inte tu tal om annat."

"Ja, men om ett år är hon arton och då gör hon ju ändå som hon vill. Är det inte bättre att vi stöttar henne nu, istället för att riskera att hon försvinner ifrån oss för gott om ett år?"

"Linda vet var hon får pengarna ifrån, så jag skulle bli väldigt förvånad om hon försvann någonstans utan att ha försäkrat sig om ett stadigt fortsatt inflöde. Och fortsätter hon att läsa är det precis vad hon får. Jag har lovat att hon ska få pengar varje månad bara hon fortsätter studera, och det löftet tänker jag hålla. Nu vill jag faktiskt inte höra mer i den här frågan."

Laine fortsatte att vrida sina händer, men visste när hon var besegrad och gick med slokande axlar ut ur hans arbetsrum. Hon drog försiktigt igen skjutdörrarna efter sig och Gabriel drog en lättnadens suck. Det här tjatet gick honom på nerverna. Hon borde känna honom tillräckligt väl efter alla år tillsammans för att veta att han inte var den som ändrade sig när han väl bestämt sig.

Tillfredsställelsen och lugnet återvände när han kunde fortsätta att skriva i boken som han hade framför sig. De moderna redovisningsprogrammen på dator hade aldrig vunnit mark hos honom, för han älskade känslan av att ha en stor liggare framför sig, med prydligt skrivna rader av siffror som summerades ihop på varje sida. När han var färdig lutade han sig förnöjt tillbaka i sin stol. Det här var en värld som han hade kontroll över.

För ett ögonblick undrade Patrik om han gått fel. Inte kunde det här vara det lugna, stilla hem som han lämnade i morse. Ljudnivån var långt över den tillåtna på de flesta arbetsplatser och huset såg ut som om någon slängt in en granat. Prylar han inte kände igen låg överallt och de saker som borde ligga på ett visst ställe låg inte där de skulle. Av Ericas ansiktsuttryck att döma borde han nog ha kommit redan för en timme eller två sedan.

Förundrat räknade han till bara två barn och två extra vuxna och undrade hur i all världen de kunde låta som ett helt dagis. TV:n stod på med Disneykanalen på full volym och en liten kille sprang och jagade en ännu lite mindre tjej med en leksakspistol. Föräldrarna till de båda fröna satt i godan ro ute på verandan och en stor luns till karl vinkade glatt till Patrik, men brydde sig inte om att resa sig ur soffan och därmed slita sig från det framställda kakfatet.

Patrik gick ut till Erica i köket och hon kollapsade i hans famn.

"Ta mig härifrån, snälla. Jag måste ha begått någon hemsk synd i ett tidigare liv för att drabbas av detta. Ungarna är smådjävlar i människoskepnad och Conny är – Conny. Hans fru har knappt sagt ett pip och ser så sur ut att mjölken skär sig. Hjälp, måtte de snart vara på väg igen."

Han klappade henne tröstande på ryggen och kände att tröjan var sjöblöt av svett.

"Gå du och ta en dusch i lugn och ro, så tar jag hand om gästerna en stund. Du är ju alldeles genomsvettig."

"Tack, du är en ängel. Det finns en kanna kaffe klar. De är inne på sin tredje kopp, men Conny har börjat göra små antydningar om att han vill ha starkare varor, så du kan väl se efter vad vi har att bjuda på i den vägen."

"Jag fixar det, iväg med dig nu, älskling, innan jag ångrar mig."

Han fick en tacksam puss och sedan vaggade Erica mödosamt uppför trappan i riktning mot duschen.

"Jag vill ha glass."

Victor hade smugit sig upp bakom Patrik och stod och siktade med pistolen mot honom.

"Vi har tyvärr ingen glass hemma."

"Då får du väl gå och köpa det då."

Ungens fräcka uppsyn retade gallfeber på Patrik, men han försökte se vänlig ut och sa så lent han kunde: "Nej, det tänker jag inte göra. Det finns kakor på bordet där ute, ni får ta av dem."

"Jag vill ha glaaaass!!!" Ungen vrålade och hoppade upp och ner. Han var nu högröd i ansiktet.

"Vi har ingen glass, säger jag!" Patriks tålamod började tryta.

"GLASS, GLASS, GLASS, GLASS…"

Victor gav sig inte i första taget. Men det måste ha synts i Patriks ögon att gränsen var nådd, för ungen tystnade och backade långsamt ut ur köket. Sedan sprang han gråtande till sina föräldrar som satt ute på verandan och ignorerade tumultet i köket.

"PAPPAAA, farbrorn är elak! Jag vill ha GLAASS!"

Med kaffekannan i handen försökte Patrik slå dövörat till och gick ut för att hälsa på sina gäster. Conny reste sig och sträckte fram handen, och sedan fick även Patrik känna på den kalla torskhanden när han hälsade på Britta.

"Victor är inne i en fas just nu där han testar gränserna för sin egen vilja. Vi vill inte att han ska hämmas i sin personliga utveckling, så vi låter honom själv komma underfund med var skiljelinjen går mellan hans egna önskningar och omgivningens."

Britta tittade ömt på sin son och Patrik ville minnas att Erica berättat att hon var psykolog. Om det här var hennes idé om barnuppfostran, så var det en yrkesgrupp lille Victor skulle komma i tät kontakt med när han blev stor. Conny såg knappt ut att ha noterat vad som försiggick och fick tyst på sonen genom att helt enkelt stoppa en rejäl kakbit i munnen på honom. Att döma av barnets rondör var det en vanligt förekommande metod. Patrik var dock tvungen att erkänna att den var effektiv och tilltalande i all sin enkelhet.

Lagom till att Erica kom ner nyduschad och med ett betydligt piggare ansiktsuttryck, hade Patrik dukat fram räkor med tillbehör på bordet. Han hade också hunnit med att hämta var sin pizza till barnen efter att lyhört ha insett att det var enda sättet att undkomma fullkomlig katastrof lagom till middagen.

De slog sig ner och Erica var precis på väg att öppna munnen och säga "varsågoda" när Conny med tvåhandsfattning grävde sig ner i räkskålen. En, två, tre stora nävar med räkor landade på hans tallrik och kvar i skålen låg knappt hälften av den ursprungliga mängden.

"Mmm, läckert. Här ser ni en som kan äta räkor." Conny klappade sig stolt på magen och högg in på sitt räkberg.

Patrik, som med en gång hällt upp de två svindyra kilon som han köpt, suckade bara och tog en liten näve som knappt upptog någon plats på hans tallrik. Erica gjorde tigande likadant och gav sedan skålen till Britta, som surmulet hällde upp resten.

Efter den misslyckade middagen bäddade de åt gästerna i gästrummet och ursäktade sig tidigt, med svepskälet att Erica behövde vila. Patrik visade Conny var whiskyn fanns och gick sedan lättat uppför trappan till lugnet i övervåningen.

När de äntligen var installerade i sängen berättade Patrik vad han haft

för sig under dagen. Det var länge sedan han givit upp försöken att hem-
lighålla sina göromål som polis för Erica, men han visste också att hon
inte förde vidare det han berättade. När han kom till episoden med de
två försvunna kvinnorna, såg han att hon spetsade öronen.

"Jag kommer ihåg att jag läst om det där. Ni tror alltså att det är de
som ni har hittat?"

"Jag är rätt säker på det. Annars skulle det vara ett alltför stort sam-
manträffande. Men så fort vi får rättsläkarens rapport kan vi börja utre-
da det ordentligt, än så länge får vi hålla så många vägar som möjligt
öppna."

"Du behöver ingen hjälp med att ta fram bakgrundsmaterial?"

Hon vände sig ivrigt mot honom och han kände igen glöden i ögonen.

"Nej, nej, nej. Du ska ta det lugnt. Glöm inte att du faktiskt är sjuk-
skriven."

"Ja, men blodtrycket var ju bra igen vid sista kollen. Och jag blir to-
kig av att bara gå här hemma. Jag har ju inte ens kunnat börja på en ny
bok."

Boken om Alexandra Wijkner och hennes tragiska död hade blivit en
stor försäljningssuccé och hade i sin tur resulterat i att Erica fått kontrakt
på ytterligare en bok om ett verkligt mordfall. Den hade krävt enorma
insatser av henne, både arbets- och känslomässigt, och sedan den gick
iväg till förlaget i maj hade hon inte orkat påbörja något nytt projekt. Ett
för högt blodtryck och sjukskrivning hade blivit tungan på vågen och
hon hade därför motvilligt skjutit upp allt arbete med en ny bok till ef-
ter att bebisen kommit. Men det låg inte för henne att bara sitta hemma
och rulla tummarna.

"Annika är ju på semester, så hon kan inte göra det. Och det är inte
så lätt som man kan tro att göra research. Man måste veta var man ska
leta och det gör jag. Jag kan väl få kika lite grann bara …"

"Nej, kommer inte på fråga. Förhoppningsvis åker Conny och hans
vilda anhang tidigt i morgon och efter det ska du bara ta det lugnt och
hör sen! Och nu får du vara tyst, för nu ska jag prata med bebben en
stund. Vi måste lägga upp planerna för hans fotbollskarriär …"

"Eller hennes."

"Eller hennes. Fast då får det nog bli golf istället. Än så länge finns det
inga pengar i damfotboll."

Erica bara suckade, men lade sig snällt på rygg för att underlätta kom-
munikationen.

"Märker de inte när du smyger ut?"

Johan låg på sidan bredvid Linda och kittlade henne i ansiktet med ett halmstrå.

"Nej, för du förstår, Jacob litar på mig." Hon lade pannan i djupa veck och härmade sin brors allvarliga tonfall. "Det är något han snappat upp på alla skapa-en-god-kontakt-med-ungdomar-kurser som han har gått. Det värsta är att de flesta av dem verkar gå på det också, för vissa av dem är Jacob lika med Gud. Fast har man växt upp utan farsa så tar man kanske vad som helst." Irriterat slog hon bort halmstrået som Johan retades med. "Lägg av med det där."

"Vadå, får man inte skoja lite?"

Hon såg att han blev sårad och lutade sig fram och kysste honom som plåster på såren. Det var bara ingen bra dag i dag. Mensen hade kommit på morgonen, så hon skulle inte kunna ligga med Johan på en vecka och sedan gick det henne på nerverna att bo ihop med sin präktiga bror och hans lika präktiga fru.

"Åh, om bara ett år kunde gå fort, så jag kunde dra från den här jävla hålan!"

De var tvungna att viska för att inte upptäckas i sitt gömställe på höloftet, men hon slog handen i brädorna för att ge eftertryck åt orden.

"Längtar du efter att dra ifrån mig också då, eller?"

Det sårade uttrycket i Johans ansikte fördjupades och hon bet sig i tungan. Kom hon ut i vida världen skulle hon aldrig titta åt någon som Johan, men så länge hon gick här hemma dög han som underhållning, men inte mer. Fast det var onödigt att han förstod det. Så hon rullade ihop sig som en liten kelig kattunge och kröp intill honom. Hon fick ingen respons, så hon tog hans arm och lade den om sin kropp. Som av egen vilja började hans fingrar vandra över henne och hon log inom sig. Män var så lätta att manipulera.

"Du kan väl komma med mig?"

Hon sa det i förvissningen om att han aldrig skulle kunna slita sig från Fjällbacka, eller kanske framförallt från sin bror. Ibland undrade hon om han ens gick på toa utan att fråga Robert.

Han undvek att svara på frågan. Istället sa han: "Har du pratat med din farsa då? Vad säger han om att du tänker dra?"

"Vad ska han säga? I ett år till kan han bestämma över mig, men så fort jag fyllt arton har han inte ett skit att säga till om längre. Och det retar gallfeber på honom. Ibland tror jag att han skulle önska att han kunde föra in oss i sina jävla räkenskapsböcker. Jacob debet, Linda kredit."

"Vadå debet?"

Linda skrattade åt hans fråga. "Det är ekonomitermer, inget du behöver bry dig om."

"Jag undrar hur det hade blivit om jag ..." Ögonen var oseende när Johan fäste blicken någonstans bakom henne, samtidigt som han tuggade på ett halmstrå.

"Hur det hade blivit om vadå?"

"Om farsan inte blivit av med alla pengarna. Då hade det kanske varit vi som bott i herrskapsbyggnaden och du som suttit i stugan med farbror Gabriel och faster Laine. "

"Jo du, det hade varit en syn det. Mamma på undantag i stugan. Fattig som en kyrkråtta."

Linda lade huvudet bakåt och skrattade hjärtligt, så Johan fick hyssja på henne för att det inte skulle höras ut till Jacobs och Maritas hus som bara låg ett stenkast från ladan.

"Kanske hade farsan levt i dag i så fall. Och då hade inte morsan suttit med sina jävla fotoalbum hela dagarna."

"Det var ju inte för pengarnas skull som han ..."

"Det vet du väl inte. Vad fan vet du om varför han gjorde det!" Rösten gick upp en oktav och blev gäll.

"Det vet väl alla."

Linda gillade inte riktningen som samtalet tagit och tordes inte titta Johan i ögonen. Familjefejden och allt som berörde den hade hittills, genom en tyst överenskommelse, varit ett uteslutet samtalsämne.

"Alla tror att de vet, men ingen vet ett jävla skit. Och bror din som bor på vår gård, det är för jävligt!"

"Det är ju inte Jacobs fel att det blev som det blev." Det kändes märkligt att försvara den bror hon oftast öste ovett över, men blod var tjockare än vatten. "Han fick gården av farfar och han har dessutom alltid varit den förste att försvara Johannes."

Johan visste att hon hade rätt och ilskan rann av honom. Det var bara det att det ibland gjorde så jävla ont när Linda pratade om sin familj, eftersom det påminde honom om det han själv förlorat. Han vågade inte säga det till henne, men ofta tyckte han att hon var rätt otacksam. Hon och hennes familj hade allt, hans familj hade inget. Var fanns rättvisan i det?

Samtidigt ursäktade han henne allt. Han hade aldrig älskat någon så hett, och bara åsynen av hennes smärta kropp bredvid hans gjorde att det brände i honom. Ibland kunde han inte tro att det var sant. Att en sådan ängel ville slösa tid på honom. Men han visste bättre än att lägga energi på att ifrågasätta sin goda tur. Istället försökte han blunda för framtiden och njuta av nuet. Nu drog han henne närmare intill sig och blundade när han insöp doften av hennes hår. Han knäppte upp översta byxknappen i hennes jeans, men hon hindrade honom.

"Jag kan inte, jag har mensen. Låt mig istället."

Hon knäppte upp hans byxor och han lade sig på rygg. Bakom hans slutna ögon flimrade himlen förbi.

Det hade bara gått en dag sedan de hittade den döda kvinnan, men otåligheten plågade redan Patrik. Någonstans satt någon och undrade var hon fanns. Funderade, oroade sig, lät tankarna löpa i alltmer ångestfyllda banor. Och det hemska var att i detta fall hade till och med de värsta farhågorna besannats. Mer än något annat ville han få reda på vem kvinnan var, för att kunna ge ett besked till dem som älskade henne. Inget var värre än ovissheten, inte ens döden. Sorgearbetet kunde inte ta sin början förrän man visste vad det var man sörjde. Det skulle inte bli någon lätt sak att vara den som gav beskedet, ett ansvar som Patrik mentalt redan axlat, men han visste att det var en viktig del av hans arbete. Att underlätta och stödja. Men framförallt, att ta reda på vad som hänt med den de älskade.

Martins fruktlösa rundringning under gårdagen hade i ett slag gjort identifieringsarbetet mångfalt svårare. Hon var inte rapporterad saknad någonstans i närområdet och då vidgades sökfältet till hela Sverige, kanske till och med till utlandet. Uppgiften kändes för ett ögonblick omöjlig, men den tanken slog han snabbt bort. Just nu var de den okända kvinnans enda förespråkare.

Martin knackade försynt på dörren.

"Hur vill du att jag ska fortsätta? Vidga sökcirkeln, eller börja med storstadsdistrikten, eller ...?" Han höjde ögonbryn och axlar i en frågande gest.

Patrik kände med ens tyngden av ansvaret för utredningen. Egentligen fanns det inget som pekade i endera riktningen, men någonstans måste de ju börja.

"Kolla med storstadsdistrikten. Göteborg är ju avklarat, så ta Stockholm och Malmö till att börja med. Vi borde snart få den första rapporten från Rättsmedicinska och har vi tur så kanske de kan komma med något matnyttigt."

"Okej." Martin slog handflatan i dörren på vägen ut och gick i riktning mot sitt rum. En gäll signal från receptionen fick honom att vända på klacken och han gick för att släppa in den besökande. Vanligtvis var det Annikas uppgift, men i hennes frånvaro fick de helt enkelt hjälpas åt.

Flickan såg orolig ut. Hon var späd, med två långa, ljusa flätor och en enorm ryggsäck på ryggen.

"I want to speak to someone in charge."

Hennes engelska var kraftigt bruten och han gissade på att accenten var tysk. Martin öppnade dörren och viftade åt henne att kliva på. Han ropade nedåt korridoren: "Patrik, du har besök."

För sent tänkte han på att han kanske skulle ha förhört sig om hennes ärende först, men Patrik hade redan stuckit ut huvudet från sitt rum och flickan var på väg åt hans håll.

"Are you the man in charge?"

För ett ögonblick var Patrik frestad att skicka henne vidare till Mellberg som ju rent tekniskt var högste chef, men han ändrade sig när han såg hennes förtvivlade ansiktsuttryck och bestämde sig för att bespara henne den upplevelsen. Att skicka in en söt flicka till Mellberg var som att skicka ett får till slaktbänken och hans naturliga beskyddarinstinkter tog över.

"Yes, how can I help you?"

Han gestikulerade åt henne att kliva in och sätta sig i stolen framför hans skrivbord. Med förvånande lätthet fick hon av sig den enorma ryggsäcken och placerade den försiktigt stödd mot väggen bredvid dörren.

"My English is very bad. You speak German?"

Patrik rannsakade sina gamla kunskaper i skoltyska. Svaret berodde helt på hur hon definierade "speak German". Han kunde beställa en öl och be om notan, men han misstänkte att hon inte var här i egenskap av servitris.

"Lite tyska", svarade han knaggligt på hennes modersmål och vickade på handen i "sisådär"-gesten.

Hon verkade nöjd över det beskedet och pratade långsamt och tydligt för att ge honom en chans att förstå vad hon sa. Till sin förvåning märkte Patrik han kunde mer än han först trodde och även om han inte begrep vartenda ord, förstod han sammanhanget.

Hon presenterade sig som Liese Forster. Tydligen hade hon varit inne för en vecka sedan och rapporterat sin väninna Tanja saknad. Hon hade pratat med en polis, här på stationen, och fått beskedet att han skulle kontakta henne när han visste mer. Nu hade hon väntat en hel vecka och fortfarande inte hört ett ljud. Oron var skriven med eldskrift över hennes ansikte och Patrik tog allvarligt på det hon berättade.

Tanja och Liese hade träffats på tåget på väg till Sverige. De var båda från Nordtyskland men kände inte varandra sedan tidigare. Kontakten hade varit omedelbar och ömsesidig och Liese sa att de blivit som systrar. Liese hade inga fasta planer för vart hon skulle resa i Sverige och Tanja hade därför föreslagit att hon skulle följa med till ett litet samhälle på Sveriges västkust som hette Fjällbacka.

"Varför just Fjällbacka?" frågade Patrik med stapplande tysk grammatik.

Svaret gavs dröjande. Det var det enda ämne som Tanja inte diskuterat glatt och öppet med henne och Liese erkände att hon inte riktigt visste. Det enda Tanja hade berättat var att hon hade ett ärende där. När det väl var avklarat kunde de fortsätta sin resa genom Sverige, men först var det något hon måste söka, hade hon sagt. Ämnet verkade vara känsligt och Liese hade inte frågat vidare. Hon var bara glad över att ha fått ressällskap och följde gärna med, oavsett vilken anledning Tanja hade till att vilja fara dit.

De hade bott på Sälviks camping i tre dagar när Tanja försvann. Hon hade givit sig av på morgonen, sagt att hon hade ett ärende under dagen och att hon skulle komma tillbaka framåt eftermiddagen. När det blev eftermiddag, sedan kväll och sedan natt hade Lieses oro stegrats i takt med att klockans visare flyttade sig framåt. Morgonen därpå hade hon via turistbyrån på Ingrid Bergmans torg fått besked om hur hon kunde ta sig till närmsta polisstation. Anmälan hade tagits emot och nu undrade hon vad som hänt.

Patrik var förbryllad. De hade honom veterligen inte fått in en anmälan om någon saknad och nu kände han hur en tyngd samlade sig i magtrakten. Svaret på hans förfrågan om Tanjas signalement besannade hans farhågor. Allt Liese berättade om sin väninna stämde in på den döda kvinnan i Kungsklyftan, och när han med tungt hjärta visade ett fotografi av den döda bekräftade Lieses snyftningar det han redan anat. Martin kunde sluta ringa runt och någon skulle ställas till svars för att inte

Tanjas försvinnande rapporterats på korrekt sätt. De hade slösat många dyrbara timmar i onödan, och Patrik hyste ingen större tvekan om i vilken riktning han skulle vända sig för att finna den skyldige.

Patrik hade redan åkt till arbetet när Erica vaknade ur en sömn som för ovanlighetens skull varit djup och drömlös. Hon tittade på klockan. Den var nio och det hördes inga ljud från nedervåningen.

En stund senare var en kanna kaffe påsatt och hon började duka fram till frukost åt sig och sina gäster. De trillade in i köket en efter en, den ena mer sömndrucken än den andra, men de piggnade snabbt till när de började ta för sig av den framsatta frukosten.

"Var det till Koster ni skulle härnäst?"

Ericas fråga var både av artighet och av förväntan över att bli av med dem.

Conny bytte en snabb blick med sin hustru och sa: "Nja, Britta och jag talade lite om saken i går kväll och vi tänkte att eftersom vi ändå är här, och vädret är så fint, så åker vi nog ut till någon av öarna här under dagen. Visst är det så att ni har en båt?"

"Jo, visst har vi det ..." erkände Erica motvilligt. "Fast jag är lite osäker på om Patrik är så sugen på att låna ut den. Med tanke på försäkringen och så ...", svängde Erica ihop i hastigheten. Tanken på att de skulle stanna ens några timmar mer än beräknat fick det att pirra i benen på henne av frustration.

"Nej, men vi tänkte att du kanske kunde skjutsa ut oss till något bra ställe, så kan vi ringa när vi vill åka in igen."

Att hon i det ögonblicket inte fann några ord, tog Conny som ett tyst medgivande. Erica åkallade tålamod från högre makter och intalade sig själv att det inte var värt en konfrontation med släkten bara för att bespara sig några timmar av deras sällskap. Hon skulle dessutom slippa umgås med dem under dagen och förhoppningsvis hade de sedan hunnit åka vidare lagom till att Patrik kom hem från jobbet. Hon hade redan bestämt sig för att laga till något extra och ha lite myskväll. Han hade ju trots allt egentligen semester. Och vem visste hur mycket tid att rå om varandra de skulle få när bebisen kommit – det var bäst att passa på.

När hela familjen Flood efter många om och men hade packat sina solgrejer så gav de sig av ner till båtplatsen. Båten, en blå liten träsnipa, var låg och svår att komma i från kajen vid Badholmen och det krävdes en hel del baxande innan hon lyckades komma ner med sin stora kroppshydda. Efter att ha kryssat runt i en timme på jakt efter en "öde klippa, eller helst en strand" till gästerna, hittade hon slutligen en liten vik som övriga turister mirakulöst verkade ha missat och styrde sedan hemåt. Att ta sig upp på kajen utan hjälp visade sig omöjligt, så hon fick förödmjukad be några förbipasserande badgäster om assistans.

Svettig, varm, trött och förbannad körde hon hemåt, men ångrade sig precis innan hon passerade seglarsällskapets klubbhus och svängde raskt vänster istället för att köra rakt fram mot Sälvik. Hon körde högersvängen runt berget, förbi idrottsplatsen och lägenhetskomplexet Kullen, och parkerade utanför biblioteket. Hon skulle bli fullkomligt tokig av att sitta sysslolös hemma hela dagen. Patrik fick protestera i efterhand, hjälp med efterforskningen skulle han få, vare sig han ville eller inte!

När Ernst kom in på stationen gick han med bävande steg mot Hedströms rum. Redan när Patrik ringde till honom på mobilen och med granit i stämman beordrade honom att omedelbart komma till stationen, så anade han att det var fara å färde. Han rannsakade sitt minne för att försöka komma på vad det var som han ertappats med, men var tvungen att erkänna att det fanns lite för mycket att välja på för att han skulle kunna komma med en kvalificerad gissning. Han var ju de facto en genvägarnas mästare och hade upphöjt fusk till en konstart.

"Sitt."

Spakt åtlydde han Patriks befallning och satte upp en trotsig min till skydd mot den annalkande stormen.

"Vad är det som är så rasande brådskande? Jag var mitt i ett ärende och bara för att du tillfälligt blivit tilldelad ansvar för en utredning kan du inte bara domdera hit mig."

Anfall var bästa försvar, men att döma av det alltmer mulnande ansiktsuttrycket hos Patrik var det i detta fall helt fel väg att gå.

"Tog du emot en anmälan om en försvunnen tysk turist för en vecka sen?"

Satan. Det där hade han glömt. Den lilla blonda jäntan hade kommit in precis innan lunch och han hade bara sett till att bli av med henne för att hinna iväg och äta. Det brukade ju aldrig vara något med de där rapporterna om försvunna kamrater. Oftast låg de dyngraka i något dike, eller så hade de följt med någon yngling hem. Jävlar också. Det här visste han att han skulle få sota för. Tänk att han inte hade kopplat ihop det

med tjejen de hittade i går, men det var lätt att vara efterklok. Nu gäll-
de det att minimera skadan.

"Ja, joo, det gjorde jag nog."

"Gjorde nog!" Patriks vanligen så lugna stämma rungade tordönslik i
det lilla rummet. "Antingen så tog du emot en anmälan eller så gjorde du
inte det. Det finns inget mittemellan. Och om du nu tog emot en anmä-
lan, var i … är den någonstans?" Patrik var så förbannad att han snubb-
lade på orden. "Inser du vad det här kan ha kostat utredningen i tid?"

"Ja, det är klart att det var olyckligt, men hur skulle jag kunna
veta …"

"Du ska inte veta, du ska utföra dina arbetsuppgifter! Jag hoppas att
jag inte någonsin behöver vara med om det här igen. Och nu har vi dyr-
bara timmar att ta igen."

"Är det något jag kan …" Ernst gjorde sin stämma så underdånig som
han mäktade med och såg så ångerfull ut som bara kunde. Inom sig
svor han eder över att bli tilltalad av en pojkvasker på det sättet, men ef-
tersom Hedström nu verkade ha Mellbergs öra skulle det vara dumt att
förvärra sin situation ytterligare.

"Du har gjort tillräckligt. Jag och Martin fortsätter med utredningen.
Du får ta hand om inkommande ärenden. Vi har fått en anmälan om ett
villainbrott i Skeppstad. Jag har pratat med Mellberg och fått klartteck-
en att du kan åka på det själv."

Som tecken på att samtalet var avslutat vände Patrik ryggen åt Ernst
och började skriva så frenetiskt på tangentbordet att det smällde i knap-
parna.

Muttrande stegade Ernst iväg. Så jävla farligt var det väl ändå inte att
missa att skriva en enda liten rapport. Vid rätt tillfälle skulle han ta sig
ett snack med Mellberg om lämpligheten i att ha någon med ett så labilt
humör som ansvarig för en mordutredning. Ja, jädrar, det skulle han min-
sann.

Den finnige ynglingen framför honom var en studie i letargi. Hopplös-
heten var tecknad i hans ansiktsdrag och det var länge sedan tillvarons
meningslöshet bankats in i honom. Jacob kände väl igen tecknen och
han kunde inte låta bli att se det som en utmaning. Han visste att han
besatt makten att få in pojkens liv i en helt annan riktning och hur väl
han lyckades hängde nu enbart på om pojken själv hyste någon som
helst önskan om att fösas in på den rätta vägen.

Inom trossamfundet var Jacobs arbete med ungdomarna väl känt och respekterat. Många var de brutna själar som kommit innanför gårdens väggar, för att sedan åka därifrån som produktiva samhällsmedborgare. Den religiösa aspekten tonades dock ner inför omvärlden, eftersom de statliga anslagen vilade på bräcklig grund. Det fanns alltid människor utan gudstro som skrek "sekt" så fort något stack utanför deras fyrkantiga syn på vad religion innebar.

Största delen av den respekt han åtnjöt hade han fått på egna meriter, men han kunde inte förneka att en del också kunde tillskrivas det faktum att hans farfar var Ephraim Hult, "Predikanten". Visserligen hade hans farfar inte tillhört just detta samfund, men hans rykte var så vida spritt längs den bohuslänska kusten att det gav genklang inom alla de frireligiösa grupperna. Den renläriga svenska kyrkan såg självklart Predikanten som en charlatan, men det gjorde å andra sidan alla som valde att inskränka sig till att predika inför tomma kyrkobänkar på söndagarna, så det var inget som de friare kristna grupperna tog någon större notis om.

Arbetet med de missanpassade och missbrukande hade fyllt Jacobs liv i nästan ett decennium, men det tillfredsställde honom inte på samma sätt som det gjort tidigare. Han hade varit med och byggt upp verksamheten på kursgården i Bullaren, men arbetet fyllde inte längre det tomrum som han levt med i hela sitt liv. Det fattades honom något och jakten på detta okända "något" skrämde honom. Han som så länge tyckt sig stå på fast mark kände nu hur det gungade betänkligt under fötterna på honom, och han fasade inför den avgrund som kunde öppna sig och svälja honom hel, både till kropp och själ. Hur många gånger hade han inte, trygg i sin förvissning, snusförnuftigt påpekat att tvivlet är djävulens främsta verktyg, utan att veta att han en dag skulle befinna sig i detta tillstånd själv.

Han reste sig och ställde sig med ryggen åt pojken. Han tittade ut genom fönstret som vette mot sjön, men såg bara sin egen spegelbild i glaset. En stark, frisk man, reflekterade han ironiskt. Det mörka håret var kortklippt och Marita, som klippte honom hemma, gjorde det faktiskt riktigt bra. Ansiktet var fint mejslat, med känsliga drag utan att vara omanligt. Han var varken spenslig eller särskilt kraftigt byggd, utan skulle kunna vara definitionen för normalbyggd. Men Jacobs största tillgång var ögonen. De var skarpt blå och hade en unik förmåga att samtidigt kunna verka både milda och genomborrande. De ögonen hade hjälpt honom att övertyga många om den rätta vägen. Han visste det, och han utnyttjade det.

Men inte i dag. De egna demonerna gjorde det svårt att koncentrera sig på någon annans problem och det var lättare att ta till sig det pojken sa om han inte behövde se på honom. Han släppte sin spegelbild med blicken och tittade istället ut över Bullarsjön och skogen som milsvid bredde ut sig framför honom. Det var så hett att han kunde se luften vibrera över vattnet. De hade köpt den stora gården billigt eftersom den hade varit så nedgången efter år av misskötsel, och efter många timmars gemensamt slit hade de renoverat den till det skick den var i nu. Det var inget lyxigt, men fräscht, rent och trevligt. Kommunens utsände lät sig alltid imponeras av huset och de vackra omgivningarna och orerade om vilken positiv inverkan detta skulle ha på de stackars missanpassade pojkarna och flickorna. Hittills hade de aldrig haft några problem med att få anslag och verksamheten hade flutit på bra under de tio år de varit igång. Så problemet fanns bara i hans huvud, eller var det i själen?

Kanske hade påfrestningen i det vardagliga livet blivit det som knuffat honom i fel riktning vid ett avgörande vägskäl. Han hade aldrig tvekat att ta in systern i sitt hem. Vem om inte han skulle kunna lindra hennes inre oro och lugna hennes rebelliska sinnelag? Men hon hade visat sig vara hans överman i den psykologiska kampen, och medan hennes jag växte sig starkare dag för dag, kände han hur den ständiga irritationen urgröpte hela hans fundament. Ibland kom han på sig med att knyta händerna och tänka att hon var en dum, enfaldig jäntunge som förtjänade att familjen tog sin hand ifrån henne. Men det var inte det kristna sättet att tänka och följderna av varje sådan tanke blev alltid timmar av självrannsakan och ivriga bibelstudier i hopp om att finna styrka.

Utåt sett var han fortfarande en klippa av trygghet och tillförsikt. Jacob visste att människorna i hans omgivning hade ett behov av honom som den som de alltid kunde luta sig emot, och han var ännu inte beredd att offra den bilden av sig själv. Ända sedan han besegrat sjukdomen som under ett tag härjat vilt med honom, kämpade han för att inte förlora kontrollen över tillvaron. Men blotta ansträngningen att uppehålla fasaden tärde på hans sista resurser och avgrunden närmade sig med stormsteg. Åter reflekterade han över ironin i att cirkeln, efter så många år, hade kommit att slutas. Beskedet hade fått honom att för en sekund göra det omöjliga. Att tvivla. Tvivlet varade bara ett ögonblick, men det hade bildat en liten, liten spricka i den starka väv som hade hållit sam-

43

man hans tillvaro, och den sprickan vidgades alltmer.

Jacob motade bort tankarna och tvingade sig att fokusera på ynglingen framför sig och hans ömkliga tillvaro. Frågorna han ställde till honom kom automatiskt, liksom det empatiska leendet som han alltid hade till övers för ett nytt svart får i flocken.

Ännu en dag. Ännu en söndrig människa att laga. Det tog aldrig slut. Men till och med Gud fick ju vila på sjunde dagen.

Efter att ha hämtat den nu grisskära familjen ute på skäret väntade Erica ivrigt på Patriks hemkomst. Hon sökte också efter tecken på att Conny och hans familj skulle börja packa sina pinaler, men klockan var halv sex och de gjorde inga ansatser att ge sig iväg. Hon bestämde sig för att avvakta en stund till innan hon fann på något finkänsligt sätt att fråga om de inte borde åka snart, men barnens skrikande hade fått en kraftig huvudvärk att byggas upp och den stunden fick inte bli för lång. Lättad hörde hon hur Patrik kom i trappan och vankade för att möta honom.

"Hej, älskling." Hon fick ställa sig på tå för att kunna kyssa honom.

"Hej. Har de inte åkt än?" Patrik talade med låg röst och spanade inåt vardagsrummet.

"Nej, och de verkar inte göra några direkta försök åt det hållet heller. Vad fasiken ska vi göra?" Erica svarade med lika låg röst hon och himlade med ögonen för att markera sitt missnöje med situationen.

"De kan väl inte bara stanna en dag till utan att fråga? Eller kan de det?" sa Patrik och såg orolig ut.

Erica fnös. "Du skulle bara veta hur många gäster mina föräldrar har haft genom åren på somrarna, som bara skulle stanna till som hastigast och sedan blev kvar i en vecka med förväntningar om full uppassning och fri mat. Folk är inte kloka. Och släkten är alltid värst."

Patrik såg förskräckt ut.

"Inte kan de väl stanna i en vecka! Vi måste ju göra något. Kan inte du säga åt dem att de måste åka?"

"*Jag*, varför ska *jag* säga åt dem?"

"Det är ju faktiskt dina släktingar."

Erica var tvungen att erkänna att han hade en poäng där. Det var väl bara att bita i det sura äpplet då. Hon gick in i vardagsrummet för att höra sig för om gästernas planer, men hann aldrig så långt.

"Vad blir det för mat?" Fyra par ögon vändes förväntansfullt mot henne.

"Äh …" Erica kom av sig i ren häpenhet över fräckheten. Hon inventerade snabbt frysen i tanken. "Det blir köttfärssås med spaghetti. Om en timme."

Erica ville sparka sig själv där bak när hon gick ut till Patrik i köket. "Vad sa de? När åker de?"

Erica tittade inte Patrik i ögonen utan sa: "Det vet jag faktiskt inte. Men det blir köttfärssås och spaghetti om en timme."

"Sa du inget?" Nu var det Patriks tur att himla med ögonen.

"Det är inte så lätt. Försök själv ska du se." Irriterat fräste Erica ifrån och började med slamrande rörelser dra fram kastruller och grytor. "Vi får bita ihop en kväll till. Jag säger åt dem i morgon. Börja hacka lök nu istället, jag orkar inte laga middag till sex personer själv."

Under tryckande tystnad arbetade de en stund i köket tills Erica inte kunde hålla sig längre.

"Jag var på biblioteket i dag och tog fram lite material som du kanske kan ha nytta av. Det ligger där." Hon nickade med huvudet i riktning mot köksbordet. Där låg en rejäl bunt med kopierade papper i en prydlig hög.

"Jag sa ju åt dig att du inte skulle …"

"Nej, nej, jag vet. Men nu är det gjort och det var riktigt roligt som omväxling till att sitta här hemma och glo på väggarna. Så tjata inte nu."

Patrik hade vid det här laget lärt sig när det var läge att hålla klaffen och han satte sig vid köksbordet och började ögna igenom materialet. Det var tidningsartiklar om de två flickornas försvinnanden och han läste med stort intresse.

"Fan, vad bra! Du, jag tar med det här till kontoret i morgon och kikar igenom det lite noggrannare, men det ser suveränt ut."

Han gick fram till henne där hon stod vid spisen, ställde sig bakom henne och lade armarna om den svällande magen.

"Du, det är inte meningen att vara tjatig. Jag är bara orolig för dig och bebben."

"Jag vet." Erica vände sig om och lade armarna om halsen på honom. "Men jag är faktiskt inte gjord av porslin och kunde kvinnor förr jobba på åkrarna fram tills de i princip födde där på plats, så kan nog jag sitta på ett bibliotek och vända papper utan att det händer oss något."

"Ja, OK. Jag vet." Han suckade. "Bara vi blir av med våra inneboende, så kan vi rå om varann lite mer. Och du lovar väl att du säger till om du vill att jag ska vara hemma någon dag. Stationen vet att jag jobbar på eget initiativ och att du går före."

45

"Jag lovar. Men se nu till att hjälpa till att få maten klar istället, så kanske ungarna där ute lugnar ner sig."

"Det tror jag knappast. Vi kanske skulle ge dem var sin whiskypinne innan maten så somnar de nog." Han log retsamt.

"Usch, vad hemsk du är. Servera Conny och Britta var sin istället, så håller vi åtminstone dem på gott humör."

Patrik gjorde som hon föreslog och tittade sorgset på den hastigt sjunkande nivån i flaskan med hans bästa maltwhisky. Stannade de ytterligare några dagar skulle hans whiskysamling aldrig bli sig lik igen.

Sommaren 1979

Hon öppnade ögonen med största försiktighet. Anledningen var en sprängande huvudvärk som fick det att ila i hårrötterna på henne. Men det märkliga var att det inte blev någon skillnad på vad hon såg när hon slog upp ögonen. Det var fortfarande bara kompakt mörker. I ett panikartat ögonblick trodde hon att hon blivit blind. Kanske hade den hembrända spriten hon druckit i går varit dålig, det hade hon hört historier om, ungdomar som blev blinda av att dricka hembränt. Efter några sekunder började omgivningen framträda vagt och hon förstod att det inte var något fel på hennes syn, men att hon befann sig någonstans där det inte fanns något ljus. Hon tittade upp för att undersöka om hon kunde se någon stjärnhimmel, eller en månskära ifall hon låg utomhus någonstans, men insåg omedelbart att det aldrig blev så mörkt under sommaren utan att hon då istället borde ha sett det skira nordiska sommarnattsljuset.

Hon kände på underlaget som hon låg på och fick tag på en näve sandaktig jord, som hon silade mellan fingrarna. Den luktade starkt av mylla, en sötaktig kväljande doft, och hon fick en känsla av att befinna sig under jord. Paniken slog till. Känslan var klaustrofobisk. Utan att veta hur stort utrymmet var fick hon ändå bilden av väggar som sakta närmade sig henne, inneslöt henne. Hon krafsade på halsen när det kändes som om luften höll på att ta slut, men tvingade sig sedan att ta några lugna, djupa andetag för att lägga band på paniken.

Det var kallt och hon insåg med ens att hon var naken, med undantag för sina underbyxor. Hennes kropp ömmade på flera ställen och hon huttrade med armarna om sig och knäna uppdragna under hakan. Den första paniken lämnade nu plats för en rädsla så stark att det kändes som om den gnagde sig in i benen på henne. Hur hade hon hamnat här? Och varför? Vem klädde av henne? Det enda hennes hjärna förmådde svara henne var att hon troligtvis inte ville veta svaret på de frågorna. Något ont hade hänt henne och hon visste inte vad, något som i sig mångdubblade rädslan som lamslog henne.

En ljusstrimma uppenbarade sig på hennes hand och hon lyfte automatiskt ögonen mot dess källa. En liten springa ljus syntes mot det sammetsmörka svarta och hon tvingade sig upp på fötter och skrek på hjälp. Ingen reaktion. Hon ställde sig på tå och försökte nå källan till ljuset men var inte ens i när-

47

heten. Istället kände hon hur något droppade mot hennes uppåtvända ansikte. Vattendroppar blev till en rännil och hon kände med ens hur törstig hon var. Utan att tänka reagerade hon instinktivt och öppnade munnen för att suga i sig drycken, girigt i stora klunkar. Först rann det mesta utanför, men efter en liten stund fick hon in den rätta tekniken och drack begärligt. Sedan var det som om ett dis lade sig över allt och rummet började snurra. Efter det bara mörker.

Linda vaknade tidigt för en gångs skull, men försökte ändå att somna om. Det hade blivit en sen kväll, eller natt om man skulle vara petig, med Johan och hon kände sig nästan lite bakfull av sömnbristen. Men för första gången på månader hörde hon regn mot taket. Rummet som Jacob och Marita gjort i ordning till henne låg precis under taknocken och ljudet av regnet mot takpannorna var så högt att det kändes som om det ekade mellan tinningarna på henne.

Samtidigt var det första morgonen på länge som hon vaknade i ett svalt sovrum. Hettan hade hållit i sig i nästan två månader och satt rekord, det var den varmaste sommaren på hundra år. Den första tiden hade hon välkomnat den gassande solen, men nyhetens behag hade försvunnit för flera veckor sedan och istället hade hon börjat hata att varje morgon vakna i svettblöta lakan. Den friska, svala luft som nu svepte in under takbjälkarna var därför desto mer njutbar. Linda kastade av sig det tunna täcket och lät sin kropp känna på den behagliga temperaturen. Helt okarakteristiskt bestämde hon sig för att gå upp innan någon jagade henne ur sängen. Kunde kanske vara trevligt att inte äta frukost ensam för omväxlings skull. Nere i köket hörde hon slamret från frukosten som ställdes fram och hon tog på sig en kort kimono och stack in fötterna i ett par tofflor.

Nere i köket möttes hennes tidiga ankomst av förvånade miner. De var församlade hela familjen, Jacob, Marita, William och Petra, och deras dämpade samtal bröts tvärt när hon slängde sig ner på en av de lediga stolarna och började bre sig en smörgås.

"Det är trevligt att du vill göra oss sällskap för en gångs skull, men jag skulle uppskatta om du tog på dig lite mer när du kom ner. Tänk på barnen."

Jacob var så jävla skenhelig att hon blev illamående. Bara för att reta honom lät hon den tunna kimonon glida isär en aning så att hennes ena bröst skymtade genom öppningen. Han blev vit i ansiktet av ilska, men orkade av någon anledning inte ta upp kampen med henne utan lät henne hållas. William och Petra tittade fascinerat på henne och hon gjorde några grimaser åt dem som fick dem båda att falla ihop i fnitterspasmer. Ungarna var faktiskt riktigt gulliga var hon tvungen att erkänna, men tids nog skulle väl Jacob och Marita förstöra dem. När de var färdiga med sin religiösa uppfostran skulle de inte ha någon livsglädje kvar.

"Nu lugnar ni ner er. Sitt ordentligt vid bordet när ni äter. Ta ner benet från stolen, Petra, och sitt som en stor flicka. Och du stänger munnen när du äter, William. Jag vill inte se dina tuggor."

Skrattet försvann från barnens ansikten och de satte sig raka som två tennsoldater med tomma stirrande blickar. Linda suckade inombords. Ibland kunde hon inte fatta att hon och Jacob verkligen var släkt. Det fanns inte två syskon som var mer olika än hon och Jacob, det var hon helt övertygad om. Det som var så jävla orättvist var att han var deras föräldrars favorit och ständigt höjdes till skyarna, medan de inte gjorde något annat än att hacka på henne. Kunde hon hjälpa att hon kommit som ett oplanerat sladdbarn när de redan ställt in sig på att lämna småbarnsåren bakom sig? Eller att Jacobs sjukdom så många år innan hon fötts gjort dem ovilliga att utsätta sig för det igen. Visst förstod hon allvaret i att han nästan dog, men för den skull behövde väl inte hon straffas? Det var ju inte hon som gjort honom sjuk.

Allt klemande med Jacob under sjukdomen hade liksom bara fortsatt, även efter att han förklarats helt frisk. Det var som om deras föräldrar betraktade varje dag i hans liv som en gåva från Gud, medan hennes liv bara ställde till förtret och besvär för dem. För att inte tala om farfar och Jacob. Visserligen förstod hon att de hade ett speciellt band mellan sig efter vad farfar gjorde för Jacob, men det betydde väl inte att det inte skulle finnas något utrymme kvar för hans andra barnbarn. Farfar dog visserligen innan hon föddes, så hon behövde aldrig ställas inför hans likgiltighet, men hon visste genom Johan att han och Robert hamnat utanför farfars gunst och hade fått se all uppmärksamhet fokuseras på sin kusin Jacob. Säkert skulle samma sak ha hänt med henne om han fortfarande hade levt.

Orättvisan i det hela fick heta tårar att samlas bakom hennes ögonlock, men Linda tvingade tillbaka dem som så många gånger tidigare. Hon tänkte inte ge Jacob tillfredsställelsen att se hennes tårar och därmed få möjlighet att än en gång agera världens frälsare. Hon visste att det kliade i fingrarna på honom att få in hennes liv på den rätta vägen, men hon skulle hellre dö än bli en sådan dörrmatta som han var. Snälla flickor kanske kom till himlen, men hon tänkte komma mycket, mycket längre än så. Hellre gå under med dunder och brak än att mesa sig igenom livet som hennes storebror, trygg som han var i förvissningen om att alla älskade honom.

"Har du några planer i dag? Jag skulle behöva lite hjälp hemma."

Marita bredde lugnt fler smörgåsar åt barnen medan hon riktade sin förfrågan till Linda. Hon var en moderlig kvinna, med alldagligt ansikte och en lätt övervikt. Linda hade alltid tyckt att Jacob borde ha kunnat göra bättre ifrån sig än så. En bild av brodern och svägerskan i sängkammaren kom för henne. Säkert gjorde de det plikttroget en gång i månaden, med lampan släckt och svägerskan i något heltäckande ankellångt nattlinne. Bilden fick henne att fnittra till och de andra tittade undrande på henne.

"Hallå, Marita ställde en fråga till dig. Kan du hjälpa till hemma i dag? Det är inte något pensionat det här, vet du."

"Ja, ja, jag hörde första gången. Du behöver inte vara så jävla tjatig. Och nej, jag kan inte hjälpa till i dag. Jag ska ..." Hon letade efter en bra ursäkt. "Jag måste kolla till Scirocco. Han haltade lite i går."

Hennes ursäkt mottogs med skeptiska blickar och Linda satte upp sin mest stridslystna min, redo för kamp. Men till hennes förvåning orkade ingen ta den striden med henne i dag, trots den uppenbara lögnen. Segern – och ännu en dag i lättja – var hennes.

Lusten att gå ut och ställa sig i regnet, med ansiktet vänt upp mot himlen och vattnet strilande ner över sig, var oemotståndlig. Men vissa saker kunde man inte tillåta sig som vuxen om man dessutom var på sitt arbete, och Martin fick lägga band på sin barnsliga impuls. Men härligt var det. Allt det kvava, heta, som hållit dem fångna de sista två månaderna sköljdes bort i ett enda rejält skyfall. Han kunde känna lukten av regnet i näsborrarna genom det fönster han ställt upp på vid gavel. Det stänkte in vatten på den delen av skrivbordet som var närmast fönstret, men han hade flyttat på alla papper där så det gjorde ingenting. Det var det värt för att få känna doften av svalka.

Patrik hade ringt in och sagt att han försovit sig, så Martin hade för omväxlings skull varit förste man på plats. Stämningen på stationen hade varit tryckt efter gårdagens avslöjande av Ernsts fadäs, så det var skönt att få sitta i lugn och ro och samla tankarna kring den senaste händelseutvecklingen. Han avundades inte Patrik uppgiften att meddela kvinnans släktingar, men även han var medveten om att visshet var första steget mot den läkande delen av sorgearbetet. Men troligtvis visste de inte ens att hon var försvunnen, så beskedet skulle komma som en chock. Nu gällde det först och främst att hitta dem och det var en av dagens uppgifter för Martin, att kontakta sina tyska kollegor. Förhoppningsvis gick det att kommunicera med dem på engelska, annars skulle han få problem. Han kom ihåg tillräckligt med skoltyska för att inte se Patriks tyskkunskaper som någon tillgång, efter att ha hört kollegan staka sig igenom samtalet med Tanjas väninna.

Han skulle precis lyfta luren för att ringa till Tyskland, när en gäll signal hann före. Pulsen höjdes en aning när han hörde att det var Rättsmedicinska i Göteborg och han sträckte sig efter sitt fullklottrade anteckningsblock. Egentligen skulle de rapportera till Patrik, men eftersom han ännu inte kommit in, fick det duga med Martin.

"Ni verkar ha börjat få det hett om öronen där uppe i obygderna."

Rättsläkare Tord Pedersen syftade på den obduktion han gjort ett och ett halvt år tidigare av Alex Wijkner, vilken blev upptakten till en av Tanumshede polisstations hitintills mycket få mordutredningar.

"Ja, man kan börja undra om det är något vi fått i vattnet. Vi är väl snart ikapp Stockholm i mordstatistiken."

Det lätta humoristiska tonfallet var ett sätt för dem, liksom för många yrkesmän som ofta kom i kontakt med död och olycka, att hantera sin dagliga arbetssituation, och var inget som förtog insikten om det allvarliga i det de stod inför.

"Har ni redan hunnit obducera henne? Jag trodde folk tog livet av varandra värre än någonsin i den här hettan?" fortsatte Martin.

"Jo, i sak har du egentligen rätt. Vi märker av att stubinen är kortare hos folk på grund av värmen, men vi har faktiskt haft en svacka de senaste dagarna, så vi hann med ert ärende fortare än vi trott."

"Låt höra då." Martin höll andan. Mycket av utredningens framgång stod och föll med hur mycket Rättsmedicinska hade att erbjuda.

"Ja, det är helt klart ingen sympatisk figur ni har att göra med. Dödsorsaken var ganska enkel att fastställa, hon blev strypt, men det är vad som gjorts med henne innan döden inträffade som är det riktigt anmärkningsvärda."

Pedersen gjorde en paus och det lät som om han satte på sig ett par glasögon.

"Ja?" Martin kunde inte dölja sin otålighet.

"Nu ska vi se … Det här kommer på faxen till er också … Hmmm",

Pedersen skumläste och Martins hand blev svettig av sitt krampaktiga tag kring luren.

"Jo, här har vi det. Fjorton frakturer på olika ställen på skelettet. Samtliga tillfogade före dödens inträde att döma av den varierande grad av läkning som hunnit ske."

"Du menar ..."

"Jag menar att någon brutit armar, ben, fingrar och tår på henne under loppet av uppskattningsvis en vecka."

"Har de brutits vid ett enda tillfälle eller vid flera, kan ni se det?"

"Som jag sa så kan vi se att frakturerna har en varierande läkningsgrad, så min professionella åsikt är att de har uppkommit under hela perioden. Jag har gjort en skiss över den ordningsföljd som jag anser att benbrotten har skett i. Det finns med i det som jag faxat till er. Hon hade också en hel del ytliga skärsår på kroppen. Även de i varierande stadier av läkning."

"Fy fan." Martin kunde inte låta bli att undslippa sig en spontan kommentar.

"Jag är benägen att instämma i det utlåtandet." Pedersens röst ljöd torr över telefonlinjen. "Smärtan hon upplevt måste ha varit olidlig."

De kontemplerade människans grymhet under tystnad en stund. Sedan fann sig Martin och fortsatte: "Har ni hittat några spår på kroppen som vi kan ha nytta av?"

"Ja, vi har hittat sperma. Hittar ni bara en misstänkt gärningsman så kan han bindas med DNA till mordet. Vi gör självklart en sökning i databasen också, men det är sällan vi får några träffar den vägen. Registret är för litet än så länge. Drömma kan man om den dag vi har alla medborgares DNA sökbara. Då hamnar vi i ett helt annat läge."

"Ja, drömma var väl rätt ord. Inskränkningar i individens frihet och allt det där lär väl sätta käppar i hjulet."

"Om inte det som den här kvinnan råkade ut för kan kallas för inskränkningar i individens frihet så vet inte jag vad som kan göra det ..."

Det var osedvanligt filosofiskt för den annars så saklige Tord Pedersen, och Martin förstod att han för ovanlighetens skull blivit berörd av kvinnans öde. Det var annars inget som en rättsläkare kunde kosta på sig, om han ville sova gott på nätterna.

"Kan du ge mig någon uppskattning av när hon dog?"

"Ja, jag har fått resultaten av de prover som tekniska roteln tog på plats och sen kompletterade jag dem med mina egna iakttagelser, så jag kan ge ett ganska tillförlitligt tidsintervall."

"Låt höra."

"Enligt min bedömning så dog hon någon gång mellan klockan sex och klockan elva, kvällen innan hon hittades i Kungsklyftan."

Martin lät besviken. "Du kan inte ge mig en mer exakt tid än så?"

"Vi har praxis i Sverige på att aldrig ge ett snävare tidsintervall än fem timmar i sådana här fall, så det här är det bästa jag kan ge dig. Men sannolikheten för intervallet är nittiofem procent, så det är å andra sidan mycket tillförligt. Däremot kan jag bekräfta det ni säkert misstänkt, att Kungsklyftan är den sekundära brottsplatsen, hon mördades och låg ett par timmar efter döden någon annanstans, det framgår bland annat av likfläckarna."

"Det är ju alltid något." Martin suckade. "Skeletten då. Gav de någonting? Du fick väl uppgifterna av Patrik om vilka vi misstänker att det kan vara?"

"Ja, det fick jag. Och där är vi inte riktigt klara än. Det är inte fullt så enkelt som man kan tro att hitta tandkort från sjuttiotalet, men vi jobbar för fullt på det och så fort vi vet mer så meddelar vi er. Men det jag kan säga är att det är två kvinnoskelett och åldern ser ut att vara ungefär rätt. Den ena kvinnans höftben antyder också att hon fött ett barn, och det stämmer ju väl med de uppgifter vi har. Och det intressantaste av allt – båda skeletten har liknande frakturer som den döda kvinnans. Oss emellan skulle jag till och med vilja drista mig till att säga att frakturerna är nästintill identiska på de tre offren."

Martin tappade en penna i golvet av ren häpnad. Vad var det egentligen som hamnat i knäet på dem? En sadistisk mördare som lät det gå tjugofyra år mellan sina onda gärningar. Alternativet ville han inte ens tänka på. Att mördaren inte hade väntat tjugofyra år och att de helt enkelt inte hittat de övriga offren.

"Hade de blivit knivskurna också?"

"Eftersom det inte finns något organiskt material kvar så är det svårare att säga, men det finns några skrapmärken på benen som kan indikera att de blivit utsatta för samma behandling, ja."

"Och dödsorsaken för dem?"

"Samma som för den tyska flickan. Ben som tryckts in precis vid halsen är överensstämmande med skador som uppstår vid strypning."

Martin antecknade snabbt under samtalet.

"Något mer av intresse du kan ge mig?"

"Inte mer än att skeletten troligtvis varit nedgrävda, det finns jord-rester på dem som vi kanske kan få fram något av vid analysen. Men den är inte klar än, så ni får ge er till tåls. Det fanns jord på Tanja Schmidt och på filten hon låg på också, så den kommer vi att jämföra med pro-verna från skeletten." Pedersen gjorde en paus men fortsatte sedan: "Är det Mellberg som leder utredningen?"

En viss oro tycktes märkas i hans stämma. Martin log lite i mjugg men kunde lugna honom på den punkten.

"Nej, det är Patrik som fått ansvaret. Men vem som får äran om vi kla-rar upp det är ju en helt annan sak ..."

De skrattade båda åt Martins kommentar, men det var ett skratt som åtminstone hos Martin fastnade aningen i halsen.

Efter att ha avslutat samtalet med Tord Pedersen gick han och häm-tade de sidor som matats ur stationens faxmaskin och när Patrik en stund senare kom till jobbet var Martin väl påläst. En summarisk föredragning senare var Patrik lika nedstämd som han. Det här artade sig till en jävla härva.

Anna lät solen steka henne i fören på segelbåten där hon låg utsträckt i bikini och solade. Barnen sov sin middagslur nere i kajutan och Gustav stod vid rodret. Små salta vattendroppar stänkte på henne varje gång fö-ren slog i vattenytan och det svalkade underbart. Blundade hon kunde hon för en stund glömma att hon hade några bekymmer och intala sig själv att det här var hennes verkliga liv.

"Anna, du har telefon." Gustavs röst väckte henne ur hennes närmast meditativa tillstånd.

"Vem är det?" Hon skuggade ögonen med handen och såg att han vif-tade med hennes mobiltelefon.

"Det ville han inte säga."

Fan också. Hon insåg direkt vem det var som ringde, och med oron som små hårda knutar i magen tog hon sig försiktigt bort mot Gustav.

"Anna."

"Vem fan var det där", väste Lucas.

Anna tvekade. "Jag sa ju att jag skulle ut och segla med en kompis."

"Och du ska försöka inbilla mig att det där var en kompis." Svaret kom snabbt. "Vad heter han?"

"Det är inget som du har att ..."

Lucas avbröt henne. "Vad HETER han, Anna?"

Motståndet inom henne bröts ner alltmer för var sekund hon hörde hans röst i telefonen. Tyst svarade hon: "Gustav af Klint."

"Oj, då. Det var värst vad fint det kan vara då." Rösten gick från hånfull till låg och hotande: "Hur vågar du ta med mina barn på semester med en annan man."

"Vi är skilda, Lucas", sa Anna. Hon lade handen över ögonen.

"Du vet likaväl som jag att det inte förändrar något, Anna. Du är mina barns mor och det innebär att du och jag alltid kommer att höra ihop. Du är min och barnen är mina."

"Varför försöker du då ta dem ifrån mig?"

"För att du är labil, Anna. Du har alltid varit svag i nerverna och ärligt talat litar jag inte på att du kan ta hand om mina barn på det sätt som de förtjänar. Se bara på hur ni lever. Du jobbar hela dagarna och de är på dagis. Är det ett bra liv för barnen, tycker du det, Anna?"

"Men jag måste arbeta, Lucas. Och hur har du tänkt lösa det ifall du skulle ta hand om barnen? Du måste också jobba. Vem skulle ta hand om dem då?"

"Det finns en lösning, Anna, det vet du."

"Är du galen? Skulle jag gå tillbaka till dig efter att du bröt Emmas arm? För att inte glömma allt du gjorde mot mig?" Hennes röst gick upp i falsett. Instinktivt visste hon i samma ögonblick att hon gått för långt.

"Det var inte mitt fel! Det var en olyckshändelse! Dessutom, om du inte hade envisats med att ständigt motarbeta mig så hade jag inte behövt tappa humöret så ofta!"

Det var som att prata rakt ut i luften. Det var lönlöst. Anna visste efter alla år med Lucas att han menade vad han sa. Det var aldrig hans fel. Allt som hände var alltid alla andras fel. Varje gång han slog henne hade han fått henne att känna sig skyldig för att hon inte varit tillräckligt förstående, tillräckligt kärleksfull, tillräckligt underdånig.

När hon med hjälp av tidigare dolda kraftresurser drev igenom skilsmässan hade hon för första gången på många år känt sig stark, oövervinnelig. Äntligen skulle hon kunna återerövra sitt liv. Hon och barnen skulle kunna börja om från början. Men det hade gått lite för lätt. Lucas hade verkligen blivit chockad över att han under ett av sina vredesutbrott bröt dotterns arm och hade varit okarakteristiskt medgörlig. Ett hektiskt ungkarlsliv efter skilsmässan hade också gjort att han låtit Anna och barnen leva i fred, medan han var upptagen med den ena erövringen efter den andra. Men just när Anna hade känt det som om hon lyckats rädda sig undan, hade Lucas börjat tröttna på sitt nya liv och vände åter blickarna mot sin familj. När han inte lyckats med blommor, gåvor och bön om förlåtelse hade silkesvantarna kommit av. Han krävde ensam vårdnad om barnen. Till sin hjälp hade han en mängd grundlösa beskyllningar om Annas olämplighet som mor. Inget av det var sant, men Lucas kunde vara så övertygande och charmerande när han ville, att hon ändå darrade inför möjligheten att han skulle lyckas med sitt försök. Hon visste också att det egentligen inte var barnen han ville ha. Det skulle inte fungera med hans yrkesliv att ha två små barn att ta hand om, men hans förhoppning var att skrämma Anna tillräckligt för att få henne att komma tillbaka. I svagare stunder var hon beredd att göra just det. Samtidigt insåg hon att det var omöjligt. Då skulle hon gå under. Hon stålsatte sig.

"Lucas, det tjänar inget till att ha den här diskussionen. Jag har gått vidare efter skilsmässan och det borde du också göra. Det stämmer att jag har träffat en ny man och det är något som du bara får lära dig acceptera. Barnen mår bra och jag mår bra. Kan vi inte försöka sköta det här som vuxna människor?"

Tonen var vädjande men tystnaden i andra änden var kompakt. Hon förstod att hon gått över gränsen. När hon hörde signalen som indikerade att Lucas helt enkelt lagt på luren visste hon att hon på något sätt skulle få betala. Och det dyrt.

Sommaren 1979

Den helvetiska värken i hennes huvud fick henne att gräva med fingrarna i ansiktet. Smärtan när hennes naglar rev långa streck i huden var nästan tillfredsställande i jämförelse med den sprängande huvudvärken och den hjälpte henne att fokusera.

Det var fortfarande svart, men något hade fått henne att vakna ur sin djupa, drömlösa dvala. En liten springa ljus visade sig ovanför huvudet på henne och medan hon kisande tittade uppåt vidgades den sakta. Ovan som hon var vid ljus såg hon inte, men hörde, att någon kom genom springan som vidgats till en öppning och gick nerför en trappa. Någon som kom närmare och närmare i mörkret. Förvirringen gjorde det svårt för henne att reda ut om det var meningen att hon skulle känna rädsla eller lättnad. Båda känslorna fanns där, blandade, och än fick den ena övertaget, än den andra.

De sista stegen fram till henne, där hon låg hopkrupen i fosterställning, var så gott som ljudlösa. Utan att ett ord hade yttrats, kände hon en hand som strök henne över huvudet. Kanske borde den gesten ha varit lugnande, men enkelheten i rörelsen gjorde att skräcken fick ett krampaktigt grepp om hennes hjärta.

Handen fortsatte sin väg utefter hennes kropp och hon darrade i mörkret. För en sekund for en tanke förbi, att hon skulle bjuda motstånd mot den ansiktslöse främlingen. Tanken försvann lika fort som den kom. Mörkret var för överväldigande och styrkan i handen som smekte henne penetrerade hennes hud, hennes nerver, hennes själ. Underkastelse var hennes enda valmöjlighet, det visste hon med en förfärande insikt.

När handen övergick från att smeka till att bända och vrida, dra och slita, var det inget som kom som en överraskning för henne. På ett sätt välkomnade hon smärtan. Det var lättare att hantera smärtan i vissheten, än skräcken i att vänta på det okända.

Det andra samtalet från Tord Pedersen hade kommit bara några timmar efter att Patrik pratat med Martin. Identifieringen av det ena skelettet var klar. Mona Thernblad, den andra flickan som försvann 1979, var en av dem som hade återfunnits i Kungsklyftan.

Patrik och Martin satt tillsammans och gick igenom den information som de samlat på sig i utredningen. Mellberg hade lyst med sin frånvaro, men Gösta Flygare var åter på jobbet efter väl förrättat värv under golf-tävlingen. Han hade visserligen inte vunnit tävlingen, men hade till sin stora förvåning och glädje gjort en hole-in-one och blivit bjuden på champagne i klubbhuset. Tre gånger hittills hade Martin och Patrik i detalj fått höra hur bollen gick i på första slaget på sextonde hålet, och de tvivlade inte på att det skulle bli fler gånger innan dagen var slut. Men det gjorde inte så mycket. De unnade Gösta den glädjen och Patrik lät honom få en stunds respit innan de drog in honom i utredningsarbetet. Så för tillfället satt Gösta och ringde runt till alla sina golfbekanta och berättade om Den Stora Händelsen.

"Det är alltså någon jävel som bryter benen på tjejerna först, innan han mördar dem", sa Martin. "Och skär dem med kniv", lade han till.

"Ja, det ser inte bättre ut. Skulle jag gissa så ligger det säkert något sexuellt motiv bakom. Någon sadistisk fan som tänder på andras smärta. Att det fanns sperma på Tanja tyder ju också på det."

"Snackar du med Monas anhöriga? Meddelar att vi har hittat henne, menar jag?"

Martin såg orolig ut och Patrik lugnade honom genom att ta på sig den uppgiften.

"Jag ska åka ut till hennes pappa i eftermiddag, tänkte jag. Hennes mamma är död sen många år, så det är bara pappan kvar att meddela."

"Hur vet du det? Känner du dem?"

"Nej, men Erica var på biblioteket i Fjällbacka i går och letade reda på allt som skrivits i pressen om Siv och Mona. Försvinnandena har ta-gits upp med jämna mellanrum och det fanns bland annat en intervju med familjerna för ett par år sen. Mona har alltså bara pappan kvar i li-

59

vet och Siv hade bara sin mamma redan när hon försvann. Det fanns en liten dotter också, så jag tänkte prata med henne också – så fort vi fått bekräftat att det är Siv som är den andra kvinnan."

"Det skulle väl vara ett jäkla sammanträffande om det var någon annan?"

"Ja, så jag räknar med att det är hon, men vi kan inte säga det helt säkert. Konstigare saker har ju hänt."

Patrik plockade bland papperen som Erica tagit fram åt honom och lade ut några i solfjädersform framför sig på skrivbordet. Han hade också lagt fram utredningsmappen som han grävt fram ur källararkiven, i syfte att sammanställa den information de hade om flickornas försvinnanden. Det var mycket i tidningsartiklarna som inte hade funnits med i utredningsmaterialet, så båda källorna behövdes för att de skulle få en fullständig bild av vad man hittills visste.

"Kolla här. Siv försvann midsommaren 1979 och sen försvann Mona två veckor senare."

För att förtydliga och skapa struktur i materialet hade Patrik rest sig från skrivbordsstolen och skrev på anslagstavlan han hade på väggen.

"Siv Lantin sågs sist i livet när hon cyklade hemåt efter att ha varit ute med kompisarna och festat. Allra sista vittnesutsagan beskriver hur hon viker av från stora vägen och cyklar mot Bräcke. Då var klockan två på natten och hon sågs av en förare som passerade henne i bil på vägen. Efter det har ingen sett eller hört ifrån henne igen."

"Om man bortser från Gabriel Hults uppgifter", lade Martin till.

Patrik nickade instämmande. "Ja, om man bortser från Gabriel Hults vittnesmål, vilket jag tycker vi gör tills vidare." Han fortsatte: "Mona Thernblad försvann två veckor senare. Till skillnad från Siv försvann hon mitt på blanka eftermiddagen. Hon lämnade hemmet vid tretiden för att ge sig ut och jogga, men kom aldrig hem igen. En av hennes träningsskor hittades vid vägen längs hennes vanliga löprunda, men sen inget mer."

"Fanns det några likheter mellan flickorna? Förutom att de var flickor då, och i samma ålder ungefär."

Patrik kunde inte låta bli att le lite. "Tittat på 'profiler'-program en del, förstår jag. Tyvärr måste jag göra dig besviken. Om vi har med en seriemördare att göra, vilket jag antar är det du fiskar efter, så finns det i alla fall inga uppenbara yttre likheter mellan flickorna." Han fäste två svartvita fotografier på tavlan.

"Siv var nitton år. Liten, mörk och kurvig. Hon hade rykte om sig att vara rätt strulig och ställde väl till med lite av en skandal i Fjällbacka när hon fick ett barn vid sjutton års ålder. Både hon och barnet bodde hos hennes mamma, men efter vad tidningarna påstår så var Siv ute och festade en del och var inte särskilt förtjust i att sitta hemma. Mona däremot beskrivs som en riktig familjeflicka som gjorde bra ifrån sig i skolan, hade mycket vänner och var allmänt populär. Hon var lång, ljus och tränade en hel del. Arton år gammal, men bodde fortfarande hemma eftersom hennes mamma var sjuklig och hennes pappa inte kunde ta hand om henne själv. Ingen verkar ha haft något ont att säga om henne. Så det enda de här flickorna har gemensamt är att de försvann spårlöst från jordens yta för över tjugo år sen och sen dyker upp som skelett i Kungsklyftan."

Fundersamt stödde Martin huvudet i handen. Både han och Patrik satt tysta en stund och studerade tidningsurklippen och anteckningarna på anslagstavlan. De tänkte båda på hur unga flickorna såg ut. De hade haft så många år kvar att leva, om inte något ont hade kommit i deras väg. Och sedan Tanja, som de ännu inte hade något foto av från när hon levde. Också hon en ung flicka, med ett liv att förfoga över som hon själv önskade. Men nu var även hon död.

"Det gjordes massiva förhörsinsatser." Patrik plockade fram en tjock bunt med maskinskrivna papper ur mappen. "Vänner och familj till flickorna förhördes. Det knackades dörr i området och allmänt bus fick sig också en utfrågning. Totalt hölls, vad jag kan se, runt hundra förhör."

"Gav de något?"

"Nej, ingenting. Inte förrän de fick tipset av Gabriel Hult. Han ringde själv till polisen och berättade att han såg Siv i sin brors bil, natten hon försvann."

"Och? Det kan väl knappast ha räckt för att göra honom misstänkt för att ha mördat henne?"

"Nej, men när Gabriels bror, Johannes Hult, förhördes så förnekade han att han pratat med henne eller ens sett henne och i brist på hetare spår så valde man att fokusera på honom."

"Kom man någonvart?" Martins ögon var uppspärrade i motvillig fascination.

"Nej, det framkom inget mer. Och ett par månader senare hängde sig Johannes Hult i sin lada, så spåret blev väldigt kallt kan man väl säga."

"Verkar mystiskt att han tog livet av sig så tätt inpå."

"Ja, men om det nu var han som var skyldig så måste det i så fall vara hans ande som mördade Tanja. Döda män mördar inte..."

"Och vad var det med hans brorsa som ringer in och rapporterar sitt eget kött och blod? Varför skulle man göra något sånt?" Martin rynkade pannan. "Men vad dum jag är. Hult – det måste vara släkt till Johan och Robert, våra gamla trotjänare inom tjuvarskrået."

"Ja, det stämmer. Johannes var deras pappa. Efter att ha läst på om släkten Hult har jag faktiskt lite mer förståelse för hur det kan komma sig att Johan och Robert besöker oss så ofta. De var inte mer än fem och sex när Johannes hängde sig och det var Robert som hittade honom i ladan. Man kan bara tänka sig hur det måste ha påverkat en sexårig pojke."

"Ja, fy fan." Martin skakade på huvudet. "Du, jag måste ha lite kaffe innan vi fortsätter. Min koffeinhalt börjar komma ner på rött. Vill du också ha en kopp?"

Patrik nickade och en stund senare kom Martin tillbaka med var sin kopp rykande hett kaffe. För en gångs skull var det ju väder för varma drycker.

Patrik fortsatte sin utläggning. "Johannes och Gabriel är söner till en man vid namn Ephraim Hult, även kallad Predikanten. Ephraim var en välkänd, eller ökänd, vilket man nu vill, frikyrkopastor i Göteborg. Han höll stora sammankomster där han lät sönerna, som då var små, tala i tungor och hela sjuka och lytta. Ansågs vara en bedragare och charlatan av de flesta, men han vann i så fall högsta vinsten när en av damerna i hans trogna församling, Margareta Dybling, dog och testamenterade allt hon ägde till honom. Förutom en avsevärd förmögenhet i reda pengar efterlämnade hon även en stor andel skogsmark samt en pampig herrgårdsbyggnad i Fjällbackatrakten. Ephraim tappade plötsligt all lust att sprida Guds ord, flyttade hit med sina söner och familjen har levt på gummans pengar ända sen dess."

Anslagstavlan var nu fullkladdad med anteckningar och papper låg utspridda över hela Patriks skrivbord.

"Inte för att det inte är intressant med lite släkthistoria, men vad har det med morden att göra? Som du sa, Johannes dog mer än tjugo år innan Tanja mördades och döda män mördar inte, som du så vältaligt uttryckte det." Martin hade svårt att dölja sin otålighet.

"Sant, men jag har gått igenom allt det gamla materialet och Gabriels vittnesutsaga är faktiskt det enda intressanta jag har hittat i den gamla utredningen. Jag hade också hoppats att kunna prata med Errold Lind, den som var ansvarig för den utredningen, men han dog tyvärr i en hjärtattack 1989, så det här materialet är allt vi har att gå på. Såvida inte du har några bättre förslag så föreslår jag att vi börjar med att ta reda på lite mer om Tanja, samtidigt som vi pratar med Sivs och Monas kvarvarande föräldrar, och efter det bestämmer vi om det är värt att prata med Gabriel Hult igen."

"Nej, det låter väl vettigt. Vilket ska jag börja med?"

"Börja du med efterforskningarna om Tanja. Och se till att sätta Gösta i arbete från och med i morgon också. Nu är det slut med sötebrödsdagarna för hans del."

"Mellberg och Ernst då? Hur vill du göra med dem?"

Patrik suckade. "Min strategi är att hålla dem utanför så gott det går. Det kommer att innebära en större arbetsbörda för oss övriga tre, men jag tror vi tjänar på det i längden. Mellberg är bara glad om han slipper göra något och dessutom har han i princip frånsvurit sig den här utredningen. Ernst får fortsätta som han redan gör, med att ta så mycket som möjligt av de löpande anmälningar som kommer in. Behöver han hjälp så skickar vi Gösta, du och jag ska så långt det går vara fria att bedriva den här utredningen. Förstått?"

Martin nickade ivrigt. "Yes, boss."

"Då kör vi igång då."

När Martin lämnat hans rum satte sig Patrik vänd mot anslagstavlan, med händerna knäppta bakom huvudet och djupt försjunken i tankar. Det var en massiv uppgift de hade framför sig och de hade knappt någon erfarenhet av mordutredningar, så hjärtat sjönk i bröstet på honom i en attack av misströstan. Han hoppades innerligt att det de saknade i erfarenhet kunde kompenseras med entusiasm. Martin var redan med på noterna och så baske mig om han inte skulle lyckas med att väcka Flygare ur sin Törnrosasömn också. Lyckades de sedan bara med att hålla undan Mellberg och Ernst från utredningen så trodde Patrik att de kanske hade en chans att lösa morden. Men inte var den stor, särskilt med tanke på att spåret för två av morden var så kallt att det var nästintill djupfryst. Han visste att den bästa chansen de hade var att koncentrera sig på Tanja, men samtidigt sa honom instinkten att det fanns ett så starkt och verkligt samband mellan morden att de måste utredas parallellt. Det skulle inte bli lätt att skaka liv i den gamla utredningen, men de var tvungna att försöka.

Han tog ett paraply från stället, kollade upp en adress i telefonkatalogen och begav sig iväg med tungt hjärta. Vissa uppgifter var det inte mänskligt att behöva genomföra.

Regnet trummade ihärdigt på rutorna och under andra omständigheter hade Erica välkomnat den svalka det skänkte. Men ödet och efterhängsna släktingar ville annat och istället drevs hon sakta men säkert mot vansinnets rand.

Barnen sprang runt som om de var tokiga i frustration över att sitta instängda, och Conny och Britta hade likt trängda hundar börjat vända sig mot varandra. Det hade ännu inte eskalerat till ett fullfjädrat gräl, men smågnabbandet hade successivt tilltagit tills det nu låg på en nivå av fräsningar och snäsningar. Gamla synder och oförrätter hade börjat dras upp och Erica ville mest av allt gå upp och dra täcket över huvudet. Men återigen stod hennes goda uppfostran där i vägen, hötte med fingret och tvingade henne att försöka uppföra sig civiliserat mitt i krigszonen.

Hon hade tittat längtansfullt mot dörren när Patrik gick till jobbet. Han hade inte kunnat dölja sin lättnad över att kunna fly iväg till stationen, och för en liten stund hade hon varit frestad att testa gårdagens utfästelse om att stanna hemma närhelst hon begärde. Men hon visste att det inte skulle vara rätt att göra det bara för att hon inte ville bli lämnad ensam med "de fruktansvärda fyra" och vinkade istället, som en plikttrogen liten hustru, åt honom genom köksfönstret när han åkte iväg.

Huset var inte större än att den allmänna oredan nu höll på att anta katastrofala former. Hon hade plockat fram några sällskapsspel till barnen, men det hade bara resulterat i att Alfapetbrickor nu låg spridda överallt i vardagsrummet i en salig blandning tillsammans med Monopolhus och spelkort. Mödosamt böjde hon sig ner och plockade upp de små spelpjäserna och försökte bringa lite ordning i rummet. Konversationen ute på verandan där Britta och Conny satt blev mer och mer upprörd, och hon började förstå varför ungarna inte fått så mycket folkvett. Med föräldrar som uppförde sig som femåringar var det inte lätt att lära sig respekt för andra och deras tillhörigheter. Måtte bara denna dag snabbt vara överstånden! Så snart det slutade regna skulle hon köra ut familjen Flood. God uppfostran och gästfrihet i all ära, hon skulle behöva vara den heliga Birgitta personifierad för att inte få ett utbrott om de stannade så mycket längre.

64

Droppen kom vid lunchen. Med värkande fötter och en molande smärta i ryggslutet hade hon stått vid spisen en timme för att göra en lunch som passade både Connys glupande aptit och barnens kräsenhet och hade i eget tycke lyckats ganska bra. Gratinerad falukorv med stuvade makaroner trodde hon skulle tillfredsställa samtliga parter, men det visade sig snart att hon tagit gruvligt fel.

"Blää, jag hatar falukorv. Äckligt!"

Lisa sköt demonstrativt ifrån sig tallriken och lade armarna i kors med surmulen uppsyn.

"Det var synd, för det är vad som bjuds." Ericas röst var fast.

"Men jag är huuungrig. Jag vill ha något annat!"

"Det finns inget annat. Tycker du inte om falukorven så kan du ju äta makaronerna med ketchup då." Erica vinnlade sig om att få rösten att låta len, trots att hon kokade inombords.

"Makaronerna är äckliga! Jag vill ha något annat. Mammaaaa!"

"Skulle du möjligtvis kunna ta fram något annat till henne?" Britta klappade sin lilla gnällspik på kinden och belönades med ett leende. Segerviss fick Lisa triumfens glödande kinder och hon tittade uppfordrande på Erica. Men nu var gränsen passerad. Nu var det krig.

"Det finns inget annat. Antingen äter du det som står framför dig eller så får det vara."

"Men snälla Erica, nu tycker jag att du är oresonlig. Conny, förklara för henne hur vi gör saker hemma, hur vår uppfostringspolicy ser ut." Hon brydde sig dock inte om att vänta på hans svar. "Vi tvingar inte våra barn till något. Det hämmar deras utveckling. Vill min Lisa ha något annat, så ser vi det inte som mer än rätt att hon ska få det. Jag menar, hon är ju en individ med lika mycket rätt att uttrycka sig som vi andra. Och vad skulle du tycka om att någon tvingade i dig mat som du inte ville ha? Det tror jag inte att du skulle acceptera."

Britta föreläste med sin bästa psykologröst och Erica kände plötsligt att måttet var rågat. Med iskallt lugn tog hon barnets tallrik, lyfte den över huvudet på Britta och vände den sedan upp och ner. Häpenheten när de stuvade makaronerna rann ner över håret och in under skjortan fick Britta att tystna mitt i en mening.

Tio minuter senare var de försvunna. Troligen för att aldrig mer återvända. Med all sannolikhet skulle hon nu vara svartlistad hos den delen av släkten, men inte ens med bästa vilja kunde Erica påstå att det var något hon sörjde över. Skämdes gjorde hon inte heller, trots att hennes uppförande i bästa fall kunde kallas barnsligt. Det hade känts fantastiskt skönt att få utlopp för de aggressioner som byggts upp under de två dagarnas besök, och det var inget hon tänkte be om ursäkt för.

Resten av dagen planerade hon att tillbringa i verandasoffan med en god bok och sommarens första kopp te. Livet kändes med ens mycket ljusare.

Trots att den var liten kunde den prunkande grönskan i hans glasveranda mäta sig med de bästa av trädgårdar. Varje blomma var ömt uppdriven från frö eller stickling och tack vare den heta sommarvärmen var atmosfären nu närmast tropisk. I en hörna av verandan odlade han grönsaker och inget gick upp mot tillfredsställelsen att gå ut och plocka egenhändigt odlade tomater, squash, lökar och till och med meloner och vindruvor.

Det lilla radhuset låg längs Dinglevägen, vid den södra infarten till Fjällbacka och var litet men funktionellt. Hans veranda stack ut som ett grönt utropstecken bland de övriga radhusinnehavarnas mer blygsamma odlingar.

Det var bara när han satt ute på sin veranda som han inte saknade det gamla huset. Det hus där han själv växt upp och som han sedan skapade sig ett hem i tillsammans med sin fru och dotter. De var båda borta nu och smärtan hade stegrats i ensamheten ända tills han en dag hade insett att han var tvungen att även ta farväl av huset och alla de minnen som satt i väggarna.

Visst saknade radhuset den personlighet som han älskat i det gamla huset, men det var också den opersonligheten som gjorde att värken i bröstet kunde lindras, nu var sorgen mest som ett dovt mullrande som ständigt hördes i bakgrunden.

När Mona försvann trodde han att Linnea skulle dö av hjärtesorg. Hon var sjuklig redan innan, men hade visat sig vara av segare virke än han trott. Tio år till levde hon. För hans skull var han säker på. Hon ville inte lämna honom ensam med sorgen. Varje dag kämpade hon sig kvar i ett liv som för dem båda nu bara var en skuggtillvaro.

Mona hade varit ljuset i deras liv. Hon kom när de båda givit upp hoppet om barn och några fler blev det aldrig. All den kärlek de var mäktiga förkroppsligades i den ljusa, glada varelsen, vars skratt tände små eldar i bröstet på honom. Att hon bara kunde försvinna sådär föreföll honom helt ofattbart. Då hade det känts som om solen borde ha slutat lysa. Som om himlen borde ha fallit ner. Men inget hände. Livet fortsatte som vanligt utanför deras sorgeboning. Människor skrattade, levde och arbetade. Men Mona var borta.

Länge levde de på hoppet. Kanske fanns hon någonstans. Kanske levde hon ett liv utan dem och hade självmant valt att försvinna. Samtidigt visste de båda vad sanningen var. Den andra flickan hade ju försvunnit strax innan och det var ett alltför stort sammanträffande för att de skulle kunna lura sig själva. Dessutom var inte Mona den typen av flicka som medvetet skulle kunna åsamka dem sådan smärta. Hon var en snäll och älsklig flicka som gjorde allt hon kunde för att ta hand om dem.

Den dagen Linnea dog fick han det slutliga beviset på att Mona fanns i himlen. Sjukdomen och sorgen hade förminskat hans älskade hustru tills bara skuggan av henne fanns kvar, och när hon låg där i sängen och höll honom i handen visste han att det var dagen då han skulle bli ensam kvar. Efter timmar av vakande hade hon kramat hans hand en sista gång och sedan hade ett leende spridit sig över hennes ansikte. Ljuset som samtidigt tändes i Linneas ögon var ett ljus som han inte hade sett på tio år. Inte sedan hon sist hade tittat på Mona. Hon fäste blicken någonstans bakom honom och dog. Då visste han säkert. Linnea dog lycklig för att dottern var den som mötte henne i tunneln. På många sätt gjorde det ensamheten lättare att bära. Nu var åtminstone de två han älskat mest tillsammans. Det var bara en tidsfråga tills han fick återförenas med dem. Den dagen såg han fram emot, men till dess var det hans skyldighet att leva sitt liv efter bästa förmåga. Herren hade liten förståelse för svikare och han vågade inte göra något för att riskera sin plats i himlen, vid Linneas och Monas sida.

En knackning på dörren avbröt hans melankoliska tankar. Mödosamt tog han sig upp ur fåtöljen och stödd på käppen plöjde han genom grönskan, genom hallen och fram till ytterdörren. En allvarlig ung man stod utanför, med handen höjd för att knacka ännu en gång.

"Albert Thernblad?"

"Ja, det är jag. Men jag ska inte ha något om det är något han säljer."

Mannen log. "Nej, jag säljer inget. Jag heter Patrik Hedström och kommer från polisen. Jag undrar om jag får komma in en stund?"

Albert sa inget men klev åt sidan för att släppa in honom. Han ledde vägen ut till verandan och visade på en plats i soffan åt polismannen. Han hade inte frågat om ärendet. Det behövde han inte. Det här besöket hade han väntat på i över tjugo år.

"Vilka fantastiska växter. Det är till att ha gröna fingrar, förstår jag."
Patrik skrattade nervöst.

Albert sa inget men tittade med milda ögon på Patrik. Han förstod att det inte var lätt för polismannen framför honom att komma i detta ärende, men han behövde inte vara orolig. Efter alla dessa år av väntan var det endast av godo att äntligen få veta. Sörjt hade han gjort ändå.

"Jo, det är så att vi har hittat er dotter." Patrik harklade sig och började om. "Vi har hittat er dotter och vi kan bekräfta att hon blivit mördad."

Albert nickade bara. Samtidigt kände han en frid i sinnet. Äntligen skulle han få lägga henne till vila. Få en grav att gå till. Han skulle lägga henne tillsammans med Linnea.

"Var fann ni henne?"

"I Kungsklyftan."

"Kungsklyftan?" Albert rynkade pannan. "Om hon låg där, hur kommer det sig att hon inte hittats tidigare? Det är ju så mycket folk som går där."

Patrik Hedström berättade för honom om den mördade tyska turisten och att de troligtvis även hittat Siv. Att de trodde att någon nattetid flyttat dit Mona och Siv, men att de egentligen vilat någon annanstans under alla dessa år.

Albert rörde sig inte så mycket ute på samhället längre, så han hade till skillnad från övriga Fjällbacka inte hört om mordet på den unga flickan. Den första känslan han fick när han hörde om hennes öde var ett hugg i magtrakten. Någonstans skulle någon uppleva samma smärta som han och Linnea hade gjort. Någonstans fanns en far och en mor som aldrig mer skulle få se sin dotter. Det överskuggade nyheterna om Mona. Jämfört med den döda flickans familj var han lyckligt lottad. För honom hade sorgen hunnit bli dov och utan vassa kanter. De hade många år framför sig innan de nådde dithän och hans hjärta värkte för dem.

"Vet man vem som gjort det här?"

"Tyvärr inte. Men vi kommer att göra allt som står i vår makt för att ta reda på det."

"Vet ni om det är samma person?"

Polismannen hängde med huvudet. "Nej, vi vet inte ens det säkert, som det ser ut nu. Det finns vissa likheter, det är allt jag kan säga så här långt."

Patrik tittade oroligt på den gamle mannen framför honom. "Finns

68

det någon jag kan ringa? Någon som kan komma hit och hålla er sällskap?"

Leendet var milt och faderligt. "Nej, det finns ingen."

"Ska jag ringa och höra om prästen kan komma över?"

Återigen samma milda leende. "Nej tack, det behövs ingen präst. Oroa sig inte han, jag har genomlevt den här dagen om och om igen i mina tankar, så det är inget som kommer som en chock. Jag vill bara sitta här i fred bland mina växter och fundera. Det går ingen nöd på mig. Jag må vara gammal, men jag är seg."

Han lade sin hand över polismannens, som om det var han som tröstade honom. Och så kanske det var.

"Om han inte har något emot det skulle jag bara vilja visa lite fotografier av Mona, och berätta lite om henne. Så att du verkligen förstår hur hon var, medan hon levde."

Utan att tveka nickade den unge mannen och Albert linkade ut för att hämta de gamla albumen. I drygt en timme visade han bilder och berättade om sin dotter. Det var den bästa stunden han haft på länge och han insåg att det var alldeles för länge sedan som han tillåtit sig att gå in bland minnena.

När de tog farväl vid dörren tryckte han ett av fotografierna i handen på Patrik. Det visade Mona på hennes femårsdag, med en stor tårta med fem ljus framför sig och ett leende som gick från öra till öra. Hon var bedårande söt med ljusa lockar och ögon som glittrade av livslust. Det var viktigt för honom att poliserna hade den bilden på näthinnan när de letade efter dotterns mördare.

När polismannen gått satte han sig på verandan igen. Han slöt ögonen och drog in den söta blomdoften i näsborrarna. Sedan somnade han och drömde om en lång ljus tunnel, där Mona och Linnea väntade på honom som skuggor i slutet av tunneln. Han tyckte sig se att de vinkade.

Dörren till hans arbetsrum flög upp med en smäll. Solveig stormade in och bakom henne såg han Laine komma springande med händerna hjälplöst flaxande.

"Din jävel. Din satans jävla kuk!"

Han grimaserade automatiskt åt språkbruket. Han hade alltid funnit det ytterst besvärande när människor visade kraftiga känslor i hans närhet och sådant språk hade han inget överseende med.

"Vad är det som står på? Solveig, nu tycker jag du ska lugna ner dig och inte tala till mig på det där sättet."

Han insåg för sent att det mästrande tonfall som kom så naturligt för honom endast eldade på henne ytterligare. Det såg ut som om hon var beredd att flyga honom i strupen och för säkerhets skull retirerade han bakom skrivbordet.

"Lugna ner mig! Säger du att jag ska lugna ner mig, din skenheliga jävla pitt! Din slapptask!"

Han såg att hon njöt av att se honom rycka till vid varje könsord och bakom henne blev Laine blekare och blekare.

Solveig sänkte rösten ett snäpp men det smög sig in en elak ton. "Vad är det, Gabriel? Varför ser du så betryckt ut? Du brukade ju gilla att jag viskade snusk i örat på dig, det brukade göra dig kåt. Minns du det, Gabriel?"

Solveig väste nu fram orden samtidigt som hon närmade sig skrivbordet.

"Det finns ingen anledning att dra upp gammal skåpmat. Har du något ärende att framföra, eller är du bara full och otrevlig som vanligt?"

"Om jag har något ärende? Jo, det kan du ge dig fan på. Jag var nere i Fjällbacka och vet du vad? De har hittat Mona och Siv."

Gabriel ryckte till och häpenheten stod tydligt skriven i hans ansikte. "Har de funnit flickorna? Var då?"

Solveig lutade sig fram över skrivbordet, stödd på händerna, så att hennes ansikte bara var några centimeters från Gabriels.

"I Kungsklyftan. Tillsammans med en ung tyska som blivit mördad. Och de tror det är samma mördare. Så skäms på dig, Gabriel Hult. Skäms på dig som pekade ut din bror, ditt eget kött och blod. Han, som trots att det aldrig fanns minsta bevis mot honom, fick bära skulden i folks ögon. Det var allt pekande och viskande bakom ryggen på honom som knäckte honom. Men det visste du kanske, att det skulle gå så. Du visste ju att han var svag. Att han var känslig. Han orkade inte med skammen och hängde sig och jag skulle inte bli förvånad om det var precis vad du hade räknat med när du ringde polisen. Du kunde inte tåla att Ephraim älskade honom mer."

Solveig petade honom så hårt i bröstet att han trycktes bakåt vid varje stöt. Han stod redan med ryggen mot fönsterbänken och kunde inte komma längre bort från henne. Han var instängd. Med ögonen försökte han signalera åt Laine att göra något åt den obehagliga situationen, men som vanligt stod hon bara där och glodde helt handfallen.

"Min Johannes var alltid mer älskad än du, av alla, och det kunde du inte klara av, eller hur?" Hon väntade sig inte något svar på sina påståenden som var maskerade som frågor och fortsatte sin monolog. "Till och med när Ephraim gjorde honom arvlös så fortsatte han ändå att älska Johannes mer. Du fick gården och pengarna, men din fars kärlek kunde du aldrig få. Trots att du var den som jobbade för gården medan Johannes levde livets glada dagar. Och när han sen tog din fästmö, det var droppen, eller hur? Var det då du började hata honom, Gabriel? Var det då du började hata din bror? Ja visst, det kanske var orättvist, men det gav dig ingen rätt att göra vad du gjorde. Du förstörde Johannes liv, och mitt och barnens liv också för den delen. Tror du inte jag vet vad grabbarna håller på med? Och det är din skuld, Gabriel Hult. Äntligen kommer folk att se att Johannes inte gjorde det de viskat om i alla år. Äntligen kommer jag och pojkarna att kunna gå med huvudet högt igen."

Vreden verkade äntligen ebba ut och i dess ställe kom tårarna. Gabriel visste inte vilket som var värst. För ett ögonblick hade han i hennes vrede sett en kort bild av den gamla Solveig. Den vackra skönhetsdrottningen som han varit stolt över att ha till fästmö, innan hans bror kom och tog henne, precis som han tog allt annat han ville ha. När vreden ersattes av tårarna punkterades Solveig som en ballong och han såg återigen den feta, ovårdade spillran som ägnade sina dagar åt självömkan.

"Må du brinna i helvetet, Gabriel Hult, tillsammans med far din."

Hon viskade orden och försvann sedan lika fort som hon kommit. Kvar stod Gabriel och Laine. Själv kände han sig som drabbad av en granatchock. Han satte sig tungt i skrivbordsstolen och tittade stumt på sin hustru. En blick av samförstånd utbyttes. De förstod båda vad det innebar att gamla ben bokstavligen kommit upp till ytan igen.

Med nit och tillförsikt tog sig Martin an uppgiften att lära känna Tanja Schmidt, som passet angav att hon hette. Liese hade på deras begäran lämnat in alla Tanjas saker och han hade gått igenom hennes ryggsäck minutiöst. Längst ner i botten hade hennes pass legat. Det såg nytt ut och hade få stämplar. Bara stämplar från vägen mellan Tyskland och Sverige faktiskt. Antingen hade hon aldrig varit utanför Tysklands gränser förut, eller så hade hon fått ett nytt pass av någon anledning.

Passfoto var förvånansvärt bra och han bedömde att hon hade haft ett trevligt utseende, men lite åt det ordinära hållet. Bruna ögon och brunt hår i lite längre än axellängd. En och sextiofem lång, normalbyggd, vad nu det var.

I övrigt hade inte ryggsäcken avslöjat något intressant. Ombyten, några slitna pocketböcker, toalettsaker och lite godispapper. Inget personligt överhuvudtaget, vilket han i sig fann lite underligt. Borde man inte åtminstone ha något fotografi av familj eller pojkvän med sig, eller en adressbok? Fast de hade ju hittat en handväska vid kroppen. Liese hade bekräftat att Tanja haft en röd handväska. Troligtvis hade hon förvarat de personliga tillhörigheterna i den. Nu var de i alla fall borta. Kunde det vara fråga om ett rån? Eller hade mördaren tagit hennes personliga saker som souvenirer? Han hade sett på Discovery, i program om seriemördare, att det var vanligt att de sparade saker från sina offer, som en del av ritualen.

Martin sansade sig. Det var inget som pekade på en seriemördare ännu. Han gjorde bäst i att inte fastna i det tankespåret.

Han började skriva ner lite punkter för hur han skulle sköta forskandet kring Tanja. Först, kontakta tyska polismyndigheten, vilket han varit på väg att göra när han blev avbruten av samtalet från Tord Pedersen. Sedan skulle han prata lite mer ingående med Liese och sist tänkte han be Gösta åka med till campingplatsen och fråga runt lite. Se om Tanja möjligtvis pratat med någon där. Eller kanske var det bäst att be Patrik ge den uppgiften till Gösta. Under den här utredningen hade Patrik befogenhet att ge Gösta order, inte Martin. Och saker hade en tendens att lösa sig mycket smidigare om protokollet följdes i vederbörlig ordning.

Återigen började han slå numret till tyska polisen och den här gången kom han fram. Det skulle ha varit en överdrift att säga att samtalet flöt smidigt, men när han lade på var han relativt säker på att han lyckats staka fram de relevanta uppgifterna på rätt sätt. De lovade att återkomma så fort de hade mer information. Det var åtminstone vad han trodde att personen i andra änden sa. Om det skulle bli mycket kontakt med de tyska kollegorna skulle de nog bli tvungna att ta in en tolk.

Med tanke på tiden som det kunde ta att få fram uppgifter från utlandet, så önskade han hett att han haft en lika bra Internetuppkoppling framför sig som han hade hemma. Men på grund av risken att hackas hade inte polisstationen ens en sketen modemuppkoppling. Han gjorde en minnesanteckning om att göra en sökning hemma på Tanja Schmidt i tyska telefonkatalogen, om den låg ute på nätet. Fast om han mindes

72

rätt så var Schmidt ett av de vanligaste tyska efternamnen, så chansen var liten att det skulle ge något.

Eftersom han inte kunde göra så mycket annat än att vänta på information från Tyskland, var det lika bra att ta tag i nästa uppgift. Han hade fått mobiltelefonnumret till Liese och han ringde henne först för att försäkra sig om att hon fortfarande fanns kvar. Egentligen hade hon ingen skyldighet att stanna, men hon hade lovat att inte åka vidare på ännu ett par dagar så att de skulle hinna prata med henne.

Hennes resa måste ha förlorat största delen av sin charm. Enligt hennes vittnesmål till Patrik så hade de två flickorna kommit väldigt nära varandra på kort tid. Nu satt hon ensam i ett tält på Sälviks camping i Fjällbacka och hennes tillfälliga ressällskap hade blivit mördad. Kanske var hon också i fara? Det var ett scenario som Martin inte tänkt på tidigare. Det kanske var bäst att prata med Patrik om det så fort han kom tillbaka till stationen. Det kunde ju vara så att mördaren hade sett flickorna på campingen och av någon anledning fokuserat på dem båda två. Fast var kom i så fall benen från Mona och Siv in i bilden? Mona och *eventuellt* Siv rättade han sig genast. Man skulle aldrig betrakta något som säkert som bara var nästan säkert, hade en av föreläsarna på polisskolan sagt vid något tillfälle, och det var en tes som Martin försökte leva efter i sitt polisarbete.

Vid närmare eftertanke trodde han inte att Liese svävade i någon fara. Återigen hade de med sannolikheter att göra, och sannolikheten talade för att hon bara råkat dras in i något på grund av ett olyckligt val av reskamrat.

Trots sina tidigare farhågor bestämde han sig för att på ett smidigt sätt försöka få Gösta med på lite konkret polisarbete. Han gick korridoren bort till hans rum.

"Gösta, kan jag få avbryta?"

Fortfarande lyrisk över sin bedrift satt Gösta i telefon och han lade skuldmedvetet på när Martin stack in huvudet i rummet.

"Ja?"

"Patrik har bett oss sticka till Sälviks camping. Jag ska träffa offrets reskamrat och du skulle visst fråga runt lite på campingen, tror jag."

Gösta grymtade lite klädsamt, men ifrågasatte inte riktigheten i Martins påstående om Patriks fördelning av arbetsuppgifter. Han tog sin jacka och följde Martin hack i häl ut till bilen. Hällregnet hade övergått till ett lätt duggande, men luften var klar och frisk att andas. Det kändes som om veckor av damm och hetta hade spolats bort och allt såg renare ut än det brukade.

"Man får hoppas att det här regnet bara är en tillfällighet, annars går det åt fanders med mitt golfande."

Gösta muttrade surmulet där de satt i bilen och Martin insåg att han nog var den ende just nu som inte tyckte att det var bra med en liten paus från sommarhettan.

"Nja, jag tycker det är ganska skönt, jag. Den där stekande värmen höll på att ta livet av mig. Och tänk på Patriks tjej. Måste vara skitjobbigt att vara höggravid mitt i sommaren. Jag hade aldrig grejat det, det är en sak som är säker."

Martin pladdrade på, väl medveten om att Gösta hade en tendens att vara lite väl tystlåtet sällskap när något annat än golf diskuterades. Och eftersom Martins kunskap om golf inskränkte sig till vetskapen om att bollen var rund och vit och att golfspelare vanligen identifierades genom rutiga clownbyxor, så ställde han in sig på att hålla samtalet igång solo. Därför registrerade han först inte Göstas lågmälda kommentar.

"Pojken vår föddes i början av augusti, en sån här varm sommar."

"Har du en son, Gösta, det visste jag faktiskt inte."

Martin letade i minnet efter kommentarer om Göstas familj. Han visste att hans fru gick bort för ett par år sedan, men han kunde inte påminna sig att han hört något om barn. Han vände förvånat blicken mot Gösta i passagerarsätet. Kollegan mötte inte hans blick utan tittade ner på sina händer som låg i hans knä. Utan att se ut att vara medveten om det, snurrade han på vigselringen i guld som han fortfarande bar. Det verkade som om han inte hört Martins fråga. Istället fortsatte han med tonlös röst:

"Majbritt gick upp trettio kilo. Hon blev stor som ett hus. Inte orkade hon röra sig i värmen heller. Mot slutet satt hon bara och flämtade i skuggan. Jag hämtade kanna efter kanna med vatten till henne, men det var som att vattna en kamel, törsten tog liksom aldrig slut."

Han skrattade till, ett lustigt, inåtvänt, lite kärleksfullt skratt, och Martin insåg att Gösta var så långt inne i minnenas allé att han inte längre talade till honom. Gösta fortsatte:

"Pojken var perfekt när han kom. Tjock och fin var han. Mig upp i dagen påstod de. Men sen gick allt så fort." Gösta snurrade vigselringen fortare och fortare. "Jag var på besök på salen hos dem när han plötsligt slutade andas. Det blev ett himla hallå. Folk kom springande från alla

74

håll och kanter och de tog honom ifrån oss. Sen såg vi honom inte mer förrän han låg i kistan. Det var en fin begravning. Sen ville vi liksom inte igen. Tänk om det gick fel igen. Det skulle vi inte ha kunnat bära, Majbritt och jag. Så vi fick nöja oss med varann."

Gösta ryckte till som om han vaknat ur en trans. Han tittade förebrående på Martin, som om det var hans fel att orden farit iväg med honom.

"Det är inget vi talar om mer, förstått. Och det är inget som ni behöver sitta och sladdra om på fikarasterna heller för den delen. Det är fyrtio år sen nu och inget någon annan behöver veta."

Martin nickade. Sedan kunde han inte hejda sig utan gav Gösta en lätt klapp på axeln. Gubben grymtade, men Martin kände ändå att i det ögonblicket knöts ett tunt litet band mellan dem, på en plats där det tidigare bara funnits en ömsesidig brist på respekt. Måhända var Gösta fortfarande inte det finaste polisexemplaret som kåren kunnat frambringa, men det betydde inte att han inte hade erfarenheter och kunskaper som han själv kunde lära sig något av.

De var båda lättade över att komma fram till campingen. Tystnaden efter stora förtroenden kunde vara tung och de sista fem minuterna hade innehållit en sådan tystnad.

Gösta lommade iväg på egen hand, med händerna i fickorna och moloken uppsyn, för att knacka dörr bland campinggästerna. Martin frågade sig fram till Lieses tält och hittade ett som knappt var större än en näsduk. Det låg inklämt mellan två större tält och såg ännu mindre ut i jämförelse. I tältet till höger om henne stojade en barnfamilj i högljudda lekar och i tältet till vänster satt en biffig kille i tjugofemårsåldern och drack öl under ett tak som stack ut från tältet. Samtliga tittade nyfiket på Martin när han närmade sig Lieses tält.

Att knacka var inget alternativ och han ropade därför lite försiktigt utanför. Ljudet av en dragkedja som drogs upp följdes av att hennes blonda huvud stacks ut genom öppningen.

Två timmar senare åkte de därifrån utan att ha fått reda på något nytt. Liese hade inte kunnat bidra med något mer än det hon berättade för Patrik på stationen, och ingen av de andra camparna hade märkt något värt att notera vad gällde Tanja eller Liese.

Men det var något som Martin sett som gnagde i bakhuvudet på honom. Han letade febrilt bland synintryckena från besöket på campingen men förblev konfunderad. Det var något som han sett som han borde ha registrerat. Han trummade irriterat med fingrarna på ratten, men var till sist tvungen att släppa tanken på det gäckande minnet.

Hemfärden skedde under total tystnad.

Patrik hoppades att han skulle bli som Albert Thernblad när han blev gammal. Inte så ensam självklart, men så stilig. Albert hade inte låtit sig förfalla efter fruns död, vilket hände med så många andra äldre män som blev ensamma. Istället var han välklädd i både skjorta och väst, och hans vita hår och skägg var välfriserade. Trots sina svårigheter med att gå rörde han sig värdigt, med huvudet högt, och av det lilla som Patrik fick se av huset så verkade det som om det hölls rent och prydligt. Hans sätt att hantera nyheten om att dottern återfunnits hade också imponerat på Patrik. Det syntes att han slutit fred med sitt öde och levde så gott han kunde under omständigheterna.

Bilderna av Mona som Albert visat hade berört Patrik djupt. Som så många gånger förr hade han insett att det var alldeles för lätt att göra brottsoffren han mötte till en siffra i statistiken, eller sätta en etikett på dem, "käranden" eller "offret". Det var likadant vare sig det var någon som utsatts för ett rån, eller som i detta fall, ett mordoffer. Albert hade gjort helt rätt som visat honom fotografierna. Nu hade han fått följa Mona, från BB till knubbigt småbarn, från skolbarn till studenten och som den glada, hälsosamma flicka hon varit precis innan hon försvann.

Men det fanns en flicka till som han borde ta reda på mer om. Dessutom kände han bygden tillräckligt väl för att veta att ryktena redan hade fått vingar och flög med blixtens hastighet genom samhället. Det var bäst att förekomma dem och åka och prata med Siv Lantins mor, trots att de ännu inte fått Sivs identitet bekräftad. Han hade för säkerhets skull kollat upp även hennes adress innan han åkte från stationen. Det hade varit lite svårare att lokalisera henne, eftersom Gun inte längre hette Lantin utan måste vara omgift, eller gift vilket det nu var. Efter lite detektivarbete hade han fått fram att hon numera hette Struwer och att det fanns en sommarbostad skriven på en Gun och Lars Struwer på Norra Hamngatan i Fjällbacka. Namnet Struwer ringde bekant, men han kunde inte riktigt placera det.

Han hade tur och hittade en parkeringsplats på Planarna nedanför Badrestaurangen och gick de sista hundra meterna. Trafiken var enkelriktad längs Norra Hamngatan på somrarna, men på den korta bit som han gick möttes han av tre idioter som uppenbarligen inte kunde läsa trafikskyltar och därför tvingade honom att pressa sig upp mot stenväggen när de i sin tur skulle pressa sig förbi mötande trafik. Terrängen var tydligen också så tuff där de bodde att de var tvungna att ha en stor jeep som fordon. Den typen av bilar var överrepresenterade bland sommargästerna och han gissade på att det var Stockholmstrakten som i detta fall betraktades som oländig terräng.

Patrik hade god lust att slita upp polisbrickan och läsa lagen för dem, men avstod. Skulle de lägga tid på att försöka lära badgästerna vanligt folkvett på somrarna, skulle de inte hinna med så mycket annat.

När han kom fram till rätt hus, ett vitt hus med blå knutar som låg på vänster hand, mittemot den räcka av röda sjöbodar som gav Fjällbacka dess karakteristiska silhuett, stod husets ägare och lastade ur ett par rejäla resväskor från en guldfärgad Volvo V70. Eller rättare sagt, en äldre herre i dubbelknäppt kavaj lyfte stånkande ut resväskorna på egen hand medan en kort, kraftigt sminkad kvinna stod bredvid och gestikulerade. De var båda solbrända med betoning på brända och hade inte sommaren varit så solberikad skulle Patrik ha gissat på utlandssemester. Nu kunde det lika gärna ha varit Fjällbackas klipphällar som legat till grund för den bruna färgen.

Han klev fram till dem och tvekade en sekund innan han harklade sig för att påkalla deras uppmärksamhet. Båda stannade till i sina rörelser och vände sig mot honom.

"Ja?" Gun Struwers röst var aningen för gäll och Patrik noterade ett snipigt drag i ansiktet på henne.

"Jag heter Patrik Hedström och kommer från polisen. Skulle jag kunna få byta några ord med er?"

"Äntligen!" Händerna med de rödmanikyrerade naglarna for upp i luften och hon himlade med ögonen. "Att det ska ta sån tid! Jag förstår inte vad våra skattepengar går till! Hela sommaren har vi påpekat att folk ställer sig olovligt på vår parkeringsplats, men inte ett ljud har vi hört från er. Ska ni äntligen ta tag i det här ofoget? Vi har faktiskt betalt dyra pengar för huset och anser att vi har rätt att själva utnyttja vår parkeringsplats, men det kanske är för mycket att be om!"

Hon satte händerna i sidorna och spände ögonen i Patrik. Bakom henne stod hennes make och såg ut som om han ville sjunka genom jorden. Uppenbarligen tyckte inte han att det hela var lika upprörande.

"Jag kommer faktiskt inte med anledning av en parkeringsförseelse. Jag måste fråga först: Hette du Gun Lantin som ogift, och har du en dotter som hette Siv?"

Gun tystnade omedelbart och slog handen för munnen. Det behövdes inget mer svar på hans fråga. Hennes make fann sig först och visade Patrik mot ytterdörren som stod uppställd för väskinbärning. Det kändes lite väl våghalsigt att låta resväskorna stå kvar ute på gatan, så Patrik tog tag i två av dem och hjälpte Lars Struwer att bära in dem, medan Gun skyndade före dem in i huset.

De satte sig i vardagsrummet och Gun och Lars slog sig ner bredvid varandra i soffan, medan Patrik valde fåtöljen. Gun klängde på Lars, men hans tröstande klappningar verkade mest mekaniska, något som han insåg att situationen krävde av honom.

"Vad är det som har hänt? Vad har ni fått reda på? Det har ju gått över tjugo år, hur kan något ha kommit fram så här långt efteråt?" Hon pladdrade nervöst på.

"Jag vill understryka att vi inte har fått veta säkert ännu, men det *kan* vara så att vi har funnit Siv."

Guns hand flög upp till strupen och för en gångs skull verkade hon vara mållös.

Patrik fortsatte: "Vi väntar fortfarande på att rättsläkaren ska göra en definitiv identifiering, men troligtvis är det Siv."

"Men hur, var ...?" Hon stammade fram frågorna och de var de samma som Monas far hade ställt.

"En ung kvinna har hittats död i Kungsklyftan. Vid samma tillfälle som man hittade henne, fann man också Mona Thernblad, och troligtvis Siv."

Han förklarade precis som för Albert Thernblad att flickorna transporterats dit och att polisen nu gjorde allt för att ta reda på vem, eller vilka, som kunde ha begått morden.

Gun lutade ansiktet mot sin mans bröst, men Patrik noterade att hon grät med torra ögon. Han fick ett intryck av att hennes sorgeyttringar till viss del var ett spel för gallerierna, men det var mer en vag känsla.

När Gun samlat sig plockade hon upp en liten fickspegel ur handväskan och kontrollerade att sminket satt där det skulle innan hon frågade Patrik: "Vad händer nu? När kan vi få tillbaka min stackars lilla Sivs kvarlevor?" Utan att vänta på hans svar vände hon sig mot sin man. "Vi måste ha en ordentlig begravning för min stackars älskling, Lars. Vi skulle kunna bjuda på lite mat och kaffe efteråt i Stora Hotellets festsal. Kanske till och med sittande middag med trerätters. Tror du att vi skulle kunna bjuda ..." Hon nämnde namnet på en av näringslivets pampar,

78

som Patrik visste ägde ett av husen längre ner på gatan.

Gun fortsatte: "Jag sprang på hans fru på Eva's i början av sommaren och hon sa att vi bara måste ta och träffas vid något tillfälle. De skulle säkert uppskatta att bli bjudna."

En upphetsad ton hade smugit sig in i rösten på henne och en ogillande rynka dök upp mellan ögonbrynen på hennes make. Med ens visste Patrik var han hade hört efternamnet förut. Lars Struwer hade startat en av Sveriges största matvarukedjor, men var nu, om Patrik mindes rätt, pensionerad sedan många år och kedjan var såld till utländska ägare. Inte undra på att de hade råd med ett hus med det här läget. Karln var god för många, många miljoner. Sivs mor hade kommit upp sig i världen, sedan slutet av sjuttiotalet då hon bodde i en liten sommarstuga året runt med dottern och dotterdottern.

"Kära du, ska vi inte ta och bekymra oss om de praktiska frågorna lite senare. Du behöver lite tid att smälta de här nyheterna först."

Han gav henne en förebråande blick och Gun sänkte genast blicken och mindes sin roll som sörjande moder.

Patrik tittade sig runt i rummet och blev trots sitt dystra ärende full i skratt. Det var en parodi på de badgästshem som Erica brukade raljera över. Hela rummet var inrett som en båtkajuta med marint färgtema, sjökort på väggarna, fyrtorn som ljushållare, snäckmönstrade gardiner och till och med ett gammalt roder som soffbord. Ett tydligt exempel på att mycket pengar och god smak inte nödvändigtvis var något som gick hand i hand.

"Jag undrar om du kunde berätta lite om Siv. Jag har precis varit och besökt Albert Thernblad, Monas far, och fick även se lite bilder från Monas uppväxt. Finns det möjlighet att få se lite sådana bilder av din dotter?"

Till skillnad från Albert som lyste upp inför utsikten att få berätta om sin ögonsten, så skruvade sig Gun besvärat i soffan.

"Nja, jag vet inte riktigt vad det ska tjäna till. De ställde massor av frågor om Siv när hon försvann och det finns väl kvar i de gamla papperna ..."

"Jovisst, men jag tänkte kanske lite mer på det personliga planet. Hur hon var, vad hon tyckte om, vad hon ville bli och så ..."

"Ville bli – ja, inte skulle det ha kunnat bli så mycket av henne. Hon blev ju på smällen med tyskpojken när hon var sjutton och då såg jag till att hon inte slösade tid på studierna mer. Det var ju ändå för sent då och inte tänkte jag ta hand om hennes unge själv, det var då en sak som var säker."

Tonen var hånfull och Patrik tänkte i sitt stilla sinne, när han såg Lars blickar på sin fru, att vad hans bild än varit av henne när de gifte sig så fanns det inte mycket kvar av den illusionen. Det syntes en trötthet och uppgivenhet i hans ansikte, som fårats av besvikelser. Det var också tydligt att äktenskapet kommit dithän att Gun inte längre brydde sig om att mer än hjälpligt maskera sin rätta personlighet. Kanske hade det varit äkta kärlek från Lars sida till att börja med, men Patrik kunde slå vad om att lockelsen för Guns del hade varit alla sköna miljoner som fanns på Lars Struwers bankkonto.

"Hennes dotter ja, var finns hon i dag?" Patrik lutade sig fram, nyfiken på svaret.

Än en gång krokodiltårar. "Efter att Siv försvann så kunde jag inte ta hand om henne själv. Ja, jag hade förstås gärna velat, men jag hade det lite kärvt på den tiden och att ta hand om en liten jäntunge, ja det gick helt enkelt inte. Så jag gjorde det bästa av situationen och skickade ner henne till Tyskland, till far'n hennes. Ja, han blev väl inte särskilt glad över att få en unge på halsen hux flux, men det var inte mycket han kunde göra åt det, han var ju trots allt ungens pappa, det hade jag papper på."

"Så hon bor i Tyskland i dag?" En liten tanke föddes i Patriks hjärna. Kunde det vara så att ... nej, det var väl ändå inte möjligt.

"Nej, hon är död."

Patriks tanke försvann lika snabbt som den kom. "Död?"

"Ja, i en bilolycka när hon var fem. Inte ens ett telefonsamtal bemödade han sig om, tysken. Jag fick bara ett brev där han berättade att Malin dött. Jag blev inte ens bjuden till begravningen, kan du tänka dig! Mitt eget barnbarn och jag fick inte ens komma på hennes begravning." Rösten darrade av indignation.

"Han svarade heller aldrig på breven jag skrev till honom medan hon levde, ungen. Tycker inte du att det inte hade varit mer än rätt att han hade hjälpt sitt stackars moderlösa barns mormor lite. Det var ju ändå jag som såg till att hans unge fick mat på bordet och kläder på kroppen de två första åren. Borde jag inte haft rätt att få lite ersättning för det!"

Gun hade nu arbetat upp sig till raseri över de orättfärdigheter hon ansåg sig ha blivit utsatt för och lugnade ner sig först när Lars lade en hand på hennes axel och milt men bestämt klämde till, som en uppmaning till henne att sansa sig.

Patrik underlät att svara. Han visste att hans svar inte hade uppskattats av Gun Struwer. Varför i all sin dar skulle barnets pappa skicka pengar till henne? Såg hon verkligen inte det orimliga i den begäran? Uppenbarligen inte, då han såg vredesrosor skarpt avtecknade på hennes solbruna, läderartade kinder, trots att barnbarnet nu varit dött i över tjugo år.

Han gjorde ett sista försök att få veta något personligt om Siv. "Finns det möjligtvis några fotografier?"

"Nja, jag tog inte så mycket fotografier av henne, men något ska jag väl kunna rota fram."

Hon gick och lämnade Patrik ensam i vardagsrummet med Lars. De satt tysta en stund, men sedan tog Lars till orda, men lågmält så att det inte skulle höras ut till Gun.

"Hon är inte så kall som hon verkar. Hon har en del väldigt fina sidor, Gun."

Yeah right, tänkte Patrik. En dåres försvarstal skulle han vilja kalla det påståendet. Men Lars gjorde väl vad han kunde för att rättfärdiga sitt val av hustru. Patrik bedömde att Lars var runt tjugo år äldre än Gun och en inte alltför långsökt gissning var att valet av hustru hade skett med ledning av en annan kroppsdel än huvudet. Fast å andra sidan var Patrik tvungen att erkänna att det måhända var hans yrke som gjort honom aningen för cynisk. Det kanske var äkta kärlek, vad visste han.

Gun återvände till dem, inte med tjocka fotoalbum som Albert Thernblad hade gjort, utan med ett enda litet svartvitt kort som hon buttert stack åt Patrik. Det föreställde en tonårstrulig Siv med sin nyfödda dotter i famnen, men till skillnad från fotot av Mona fanns där ingen glädje i hennes ansikte.

"Nej, nu måste vi ta och komma lite i ordning här. Vi har precis kommit tillbaka från Provence, där Lars dotter bor." Av sättet som Gun uttalade ordet "dotter" förstod Patrik att det inte fanns några ömma känslor mellan henne och styvdottern.

Han insåg också när hans närvaro inte längre var önskvärd och tackade för sig.

"Och tack för lånet av kortet. Jag lovar att lämna tillbaka det i gott skick."

Gun vinkade avfärdande. Sedan mindes hon sin roll igen och förvred ansiktet i en grimas.

"Meddela mig så fort ni vet säkert, är ni snälla. Jag vill så gärna äntligen få begrava min lilla Siv."

"Jag återkommer självklart så fort jag vet något."

Hans tonfall var onödigt kort, men hela teaterföreställningen ingav honom en stark känsla av obehag.

När han kom ut på Norra Hamngatan igen, öppnade sig himlen ovanför honom. Han stod stilla en stund och lät ösregnet skölja bort den klibbiga känslan som besöket hos Struwers givit. Nu behövde han komma hem och krama Erica och känna livet som pulserade när han lade handen på hennes mage. Han behövde känna att världen inte var en så grym och ond plats som den ibland verkade. Det kunde den bara inte vara.

Sommaren 1979

Det kändes som om månader hade gått. Men hon visste att det inte kunde vara så länge. Ändå var varje timme nere i mörkret som en livstid.

Alldeles för mycket tid att fundera. Alldeles för mycket tid att känna efter hur smärtan vred om varje nerv. Tid att fundera över allt det hon förlorat. Eller skulle förlora.

Nu visste hon att hon inte skulle komma härifrån. Ingen kunde fly en sådan smärta. Ändå hade hon aldrig känt mjukare händer än hans. Inga händer hade någonsin smekt henne med en sådan kärlek och det fick henne att hungra efter mer av den beröringen. Inte den otäcka, inte den smärtsamma, men den mjuka som kom efteråt. Hade hon fått känna en sådan beröring tidigare hade allt varit annorlunda, det visste hon nu. Känslan när han förde sina händer över hennes kropp var så ren, så oskyldig, att den nådde fram till den där hårda kärnan inom henne, den som ingen tidigare kunnat nå.

I mörkret hade han blivit hennes allt. Inga ord hade yppats men hon fantiserade om hur hans röst skulle låta. Faderlig, varm. Men när smärtan kom hatade hon honom. Då skulle hon kunna döda honom. Om hon bara förmådde.

Robert fann honom ute i skjulet. De kände varandra så väl och han visste att det var dit Johan sökte sig när han grubblade över någonting. När han såg att huset var tomt hade han gått direkt dit och hittade mycket riktigt sin bror där, sittande på golvet med knäna uppdragna och armarna hårt lindade om benen.

De var så olika att Robert ibland fann det otroligt att de verkligen var bröder. Själv var han stolt över att han inte ägnat en minut av sitt liv åt att fundera över något eller ens försöka förutse några konsekvenser. Han handlade, sedan fick det bli som det blev. Den som lever får se var hans motto, det fanns ingen anledning att grubbla över sådant man inte kunde styra över. Livet blåste en alltid ändå på ett eller annat sätt, det var liksom bara tingens ordning.

Johan däremot var alldeles för djupsinnig för sitt eget bästa. I någon enstaka sekund av klarsyn kunde Robert känna ett styng av beklagande över att lillbrodern valt att följa i hans skeva fotspår, men å andra sidan kanske det var bäst så. Annars skulle Johan bara ha blivit besviken. De var söner till Johannes Hult och det var som om en förbannelse vilade över hela deras jävla gren av familjen. Det fanns inte en chans att någon av dem skulle ha lyckats med något de företog sig, så varför ens försöka?

Han skulle inte erkänna det ens under tortyr, men han älskade sin bror mer än något annat i världen och det stack till i hans hjärta när han såg Johans silhuett i halvmörkret i skjulet. Hans tankar verkade vara miltals bort och det låg en sorgsenhet över honom som Robert såg emellanåt. Det var som om ett moln av melankoli drog över Johans sinnelag och tvingade in honom på ett mörkt och otäckt ställe, veckor i taget. Han hade inte sett det på hela sommaren, men nu kände han det fysiskt så fort han klev in genom dörren.

”Johan?”

Han fick inget svar. Robert fortsatte på lätta fötter längre in i dunklet. Han satte sig på huk bredvid sin bror och lade handen på hans axel.

”Johan, sitter du här igen.”

Hans lillebror bara nickade. När Johan vände ansiktet mot Robert såg han till sin förvåning att hans ansikte var svullet av gråt. Så brukade det inte vara under Johans perioder. Oron slet tag i honom.

"Hur är det, Johan? Vad har hänt?"

"Pappa."

Resten av meningen drunknade i hulkande gråt och Robert ansträngde sig för att höra vad han sa.

"Vad säger du om pappa, Johan?"

Johan tog ett par djupa andetag för att lugna ner sig och sa sedan: "Alla kommer att förstå nu att pappa var oskyldig till att de där tjejerna försvann. Förstår du, folk kommer att fatta att det inte var han!"

"Vad yrar du om?" Han skakade Johan, men kände att hjärtat hoppade över ett slag i bröstet.

"Morsan var nere på byn och hörde att de hittat en tjej mördad, och tillsammans med henne hittade de tjejerna som försvann. Fattar du? En tjej har blivit mördad *nu*. Ingen kan väl påstå att det var farsan som gjorde det?"

Johan skrattade med en överton av hysteri. Robert kunde fortfarande inte fatta vad det var han sa. Ända sedan han hittade sin far på golvet i ladan med en snara om halsen hade han drömt och fantiserat om att få höra de orden som Johan nu spottade ur sig.

"Du driver väl inte med mig? För då kommer du att få se på fan."

Han knöt näven, men Johan fortsatte bara att skratta sitt hysteriska skratt och tårarna, som Robert nu förstod var glädjetårar, fortsatte att rinna. Johan vände sig om och omfamnade Robert så hårt att han fick svårt att andas, och när det gick upp för honom att brodern talade sanning kramade han tillbaka så hårt han kunde.

Äntligen skulle deras far få upprättelse. Äntligen skulle de och morsan kunna gå med huvudet högt i samhället, utan att höra viskningarna bakom ryggen och utan att se fingrarna som diskret pekade åt deras håll när folk trodde att de inte märkte det. Nu skulle de allt ångra sig, de jävla sladdertackorna. I tjugofyra år hade de snackat skit om deras familj och nu skulle de sitta där med skammen.

"Var är morsan?"

Robert drog sig ur omfamningen och tittade frågande på Johan som började fnissa okontrollerat. Han sa något otydbart genom fnissattackerna.

"Vad säger du? Lugna ner dig och tala ordentligt. Var är morsan, sa jag?"

"Hon är hos farbror Gabriel."

Robert mulnade. "Vad fan gör hon hos den där gubbjäveln?"

"Säger ett sanningens ord, tror jag. Jag har aldrig sett morsan så förbannad som när hon kom tillbaka och berättade vad hon hört. Hon skulle ge sig upp till gården och tala om för Gabriel vad han var för en, sa hon. Så han har nog fått veta att han lever. Nä, du skulle sett henne alltså. Håret på ända och det var nära att det kom rök ur öronen, ska jag säga dig."

Bilden av deras mor med håret rakt upp, blåsandes rökpuffar genom öronen, fick nu även Robert att börja fnittra. Hon hade varit en hasande, muttrande skugga så länge han kunde minnas, så det var svårt att föreställa sig henne som en vredesfurie.

"Jag hade bra gärna velat se Gabriels min när hon kommer instormande där. Och kan du tänka dig faster Laine."

Johan gjorde en pricksäker imitation med ängslig min och händer som vreds framför bröstet. Han pratade med gäll röst: "Men Solveig då. Men kära Solveig, inte ska du väl använda sådana ord."

Båda bröderna föll ihop i konvulsioner av skratt på golvet.

"Du, tänker du på farsan nån gång?"

Frågan från Johan drog ner dem i allvaret igen och Robert var tyst en stund innan han svarade.

"Jo, visst gör jag det. Fast jag har svårt att tänka på något annat än hur han såg ut den där dagen. Du ska vara glad att du slapp se honom. Du då, tänker du på honom?"

"Jo. Ofta. Fast det känns som om jag ser en film, om du förstår hur jag menar. Jag kommer ihåg hur glad han var jämt och hur han brukade skoja och dansa och svinga mig upp i luften. Men jag ser det liksom utifrån, precis som en film."

"Jag förstår hur du menar."

De låg sida vid sida och stirrade upp i taket, medan regnet slog mot plåten ovanför dem.

Johan sa tyst: "Visst älskade han oss, Robert?"

Robert svarade lika tyst: "Visst gjorde han det, Johan, visst gjorde han det."

Hon hörde hur Patrik skakade av ett paraply på yttertrappan och hävde sig mödosamt upp ur soffan för att möta honom vid dörren.

"Hej?"

Tonfallet var frågande och han tittade sig undrande omkring. Lugn och stillhet var antagligen inte vad han hade förväntat sig. Egentligen borde hon vara lite förgrymmad på honom eftersom han inte ringt henne på hela dagen, men hon var alltför glad att se honom hemma för att vilja sura. Hon visste också att han aldrig var längre än ett mobiltelefonsamtal bort och hon tvivlade inte heller på att han tänkt på henne tusen gånger under dagen. Sådan var tryggheten i deras förhållande och den var härlig att vila i.

"Var är Conny och banditerna?" Han viskade, fortfarande osäker på om de var kvar eller inte.

"Britta fick en skål makaroner och falukorv i huvudet, så de ville inte stanna längre. Otacksamma människor."

Erica njöt av Patriks förbryllade min.

"Jag lackade ur helt enkelt. Någonstans får man dra gränsen. Vi lär inte få några inbjudningar till den delen av släkten det närmaste århundradet, men det är inget jag direkt beklagar. Gör du?"

"Nej, bevare mig väl." Han himlade med ögonen. "Gjorde du verkligen det? Hällde du en skål mat över huvudet på henne?"

"På hedersord. All min goda uppfostran for ut genom fönstret. Nu kommer jag nog inte till himlen längre."

"Mmm, du är ju en liten bit himmel själv, så det behöver du inte ..."

Han nafsade henne retsamt på halsen, precis där han visste att hon var kittlig och hon föste skrattande bort honom.

"Jag fixar lite varm choklad, sen får du berätta allt om Den Stora Sammandrabbningen." Patrik tog hennes hand och ledde henne ut i köket, där han hjälpte henne ner på en köksstol.

"Du ser trött ut", sa hon. "Hur går det?"

Han suckade medan han vispade samman O'boy med mjölken.

"Jo, det går väl, men inte mer. Tur att teknikerna hann gå igenom brottsplatsen innan det här vädret kom. Hade vi hittat dem i dag istället för i förrgår, så hade vi inte haft ett skit kvar att leta efter. Tack för materialet du tog fram till mig förresten. Det var verkligen till nytta."

Han satte sig mittemot henne i väntan på att chokladen skulle bli varm.

"Du då, hur mår ni? Allt bra med bebben?"

"Allt är bra med oss. Vår lilla blivande fotbollsspelare har levt rövare som vanligt, men jag har haft en jätteskön dag efter att Conny och Britta åkte. Det var kanske det som behövdes för att jag skulle kunna slappna av och läsa lite – en bunt med galna släktingar."

"Vad bra, då behöver jag inte oroa mig för er då."

"Nej, inte ett dugg."

"Vill du jag ska försöka vara hemma i morgon? Jag kanske kan jobba lite härifrån, så är jag i alla fall i närheten?"

"Vad gulligt av dig, men jag har det bra, faktiskt. Jag tycker att det är viktigare att du lägger kraft på att hitta mördaren nu, innan spåret har kallnat. Tids nog kommer jag att kräva att du är inom en meters räckhåll." Hon log och klappade honom på handen. Sedan fortsatte hon: "Dessutom är det nog tyvärr en allmän hysteri under uppsegling. Jag har fått ett antal samtal under dagen från folk som försöker mjölka mig på hur mycket ni vet – och jag säger självklart ingenting även om jag skulle veta något, vilket jag ju inte gör." Här var hon tvungen att hämta andan. "Och tydligen så har bland annat turistbyrån fått en massa avbokningar från folk som inte vågar sig hit, och en stor del av seglarna har gett sig iväg till andra hamnar. Så har ni inte redan börjat få påtryckningar från den lokala turistnäringen, så är det nog lika bra att ni förbereder er på det."

Patrik nickade. Han hade befarat att just det här skulle hända. Hysterin skulle sprida sig och öka ända tills de kunde sätta någon bakom lås och bom. För ett samhälle som Fjällbacka som levde på turistnäringen var det här en katastrof. Han mindes en sommar för ett par år sedan när en våldtäktsman hade begått fyra våldtäkter under juli månad innan de slutligen fick fast honom. Samhällets näringsidkare hade gått på knäna det året, eftersom turisterna istället valt att åka till något av de närliggande samhällena, som Grebbestad eller Strömstad. Mord skulle skapa en ännu värre situation. Tack och lov var det stationschefens jobb att hantera sådana frågor. Han överlämnade med varm hand till Mellberg att ta emot de samtalen.

Han gnuggade näsroten med fingrarna. En massiv huvudvärk var i antågande. Patrik var på väg att ta en huvudvärkstablett när han med ens insåg att han inte ätit på hela dagen. Mat var annars en av de laster han unnade sig i livet, vilket en lätt begynnande slapphet kring midjan kunde vittna om, och han kunde inte påminna sig när han sist glömt bort ett mål mat, eller till och med två. Han var för trött för att laga något och gjorde istället ett par ost- och kaviarmackor som han doppade i den varma chokladen. Erica tittade som vanligt lätt äcklat på honom vid åsynen av denna i hennes tycke gastronomiskt frånstötande kombination, men för Patrik var det här föda för gudarna. Tre mackor senare var huvudvärken ett minne blott och han kände att han fick nya krafter.

"Du, ska vi inte bjuda över Dan och hans tjej i helgen? Vi kan grilla lite."

Erica rynkade lite på näsan och såg inte över sig förtjust ut.

"Hördu, du har ju inte ens gett Maria en chans. Hur många gånger har du träffat henne? Två?"

"Ja ja, jag vet. Men hon är ju bara så …", hon letade efter det rätta ordet, "tjugoett."

"Det kan väl inte hon hjälpa. Att hon är ung alltså. Visst kan jag hålla med om att hon kan verka lite korkad, men vem vet, hon kanske bara är blyg? Och för Dans skull kan det väl vara värt att anstränga sig lite åtminstone. Jag menar, han har ju ändå valt henne. Och efter skilsmässan från Pernilla är det väl inte så konstigt att han har träffat någon ny."

"Det var värst vad tolerant du plötsligt har blivit", sa Erica surmulet, men hon var ändå tvungen att erkänna att Patrik hade en poäng.

"Hur kommer det sig att du är så storsint?"

"Jag är alltid storsint vad gäller tjugoettåriga tjejer. De har så fina kvaliteter."

"Jaså, vadå?" sa Erica surt innan hon insåg att Patrik retades med henne.

"Äh lägg av. Ja, du har väl rätt. Visst ska vi bjuda över Dan och hans lilla fjortis."

"Hördu."

"Ja, ja, Dan och MARIA. Det blir säkert trevligt. Jag kan plocka fram Emmas dockhus, så hon har något att göra medan vi vuxna äter middag."

"Erica …"

"Jag SKA sluta. Det är så svårt att låta bli bara. Det är som någon sorts tics."

"Elaka människa, kom hit och kramas lite istället för att smida onda planer."

Hon tog honom på orden och de kröp upp i soffan tillsammans. För Patrik var det här det som gjorde att han orkade konfrontera mänsklighetens mörkare sidor i sitt arbete. Erica, och tanken på att han kanske kunde bidra, om än bara lite, till att göra världen tryggare för barnet som nu tryckte sina fötter mot hans handflata där innanför det spända skinnet på Ericas mage. Utanför deras fönster mojnade vinden i takt med att skymningen föll och himlens färg övergick från grått till flammande rosa. I morgon gissade han att solen sken igen.

Patriks föraningar om sol visade sig stämma. Dagen efter var det som om regnet aldrig hade kommit och det ångade åter från asfalten framåt middagstid. Martin svettades trots att han var klädd i shorts och t-shirt, men det började nästan kännas som ett naturligt tillstånd. Gårdagens svalka mindes han bara som en dröm.

Han kände sig lite villrådig om hur han skulle gå vidare med arbetet. Patrik satt inne hos Mellberg, så han hade inte kommit åt att konferera med honom. Ett problem han hade var informationen från Tyskland. De kunde återkomma till honom när som helst och han var rädd att missa något de sa, på grund av bristande tyskkunskaper. Det bästa vore därför att redan nu leta reda på någon som kunde hjälpa honom att tolka, i ett trepartssamtal. Men vem skulle han be om hjälp? De tolkar som de hade haft inne tidigare hade mest varit tolkar för de baltiska språken, samt ryska och polska, på grund av en del problem de haft med stulna bilar som gått iväg till de länderna, men tyska hade de inte behövt hjälp med tidigare. Han plockade fram telefonkatalogen och bläddrade lite på måfå, osäker på vad han sökte efter. En rubrik gav honom en ljus idé. Med tanke på den mängd tyska turister som strömmade genom Fjällbacka varje år, måste väl turistbyrån i Fjällbacka ha någon i personalen som behärskade språket. Ivrigt slog han numret dit och fick en ljus och glad kvinnoröst i luren.

"Fjällbacka turistbyrå, god morgon det är Pia."

"Hej, det här är Martin Molin på Tanumshede polisstation. Du, jag undrar om ni har någon där som är en hejare på tyska?"

"Jaa, det skulle väl vara jag det i så fall. Vad gäller saken?"

Rösten lät mer och mer tilltalande för var sekund och Martin fick ett infall.

"Skulle jag kunna komma ner till dig och snacka om det? Har du tid med det?"

"Ja visst. Jag går på lunch om en halvtimme. Skulle du kunna vara här då, så kan vi äta lunch på Café Bryggan kanske?"

"Det låter helt perfekt. Då ses vi där om en halvtimme."

Upplivad lade Martin på luren. Han var inte helt säker på vad det var för tokerier som farit i honom, men hon hade ju låtit så trevlig på rösten.

När han en halvtimme senare parkerat bilen utanför Järnboden och kryssade sig fram mellan sommargästerna över Ingrid Bergmans torg, så började fötterna kännas en aning kalla. Det här är ingen dejt, det är ett polisärende intalade han sig, men kunde inte förneka att han skulle bli grymt besviken om Pia på turistbyrån visade sig väga 200 kilo och ha utstående tänder.

Han klev upp på bryggan bland borden på caféet och tittade sig sökande omkring. Vid ett av borden längst bort vinkade en tjej i blå skjorta och en färgglad scarf med turistbyråns logotyp. En lättnadens suck undslapp honom, för att omedelbart följas av en triumfkänsla över att ha gissat rätt. Pia var söt som en chokladbit. Stora bruna ögon och mörkt lockigt hår. Ett glatt leende med vita tänder och charmiga skrattgropar i kinderna. Det här skulle bli en betydligt trevligare lunch än att sleva i sig en kall pastasallad ihop med Hedström i köket på stationen. Inte för att han inte gillade Hedström, men någon kalaspingla var han inte!

"Martin Molin."

"Pia Löfstedt."

Efter att introduktionen var avklarad beställde de var sin fisksoppa av den långa blonda servitrisen.

"Vi har tur. 'Sillen' är här den här veckan."

Hon såg att Martin inte förstod vad hon pratade om.

"Christian Hellberg. Årets kock 2001. Han är härifrån Fjällbacka. Du ska få se när du har smakat på fisksoppan. Gudomlig."

Hon gestikulerade hela tiden ivrigt när hon pratade och Martin fann sig stirra fascinerat på henne. Pia var helt olik de tjejer han brukade träffa, och det kanske var just därför det kändes så trevligt att sitta här med henne. Han var tvungen att påminna sig om att det här inte var en social lunch, utan en arbetslunch och att han faktiskt hade ett ärende.

"Jag måste erkänna att det inte är var dag vi får samtal från polisen. Jag antar att det har med liken i Kungsklyftan att göra?"

Frågan ställdes torrt konstaterande, inte sensationslystet, och Martin nickade bekräftande.

"Ja, det stämmer. Flickan var tysk turist som ni säkert redan hört och vi kan komma att behöva lite hjälp med tolkning. Känner du att du skulle greja det?"

"Jag pluggade i Tyskland i två år, så det ska inte vara något problem."

De fick in soppan och efter en sked var Martin benägen att instämma i Pias bedömning "gudomlig". Han kom på sig själv med att försöka att inte sörpla, men gav upp. Han fick hoppas att hon sett Emil i Lönneberga. "En måste sörple annars vet en inte att dä ä söppe …"

"Det är lite lustigt …" Pia gjorde en paus och tog en sked soppa till. En svag bris svepte mellan borden emellanåt och gav någon sekunds svalka. De följde båda en vacker gammaldags kutter med blicken, där den kämpade sig fram med fladdrande segel. Det blåste inte tillräckligt för att vara en bra seglingsdag, så de flesta gick annars för motor. Pia fortsatte: "Den där tyska tjejen, Tanja hette hon, va? Hon kom in till oss på turistbyrån för en dryg vecka sen och ville ha hjälp med att översätta några artiklar."

Martins intresse var definitivt väckt. "Vadå för artiklar?"

"Om de där tjejerna som de hittade henne tillsammans med. Det var artiklar om deras försvinnande. Gamla artiklar som hon hade fotostatkopior av, troligtvis från biblioteket om jag får gissa."

Skeden klirrade till när han tappade den mot skålen i pur upphetsning. "Sa hon varför hon ville ha hjälp med det?"

"Nej, ingenting. Och jag frågade inte heller. Egentligen ska vi inte göra sånt på arbetstid, men det var mitt på dan och alla turister var ute på klipporna och badade, så det var lugnt. Och dessutom verkade hon så angelägen, så jag tyckte synd om henne."

Pia tvekade: "Har det här något med mordet att göra? Jag kanske borde ha ringt och berättat det tidigare ..."

Hon lät orolig och Martin skyndade sig att lugna henne. Av någon anledning kändes det mycket besvärande att hon skulle inges några som helst obehagliga känslor på grund av honom.

"Nej, det kunde väl inte du veta. Men det var bra att du berättade det nu."

De fortsatte lunchen i samtal om trevligare ämnen och den timme hon hade ledigt försvann i en hast. Hon blev tvungen att skynda iväg till den lilla turistboden som stod mitt på torget, för att inte den kollega som i sin tur skulle gå på lunch skulle bli irriterad. Innan han visste ordet av var hon borta, efter ett alldeles för hastigt uppbrott. Han hade haft en förfrågan om en träff på tungspetsen men lyckades liksom inte få den ur sig. Muttrande och svärande gick han till bilen, men på vägen tillbaka till Tanumshede gled tankarna motvilligt över till det Pia berättat, att Tanja hade bett om hjälp med att få artiklar om de försvunna flickorna översatta. Varför var hon intresserad av dem? Vem var hon? Vad var sambandet mellan henne, Siv och Mona, som de inte såg?

Livet var gott. Livet var till och med mycket gott. Han mindes inte när luften hade känts så ren, dofterna så starka och färgerna så klara. Livet var i sanning gott.

Mellberg betraktade Hedström i stolen framför sig. Stilig pojke, och duktig polisman. Ja, det kanske han inte hade uttryckt i just de ordalagen tidigare, men nu skulle han ta tillfället i akt. Det var viktigt att medarbetarna kände sig uppskattade. En bra ledare ger kritik och beröm med samma fasta hand hade han läst någonstans. Kritiken hade han måhända varit aningen för frikostig med hitintills, kunde han nu i sin nyfunna klarsynthet erkänna, men det var inget som inte kunde kompenseras.

"Hur går det med utredningen?"

Hedström drog huvuddragen i det arbete de gjort så här långt.

"Utmärkt, utmärkt." Mellberg nickade jovialiskt. "Ja, jag har fått en del obehagliga samtal under dagen. Man är mycket angelägen om att det här måste lösas snabbt så att det inte får långtgående effekter på turistnäringen, som man så fint uttryckte det. Men det är inget Hedström ska bry sig om. Jag har personligen försäkrat dem att en av kårens bästa jobbar natt och dag för att sätta förövaren bakom lås och bom. Så fortsätt du bara att hålla din vanliga höga klass så tar jag hand om kommunpamparna."

Hedström tittade underligt på honom. Mellberg tittade tillbaka och fyrade av ett brett leende. Ja, grabben skulle bara veta ...

Genomgången hos Mellberg hade tagit drygt en timme och han tittade efter Martin på vägen tillbaka till sitt rum. Men han syntes inte till, så Patrik passade på att gå och köpa en inplastad smörgås på Hedemyrs, som han sedan kastade i sig tillsammans med en kopp kaffe i fikarummet. När han precis ätit färdigt hörde han Martins steg i korridoren och vinkade åt honom att följa efter in på rummet.

Patrik inledde: "Har du märkt något konstigt med Mellberg på sista tiden?"

"Förutom att han inte klagar, inte kritiserar, ler hela tiden, har gått ner en del i vikt och har kläder som faktiskt ser ut att åtminstone kunna tillhöra nittiotalets mode – nej." Martin log för att visa att han var ironisk.

"Något skumt är det. Inte för att jag klagar. Han lägger sig inte i utredningen och i dag fick jag så mycket beröm av honom att jag rodnade. Men det är något som ..."

Patrik skakade på huvudet, men de släppte sina funderingar kring den nye Bertil Mellberg, väl medvetna om att det fanns mer trängande spörsmål att avhandla. Vissa saker skulle man bara passa på att njuta av, utan att ifrågasätta.

Martin berättade om det fruktlösa besöket på campingen och att de inte hade fått något mer matnyttigt av Liese. När han redogjorde för vad Pia sagt om att Tanja kommit in för att få artiklar om Mona och Siv översatta, vaknade Patriks intresse.

"Jag visste att det fanns något samband där! Men vad fasen kan det vara?" Han kliade sig i huvudet.

"Vad sa föräldrarna i går då?"

De två korten som Patrik fått av Albert och Gun låg på bordet och han plockade upp dem och gav dem till Martin. Han beskrev mötet med Monas far och Sivs mor och kunde inte dölja sin avsmak för den senare av de två.

"Det måste ändå ha varit en lättnad att flickorna återfunnits. Måste vara för jävligt att gå år ut och år in utan att veta var de är. Ovissheten är ju värst säger de som vet."

"Ja, fast nu får vi verkligen hoppas att Pedersen bekräftar att det andra skelettet är Siv Lantin, annars sitter vi där med skägget i brevlådan."

"Sant, men jag vågar nästan lova att vi kan utgå ifrån det. Och fortfarande inget om analysen av jorden som fanns på skeletten?"

"Nej, tyvärr. Och frågan är väl hur mycket det kan ge. De kan ju ha varit nedgrävda precis var som helst och även om vi får reda på vilken typ av jord det är, så är det som att leta efter en nål i en höstack."

"DNA:t är väl det som jag sätter störst hopp till. Hittar vi bara rätt person vet vi det direkt när vi har haft möjlighet att analysera hans DNA och jämföra med det vi har."

"Ja, det var ju bara det där med att hitta rätt person då."

De funderade på det en stund under tystnad tills Martin bröt den dystra stämningen och reste sig.

"Nej, så här blir inget gjort. Bäst att ge sig ner i gruvan igen.'"

Han lämnade en mycket fundersam Patrik sittande vid skrivbordet.

Stämningen vid middagen var tryckt. Inget ovanligt i och för sig sedan Linda flyttat in, men nu kunde man skära luften med kniv. Hennes bror hade bara i kortast möjliga ordalag berättat om Solveigs besök hos deras pappa, men var inte särskilt pigg på att diskutera ämnet. Det var inget som Linda tänkte låta sig hindras av.

"Så det var alltså inte farbror Johannes som mördade de där tjejerna. Pappa måste verkligen må pyton nu, peka ut sin egen bror och sen visar det sig att han är oskyldig."

"Tyst med dig, du ska inte prata om sådant du inte vet något om."

Alla runt bordet ryckte till. Det var sällan, om ens någonsin, de hört Jacob höja rösten. Till och med Linda kände sig lite skrämd för ett ögonblick, men svalde och fortsatte oförtrutet:

"Varför trodde egentligen pappa att det var farbror Johannes? Det är aldrig någon som berättar något för mig."

Jacob tvekade en stund men insåg att det inte skulle gå att få henne att sluta med sina frågor och bestämde sig därför för att tillmötesgå henne. Åtminstone delvis.

"Pappa såg en av flickorna i Johannes bil, den där natten när hon försvann."

"Varför var pappa ute och körde mitt i natten?"

"Han hade varit hos mig på sjukhuset och bestämde sig för att åka hem istället för att sova över."

"Så det var bara det alltså? Det var skälet till att han ringde och rapporterade Johannes till polisen? Jag menar, det måste ju finnas en massa andra förklaringar till det, han kanske gav henne skjuts en bit på vägen eller så?"

"Kanske det. Fast Johannes förnekade att han ens sett flickan den kvällen och sa att han legat hemma och sovit vid den tiden."

"Men vad sa farfar? Blev inte han förbannad när Gabriel ringde till polisen om Johannes?"

Linda var helt fascinerad. Hon hade fötts efter flickornas försvinnande och hade inte fått mer än brottstycken berättade för sig. Ingen ville tala om vad som egentligen hänt och det mesta av det som Jacob nu sa var helt nytt för henne.

Jacob fnyste. "Om farfar blev förbannad. Jo, det skulle man nog kunna säga. Han låg dessutom inlagd just då, fullt upptagen med att rädda livet på mig, så han blev rasande på pappa för att han kunde göra något sånt."

Barnen hade fått gå från bordet. Annars hade de tindrat med ögonen vid omnämnandet av hur gammelfarfar räddade livet på deras pappa. De hade hört historien många, många gånger och tröttnade aldrig på att höra den.

Han fortsatte: "Tydligen var han så arg att han tänkte göra om testamentet igen och sätta in Johannes som ensam arvtagare, men han hann inte innan Johannes dog. Om han inte dött hade det kanske varit vi som bott nere i skogvaktarstugan, inte Solveig och pojkarna."

"Men varför tyckte pappa så illa om Johannes?"

"Alltså, jag vet inte riktigt. Pappa har aldrig varit direkt pratsam i ämnet, men farfar berättade en hel del som kanske kan förklara det. Farmor dog när Johannes föddes och efter det så reste de runt med farfar när han åkte upp och ner längs västkusten och höll predikningar och gudstjänster. Farfar berättade för mig att han förstod tidigt att både Johannes och Gabriel hade förmågan att hela, så varje gudstjänst avslutades med att de fick hela människor i publiken med handikapp och sjukdomar."

"Gjorde pappa det? Helade människor, menar jag? Kan han det fortfarande?"

Linda gapade av förvåning. Dörren till ett helt nytt rum i hennes släkthistoria öppnades på vid gavel och hon vågade knappt andas av rädsla för att Jacob skulle sluta sig igen och vägra dela med sig av det han visste. Hon hade hört att han och farfar hade haft ett speciellt band till varandra, särskilt efter att det visade sig att farfars benmärg passade för donation till den leukemisjuke Jacob, men hon visste inte att farfar berättat så mycket för honom. Visst hade hon hört att farfar kallades Predikanten i folkmun och hon hade också hört mumlet om att han på något sätt hade svindlat till sig sin förmögenhet, men hon hade aldrig sett historierna om Ephraim som något annat än överdrivna sägner. Hon var också så liten när han dog, så för Linda var han bara en stram, äldre man på familjefotografierna.

"Nej, det tror jag knappast han kan." Jacob log lite vid tanken på sin korrekte far som helare av de sjuka och lytta. "Vad pappa anbelangar så har det nog aldrig ens hänt. Och enligt farfar så är det inte ovanligt att man tappar kontakten med förmågan när man kommer i puberteten. Det kan gå att komma i kontakt med den igen, men det är inte lätt. Jag tror att varken Gabriel eller Johannes besatt den förmågan när de passerat pojkåren. Orsaken till att pappa avskydde Johannes var nog att de var så olika till sättet. Johannes var mycket stilig och kunde dessutom charma brallorna av vem som helst, men han var hopplöst oansvarig med allt i sitt liv. Både han och Gabriel fick var sin stor del av pengarna redan när farfar levde, men det tog bara ett par år innan Johannes gjort av med sin del. Det gjorde farfar rasande och han skrev in Gabriel som huvudarvinge i testamentet istället för att förmögenheten skulle delas lika mellan dem båda. Men som sagt, om han levt lite längre hade han hunnit ändra sig en gång till."

"Men det måste ha varit något mer, pappa kan väl inte ha hatat Johannes så mycket bara för att han var snyggare och charmigare än han? Det är väl inget man anmäler sin bror till polisen för?"

"Nej, fick jag gissa så skulle jag tro att droppen var att Johannes snodde pappas fästmö."

"Va! Var pappa ihop med Solveig? Den feta kossan!"

"Har du inte sett fotografier av Solveig från den tiden? Hon var en riktig kalaspingla ska jag säga dig, och hon och pappa var förlovade. Men sen kom hon bara en dag och berättade att hon blivit kär i farbror Johannes och att hon skulle gifta sig med honom istället. Jag tror det knäckte pappa fullständigt. Du vet hur han hatar oreda och drama i sitt liv."

"Ja, det måste ha fått honom att flippa ur fullständigt."

Jacob reste sig från bordet som en markering av att samtalet var avslutat. "Nej, nu får det vara nog med familjehemligheter. Men du kanske förstår varför det är lite infekterat mellan pappa och Solveig."

Linda fnittrade. "Jag skulle ha gett vad som helst för att få ha varit en fluga på väggen när hon kom upp och skällde ut pappa. Vilken cirkus det måste ha varit."

Även Jacob drog lite på munnen. "Ja, cirkus är nog rätta ordet. Men försök att visa en lite allvarligare sida när du träffar pappa är du snäll. Jag har svårt att tro att han ser det humoristiska i det."

"Ja, ja, jag ska vara en snäll flicka."

Hon ställde tallriken i diskmaskinen, tackade Marita för maten och gick upp på sitt rum. Det var första gången på länge som hon och Jacob hade skrattat åt något tillsammans. Han kunde ju vara riktigt trevlig, om han bara ansträngde sig, tänkte Linda och bortsåg smidigt från att hon inte direkt varit något charmtroll de senaste åren.

Hon lyfte luren och försökte få tag på Johan. Till sin förvåning märkte hon att hon faktiskt brydde sig om hur han mådde.

Laine var mörkrädd. Fruktansvärt mörkrädd. Trots alla kvällar som hon tillbringat utan Gabriel på gården, så hade hon aldrig vant sig. Tidigare hade hon åtminstone haft Linda hemma, och innan dess Jacob, men nu var hon helt ensam. Hon visste att Gabriel var tvungen att resa en del, men ändå kunde hon inte låta bli att känna sig bitter. Det här var inte det liv hon drömt om när hon gifte sig till gods och guld. Inte för att pengarna i sig varit så viktiga. Det var tryggheten som lockat henne. Tryggheten i Gabriels tråkighet och tryggheten i pengar på banken. Hon ville ha ett liv som var helt annorlunda än hennes mors.

Som barn hade hon levt i skräck för faderns fylleraseri. Han hade tyranniserat hela familjen och gjort sina barn till osäkra kärleks- och ömhetstörstande människor. Av syskonen var det nu bara hon kvar. Både hennes bror och hennes syster hade dukat under för mörkret inom sig, den ena genom att vända mörkret inåt, den andre genom att vända det utåt. Själv var hon ett mellanbarn som var varken eller. Bara osäker och svag. Inte stark nog att agera ut sin osäkerhet vare sig inåt eller utåt, utan hon lät den bara ligga och pyra år efter år.

Den var aldrig så påtaglig som när hon vandrade ensam på kvällarna genom de tysta rummen. Då mindes hon som tydligast den stinkande andedräkten, slagen och smekningarna som kom i lönndom om natten.

Hon trodde verkligen att hon hade funnit nyckeln som skulle låsa upp det mörka skrinet i hennes bröst när hon gifte sig med Gabriel. Men hon var inte dum. Hon visste att hon var ett tröstpris. En hon tog i brist på den han verkligen ville ha. Men det spelade ingen roll. På ett sätt var det lättare så. Inga känslor som kunde röra upp den stilla ytan. Bara tråkig förutsägbarhet i en oändlig kedja av dagar som lades till dagar. Det var det enda hon trodde att hon önskade.

Trettiofem år senare visste hon hur fel hon hade haft. Inget var värre än ensamhet i tvåsamhet och det var det hon hade fått när hon sa ja i Fjällbacka kyrka. De hade levt parallella liv. Skött gården, fostrat sina barn och talat om väder och vind i brist på andra samtalsämnen.

Endast hon visste att det fanns en annan man inom Gabriel än den han dagligen visade för omvärlden. Hon hade iakttagit honom genom åren, studerat honom i smyg och sakta lärt känna den man han hade kunnat vara. Det förvånade henne vilken längtan det väckt inom henne. Det var så djupt begravt att hon trodde att han inte ens visste om det själv, men bakom den tråkiga, behärskade ytan fanns en passionerad man. Hon såg mycket vrede som samlats, men trodde att det fanns lika stora mängder kärlek, om hon bara haft förmågan att locka fram den.

Inte ens när Jacob låg sjuk hade de kunnat närma sig varandra. Sida vid sida hade de suttit vid det som de trodde var hans dödsbädd, men utan att kunna skänka varandra någon tröst. Och ofta hade hon fått en känsla av att Gabriel inte ens ville ha henne där.

Gabriels inbundenhet kunde till stor del skyllas på hans far. Ephraim Hult hade varit en imponerande man, som fick alla han kom i kontakt med att sälla sig till ett av två läger: vänner eller fiender. Ingen var likgiltig för Predikanten, men Laine förstod hur svårt det måste ha varit att växa upp i en sådan mans skugga. Hans söner hade inte kunnat bli mer olika. Johannes var ett stort barn hela sitt korta liv, en livsnjutare som tog det han ville ha och aldrig stannade upp tillräckligt länge för att se spåren av det kaos som han efterlämnade. Gabriel valde att vända sig åt motsatta hållet. Hon hade sett hur han skämts för sin far och Johannes, för deras yviga gester, deras förmåga att lysa som en fyrbåk i alla sammanhang. Själv ville han försvinna i en anonymitet som tydligt skulle visa omvärlden att han inte hade något gemensamt med sin far. Gabriel eftersträvade respektabilitet, ordning och rättvisa mer än något annat. Sin barndom och åren på resande fot med Ephraim och Johannes var något han aldrig talade om. Hon visste en del ändå och förstod hur viktigt det var för hennes make att dölja den delen av sitt förflutna, som rimmade så illa med den bild han ville visa upp utåt. Att det var Ephraim som räddade Jacob tillbaka till livet hade väckt stridande känslor hos Gabriel. Glädjen över att ha hittat ett sätt att segra över sjukdomen hade grumlats av det faktum att det var hans far, och inte han själv, som var riddaren i skinande rustning som kom till undsättning. Han skulle ha givit allt för att få vara sin sons hjälte.

Laine avbröts i sina funderingar av ett ljud utifrån. I ögonvrån såg hon hur en skugga, sedan två, hastigt passerade genom trädgården. Rädslan fick grepp om henne igen. Hon letade efter den bärbara telefonen och hann arbeta upp sig till panik innan hon slutligen hittade den på sin plats i laddaren. Med darrande fingrar slog hon numret till Gabriels mobiltelefon. Något slog in i fönstret och hon skrek högt. Fönstret hade krossats av en sten, som nu låg bland glassplitter på golvet. Ytterligare en sten slog sönder rutan bredvid och snyftande sprang hon ut ur rummet och upp på övervåningen där hon låste in sig i badrummet medan hon krampaktigt väntade på att få höra Gabriels röst. Istället kom ett entonigt mobilsvarsmeddelande och hon hörde paniken i sin egen röst när hon talade in ett osammanhängande meddelande till honom.

Skakande satt hon sedan på golvet med armarna hårt lindade om knäna och lyssnade efter ljud utanför dörren. Inget mer hördes, men hon vågade inte röra sig ur fläcken.

När morgonen kom satt hon fortfarande kvar.

Telefonsignalen väckte Erica. Hon tittade på klockan. Halv elva på förmiddagen. Hon måste ha somnat om efter att ha vridit sig, svettig och obekväm, halva natten.

"Hallå." Rösten var sömndrucken.

"Hej Erica, förlåt, väckte jag dig?"

"Ja, men det är ingen fara, Anna. Jag borde inte ligga och sova så här mitt på blanka förmiddagen ändå."

"Jo, passa på och sov så mycket du kan du. Sen blir det inte mycket av den varan. Hur mår du förresten?"

Erica passade på att gnälla en stund över graviditetens alla vedermödor för sin syster som visste precis vad Erica pratade om efter att själv ha fött två barn.

"Stackare … Enda trösten är att man ju vet att det går över, förr eller senare. Hur går det att ha Patrik hemma då? Går ni inte varandra på nerverna? Jag minns att jag helst bara ville vara i fred de sista veckorna."

"Jo, jag klättrade nästan på väggarna, måste jag erkänna. Så jag protesterade inte särskilt när han fick ett mordfall att gå in och jobba med."

"Ett mordfall? Vad är det som hänt?"

Erica berättade om den unga tyskan som mördats och de två försvunna kvinnorna som nu återfunnits.

"Fy, vad hemskt." Det sprakade till på linjen.

"Var är ni någonstans? Har ni det bra på båten?"

"Ja, vi har det jättebra. Emma och Adrian älskar det och är snart fullfjädrade seglare om Gustav får bestämma."

"Gustav, ja. Hur går det med det? Är han mogen för att presenteras för släkten snart?"

"Det var faktiskt därför jag ringde. Vi är i Strömstad nu och tänkte segla neråt. Du får säga ifrån om du inte orkar, men annars tänkte vi stanna till i Fjällbacka i morgon och komma och hälsa på. Vi bor på båten, så vi ska inte vara till något besvär. Och du måste säga till om det känns för jobbigt. Det vore bara så himla kul att få se magen."

"Självklart får ni komma. Vi får ändå Dan och hans tjej hit på grillkväll i morgon, så det är inget besvär att slänga på lite extra burgare på grillen."

"Åh, vad kul, då får jag äntligen träffa lammköttet."

"Du, Patrik har redan tjatat på mig om att jag måste vara snäll, så börja inte du nu också …"

"Ja, men det ställer ju lite extra krav på förberedelse. Vi måste ju kolla upp vad för musik som är inne bland kidsen och vilka kläder som är hotta och om det fortfarande är populärt med lipgloss med smak. Vi gör så här: Om du kollar in MTV, så köper jag en Vecko-Revyn och pluggar lite. Kan man fortfarande få tag på Starlet, förresten? I så fall är det nog också en god idé."

Erica höll sig för magen av skratt. "Sluta, jag dör. Var snäll nu ... Och man ska inte kasta sten i glashus, vet du. Vi har ju inte träffat Gustav förut, så efter vad vi vet, så kan han ju vara ett riktigt miffo."

"Nja, miffo är kanske inte riktigt det ord jag skulle förknippa med Gustav."

Erica hörde att hennes skämtsamma kommentar hade fått Anna att surna till. Att systern skulle vara så himla ömhudad av sig.

"Jag anser mig faktiskt haft tur att en sådan som Gustav ens tittar åt mitt håll, ensamstående mamma och allt. Han kan välja och vraka bland tjejerna i adelskalendern och ändå väljer han mig och det tycker jag säger en del om honom. Jag är den första tjej han varit tillsammans med som inte finns med i adelskalendern, så jag tycker att jag är rätt lyckligt lottad."

Erica tyckte också att det sa en del om honom, men tyvärr inte på det sätt som hennes syster hade avsett. Anna hade aldrig haft något särskilt bra omdöme ifråga om män och det sätt på vilket hon pratade om Gustav lät lite oroväckande. Men Erica bestämde sig för att inte döma honom på förhand, förhoppningsvis kom hennes farhågor på skam så fort hon fick träffa honom.

Hon sa glatt: "När är ni här?"

"Runt fyra, passar det?"

"Passar jättebra."

"Då ses vi då, kram, hej."

Efter att hon lagt på luren kände sig Erica lite smått bekymrad. Det var något i Annas forcerade tonfall som fick henne att undra hur bra relationen med den fantastiske Gustav af Klint egentligen var för Anna.

Hon hade varit så glad när Anna skilde sig från Lucas Maxwell, barnens pappa. Anna hade till och med börjat uppfylla sin dröm om att studera konst och antikviteter och hade haft den stora turen att få ett deltidsjobb på Stockholms Auktionsverk. Det var där hon hade träffat Gustav. Han kom från en av Sveriges blåblodigaste släkter och tillbringade sin tid med att förvalta släktgodset i Hälsingland, som en gång i tiden förlänats hans anfader av Gustav Vasa. Hans familj umgicks med kungafamiljen och hade hans far förhinder brukade han själv få en inbjudan till kungens årliga jakt. Allt detta hade Anna andäktigt berättat för Erica, som sett lite för mycket av överklasslynglarna kring Stureplan för att inte känna en viss oro. Hon hade aldrig träffat Gustav, så han kanske var helt annorlunda än de rika arvtagare, som gömda bakom sin fasad av pengar och titlar tog sig friheten att uppföra sig som svin på ställen som Riche och Spy Bar. Det skulle hon märka i morgon om inte annat. Hon höll tummarna för att hon skulle ha fel och att Gustav var av en helt annan kaliber. Det fanns ingen hon unnade lite lycka och stabilitet så mycket som Anna.

Hon slog på fläkten och funderade över hur hon skulle fördriva sin dag. Hennes barnmorska hade förklarat att hormonet oxytocin, som det utsöndras mer av ju närmare förlossningen man kommer, skapar starka bo-byggarinstinkter hos gravida kvinnor. Det förklarade varför Erica de senaste veckorna närmast maniskt hade ägnat sig åt att sortera, numrera och katalogisera allt i hemmet som om det gällde livet. Hon hade en fix idé att allt måste vara klart och i ordning innan bebisen kom och nu började hon närma sig ett stadium där det inte fanns så mycket mer att ordna i hemmet. Garderoberna var rensade, barnkammaren var klar, bestickládorna dammade. Det enda som återstod var att göra i ordning i källaren bland bråten där. Sagt och gjort. Hon reste sig pustande och tog resolut bordsfläkten under armen. Bäst att skynda sig innan Patrik kom på henne.

Han hade tagit sig fem minuters paus och satt i solskenet utanför polisstationen och åt en glass, när Gösta stack ut huvudet genom ett av de öppna fönstren och ropade på honom.

"Patrik, det har kommit ett samtal här som jag tror du ska ta."

Patrik slickade raskt i sig den sista biten Magnum och gick in. Han tog luren på Göstas skrivbord och blev lite förvånad när han hörde vem det var som ringde. Efter ett kort samtal då han samtidigt krafsat ner en del anteckningar lade han på och sa till Gösta som suttit på sin kontorsstol och iakttagit honom: "Som du hörde så har någon krossat rutorna hemma hos Gabriel Hult. Hänger du med dit och kikar på det?"

Gösta verkade lite förvånad över att Patrik frågade honom istället för Martin, men nickade bara.

När de en stund senare körde upp längs allén kunde de inte låta bli att sucka avundsjukt. Herrgården där Gabriel Hult residerade var i sanning magnifik. Den skimrade som en vit pärla mitt bland allt det gröna och almarna som kantade vägen upp till huset bugade sig vördnadsfullt i vinden. Patrik tänkte att Ephraim Hult måste ha varit en jävel till att predika, som fick sig allt det här till skänks.

Till och med knastret under fötterna när de gick på grusgången fram till trappan kändes lite extra lyxigt, och han var väldigt nyfiken på att få se huset inifrån.

Det var Gabriel Hult själv som öppnade dörren och både Patrik och Gösta torkade noga av skorna på dörrmattan innan de klev in i hallen.

"Tack för att ni kunde komma så snabbt. Min fru är mycket upprörd över det hela. Jag var bortrest i affärer över natten, så hon var ensam hemma i går kväll när det hände."

Medan han pratade visade han dem vägen in i ett stort vackert rum, med höga fönster som släppte in maximalt av solljuset utanför. I en vit soffa satt en kvinna med ängsligt ansiktsuttryck som reste sig för att hälsa när de kom in i rummet.

"Laine Hult. Tack för att ni kunde komma så snabbt."

Hon satte sig igen och Gabriel visade med en gest åt den motsatta soffan att det var där Patrik och Gösta kunde slå sig ner. Båda kände sig lätt malplacerade. Ingen av dem hade brytt sig om att klä upp sig för att gå till jobbet, utan var klädda i shorts. Patrik hade åtminstone en snygg t-shirt på sig, medan Gösta hade en rejält gubbig kortärmad skjorta i något syntetiskt material och mintgrönt mönster. Kontrasten var desto större då Laine bar en sval dräkt i naturfärgat linne och Gabriel var klädd i full kostymmundering. Måste vara svettigt, tänkte Patrik och hoppades att Gabriel inte behövde gå klädd så jämt i sommarvärmen. Det var i och för sig svårt att tänka sig honom i något ledigare och han såg inte ens ut att svettas i sin mörkblå kostym, medan Patrik blev blöt under armarna bara av tanken på att bära något sådant under den här årstiden.

"Er man berättade lite kort per telefon vad som hänt, men du skulle kanske kunna berätta lite mer utförligt?"

Patrik log lugnande mot Laine och plockade samtidigt fram sitt lilla anteckningsblock och en penna. Han väntade.

"Ja, jag var hemma själv i går. Gabriel är ofta ute och reser så det blir en hel del ensamma nätter."

Patrik hörde sorgsenheten i rösten när hon sa det och undrade om Gabriel Hult också gjorde det. Hon fortsatte:

"Jag vet att det är fånigt, men jag är väldigt mörkrädd, så jag håller mig oftast i bara två rum när jag är ensam, mitt sovrum och TV-rummet som ligger precis i anslutning."

Patrik noterade att hon sa "mitt" sovrum och kunde inte låta bli att

103

reflektera över hur sorgligt det var att gifta människor inte ens sov tillsammans. Det skulle aldrig hända honom och Erica.

"Jag skulle precis ringa Gabriel när jag såg något som rörde sig utanför. Sekunden efteråt kom det något flygande genom ett av fönstren på kortsidan, till vänster om där jag stod. Jag hann se att det var en stor sten, innan det kom en till som krossade fönstret bredvid. Sen hörde jag bara ljudet av springande fötter utanför och två skuggor som försvann bortåt skogsbrynet."

Patrik antecknade med korta stödord. Gösta hade inte yttrat ett ord sedan de kom, mer än sitt namn då han hälsade på Gabriel och Laine. Patrik tittade frågande på honom för att se om det var något han ville få klarhet i angående incidenten, men han satt tyst och studerade noga sina nagelband. Jag kunde lika gärna haft med mig en dörrstopp, tänkte Patrik.

"Har ni någon aning om något tänkbart motiv?"

Svaret kom snabbt från Gabriel och han verkade avbryta något som Laine öppnat munnen för att säga.

"Nej, inte mer än vanlig, hederlig avundsjuka. Det har alltid stuckit i folks ögon att vår släkt är de som nu bor här på gården och det har väl varit en del fylleinfall som har drabbat oss genom åren. Oskyldiga pojkstreck och det är vad det här skulle ha stannat vid om inte min hustru insisterat på att polisen borde få kännedom om det."

Han sände en misslynt blick mot Laine som för första gången under samtalet visade att hon hade lite liv i sig och argsint blängde tillbaka. Trotset i handlingen verkade tända en pyrande gnista i henne för hon sa lugnt till Patrik utan en blick på sin make:

"Jag tycker att ni ska ta er ett samtal med Robert och Johan Hult, min mans brorsöner, och fråga dem var de var i går."

"Laine, det där är helt onödigt!"

"Du var inte här i går, så du vet inte hur otäckt det är att få stenar som flyger in genom fönstren bara någon meter ifrån dig. De kunde ha träffat mig. Och du vet lika bra som jag att det var de två idioterna som var här!"

"Laine, vi hade ju kommit överens ..." Han pratade genom hoppressade tänder och käkmusklerna var hårt spända.

"*Du* kom överens!" Hon ignorerade honom och vände sig mot Patrik, stärkt av sitt eget osedvanliga uppvisande av mod.

"Jag såg dem som sagt inte, men jag kan svära på att det var Johan och

Robert. Deras mor, Solveig, var här tidigare på dagen och uppförde sig mycket obehagligt och de där två är ju riktiga rötägg, så ... Ja, ni vet ju, ni har väl haft en del med dem att göra."

Hon gestikulerade åt Patrik och Gösta som inte kunde annat än nicka instämmande. Visst hade de med skrämmande regelbundenhet haft att göra med de ökända bröderna Hult ända sedan de inte var mer än finniga småpojkar.

Laine tittade utmanande på Gabriel som för att se om han vågade säga emot henne, men han ryckte bara uppgivet på axlarna i en gest som antydde att han nu tvådde sina händer.

"Vad var det som föranledde bråket med deras mamma?" frågade Patrik.

"Inte för att den människan behöver mycket till anledning, hon har alltid hatat oss, men det som fick henne att tappa koncepterna i går var nyheten om flickorna som ni hittat i Kungsklyftan. Med sin begränsade intelligens hade hon fått det till att det bevisade att Johannes, hennes man, var oskyldigt anklagad och det skyllde hon på Gabriel."

Hennes röst stegrades av upprördhet och hon pekade med uppåtvänd handflata på sin man, som nu såg ut att mentalt ha lämnat samtalet.

"Ja, jag har gått igenom de gamla papperen från när flickorna försvann och såg att du anmälde din bror till polisen som misstänkt. Skulle du kunna berätta lite om det?"

Det ryckte knappt synbart i Gabriels ansikte, en enda liten antydan om att frågan besvärade honom, men rösten lät lugn när han svarade.

"Det var många, många år sen. Men frågar du om jag fortfarande vidhåller att det var min bror jag såg med Siv Lantin så är svaret ja. Jag hade varit på sjukhuset i Uddevalla, hos min son som då var sjuk i leukemi, och körde hem. På vägen upp till Bräcke mötte jag min brors bil. Jag tyckte att det var lite underligt att han var ute och körde mitt i natten så jag tittade lite extra och såg då flickan sittande i passagerarsätet med huvudet mot min brors axel. Det såg ut som om hon sov."

"Hur visste du då att det var Siv Lantin?"

"Det visste jag inte. Men jag kände igen henne så fort jag såg bilden i tidningen. Däremot vill jag påpeka att jag aldrig har sagt att min bror mördade dem, eller pekat ut honom som mördare som folk här i samhället gärna vill ha det till. Det enda jag gjorde var att rapportera att jag såg honom med flickan, för jag ansåg att det var min medborgerliga plikt. Det hade inget att göra med någon eventuell konflikt oss emellan, eller hämnd som vissa har påstått. Jag berättade vad jag såg, sen vad det betydde, det lämnade jag till polisen att utreda. Och uppenbarligen hittade man aldrig något bevis mot Johannes, så jag tycker hela diskussionen är onödig."

"Men vad trodde du själv?" Patrik tittade nyfiket på Gabriel. Han hade svårt att förstå hur någon kunde vara så samvetsgrann att han pekade ut sin egen bror.

"Jag tror ingenting utan håller mig till fakta."

"Men du kände väl din bror. Tror du att han skulle ha varit kapabel till mord?"

"Min bror och jag hade inte mycket gemensamt. Ibland förundrades jag över att vi har samma gener, så olika var vi. Du frågar om jag tror att han var kapabel att ta livet av någon?" Gabriel slog ut med händerna. "Jag vet faktiskt inte. Jag kände inte min bror tillräckligt väl för att kunna svara på den frågan. Och den verkar ju dessutom vara överflödig nu, med den senaste händelseutvecklingen, inte sant?"

Med det ansåg han diskussionen avslutad och reste sig ur fåtöljen. Patrik och Gösta förstod den inte särskilt subtila vinken och tackade för sig.

"Vad säger du, ska vi åka och ta ett snack med pojkarna om deras förehavanden under gårdagskvällen?"

Frågan var retoriskt ställd och Patrik hade redan börjat köra i riktning mot Johans och Roberts hem utan att invänta något svar från Gösta. Den äldre mannens flathet under förhöret retade honom. Vad skulle det krävas för att skaka liv i den gamle stofilen? Visserligen var det inte långt kvar tills han skulle pensioneras, men än var han baske mig i tjänst och förväntades göra sitt jobb.

"Nå, vad har du för åsikt om allt det här?" Irritationen i Patriks röst var tydlig.

"Att jag inte vet vilket alternativ som är värst. Att vi har en mördare som har dödat minst tre tjejer under tjugo år och som vi inte har en aning om vem det är. Eller att det verkligen var Johannes Hult som torterade och mördade Siv och Mona och att det nu är någon som kopierar honom. När det gäller det första alternativet borde vi kanske kolla med fängelseregistren. Finns det någon som suttit inne under tiden mellan att Siv och Mona försvann och mordet på den tyska jäntan? Det skulle kunna förklara uppehållet." Göstas ton var fundersam och Patrik tittade förvånat på honom. Gubben var inte så långt inne i dimman som han trott.

106

"Det borde vara rätt lätt att kolla. Vi har inte många i Sverige som suttit så länge som tjugo år. Kollar du det när vi kommer tillbaka till stationen?"

Gösta nickade och satt sedan tyst och tittade ut genom sidorutan.

Vägen fram till den gamla skogvaktarbostaden blev sämre och sämre, men fågelvägen var det bara en kort sträcka mellan Gabriels och Laines residens och Solveigs och pojkarnas lilla stuga. Fast det var en betydligt längre resa standardmässigt. Tomten såg ut som ett skrotupplag. Tre risiga bilar i varierande stadier av förfall stod som om de var ditslängda och det fanns även en mängd annan bråte av odefinierbar karaktär. Familjen var uppenbarligen packråttor och Patrik misstänkte att om de rotade runt skulle de även hitta en del stöldgods som fanns rapporterat försvunnet från stuginbrotten i trakten. Men det var inte därför de var där i dag. Det gällde att välja sina strider.

Robert kom emot dem från ett skjul där han hade stått och mekat med ett av de gamla bilvraken. Han var klädd i en skitig arbetsoverall i en urtvättad blågrå färg. Olja täckte hans händer och han hade uppenbarligen gnuggat sig i ansiktet för även där fanns ränder och fläckar av olja. Han torkade av händerna mot en trasselsudd medan han gick för att möta dem.

"Vad fan vill ni nu då? Ska ni leta här vill jag se de rätta dokumenten innan ni får röra ett skit." Tonen var familjär. Med rätta, då de träffats vid många tillfällen genom åren.

Patrik höll upp händerna i en avvärjande gest. "Ta det lugnt. Vi ska inte leta efter något. Vi vill bara snacka lite."

Robert tittade misstänksamt på dem, men nickade sedan.

"Och vi vill snacka med brorsan din också. Är han hemma?"

Motvilligt nickade Robert åter och gastade inåt huset: "Johan, snuten är här. De vill snacka med oss!"

"Skulle vi inte kunna gå in och sätta oss?"

Utan att vänta på svar gick Patrik mot dörren, med Gösta i släptåg. Robert hade inget annat val än att hänga på. Han brydde sig inte om att ta av sig arbetsoverallen, eller att tvätta av sig. Efter sina tidigare gryningsräder i huset visste Patrik att det inte heller fanns någon anledning till det. Smutsen klängde på allt som fanns inne i huset. För många år sedan hade säkert stugan de bodde i varit riktigt hemtrevlig, om än liten. Men år av vanvård hade gjort att allt nu såg ut att hänga på trekvart. Tapeterna var dystert bruna, med lösa våder och en hel del fläckar. Förutom smutsen kändes det som om allt täcktes av en tunn, flottig hinna.

De båda poliserna nickade åt Solveig som satt vid det rangliga köks-bordet, fullt sysselsatt med sina album. Det mörka håret låg i testar längs hennes huvud och när hon nervöst drog undan luggen ur ögonen blänkte fingrarna av fettet. Omedvetet torkade Patrik av händerna mot short-sen och satte sig sedan försiktigt längst ut på en av pinnstolarna. Johan kom ut från ett av de angränsande små rummen och satte sig buttert bredvid sin bror och mor i kökssoffan. När de satt där på rad såg Patrik släktlikheten mellan dem. Solveigs gamla skönhet fanns kvar som ett eko i pojkarnas ansikten. Enligt vad Patrik hört, så hade Johannes varit en stilig karl och om hans söner rätade på ryggarna skulle inte de heller vara oävna. Nu fanns det en flyktighet över deras personer som ingav en lite slipprig känsla. Oärlighet var nog det ord som Patrik letade efter. Om ett utseende kunde vara oärligt, så stämde den beskrivningen åtminsto-ne in på Robert. Johan hyste Patrik fortfarande ett visst hopp om. Vid de tillfällen då de stött samman å tjänstens vägnar, hade den yngre brodern alltid givit ett mindre förhärdat intryck än sin storebror. Ibland hade Patrik kunnat ana en ambivalens hos honom, över det som han valt som sin livsbana, i kölvattnet på Robert. Det var synd att Robert utövade ett sådant inflytande på honom, annars skulle Johan ha kunnat få ett helt annat liv. Men nu var det som det var.

"Vad fan är det nu då?" Johan ställde samma buttra fråga som sin bror.

"Vi tänkte höra vad ni sysslade med i går kväll. Var ni möjligtvis bor-ta hos er farbror och faster och roade er med lite stenkastning?"

Ett konspiratoriskt ögonkast for mellan bröderna innan de anlade en mask av totalt ovetande.

"Nej, varför skulle vi det? Vi var hemma här hela kvällen i går, eller hur mamma?"

De vände sig båda emot Solveig och hon nickade bara jakande. Al-bumen hade hon tillfälligt slagit ihop och satt nu och lyssnade ivrigt till samtalet mellan sönerna och polisen.

"Ja, de var här båda två i går. Vi satt och tittade på TV ihop. Hade en trevlig familjekväll."

Hon brydde sig inte ens om att dölja det ironiska tonfallet.

"Och Johan och Robert gick inte ut en liten stund? Sisådär vid tioti-den?"

"Nej, de var inte borta en minut. Gick inte ens på muggen, vad jag kan minnas."

Fortfarande samma ironiska tonfall och hennes söner kunde inte hålla sig från att flina.

"Så någon förstörde lite rutor hos dem i går. Då fick de väl skitslaget där borta?"

Flinet övergick nu till ett regelrätt garv och Patrik fick en association till Beavis & Butt-Head.

"Nja, bara er faster faktiskt. Gabriel var bortrest i går, så hon var ensam hemma."

Missräkningen stod skriven i deras ansikten. De hade nog hoppats att skrämma upp dem båda två och att Gabriel inte var hemma hade de inte räknat med.

"Jag hörde att du, Solveig, också gjorde en liten visit hos dem på herrgården i går. Och att det hotades en del. Har du något att säga om det?"

Det var Gösta som tog till orda och både Patrik och bröderna Hult tittade förvånat på honom.

Hon skrattade rått. "Jaså, de sa att jag hotade dem. Ja, jag sa då inget som de inte förtjänade. Det var Gabriel som pekade ut maken min som mördare. Det var han som tog livet av honom, lika väl som om han själv hängt upp honom i snaran."

En muskel ryckte i Roberts ansikte vid omnämnandet av sin fars dödssätt och Patrik mindes med ens det han läst om att det var Robert som fann sin far efter att han hängt sig.

Solveig fortsatte sin harang. "Gabriel hatade alltid Johannes. Han var avundsjuk på honom ända sedan de var små. Johannes var allt som Gabriel inte var och det visste han. Ephraim favoriserade alltid Johannes och det är inte utan att jag förstår honom. Visserligen ska man inte göra skillnad mellan barna sina", hon nickade mot pojkarna bredvid sig i soffan, "men Gabriel var kall som en fisk, medan Johannes pulserade av liv. Det borde väl jag veta, först var jag förlovad med den ene och sedan med den andre. Gabriel gick det inte att hetsa upp för allt i världen. Han var så jävla korrekt jämt och han skulle vänta tills vi var gifta, han. Det gick mig på nerverna. Sen kom brodern hans och slog sina lovar och det var något helt annat det. De händerna kunde vara överallt på en gång och han fick en att brinna bara genom att se på en." Hon skrockade och tittade oseende framför sig, som om hon återupplevde heta ungdomsnätter.

"Fy fan, håll käften morsan."

Avsmaken avtecknade sig tydligt i sönernas ansikten. De ville tydligen slippa detaljer om sin mors amorösa förflutna. Patrik fick en bild på näthinnan av en naken Solveig, vällustigt vridande sin flottiga lekamen, och han blinkade för att bli av med den.

"Så när jag hörde om flickan de funnit mördad och att de hittat Siv och Mona också, så gick jag upp dit för att säga dem ett sanningens ord. Av ren avundsjuka och elakhet förstörde han både Johannes och mitt och pojkarnas liv, men nu äntligen stirrar sanningen folk i synen. Nu ska de skämmas och veta att de lyssnade på fel bror och Gabriel hoppas jag brinner i helvetet för sina synder!"

Hon hade börjat arbeta upp sig till samma raseri som under gårdagen och Johan lade en lugnande och samtidigt varnande hand på hennes arm.

"Ja, vad än anledningen är, så får man inte springa och hota folk. Och man får heller inte kasta sten genom fönstrena!"

Patrik pekade menande mot Robert och Johan och visade att han inte för ett ögonblick trodde på deras mors intygande om en hemmakväll framför TV:n. De visste att han visste och han talade nu om att han tänkte hålla ett öga på dem. De mumlade bara till svar. Solveig verkade dock ignorera den antydda varningen och hade fortfarande röda fläckar av raseri på kinderna.

"För den delen är det inte bara Gabriel som borde skämmas! När ska vi få en ursäkt från polisen egentligen! Som ni sprang omkring på Västergården och vände och vred på allt, och hämtade Johannes med polisbil till förhör, så gjorde ni minsann ert för att driva honom i döden. Är det inte dags att be om ursäkt nu!"

För andra gången var det Gösta som tog till orda: "Innan vi har rett ut ordentligt vad som hände med de tre töserna, så ska här inte bes om ursäkt för någonting. Och tills vi har sett slutet på det här, så vill jag att du uppför dig som folk, Solveig."

Fastheten i Göstas röst verkade komma från något oväntat ställe.

Ute i bilen igen frågade Patrik förvånat: "Känner du och Solveig varann?"

Gösta grymtade. "Känner och känner. Hon är årsgammal med min yngste bror och sprang väl en del i huset när vi var mindre. Sen när hon kom upp i tonåren, så kände väl alla till Solveig. Det var den grannaste tösen i trakten ska han veta, även om det är svårt att tro som hon ser ut i dag. Ja, jädra synd är det. Att det skulle gå så illa i livet för henne och pojkarna." Han skakade beklagande på huvudet. "Och inte ens kan jag lova henne att hon har rätt i att Johannes dog oskyldig. Vi vet ju fasiken ingenting!"

Frustrerat slog han knytnäven i låret. Patrik tyckte att det var som att se en björn vakna upp ur en lång idesömn.

"Kollar du fängelserna när vi kommer tillbaka då?"

"Ja, ja, har jag ju sagt! Jag är inte äldre än att jag kan förstå en instruktion första gången jag får den. Ta order av en pojkvasker som knappt är torr bakom öronen ..." Gösta stirrade dystert ut genom vindrutan.

Än var det visst långt kvar att gå, tänkte Patrik trött.

Lagom till lördagen kände Erica att hon såg fram emot att ha Patrik hemma igen. Han hade lovat att ta helgen ledigt och nu tuffade de fram i sin träsnipa på väg ut mot klipporna. De hade haft turen att hitta en nästan exakt likadan båt som Ericas far Tore hade haft. Det var den enda typ av båt hon hade kunnat tänka sig att ha. Segla hade hon aldrig varit vidare förtjust i, trots ett par turer i seglarskola, och en plastig motorbåt gick visserligen fortare, men vem hade bråttom?

Ljudet från snipans motor var för henne ljudet av barndom. Som liten hade hon ofta legat och sovit på den varma trädurken, med det sövande dunkandet i öronen. Vanligtvis brukade hon föredra att klättra fram och sätta sig på den upphöjda fören framför vindrutorna, men i sitt nuvarande något mindre graciösa tillstånd vågade hon sig inte på det, utan satt på en av bänkarna bakom de skyddande rutorna. Patrik stod vid roderpinnen, med vinden i det bruna håret och ett leende i ansiktet. De hade åkt iväg tidigt för att hinna före turisterna och luften var frisk och klar. Små saltstänk duschade båten med jämna mellanrum och Erica kunde känna smaken av salt i luften hon andades in. Det var svårt att föreställa sig att hon inom sig bar en liten människa som inom ett par år säkert skulle sitta bredvid Patrik i aktern, iförd en bylsig orange flytväst med stor krage, precis som hon gjort så många gånger med sin far.

Det började svida bakom ögonen vid påminnelsen om att hennes far aldrig skulle få träffa sitt barnbarn. Det skulle inte hennes mor heller, men eftersom hon aldrig hade brytt sig nämnvärt om sina döttrar, trodde inte Erica att hennes barn skulle ha väckt så mycket känslor hos modern. Särskilt inte som hon alltid hade varit onaturligt stel när hon träffade Annas barn och bara tafatt kramat dem när situationen och omgivningen verkat kräva det. Bitterheten vällde åter upp inom Erica, men hon svalde för att betvinga den. I sina mörkare stunder var hon rädd för att moderskapet skulle visa sig lika betungande för henne som det varit

111

för Elsy. Att hon i ett slag skulle förvandlas till sin kalla, oåtkomliga mor. Den logiska delen av hennes hjärna sa att det var löjligt att ens tänka så, men rädslan var inte logisk och fanns där likafullt. Å andra sidan var Anna en varm och kärleksfull mor till Emma och Adrian, så varför skulle då inte Erica bli det, försökte hon lugna sig själv. Hon hade åtminstone valt rätt far till barnet, tänkte hon när hon tittade på Patrik. Hans lugn och tillförsikt kompletterade hennes egen rastlöshet på ett sätt som ingen annan gjort tidigare. Han skulle bli en alldeles strålande pappa.

De gick iland i en liten skyddad vik och lade ut handdukarna på de kala klipphällarna. Det här hade hon saknat när hon bodde i Stockholm. Skärgården där var så annorlunda, med all sin skog och all sin växtlighet, och den hade på något sätt känts rörig och påträngande. Översvämmad trädgård brukade västkustbor föraktfullt kalla den. Västkustskärgården var så ren i sin enkelhet. Den rosa och grå graniten reflekterade vattnets kristaller och stod hjärtskärande vackert mot en molnfri himmel. Små blommor som växte i skrevorna var den enda växtligheten och i den karga miljön kom deras skönhet helt till sin rätt. Erica blundade och kände hur hon gled bort i behaglig sömn, till ljudet av vattnets kluckande och båten som slog lätt mot sin förtöjning.

När Patrik väckte henne försiktigt visste hon först inte riktigt var hon var. Det skarpa solljuset gjorde henne blind för några sekunder när hon slog upp ögonen, och Patrik var bara en mörk skugga som tornade upp sig ovanför henne. När hon orienterat sig insåg hon att hon sovit i nära två timmar och kände att hon nu var riktigt sugen på det medhavda fikat.

Kaffet slog de upp ur en termos i stora kåsor och till det åt de kanelbullar. Ingenstans smakade fika så gott som ute på en ö, och de njöt i fulla drag. Erica kunde inte hålla sig från att ta upp det förbjudna samtalsämnet.

"Hur går det för er egentligen?"

"Sådär. Ett steg fram och två steg tillbaka."

Patriks svar var korta. Det var uppenbart att han inte ville att det onda som trängt sig på i hans yrke skulle invadera den soldränkta stillheten. Men nyfikenheten var för stor och hon kunde inte låta bli att försöka ta reda på lite mer.

"Hade ni någon nytta av artiklarna jag hittade? Tror ni att alltihop har något att göra med familjen Hult, eller hade Johannes Hult bara otur som blev indragen?"

Patrik suckade där han satt med kåsan mellan sina händer.

"Om jag det visste. Hela familjen Hult känns som ett jäkla getingbo och helst skulle jag vilja slippa rota i deras inbördes relationer. Men det är något där som inte känns riktigt rätt, om det har med morden att göra eller inte, det vet jag inte. Kanske är det tanken på att vi i polisen eventuellt bidrog till att en oskyldig tog livet av sig som gör att jag hoppas att vi inte var ute och cyklade. Gabriels vittnesmål var trots allt det enda vettiga de hade att gå på när flickorna försvann. Men vi kan inte fokusera bara på dem, utan vi letar rätt brett." Han tystnade, men fortsatte efter några sekunders paus. "Jag vill helst inte prata om det. Just nu känns det som om jag helt behöver koppla bort allt som har med mord att göra, och tänka på något annat."

Hon nickade. "Jag lovar att inte fråga mer. En bulle till?"

Det tackade han inte nej till, och efter ett par timmars läsande och solande på ön, så såg de på klockan att det var dags att ge sig hem och förbereda inför gästernas ankomst. I sista stund hade de bestämt sig för att även bjuda hem Patriks pappa och hans fru, så förutom barnen var det åtta vuxna som skulle utfodras från grillen.

Gabriel blev alltid rastlös när det var helg och han förväntades slappna av och inte arbeta. Problemet var att han inte visste vad han skulle göra om han inte arbetade. Arbetet var hans liv. Han hade inga fritidsintressen, inget intresse av att umgås med sin fru och barnen var utflugna, även om Lindas status kanske kunde diskuteras. Följden blev att han oftast stängde in sig på kontoret, med näsan begravd i bokföringen. Siffror var det som han begrep sig på här i livet. Till skillnad från människor med deras besvärande känslomässighet och irrationalitet, så följde siffror givna regler. Han kunde alltid lita på dem och kände sig bekväm i deras värld. Det krävdes inget geni för att förstå varifrån begäret efter ordning och reda kom, Gabriel hade själv sedan länge tillskrivit det sin kaotiska barndom, men det var heller inget som han ansåg sig behöva ta itu med. Det fungerade och hade tjänat honom väl och ursprunget till behovet hade därför liten eller ingen betydelse.

Tiden på vägarna med Predikanten var något han försökte att inte tänka på. Men när han mindes sin barndom dök alltid bilden av fadern som Predikanten upp. En ansiktslös, skräckinjagande figur som fyllde deras dagar med skrikande, svamlande, hysteriska människor. Män och kvinnor som försökte ta på honom och Johannes. Som grep efter dem med kloliknande händer, för att få dem att lindra den fysiska eller psykiska smärta som plågade dem. Som trodde att han och brodern hade svaret på deras böner. En direkt kanal från Gud.

Johannes hade älskat de åren. Han hade frodats i uppmärksamheten och gärna ställt sig i strålkastarljuset. Ibland hade Gabriel kommit på honom med att fascinerat betrakta sina händer på kvällen när de lagt sig, som för att försöka se var de underbara miraklen egentligen kom ifrån.

När Gabriel hade känt en enorm tacksamhet över att gåvan upphörde, hade Johannes blivit förtvivlad. Han kunde inte förlika sig med att han nu bara var en vanlig pojke, utan en särskild gåva, likadan som vem som helst. Han hade gråtit och bönfallit Predikanten att hjälpa honom få tillbaka gåvan, men deras far hade bara kort förklarat att det nu var slut på det livet, ett annat skulle ta vid och outgrundliga var Herrens vägar.

När de flyttade in i herrgården utanför Fjällbacka blev Predikanten till Ephraim, inte far, i Gabriels ögon och han älskade det livet från första stund. Inte för att han kom närmare sin far, Johannes hade alltid varit favoriten och fortsatte så att vara, utan för att han äntligen funnit ett hem. Ett ställe att stanna på och ordna sin tillvaro efter. Klockslag att följa och tider att respektera. En skola att gå till. Han älskade också gården och drömde om att en dag få sköta den efter eget huvud. Han visste att han skulle bli en bättre förvaltare än både Ephraim och Johannes och bad på kvällarna om att hans far inte skulle göra dumheten att låta favoritsonen ta över gården när de blev stora. Det gjorde honom inget om Johannes fick all kärleken och uppmärksamheten, bara han, Gabriel, fick gården.

Så hade det blivit. Men inte på det sätt som han tänkt sig. I hans föreställningsvärld hade ändå Johannes alltid funnits där. Inte förrän han dog hade Gabriel förstått vilket behov han själv hade av sin sorglöse bror, att oroa sig för och irritera sig på. Ändå hade han inte kunnat handla annorlunda.

Samtidigt hade han bett Laine tiga om att det var Johan och Robert som de trodde hade kastat stenarna genom fönstret. Det hade förvånat honom. Hade han börjat tappa sin känsla för lag och ordning, eller hade han undermedvetet dåligt samvete för familjens öde? Han visste inte, men var i efterhand tacksam för att Laine själv valt att trotsa honom och berätta allt för polisen. Även det hade dock förvånat honom. I hans ögon var hustrun mer av en gnällig lealös nickedocka än en människa med egen vilja och han hade överraskats av fränheten i hennes tonfall och trotset som han sett i hennes ögon. Det oroade honom. Med allt som hänt den senaste veckan kändes det som om hela världsordningen höll på att förändras. För en man som avskydde förändringar var det en skrämmande framtidsvision. Gabriel flydde ännu längre in i siffrornas värld.

De första gästerna kom punktligt. Patriks pappa Lars och hans fru Bittan kom prick fyra och hade med sig både blommor och en flaska vin till värdparet. Patriks far var en stor, lång man med en rejäl kalaskula framtill. Hans fru sedan tjugo år var liten och kort och rund som en liten boll. Men det klädde henne och skrattrynkorna kring hennes ögon visade att hon aldrig hade långt till ett leende. Erica visste att Patrik på många sätt tyckte att det var lättare att umgås med Bittan än med sin egen mor Kristina, som var mycket striktare och kantigare. Skilsmässan hade bitvis varit bitter, men med tiden hade om inte en vänskap så åtminstone en överenskommelse om fred etablerats mellan Lars och Kristina, och de kunde till och med umgås i sociala sammanhang emellanåt. Men det enklaste var ändå att bjuda var och en för sig, och eftersom Kristina för tillfället var i Göteborg och hälsade på Patriks lillasyster så hade det inte funnits något skäl till att oroa sig över att de bara bjudit Lars och Bittan på kvällens grillafton.

En kvart senare kom Dan och Maria och de hade inte mer än hunnit sätta sig ute i trädgården och hälsat artigt på Lars och Bittan, förrän Erica hörde Emmas tjoande från backen som ledde upp mot huset. Hon gick dem till mötes och efter att ha kramat om barnen fick hon träffa den nye mannen i Annas liv.

"Hej, vad roligt att äntligen träffas!"

Hon sträckte fram handen och hälsade på Gustav af Klint. Som för att bekräfta hennes fördomar vid första intrycket, såg han exakt ut som de andra östermalmspojkarna vid Stureplan. Mörkt hår i en bakåtkammad pagefrisyr. Skjorta och byxor i bedrägligt ledig stil, men Erica visste ungefär vad prislappen låg på, samt den obligatoriska tröjan knuten över axlarna. Hon fick påminna sig att inte döma honom på förhand. Han hade ju knappt öppnat munnen än och hon öste redan förakt över honom i tankarna. För en sekund undrade hon oroligt om det var ren och skär avundsjuka som gjorde att hon vände taggarna utåt så fort det handlade om människor som fötts med guldsked i mun. Hon hoppades att det inte var så.

115

"Hur mår mosters bebis då? Är du snäll mot mamma?"

Systern lade örat mot magen som för att lyssna på svaret på sin fråga, men skrattade sedan och gav Erica en stor kram. Efter att Patrik fått en likadan lotsades de ut till de övriga i trädgården och presenterades. Barnen fick springa av sig i trädgården, medan de vuxna drack vin, eller Cola i Ericas fall, och maten lades på grillen. Som vanligt samlades männen runt grillen och kände sig som karlakarlar medan tjejerna pratade på sitt håll. Erica hade aldrig förstått det där med män och grillning. Män som i vanliga fall skulle hävda att de inte hade en aning om hur man stekte en köttbit i en stekpanna, ansåg sig vara fullkomliga virtuoser vad gällde att få köttet exakt rätt på en grill utomhus. Kvinnor kunde möjligtvis anförtros med tillbehören och fungerade även utmärkt som ölhämtare.

"Guud, vad fint ni har här!" Maria var redan inne på sitt andra glas vin, medan de övriga knappt hade hunnit börja smutta på sina.

"Tack, ja vi trivs."

Erica hade svårt att vara annat än korrekt mot Dans flickvän. Hon kunde inte förstå vad han såg i henne, speciellt i jämförelse med hans exfru Pernilla, men hon misstänkte att det var ytterligare ett av de mysterier med män som kvinnor inte kunde begripa. Det enda hon kunde sluta sig till var att han inte valt Maria för hennes konversations skull. Uppenbarligen väckte hon Bittans moderkänslor, för hon tog sig an henne lite extra och Anna och Erica kunde passa på att prata själva.

"Visst är han snygg!" Anna tittade beundrande på Gustav. "Tänk att en sån kille är intresserad av mig!"

Erica tittade på sin vackra lillasyster och undrade hur en människa som Anna så fullständigt kunde tappa sitt självförtroende. En gång hade lillasystern varit en stark, självständig och fri själ, men åren med Lucas och misshandeln som följde med, hade knäckt henne. Erica fick betvinga en lust att ruska om henne. Hon tittade på Emma och Adrian som jagade runt som vildar omkring dem och undrade hur systern kunde undgå att känna stolthet och självkänsla när hon såg vilka fina barn hon fött och uppfostrat. Trots allt de varit med om under sina korta liv var de glada och starka, och de älskade människorna omkring sig. Vilket enbart var Annas förtjänst.

"Jag har inte hunnit prata så mycket med honom än, men han verkar trevlig. Jag får återkomma med närmare betyg när jag hunnit bekanta mig lite mer med honom. Men det låter som om det gått bra att sitta in-

stängda i en liten segelbåt tillsammans, så det bådar väl gott, antar jag."
Leendet kändes stelt och påklistrat.

"Liten och liten." Anna skrattade. "Han har lånat en kompis Najad
400 och det skulle lätt få plats en mindre armé."

De avbröts i samtalet av att köttet kom på bordet och den manliga de-
len av sällskapet satte sig hos dem, nöjda efter att ha utfört den moder-
na varianten av att slakta en sabeltandad tiger.

"Och vad sitter ni flickor här och bubblar om?"

Dan lade armen om Maria som kuttrande smög sig intill honom. Ke-
let övergick till regelrätt hångel och även om många år gått sedan hon
och Dan var tillsammans, så uppskattade hon ändå inte synen av deras
tungor som vispade runt. Gustav såg också högst ogillande ut, men Eri-
ca kunde inte undgå att se att han passade på att i ögonvrån spana in
Marias djupa urringning som exponerades lite extra.

"Lars, du måste väl ändå inte ösa på dressing på köttet. Du vet att du
måste tänka på vikten för hjärtats skull."

"Vadå, jag är stark som en häst! Det här är rena muskler", förkunnade
Patriks far högt och slog sig på kalaskulan. "Och Erica sa att det är oliv-
olja i dressingen, så det är bara nyttigheter det här. Olivolja är bra för
hjärtat står det ju överallt."

Erica betvingade lusten att påpeka att en deciliter kanske inte kunde
betecknas som den hälsosamma mängden. De hade haft den här diskus-
sionen många gånger förut och Lars var expert på att bara ta till sig de
kostråd han ville. Mat var hans stora glädjeämne i livet och alla försök
att kringskära hans ätande såg han som rena sabotage mot hans person.
Bittan hade sedan länge resignerat, men försökte ändå emellanåt ge små
vinkar om vad hon tyckte om hans matvanor. Alla försök att sätta ho-
nom på diet hade strandat på det faktum att han tjuvåt så fort hon vän-
de ryggen till och sedan spärrade upp ögonen av häpenhet över att han
inte gick ner i vikt trots att han enligt egen utsago inte åt mer än en ge-
nomsnittlig kanin.

"Känner du E-Type?" Maria hade upphört med oralundersökningen av
Dans mun och tittade nu fascinerat på Gustav. "Jag menar, han hänger
ju med Vickan och hennes polare, och Dan sa att ni känner kungafa-
miljen så jag tänkte att du kanske kände honom. Han är ju så himla häf-
tig!"

Gustav verkade helt förbluffad över att det i någons ögon kunde vara
coolare att känna E-Type än kungen, men han fann sig och svarade av-

mätt på Marias fråga: "Jag är ju lite äldre än kronprinsessan, men min lillebror känner både kronprinsessan och Martin Eriksson."

Maria såg konfunderad ut. "Vem är Martin Eriksson?"

Gustav suckade tungt och sa motvilligt efter en kort paus: "E-Type."

"Jaha. Coolt." Hon skrattade och såg mäkta imponerad ut.

Herregud, var hon ens tjugoett som Dan påstod, tänkte Erica. Hon skulle ha gissat mer på sjutton. Fast visst var hon söt, det var även hon tvungen att erkänna. Hon tittade sorgset ner på sina tunga behag och konstaterade att de dagarna när bröstvårtorna pekade upp mot skyn som på Maria nog var förbi.

Bjudningen var väl inte den mest lyckade de hade haft. Erica och Patrik gjorde sitt bästa för att hålla konversationen igång, men Dan och Gustav hade lika gärna kunnat komma från olika planeter och Maria hade druckit alldeles för mycket vin i alldeles för snabb takt och blev akut illamående inne på toaletten. Den enda som trivdes var Lars, som med stor koncentration mumsade i sig alla resterna på faten, lyckligt ignorerande Bittans mördande blickar.

Redan klockan åtta hade alla brutit upp och Patrik och Erica var ensamma kvar med disken.

De bestämde sig för att strunta i den en liten stund och slog sig ner med var sitt glas i handen.

"Åh, vad jag är sugen på vin nu." Erica tittade dystert ner i sitt glas med Cola.

"Ja, efter den här middagen förstår jag att du skulle ha behövt ett glas. Herrejesus, hur lyckades vi få ihop den här brokiga skaran? Och vad fasen tänkte vi?"

Han skrattade och skakade på huvudet. "Känner du E-Type?"

Patrik gick upp i falsett för att härma Maria och Erica kunde inte låta bli att fnissa.

"Gud, vad coolt!" Han fortsatte med falsettrösten och Ericas fnitter övergick i ohejdat skratt.

"Min mamma säger att det gör inget om man är lite dum, bara man är sööööt!"

Nu lade han huvudet gulligt på sned samtidigt, och Erica höll sig för magen och flämtade: "Sluta nu, jag klarar inte mer. Var det inte du som sa åt mig att *jag* skulle vara snäll!"

"Ja, jo, jag vet. Det är bara så svårt att låta bli." Patrik blev allvarlig. "Du, vad tror du om den där Gustav? Kändes inte som världens varmaste person direkt. Tror du verkligen han är bra för Anna?"

Ericas skratt dog ut tvärt och hon rynkade pannan.

"Nej, jag känner mig ganska orolig. Allt borde väl vara bättre än en kvinnomisshandlare kan man tycka, och det är det ju också, men jag hade bara ...", hon tvekade och letade efter orden, "jag hade bara önskat något mer för Anna. Såg du hur ogillande han såg ut när barnen väsnades och sprang runt? Jag kan slå vad om att han är en sån som anser att barn ska synas men inte höras, men det är ju så fel för Anna. Hon skulle behöva någon som är snäll, som är varm, som är kärleksfull. Någon som får henne att må bra. Vad hon än säger nu, så ser jag på henne att hon inte gör det. Men hon tycker inte att hon förtjänar mer."

Framför sig såg de solen sänka sig i havet som ett eldrött klot, men för en gångs skull var kvällens skönhet bortkastad. Oron för systern tyngde Erica och ansvaret kändes ibland så stort att hon fick svårt att andas. Om hon kände ett sådant ansvar för sin syster, hur skulle hon då orka ansvaret för ett litet liv till?

Hon lutade huvudet mot Patriks axel och lät kvällsmörkret sänka sig över dem.

Måndagen började med glada nyheter. Annika var tillbaka från semestern. Brunbränd och frodig, avslappnad efter mycket älskande och vindrickande, satt hon på sin plats i receptionen och strålade mot Patrik när han släntrade in. Vanligtvis hatade han måndagsmorgnar, men åsynen av Annika fick med ens dagen att kännas mycket lättare. Hon var på något sätt navet kring vilket resten av stationen snurrade. Hon organiserade, debatterade, skällde och berömde, allt efter behov. Vilket problem man än hade kunde man alltid lita på att ett klokt och tröstande ord fanns att få. Till och med Mellberg hade börjat få en viss respekt för henne och vågade sig inte längre på de tjuvnyp och fuktiga blickar som var alltför vanliga under hans första tid på stationen.

Det dröjde bara en timme efter att Patrik kommit till stationen, innan Annika med allvarligt ansiktsuttryck knackade på dörren.

"Patrik, jag har ett par här som vill rapportera sin dotter försvunnen."

De tittade på varandra och visste båda vad den andra tänkte.

Annika visade in det oroliga paret som med slokande axlar slog sig ner framför Patriks skrivbord. De presenterade sig som Bo och Kerstin Möller.

"Vår dotter Jenny kom aldrig hem i går kväll."

Det var fadern som tog till orda. Han var en liten och satt man i fyrtioårsåldern. Under tiden han pratade pillade han nervöst på de grällt mönstrade shortsen och tittade stint ner i skrivbordsskivan. Realiteten i att de satt på polisstationen och rapporterade sin dotter försvunnen verkade få paniken att slutligen blomma ut hos dem. Rösten stockade sig för honom, och hans fru, också hon liten och knubbig, fortsatte:

"Vi bor på campingen i Grebbestad och Jenny skulle åka in till Fjällbacka vid sjutiden med några kompisar som hon träffat. De skulle gå ut tror jag, men hon lovade att vara hemma till klockan ett. De hade visst ordnat skjuts hem på något sätt och dit skulle de ta bussen."

Även hennes röst blev skrovlig och hon blev tvungen att ta en paus innan hon fortsatte: "När hon inte kom hem, så blev vi oroliga. Vi knackade på hos en av de andra tjejerna som hon skulle ha varit med och väckte både henne och hennes föräldrar. Hon sa att Jenny aldrig kom till busshållplatsen som de bestämt och då trodde de att hon bara struntat i att komma. Då visste vi att något allvarligt hänt. Jenny skulle aldrig göra så mot oss. Hon är vårt enda barn och hon är jättenoga med att alltid tala om ifall hon blir sen eller så. Vad kan ha hänt henne? Vi har ju hört om flickan de hittade i Kungsklyftan, tror ni att ..."

Här svek rösten och hon brast ut i förtvivlad gråt. Hennes make lade tröstande armarna om henne, men tårarna samlades även i hans ögon.

Patrik var orolig. Mycket orolig, men han försökte att inte visa det för paret.

"Jag tycker inte att det finns anledning att dra några sådana paralleller än."

Fan vad korrekt jag låter, tänkte Patrik, men han hade så svårt att hantera sådana här situationer. De här människornas ångest fick hans hals att snöras ihop av medkänsla, men han kunde inte tillåta sig att ge efter för det, och försvaret blev då en nästintill byråkratisk korrekthet.

"Vi börjar med lite uppgifter om er dotter. Hon heter Jenny sa ni. Hur gammal är hon?"

"Sjutton, snart arton."

Kerstin grät fortfarande med ansiktet mot sin makes skjorta, så det var Bo som fick ge Patrik de nödvändiga uppgifterna. Som svar på frågan om de hade något nytaget kort av henne, så torkade sig Jennys mor i ansiktet med en pappersservett och plockade fram ett skolfoto i fyrfärg från handväskan.

Patrik tog varsamt fotot och tittade på det. Flickan var en typisk sjuttonåring, med lite för mycket smink och aningen trotsigt uttryck i ögonen. Han log mot föräldrarna och försökte se ut som om han var full av tillförsikt.

"Söt flicka, henne är ni stolta över förstår jag."

De nickade båda ivrigt, och ett litet leende bröt till och med fram hos Kerstin.

"Det är en bra flicka. Fast visst har tonåringar sina sidor. Hon ville inte åka på husvagnssemestern med oss i år, fast vi gjort det varenda sommar sedan hon var liten, men vi bönade och sa att det troligtvis var sista sommaren vi kunde göra något sådant tillsammans, och då gav hon med sig."

När Kerstin hörde vad hon själv sa om sista sommaren brast det igen och Bo strök henne lugnande över håret.

"Ni tar väl det här på allvar? Man har ju hört om att det måste gå tjugofyra timmar innan man börjar leta och så, men ni måste tro oss när vi säger att något måste ha hänt, annars skulle hon ha hört av sig. Hon är inte den typen av flicka som bara skulle strunta i allt och låta oss sitta och ängslas."

Återigen försökte Patrik se så lugn ut som möjligt, men inuti for redan tankarna vilt omkring. Bilden av Tanjas nakna kropp i Kungsklyftan kom upp på näthinnan och han blinkade för att få bort den.

"Vi väntar inte tjugofyra timmar, det är bara i amerikanska filmer, men innan vi vet måste ni försöka att inte oroa er. Även om jag tror er på ert ord att Jenny är en väldigt ordningsam tjej, så har jag sett det hända förr. De träffar någon, glömmer tid och rum, glömmer att mamma och pappa är oroliga hemma. Det är inget ovanligt. Men vi ska börja fråga runt på en gång. Lämna ett nummer där vi kan nå er hos Annika när ni går ut, så hör jag av mig när vi vet mer. Och meddela oss om ni skulle höra ifrån henne, eller om hon dyker upp hemma är ni snälla. Det här ska nog ordna sig ska ni se."

När de gått undrade Patrik om han lovat för mycket. Han hade en molande känsla i magtrakten som inte bådade gott. Han tittade på fotot av Jenny som de lämnat kvar. Måtte hon bara vara ute och slarva.

Han reste sig och gick in till Martin. Det var bäst att de började leta omedelbart. Skulle det värsta ha hänt hade de inte en minut att förlora. Enligt rättsläkarens rapport hade Tanja levt ungefär en vecka i fångenskap innan hon dog. Klockan hade börjat ticka.

Sommaren 1979

Smärtan och mörkret fick tiden att flyta bort i ett drömlöst töcken. Dag eller natt, liv eller död, det spelade ingen roll. Inte ens stegen ovanför, vissheten om den annalkande ondskan, kunde förmå verkligheten att tränga sig in i hennes mörka bo. Ljudet av ben som krasades blandades med någons smärtfyllda skrik. Kanske var det hennes. Hon visste inte riktigt.

Ensamheten var det svåraste att stå ut med. Den totala avsaknaden av ljud, rörelser och känslan av beröring mot huden. Aldrig hade hon kunnat föreställa sig hur plågsam avsaknaden av mänsklig kontakt kunde vara. Den trotsade all smärta. Den skar genom själen som en kniv och fick henne att huttra i frossbrytningar som skakade hela hennes kropp.

Lukten av den främmande var vid det här laget välbekant. Inte otäck. Inte så som hon skulle ha föreställt sig att ondskan skulle lukta. Den var istället frisk och full med löften om sommar och värme. Det kändes tydligare i kontrasten mot den mörka, fuktiga doft som ständigt drogs in i hennes näsborrar. Som omgav henne som en blöt filt och bit för bit åt upp de sista resterna av den hon var innan hon hamnade här. Därför insöp hon girigt doften av värmen när den främmande kom nära. Det var värt att genomleva det onda för att under ett ögonblick få insupa lukten av livet som gick sin gilla gång någonstans där uppe. Samtidigt väckte den dova känslor av saknad till liv. Hon var inte längre den samma som hon varit och hon saknade den person hon nu aldrig åter skulle bli. Det var ett smärtsamt avsked att ta, men för att överleva var hon tvungen.

Det som plågade henne mest här nere var annars tanken på ungen. I hela hennes korta liv hade hon lastat dottern för att hon fötts, men nu i elfte timmen förstod hon att dottern istället varit en gåva. Minnet av hennes mjuka armar runt halsen, eller de stora ögonen som hungrigt tittat på henne i jakt på något som hon inte förmått att ge, jagade henne i drömmar i fyrfärg. Hon kunde se framför sig varje liten detalj av henne. Varje liten fräken, varje hårstrå, den lilla virveln i nacken som var placerad på exakt samma ställe som hennes. Det löfte hon gav sig själv och Gud om och om igen var att om hon undslapp detta fängelse skulle hon gottgöra den lilla för varje sekund som hon förnekats sin mors kärlek. Om...

"Du går inte ut så där!"

"Jag går väl ut hur jag vill, det ska du skita i."

Melanie blängde på sin far, som blängde tillbaka. Ämnet för grälet var välbekant: hur mycket, eller snarare litet, hon hade på sig.

Visst var det inte mycket tyg i de kläder hon valt, det var Melanie tvungen att erkänna, men hon tyckte att de var snygga och hennes kompisar klädde sig precis likadant. Och hon var faktiskt sjutton år och ingen barnunge, så vad hon hade på sig var faktiskt upp till henne. Föraktfullt studerade hon sin far, vars ilska hade fått honom att anta en rödaktig ton från nacken och uppåt. Fy fan för att bli gammal och sunkig. Hans glansiga Adidasshorts var omoderna redan för femton år sedan och den spräckliga kortärmade skjortan skar sig mot shortsen. Magen han fått av för många påsar chips i TV-soffan hotade att spränga några av knapparna och kronan på verket var de fula badtofflorna i plast som han hade på fötterna. Hon skämdes för att synas med honom och hon hatade att behöva sitta på den här jävla campingen hela sommaren.

När hon var liten hade hon älskat campingsemestrarna i husvagn. Det hade alltid funnits en massa barn att leka med och de kunde bada och springa fritt bland de uppställda vagnarna. Men nu hade hon ju polarna hemma i Jönköping och värst av allt var att hon hade varit tvungen att åka ifrån Tobbe. Nu när hon inte kunde bevaka sina intressen skulle han säkert strula med den där jävla Madde, som jämt hängde på honom som ett plåster, och i så fall lovade hon dyrt och heligt att hon skulle hata sina föräldrar livet ut.

Att sitta fast på en campingplats i Grebbestad sög, och till råga på allt behandlade de henne som om hon var fem och inte sjutton. Inte ens vad hon skulle ha på sig fick hon välja själv. Hon knyckte trotsigt på nacken och rättade till toppen, som inte var mycket större än en bikinitopp. De minimala jeansshortsen skar visserligen in rätt obekvämt mellan skinkorna, men de blickar de framkallade hos killarna var värda allt obehag. Pricken över i var de skyhöga platåskorna som lade åtminstone en decimeter till hennes en och sextio.

"Så länge som det är vi som betalar för mat och tak över huvudet för dig, så är det faktiskt vi som bestämmer och nu är du så god och ..."

Hennes pappa avbröts av en hård knackning på dörren och tacksam över respiten skyndade sig Melanie att öppna. Utanför stod en mörkhårig man i trettiofemårsåldern och hon rätade automatiskt på sig och sköt fram brösten. Lite för gammal för hennes smak kanske, men han såg trevlig ut och alltid retade det farsan.

"Jag heter Patrik Hedström och kommer från polisen. Skulle jag kunna få komma in en liten stund, det gäller Jenny?"

Melanie flyttade på sig för att släppa in honom, men inte mer än att han var tvungen att trycka sig förbi hennes lättklädda uppenbarelse.

Efter att de hälsat på varandra satte de sig vid det lilla trånga matbordet.

"Ska jag hämta min fru också, hon är nere på badplatsen?"

"Nej då, det är inte nödvändigt, det är Melanie som jag skulle vilja byta några ord med. Som ni kanske vet så har Bo och Kerstin Möller anmält sin dotter Jenny försvunnen och de sa att ni hade stämt träff för att åka in till Fjällbacka i går, stämmer det?"

Omärkligt drog hon lite i toppen för att göra klyftan större och fuktade läpparna innan hon svarade. Polisman, det var riktigt sexigt.

"Ja, vi skulle ha setts vid busshållplatsen vid sju för att ta bussen tio över. Några killar vi träffat skulle hoppa på vid Tanum Strand, och vi skulle bara åka in och se om det hände något sa vi, inga särskilda planer."

"Men Jenny kom aldrig?"

"Nej, det var skitkonstigt. Vi känner inte varann så jätteväl, men hon verkade rätt rekorderlig så där, så jag blev ganska förvånad när hon typ bara aldrig dök upp. Jag kan inte säga att jag blev så himla besviken, det var mest hon som hängde på mig och det gjorde inte mig nåt att bli själv med Micke och Fredde, killarna på Tanum Strand alltså."

"Men Melanie då!"

Hon fick ett ilsket ögonkast från sin far och blängde tillbaka.

"Vadå, jag kan väl inte hjälpa att jag tyckte hon var rätt trist. Det är väl inte mitt fel att hon är försvunnen. Hon har säkert bara dragit hem till Karlstad. Hon snackade om nån kille hon träffat där, och om hon hade nåt vett i skallen så sket hon i den här jävla husvagnssemestern och drog tillbaka till honom."

"Du skulle bara våga göra något sånt! Den där Tobbe ..."

Patrik fann sig nödgad att avbryta grälet mellan far och dotter och viftade lite försiktigt med handen för att påkalla uppmärksamhet. De tystnade tacksamt nog.

"Du har alltså ingen aning om varför hon inte dök upp?"

"Nej, inte en susning."

"Vet du om hon umgicks med någon mer här på campingen, som hon kan ha anförtrott sig åt?"

Som av en olyckshändelse snuddade Melanie med sitt bara ben vid polismannens och njöt av att se honom rycka till. Killar var så himla enkla. Spelade ingen roll vilken ålder de var i, de hade bara en tanke i huvudet och visste man bara det kunde man lirka dem vart man ville. Hon snuddade vid hans ben igen och han började se lätt svettig ut på överläppen. Fast det var rätt kvavt i husvagnen också.

Hon sög en stund på svaret.

"Det var en kille, nån jävla nörd som hon tydligen träffat här på somrarna sen hon var liten. Skittöntig, men hon var ju som sagt inte direkt supercool själv, så de trivdes väl ihop."

"Vet du vad han heter, eller var jag kan hitta honom kanske?"

"Hans föräldrar har sin husvagn två rader bort. Det är den med det brun- och vitrandiga förtältet och alla jävla pelargonerna i krukor framför."

Patrik tackade för hjälpen och pressade sig med rodnande kinder åter förbi Melanie.

Hon försökte posera så förföriskt hon kunde i dörröppningen när hon vinkade adjö till polismannen. Farsan hade dragit igång med sin harang igen, men hon slog dövörat till. Han sa ändå ingenting som var värt att lyssna på.

Svettig av fler anledningar än den tryckande värmen stegade Patrik raskt iväg. Det var en lättnad att komma ut ur den trånga lilla husvagnen till gyttret utanför. Han hade känt sig som en pedofil när den där lilla tjejen hade tryckt upp sina små bröst i ansiktet på honom och när hon började trycka sig mot hans ben hade han inte vetat vart han skulle ta vägen, så obehagligt tyckte han att det var. Det var inte mycket till kläder hon hade på sig heller. Ungefär lika mycket tyg som en näsduk fördelat över kroppen. I en blixt av klarsyn insåg han att om sjutton år var det kanske hans dotter som klädde sig så där och trånade efter äldre karlar. Han ryste vid tanken och hoppades med ens att det var en son som Erica bar på. Tonårskillar visste han åtminstone hur de fungerade. Den här tjejen

125

hade känts som en varelse från yttre rymden, med sina mängder av smink och stora, dinglande smycken. Han hade inte heller kunnat undgå att notera att hon hade en ring i naveln. Kanske började han bli för gammal, men sexigt var det sista han ansåg att det var. Snarare tänkte han på infektionsrisken och risken för ärrbildning. Men som sagt, det hade väl med åldern att göra. Han hade fortfarande i färskt minne den utskällning han fått av sin mor när han kom hem med en ring i ena örat, och då var han ändå nitton. Den hade åkt av fortare än kvickt och det var så vågad som han någonsin hade varit.

Han villade först bort sig bland husvagnarna som stod så tätt att de kunde ha varit staplade på varandra. Personligen kunde han inte förstå hur folk frivilligt kunde tillbringa sin semester packade som sillar tillsammans med en massa andra människor. Men rent intellektuellt förstod han att det för många blivit en livsstil och att gemenskapen med andra campare som varje år återvände till samma plats var det som lockade. En del husvagnar kunde knappast kallas husvagnar längre, då de byggts på med tält i alla riktningar och mer liknade små permanenthus och stod där de stod, år efter år.

Efter att ha bett om hjälp hittade Patrik till slut husvagnen som Melanie beskrivit och såg en lång, gänglig och extremt finnig kille sitta utanför. Patrik tyckte synd om honom när han såg de röda och vita utslagen och att han inte kunnat avhålla sig från att klämma en del, trots att han säkerligen skulle få ärr som skulle bestå länge efter att acnen givit med sig.

Solen sken Patrik rakt i ögonen när han stannade till framför killen och han fick skugga ögonen med handen. Solglasögonen hade han glömt kvar på stationen.

"Tjena, jag kommer från polisen. Jag pratade med Melanie här borta, som sa att du känner Jenny Möller, stämmer det?"

Pojken nickade bara stumt. Patrik slog sig ner på gräset bredvid honom och såg att den här killen, till skillnad från tonårslolitan ett par vagnar bort, såg uppriktigt bekymrad ut.

"Jag heter Patrik, vad heter du?"

"Per."

Patrik höjde på ögonbrynen för att markera att han förväntade sig något ytterligare.

"Per Thorsson." Han drog otåligt upp grästuvor ur marken och stirrade stint ner på det han höll på med. Utan att titta på Patrik sa han:

"Det är mitt fel att det hänt henne något."

"Vad menar du?" Patrik hajade till.

"Det var på grund av mig hon missade bussen. Vi har träffats här varenda sommar sen vi var små och har alltid haft skitkul ihop. Men sen hon träffade den där apan Melanie, så blev hon så jävla taskig. Det enda hon snackade om var Melanie hit och Melanie dit och Melanie säger det och fan och hans moster. Förr gick det att snacka om viktiga grejer med Jenny, sånt som betydde nåt, men nu var det bara smink och kläder och sånt skit, och hon vågade inte ens berätta för Melanie om hon skulle träffa mig, för Melanie tyckte tydligen att jag var nördig eller nåt."

Han drog upp gräs i allt snabbare takt och en liten kal fläck hade bildats bredvid honom och växte för var tuva som han drog upp. Lukten av mat som grillades låg tung över deras huvuden och letade sig in i näsborrarna och fick det att kurra i magen på Patrik.

"Tonårstjejer är så där. Det går över, jag lovar. Sen blir det folk av dem igen." Patrik log, men blev sedan allvarlig. "Men hur menar du att det var ditt fel? Vet du var hon är? För i så fall ska du veta att hennes föräldrar är fruktansvärt oroliga ..."

Per viftade avvärjande med handen.

"Jag har ingen aning om var hon är, jag vet bara att hon måste ha råkat illa ut på nåt sätt. Hon skulle aldrig bara sticka så där. Och eftersom hon skulle lifta ..."

"Lifta? Vart då? När liftade hon?"

"Det är ju därför det är mitt fel." Per talade överdrivet tydligt till Patrik, som till ett litet barn. Han fortsatte: "Jag började mucka med henne precis när hon skulle gå och träffa Melanie vid busshållsplatsen. Jag blev så jävla less på att jag bara dög att umgås med om inte den där förbannade Melanie visste om det, och jag högg Jenny när hon gick förbi här och talade om för henne vad jag tyckte. Hon blev ledsen, men sa inte emot mig utan stod bara där och tog det. Efter en stund sa hon bara att hon hade missat bussen nu och att hon skulle få lifta in till Fjällbacka. Sen drog hon."

Per lyfte blicken från sin kala gräsplätt och tittade på Patrik. Underläppen darrade lätt och Patrik såg att han kämpade febrilt för att slippa förödmjukelsen att börja gråta, här mitt bland alla campinggästerna.

"Det är därför det är mitt fel. Hade inte jag börjat gräla på henne för nåt som i efterhand är helt jävla meningslöst, så hade hon kommit med den där bussen och då hade det här inte hänt. Hon råkade ut för nåt jäv la psycho när hon liftade och det är mitt fel."

Rösten steg en oktav och bröts i falsett på målbrottsvis. Ihärdigt skakade Patrik på huvudet.

"Det är inte ditt fel. Och vi vet inte ens om det har hänt något. Det är det vi ska försöka ta reda på. Vem vet, hon kanske dyker upp här när som helst och har bara varit ute på något bus."

Tonen var lugnande, men Patrik hörde själv hur falskt det lät. Han visste att oron han såg i pojkens ögon även fanns i hans egna. Bara något hundratal meter bort satt paret Möller i sin husvagn och väntade på sin dotter. I magtrakten hade Patrik en isande känsla av att Per hade rätt och att de kanske väntade förgäves. Någon hade plockat upp Jenny. Någon som inte hade goda avsikter.

Medan Jacob och Marita var på sina arbeten och barnen var hos dagmamman, väntade Linda på Johan. Det var första gången de skulle träffas inne i boningshuset på Västergården, istället för på höloftet i ladan och Linda tyckte att det var spännande. Vetskapen om att de olovandes umgicks under hennes brors tak skänkte en extra krydda åt mötet. Det var inte förrän hon såg Johans min när han klev in genom dörren, som hon insåg att det för honom väckte helt andra känslor att vara tillbaka i huset.

Han hade inte varit där inne sedan de fick lämna Västergården strax efter Johannes död. Med dröjande steg gick Johan runt, först i vardagsrummet, sedan i köket och till och med på toaletten. Det var som om han ville insupa varje detalj. Mycket var ändrat. Jacob hade snickrat och målat och huset såg inte längre ut som han mindes det. Linda gick efter honom, hack i häl.

"Det var länge sedan du var här."

Johan nickade och strök med handen längs spiselkransen i vardagsrummet.

"Tjugofyra år sen. Jag var bara fem när vi flyttade härifrån. Han har gjort mycket med huset."

"Ja, allt måste ju vara så himla fint för Jacob. Han snickrar och fixar jämt. Allt måste vara perfekt."

Johan svarade inte. Det var som om han befann sig i en annan värld. Linda började ångra lite att hon bjudit hem honom. Hon hade bara tänkt sig en sorglös stund i sängen, inte en resa genom Johans sorgliga barndomsminnen. Helst ville hon inte tänka på den delen av honom, den delen med känslor och upplevelser som inte inkluderade henne. Han hade varit så förtrollad av henne, nästintill dyrkande, och det var den bekräftelsen hon ville ha ut av honom, inte den här tankfulle, grubblande vuxne mannen som nu gick runt i huset.

Hon drog i hans arm och han ryckte till som om han väcktes ur en trans.

"Ska vi inte gå upp? Mitt rum är på vinden."

Johan följde viljelöst med henne uppför den branta trappan. De passerade genom övervåningen, men när Linda började klättra uppför trappan till vinden, dröjde Johan sig kvar. Här uppe hade han och Robert haft sina rum och här fanns också föräldrarnas sovrum.

"Vänta, jag kommer strax. Jag ska bara kolla en sak."

Han brydde sig inte om Lindas protester, utan öppnade med darrande hand den första dörren i hallen. Innanför låg hans pojkrum. Det var fortfarande ett rum för en liten pojke, men nu var det Williams leksaker och kläder som låg spridda överallt. Han satte sig på den lilla sängen och såg för sitt inre öga hur rummet hade sett ut när det var hans. Efter en stund reste han sig och gick in i rummet bredvid, det rum som varit Roberts. Det var ännu mer förändrat än Johans rum. Nu var det alldeles tydligt ett flickrum, med rosa och tyll och paljetter som dominerande inslag. Han gick ut igen nästan direkt. Istället drogs han som en magnet till rummet i slutet av hallen. Många nätter hade han tassat över mattan som hans mor lagt ut, bort mot den vita dörren, försiktigt skjutit upp den för att sedan smyga upp i föräldrarnas säng. Där hade han tryggt kunnat sova, fri från mardrömmar och monster under sängen. Helst hade han tryckt sig mot sin far och sovit tätt, tätt intill. Han såg att Jacob och Marita hade behållit den pampiga gamla sängramen, det här rummet var det som var minst förändrat.

Han kände att tårarna brände under ögonlocken och han blinkade för att förhindra tårarna att rinna till, innan han vände sig om mot Linda. Inför henne ville han inte visa sig så svag.

"Har du kollat klart snart, eller? Det finns inget här att stjäla om du nu tror det."

Hennes tonfall hade en elak klang som han inte hört förut. Vreden tändes inom honom som en gnista. Tanken på allt som kunde ha varit underblåste den gnistan och han tog henne hårt i armen.

"Vad fan snackar du om! Tror du att jag kollar för att se om det finns något att stjäla. Du är ju fan inte klok. Du, jag bodde här långt innan din brorsa flyttade in här och om det inte varit för din satans farsa så hade vi fortfarande haft kvar Västergården. Så knip igen din käft."

För en sekund blev Linda mållös av förvåning inför den blide Johans förvandling, sedan ryckte hon häftigt loss armen och fräste:

"Du, det är inte min pappas fel att din farsa spelade och slösade bort alla sina pengar. Och vad än pappa gjorde så kunde inte han hjälpa att din farsa var så feg att han tog livet av sig. Det var han som valde att lämna er, och det kan du inte skylla pappa för."

Raseriet fick det att bildas vita fläckar i hans synfält. Han knöt händerna. Linda såg så smal och bräcklig ut att han undrade om han skulle kunna knäcka henne mitt itu, men han tvingade sig att andas med djupa andetag för att lugna ner sig. Med en konstig, väsande röst sa han:

"Det är mycket jag både kan och vill skylla Gabriel för. Din pappa förstörde våra liv av avundsjuka. Mamma har berättat hur det var. Att alla älskade pappa, men att ingen tyckte att Gabriel var något annat än en torr surkart och det tålde han inte. Men mamma var uppe på gården i går och talade om ett och annat för honom. Det är bara synd att hon inte gav honom en omgång också, men hon iddes nog inte ta på honom."

Linda hånskrattade. "En gång i tiden dög han att ta på i alla fall. Det äcklar mig att tänka mig honom ihop med din skitiga morsa, men så var det, ända tills hon fattade att det nog var lättare att mjölka pengar ur din farsa än ur min. Då gick hon vidare till honom istället. Du vet väl vad man kallar en sån. Hora!"

Små stänk av spott hamnade i ansiktet på Johan när Linda, som var nästan lika lång som han, kastade orden i ansiktet på honom.

Av rädsla för att inte kunna lägga band på sig backade Johan sakta mot trappan. Helst skulle han vilja lägga händerna runt hennes smala hals och klämma till, bara för att få tyst på henne, men istället flydde han.

Förvirrad över hur situationen plötsligt urartat och i ilska över att det visat sig att hon inte haft det övertag på honom som hon trott, lutade sig Linda över räcket och skrek elakt efter honom:

"Stick du bara din förbannade loser, du dög ändå bara till en sak. Och inte ens det var du särskilt bra på."

Hon avslutade med att sticka upp långfingret efter honom, men hans ryggtavla var redan på väg genom ytterdörren och han såg det inte.

Sakta tog hon ner fingret och ångrade med tonåringens hastiga humöromsvängningar redan det hon sagt. Hon hade bara blivit så jävla förbannad.

När faxen från Tyskland kom hade Martin precis lagt på luren efter att ha pratat med Patrik. Nyheten om att Jenny troligen hade blivit uppplockad av en liftare gjorde inte läget bättre. Vem som helst kunde ha plockat upp flickan, de kunde nu bara lita till allmänhetens allseende öga. Pressen hade ringt som galningar till Mellberg och med den täckning som de nu förstod att nyheten skulle få, hoppades Martin att någon som sett Jenny kliva i en bil utanför campingen skulle höra av sig. Förhoppningsvis skulle de kunna sålla fram de verkliga guldkornen ur mängden av busringningar, samtal från psykiskt störda och människor som tog tillfället i akt att göra livet surt för en ovän.

Det var Annika som kom med faxmeddelandet, vilket var kort och koncist. Han stakade sig igenom de få meningarna och kunde uttyda att man spårat en exmake till Tanja som närmast anhörig. Det förvånade Martin att hon som var så ung redan var skild, men uppgiften stod där svart på vitt. Efter en stunds tvekan och en snabb konsultation med Patrik på hans mobil slog han numret till Fjällbacka turistbyrå och log ofrivilligt när han hörde Pias stämma i luren.

"Hej, det är Martin Molin." Det blev tyst en sekund för länge. "Polisen i Tanumshede." Det förgrymmade honom oerhört att han blev tvungen att förtydliga vem han var. Själv skulle han nog till och med kunna uppge hennes skonummer om det av någon outgrundlig anledning skulle krävas av honom.

"Ja, hej, förlåt mig. Jag är helt värdelös på namn, men är tack och lov desto bättre på ansikten. Tur det med det här jobbet." Hon skrattade. "Vad kan jag hjälpa dig med i dag då?"

Var ska jag börja, tänkte Martin men påminde sig om anledningen till varför han ringde och skärpte sig omedelbart.

"Jag ska ringa ett viktigt samtal till Tyskland och vågar inte lita på min trea i tyska. Skulle du kunna vara med på ett trepartssamtal och tolka?"

"Absolut." Svaret kom omedelbart. "Jag ska bara be min kollega vakta butiken här under tiden."

Han hörde att hon pratade med någon i bakgrunden och sedan kom åter hennes stämma i luren.

"Det är ordnat. Hur fungerar det? Du ringer upp mig, eller?"

"Ja, jag kopplar in dig, så vänta bara vid telefonen så ringer jag om några minuter."

Exakt fyra minuter senare hade han både Tanjas exmake Peter

Schmidt och Pia på tråden samtidigt. Han inledde försiktigt med att beklaga sorgen och att han var tvungen att ringa under så tråkiga omständigheter. Tyska polisen hade redan informerat Peter om exfruns död, så den uppgiften slapp han, men det kändes ändå obehagligt att ringa så tätt inpå dödsbudet. Det här var en av de svåraste delarna av yrket och tack och lov en ganska ovanlig företeelse i hans polisvardag.

"Hur mycket kände du till om Tanjas resa till Sverige?"

Pia översatte smidigt till tyska och sedan Peters svar till svenska.

"Ingenting. Vi skildes tyvärr inte som vänner, så efter skilsmässan har vi knappt pratats vid, men när vi var gifta nämnde hon aldrig att hon skulle vilja åka till Sverige. Hon var mer förtjust i solsemestrar, till Spanien eller Grekland. Jag skulle ha trott att hon tyckte Sverige var ett för kallt land att åka till."

Kallt, tänkte Martin ironiskt och tittade ut genom fönstret på ångorna som steg upp från asfalten. Jo, jo, och isbjörnar vandrar på gatorna ... Han fortsatte sin utfrågning:

"Hon nämnde alltså aldrig något om att hon hade ett ärende till Sverige, eller någon annan anknytning dit? Ingenting om en ort som hette Fjällbacka?"

Peters svar var fortfarande nekande och Martin kom inte på något mer att fråga. Han visste fortfarande inte vad det var Tanja antytt för sin reskamrat om sitt mål med resan. En sista fråga slog honom precis innan han var på väg att tacka och avsluta:

"Finns det någon annan vi kan fråga? Den enda anhörig vi fick någon uppgift om från tyska polisen var du, men någon väninna kanske?"

"Ni skulle kunna höra av er till hennes pappa. Han bor i Österrike. Det var nog därför polisen här inte fick fram honom i något register. Vänta här, jag har hans telefonnummer."

Martin hörde hur Peter gick iväg och ljud av saker som flyttades runt. Efter en stund kom han tillbaka. Pia fortsatte översätta och talade extra tydligt när hon sa numren som han läste upp.

"Jag är inte säker på om han kan tala om något för er heller. För två år sen, strax efter att vi skilde oss, skar det sig rejält mellan honom och Tanja. Hon ville inte berätta varför, men jag tror inte att de har talats vid på länge. Men man vet ju aldrig. Hälsa honom så gott från mig."

Samtalet hade inte givit mycket, men Martin tackade för hjälpen och bad att få återkomma om det dök upp några fler frågor. Pia hängde kvar i luren och förekom honom genom att fråga om han ville ringa Tanjas

132

pappa med en gång, så kunde hon hjälpa till med översättningen.

Signal efter signal gick fram men ekade bara tomt. Ingen verkade vara hemma. Tanjas exmakes kommentar om ett bråk mellan Tanja och hennes far hade dock väckt Martins nyfikenhet. Vad kunde far och dotter bråka om som var tillräckligt allvarligt för att de helt skulle bryta kontakten med varandra? Och hade det något samband med Tanjas resa till Fjällbacka och hennes intresse för de två flickornas försvinnanden?

Djupt inne i sina funderingar glömde han nästan att Pia var kvar i luren och han tackade henne brådstörtat för hjälpen. De kom överens om att hon skulle hjälpa honom att ringa Tanjas far i morgon igen.

Martin tittade länge och grubblande på fotot av Tanja på bårhuset. Vad var det som Tanja sökte i Fjällbacka, och vad var det hon fann?

Försiktigt vaggande tog sig Erica fram utmed pontonbryggorna. Det var mycket ovanligt att man såg luckor bland båtplatserna vid den här tiden på året. Vanligtvis brukade segelbåtarna ligga i dubbla och till och med tredubbla rader. Men mordet på Tanja hade tunnat ut leden och fått en hel del seglare att söka sig till andra hamnar. Erica hoppades verkligen att Patrik och hans kollegor löste det snabbt, annars skulle det bli en hård vinter för många av dem som försörjde sig på det som de kunde få in under sommarmånaderna.

Anna och Gustav hade dock valt att gå emot strömmen och stanna ett par dagar extra i Fjällbacka. När Erica såg båten förstod hon varför hon inte kunnat övertala dem att bo i huset hos henne och Patrik. Den var magnifik. Bländande vit med trädäck, och stor nog att hysa minst två familjer till, tronade den längst ut på bryggan.

Anna vinkade glatt när hon såg Erica närma sig och hjälpte henne ner i båten. Erica var bra andfådd när hon satte sig och serverades genast ett stort glas kall Cola av sin syster.

"Visst börjar man bli less på det så här mot slutet?"

Erica himlade med ögonen. "Om. Men det är väl naturens sätt att få en att se fram emot förlossningen, antar jag. Bara det inte var för den här jävla värmen också." Hon torkade sig i pannan med en servett, men kände strax efter hur nya svettdroppar bildades och rann ner längs tinningarna.

"Stackare." Anna log medlidsamt.

Gustav kom upp ur kajutan och hälsade artigt på Erica. Han var lika oklanderligt klädd som sist och tänderna blänkte vita i det brunbrända ansiktet. Med ett missnöjt tonfall sa han i riktning åt Anna:

"Frukosten står fortfarande framdukad där nere. Jag har ju sagt åt dig att jag vill att du håller lite ordning i båten. Det funkar inte annars."

"Oj, ursäkta. Jag fixar det med en gång."

Leendet försvann från Annas ansikte och med sänkt blick skyndade hon ner i båtens nedre regioner. Gustav slog sig ner bredvid Erica med en kall öl i handen.

"Det går inte att bo på en båt om man inte har ordning och reda. Speciellt med barnen, det blir ju så himla stökigt annars."

Erica undrade i sitt stilla sinne varför inte han själv hade kunnat plocka undan frukosten, om det var en så stor sak. Han verkade ju trots allt inte vara lam i armarna.

Stämningen var lite tryckt dem emellan och Erica kände hur avgrunden som skapats av skillnader i bakgrund och uppfostran öppnade sig. Hon kände sig tvingad att bryta tystnaden.

"Väldigt vacker båt."

"Ja, det är en riktig skönhet." Han pös av stolthet. "Har lånat den av en god vän, men nu är jag riktigt sugen på att slå till och köpa en själv."

Åter tystnad. Erica var tacksam när Anna klev upp till dem igen och satte sig ner bredvid Gustav. Hon ställde dricksglaset hon hade med sig på andra sidan. En irriterad rynka bildades mellan ögonen på Gustav.

"Kan du vara snäll och inte ställa glas där. Det blir fläckar i träet."

"Förlåt." Rösten var liten och urskuldande. Hon tog snabbt upp glaset igen.

"Emma." Gustav flyttade sin uppmärksamhet från mor till dotter. "Du får inte leka med seglet där har jag sagt. Gå genast bort därifrån." Annas fyraåriga dotter spelade döv och ignorerade honom fullständigt. Gustav var på väg att resa sig när Anna sprang upp.

"Jag tar henne. Hon hörde dig säkert bara inte."

Barnet vrålade av ilska över att bli bortlyft och visade upp sin mest trumpna min när Anna tog med henne till de vuxna.

"Du är dum." Emma måttade en spark mot Gustavs smalben och Erica log i mjugg.

Gustav tog tag i Emmas arm för att banna henne och för första gången såg Erica en glimt tändas i Annas ögon. Hon slet loss Gustavs hand och drog Emma intill sig.

"Du rör henne inte!"

Han höll avvärjande upp händerna. "Ursäkta då, men dina ungar är sjövilda. Någon måste ju få lite fason på dem."

"Mina barn är utmärkt uppfostrade, tack, och deras uppfostran sköter jag själv. Kom nu så går vi till Ackes och köper lite glass."

Hon nickade uppfordrande åt Erica som var mer än glad åt att få sin syster och syskonbarnen för sig själv en stund, utan herr af Fisförnäm. De tog Adrian i vagnen och Emma fick glatt skutta iväg framför dem.

"Du, tycker du att jag är överkänslig? Han tog henne ju bara i armen? Jag menar, jag vet ju att Lucas gjort att jag blivit lite överbeskyddande mot barnen …"

Erica tog sin syster under armen. "Jag tycker inte att du är ett dugg överbeskyddande. Personligen tycker jag att din dotter är en ypperlig människokännare och du borde ha låtit henne ge honom en ordentlig känga på smalbenet."

Anna mulnade. "Nu tycker jag att det är du som överdriver lite. Så farligt var det ändå inte när jag tänker efter. Är man inte van vid barn, så är det inte konstigt om man blir stressad."

Erica suckade. För ett ögonblick hade hon trott att systern äntligen skulle visa lite ryggrad och kräva den behandling hon och barnen hade rätt till, men Lucas hade gjort jobbet ordentligt.

"Hur går det med vårdnadstvisten?"

Anna såg först ut att än en gång vilja slå bort frågan, men svarade sedan med låg röst:

"Det går inte alls. Lucas har bestämt sig för att ta till alla fula knep han kan, och det här att jag träffat Gustav har bara gjort honom ännu mer förbannad."

"Men han har väl inget på fötterna? Jag menar, vad kan han anföra för skäl för att du skulle vara en dålig mor, om det är någon som har bra skäl att frånta någon vårdnaden, så är det ju du!"

"Ja, fast Lucas verkar tro att hittar han bara på tillräckligt mycket, så är det något som fastnar."

"Men din anmälan mot honom då, för barnmisshandel? Borde inte den väga tyngre än något som han kan ljuga ihop?"

Anna svarade inte och en otäck tanke dök upp i Ericas hjärna.

"Du anmälde honom aldrig, eller hur? Du ljög mig rätt upp i ansiktet och sa att du anmälde honom, men du gjorde aldrig det."

Systern vågade inte möta hennes blick.

"Ja, men svara då. Är det så? Har jag rätt?"

Annas svar lät vresigt. "Ja, du har rätt, kära storasyster. Men du ska

135

inte döma mig. Du har inte gått i mina skor, så du vet inte ett skit om hur det är. Att ständigt leva i rädsla för vad han ska ta sig för. Om jag hade anmält honom skulle han ha jagat mig tills jag inte kunde fly längre. Jag hoppades att han skulle låta oss vara i fred om jag inte gick till polisen. Och det verkade ju funka först också, eller hur?"

"Jovisst, men nu funkar det inte längre. Fan Anna, du måste lära dig att tänka längre än näsan räcker."

"Det är ju lätt för dig att säga! Som sitter här med all trygghet man någonsin kan begära, med en man som dyrkar dig och aldrig skulle göra dig illa och nu dessutom med pengar på banken efter boken om Alex. Det är jävligt lätt för dig att säga! Du vet inte hur det är att vara ensam med två barn och slita för att kunna ge dem mat för dagen och kläder på kroppen. Allt går jämt så himla bra för dig och tro inte att jag inte har sett hur du tittat på Gustav med näsan i vädret. Du tror du vet så jävla mycket, men du vet inte ett skit!"

Anna brydde sig inte om att ge Erica en chans att svara på sitt utfall, utan försvann halvspringande bort mot torget med Adrian i vagnen och Emma i ett fast grepp i handen. Kvar på trottoaren stod Erica med gråten i halsen och undrade hur det kunde ha blivit så fel. Hon hade ju inte menat något illa. Det enda hon ville var att Anna skulle ha det så bra som hon förtjänade.

Jacob kysste sin mor på kinden och tog formellt sin far i hand. Deras relation hade alltid varit sådan. Avståndstagande och korrekt snarare än varm och hjärtlig. Det var märkligt att se sin far som en främling, men det var den beskrivning som kom närmast. Visst hade han hört historierna om hur hans far vakade dag och natt på sjukhuset tillsammans med hans mor, men han mindes det bara vagt, som i en dimma, och det hade inte fört dem närmare varandra. Närheten hade han istället fått från Ephraim, som han oftast betraktade mer som en far än som sin farfar. Ända sedan Ephraim räddat livet på honom genom att donera av sin egen benmärg hade han i Jacobs ögon haft en hjältegloria.

"Jobbar inte du i dag?"

Hans mor lät lika ängslig som vanligt, där hon satt bredvid honom i soffan. Jacob undrade vad det var för faror som hon trodde lurade runt hörnet. Hela sitt liv hade hon levt som om hon balanserade på avgrundens rand.

"Jag ska åka dit lite senare i dag, tänkte jag. Och hellre jobba en stund på kvällen. Jag kände att jag ville komma över och se hur det var med er. Jag hörde om de krossade rutorna. Mor, varför ringde du inte mig istället för pappa? Jag hade ju kunnat vara hemma på nolltid?"

Laine log kärleksfullt. "Jag ville inte oroa dig. Du mår inte bra av att bli upprörd."

Han svarade inte, utan log ett milt, inåtvänt leende.

Hon lade sin hand på hans. "Jag vet, jag vet, men låt mig hållas. Det är svårt att lära gamla hundar att sitta, vet du."

"Inte är du gammal, mamma, du är ju fortfarande rena flickebarnet."

Hon rodnade förtjust. Ordväxlingen dem emellan var välbekant och han visste att hon älskade att höra sådana kommentarer. Och han bjöd gärna på det. Hon hade nog inte haft det så roligt med hans far genom åren och komplimanger var knappast Gabriels starka sida.

Gabriel frustade också otåligt där han satt i fåtöljen. Han reste sig.

"Nåja, nu har polisen pratat med dina odågor till kusiner, så nu håller de sig förhoppningsvis i skinnet ett tag." Han började gå i riktning mot kontoret. "Hinner du titta på siffrorna en stund?"

Jacob kysste sin mors hand, nickade och följde efter sin far. Gabriel hade flera år tidigare börjat sätta in sonen i gårdens affärer och utbildningen fortgick ständigt. Hans far ville försäkra sig om att Jacob en dag var fullt kapabel att ta över efter honom. Som tur var hade Jacob en naturlig läggning för att sköta en gård och klarade galant av såväl de siffermässiga som de mer praktiska göromålen.

Efter att ha suttit med huvudena tätt ihop över böckerna ett tag sträckte Jacob på sig och sa: "Jag tänkte gå upp och titta lite hos farfar. Det var så länge sen jag var där."

"Hmm, va, ja gör du det." Gabriel var djupt inne i siffrornas värld.

Jacob tog trapporna upp till övervåningen och gick sakta bort mot dörren som ledde till den vänstra flygeln av herrgården. Där hade farfar Ephraim framlevt sina dagar tills han dog och Jacob hade tillbringat många timmar av sin barndom där.

Han klev in. Allt var orört. Det var Jacob som hade bett sina föräldrar att inte flytta eller ändra något i flygeln, och de hade respekterat hans önskan, väl medvetna om det unika band som knöt samman honom och Ephraim.

Rummen vittnade om styrka. Inredningen var maskulin och dov. Den skilde sig skarpt från herrgårdens i övrigt ljusa inredning och Jacob kände alltid att det var som att kliva in i en annan värld.

Han satte sig i skinnfåtöljen vid ena fönstret och lade upp fötterna på fotpallen framför. Så här hade Ephraim suttit när Jacob varit inne och besökt honom. Själv hade han legat hopkrupen på golvet framför honom som en hundvalp och andäktigt lyssnat på historierna från förr.

Berättelserna om väckelsemötena hade eggat honom. Ephraim hade målande beskrivit extasen i människornas ansikten och deras totala fokusering på Predikanten och hans söner. Ephraim hade haft en tordönsstämma och Jacob hade aldrig tvivlat på att den kunnat trollbinda människor. De delar av historierna som han hade älskat mest var när farfar berättade om de underverk som Gabriel och Johannes hade utfört. Varje dag hade medfört ett nytt mirakel och för Jacob framstod det som något alldeles underbart. Han förstod aldrig varför hans far aldrig ville tala om, och till och med verkade skämmas över, den tiden i sitt liv. Tänk att ha gåvan att hela. Att bota de sjuka och läka de lytta. Vilken sorg de måste ha känt när gåvan försvann. Enligt Ephraim hade den varit borta från en dag till en annan. Gabriel hade ryckt på axlarna, men Johannes hade varit förtvivlad. Han bönföll Gud på kvällarna om att ge honom gåvan tillbaka och så fort han fick se ett skadat djur sprang han fram och försökte frammana kraften han en gång haft.

Jacob förstod aldrig varför Ephraim skrattade på ett lustigt sätt när han berättade om den tiden. Det måste ha varit en stor sorg för Johannes och det borde en man som stod så nära Gud som Predikanten ha förstått. Men Jacob älskade sin farfar och ifrågasatte inte något av det han sa, eller sättet han sa det på. I hans ögon var farfadern ofelbar. Han hade ju räddat livet på honom. Inte genom handpåläggning kanske, men genom att skänka av sin kropp till Jacob och på så sätt gjuta liv i honom igen. För det dyrkade han honom.

Men det bästa av allt var det som Ephraim alltid avslutade sina historier med. Han brukade tystna dramatiskt, titta sonsonen djupt i ögonen och säga:

"Och du Jacob, du har också gåvan inom dig. Någonstans, djupt där inne, väntar den på att lockas fram."

Jacob älskade de orden.

Han hade aldrig lyckats, men det räckte för honom att veta att farfar sagt att kraften fanns där. När han låg sjuk hade han försökt blunda och frammana den, för att kunna hela sig själv, men när han slöt ögonen hade han bara sett mörker, samma mörker som nu hade honom i ett järngrepp.

Kanske hade han kunnat hitta rätt om farfar hade fått leva längre än han gjorde. Han hade ju lärt Gabriel och Johannes, så varför skulle han inte ha kunnat lära honom?

En fågels högljudda skrikande utanför väckte honom ur hans grubblerier. Mörkret inom honom bildade åter ett krampaktigt band om hjärtat och han undrade om det kunde bli så starkt att det fick hjärtat att sluta slå. På sista tiden hade mörkret kommit oftare och samtidigt blivit tätare än någonsin tidigare.

Han drog upp benen i fåtöljen och slog armarna om knäna. Om bara Ephraim hade varit här. Då hade han kunnat hjälpa honom att hitta det helande ljuset.

"Vi utgår i det här skedet från att Jenny Möller inte håller sig undan frivilligt. Vi skulle också vilja ha allmänhetens hjälp och vi ber alla att rapportera om de har sett henne, särskilt om de har sett henne i eller i närheten av en bil. Hon skulle enligt de uppgifter vi har lifta till Fjällbacka och alla iakttagelser i samband med det är av största intresse."

Patrik tittade allvarligt var och en av de församlade journalisterna i ögonen. Samtidigt skickade Annika runt fotografiet av Jenny Möller, och hon skulle se till att alla tidningarna fick tillgång till det för publicering. Det var inte alltid så, men i det här skedet var pressen något de kunde ha nytta av.

Till Patriks stora förvåning var det Mellberg som föreslog att han skulle hålla i den hastigt arrangerade presskonferensen. Själv satt Mellberg i bakgrunden i det lilla sammanträdesrummet på stationen och iakttog Patrik som stod längst fram.

Flera händer var uppsträckta i luften.

"Har Jennys försvinnande något samband med mordet på Tanja Schmidt? Och har ni hittat något som länkar samman det mordet med att ni återfunnit Mona Thernblad och Siv Lantin?"

Patrik harklade sig. "För det första så har vi ännu inte fått en säker identifiering av Siv, så jag skulle uppskatta om ni inte skrev det. I övrigt vill jag inte kommentera vad vi har eller inte har kommit fram till, av utredningstekniska skäl."

Journalisterna suckade över att ständigt och jämt bemötas med utredningstekniska skäl, men höll ändå oförtrutet upp händerna i luften.

"Turisterna har ju börjat lämna Fjällbacka. Gör de rätt i att oroa sig för sin säkerhet?"

139

"Det finns ingen anledning till oro. Vi jobbar mycket hårt med att lösa det här, men just nu måste vi fokusera på att hitta Jenny Möller. Det är allt jag har att säga. Tack."

Han lämnade rummet under protester från journalisterna, men såg i ögonvrån att Mellberg dröjde sig kvar. Måtte bara inte karln säga något dumt nu.

Han gick in till Martin och satte sig på kanten av hans skrivbord.

"Det är fanimej som att frivilligt sticka in handen i ett getingbo."

"Ja, fast just nu kan vi faktiskt ha lite nytta av dem."

"Ja, någon måste ju ha sett Jenny kliva in i en bil, om hon nu liftade som killen påstod. Med all trafik på Grebbestadvägen så skulle det vara ett under om ingen sett nåt."

"Konstigare saker har hänt." Martin suckade.

"Du har fortfarande inte fått tag på Tanjas pappa?"

"Jag har inte försökt igen. Tänkte vänta till i kväll. Troligen är han ju på sitt jobb."

"Ja, det har du rätt i. Vet du om Gösta har kollat med fängelserna?"

"Ja, otroligt nog har han faktiskt gjort det. Ingenting. Det finns ingen som suttit inne under hela den här tiden fram till nu. Det trodde du väl knappast heller. Jag menar, man skulle ju fan kunna skjuta kungen och ändå komma ut efter ett par år för gott uppförande. Permission skulle du väl få redan efter ett par veckor." Han kastade irriterat pennan ifrån sig på skrivbordet.

"Seså, nu ska du inte vara så cynisk. Det är du alldeles för ung för. Efter tio år i yrket kan du få börja bli bitter, innan dess ska du fortfarande vara naiv och sätta din tilltro till systemet."

"Ja, gamle man." Martin gjorde en slapp låtsashonnör och Patrik reste sig skrattande.

"Förresten", fortsatte Patrik, "vi kan inte förutsätta att Jennys försvinnande har samband med morden i Fjällbacka, så be för säkerhets skull Gösta kolla upp om vi har någon känd för våldtäkt eller liknande som sluppit ur fängelset igen. Be honom kolla alla som suttit inne för våldtäkt, grövre brott mot kvinnor eller liknande, som vi vet brukar verka här i trakten."

"Bra tänkt, men det kan ju lika gärna vara någon utifrån, som är här som turist."

"Sant, men någonstans måste vi börja och det är väl en början så god som någon."

Annika stack in huvudet. "Ursäkta att jag stör herrarna, men du har Rättstekniska på tråden, Patrik. Ska jag koppla in det hit, eller tar du det inne hos dig?"

"Du kan koppla in det till mig. Ge mig en halv minut bara."

Inne på sitt rum slog han sig ner och väntade på att telefonen skulle ringa. Hjärtat bankade lite fortare. Att höra ifrån Rättstekniska var lite som att vänta på jultomten. Man visste aldrig vilka överraskningar som fanns i paketen.

Tio minuter senare var han tillbaka inne hos Martin igen, men stod kvar i dörröppningen.

"Vi har fått bekräftat att det är Siv Lantin som är det andra skelettet, precis som vi trodde. Och jordanalysen är klar. Vi kan ha fått något matnyttigt där."

Martin lutade sig intresserat fram i sin stol och knäppte händerna.

"Ja, håll mig inte på halster. Vad har de hittat?"

"För det första så är det samma typ av jord som finns på Tanjas kropp, på filten hon låg på och på skeletten. Det visar att de åtminstone vid något tillfälle befunnit sig på samma ställe. Sen hittade SKL ett gödningsmedel i jorden som bara används på bondgårdar. De lyckades till och med ta fram vilket märke det är och namnet på tillverkaren. Det bästa av allt är – det säljs inte över disk utan köps direkt från tillverkaren och är därtill inte ett av de allra vanligaste märkena på marknaden. Så om du skulle kunna slå dem en signal på studs, och be dem plocka fram listor på de kunder som har köpt det här medlet, så kanske vi äntligen kan komma någonvart. Här är en lapp med namnet på gödningsmedlet och tillverkaren. Numret finns väl i Gula Sidorna."

Martin vinkade avvärjande med handen. "Det fixar jag. Jag meddelar så fort jag har fått listorna."

"Toppen." Patrik gav honom tummen upp och trummade lätt mot dörrkarmen.

"Du förresten ..."

Patrik var redan på väg ut i korridoren och svängde runt vid ljudet av Martins röst. "Ja?"

"Sa de något om det DNA de hittade?"

"De höll fortfarande på att jobba med det. Det är SKL som gör de analyserna också och de har tydligen en jävla kö på de proverna. Mycket våldtäkter den här årstiden, vet du."

Martin nickade dystert. Han visste precis. Det var en av de stora för-

141

delarna med vinterhalvåret. Många våldtäktsmän tyckte att det var för kallt ute för att dra ner brallorna, men på somrarna hindrade det dem inte.

Patrik nynnade lite när han gick in till sig. Äntligen hade de fått en liten öppning. Även om det inte var mycket, så hade de åtminstone något konkret att gå på.

Ernst unnade sig en korv med mos vid torget i Fjällbacka. Han satte sig på en av bänkarna som vette ut mot havet och bevakade misstänksamt måsarna som cirklade runt honom. Fick de chansen skulle de sno korven ifrån honom, så han släppte dem inte med blicken för en sekund. Jävla fågelskrällen. När han var barn hade han roat sig med att binda fast en fisk i ett snöre och själv hålla i andra änden av snöret. På så sätt fick han, när måsen intet ont anande glufsat i sig fisken, sin egen livs levande drake, som hjälplöst flaxade runt i luften i panik. En annan favorit hade varit att tjuva av farsans hembrända och doppa brödbitar i den som han sedan slängde till måsarna. Synen av hur de raglande flög fram och tillbaka fick honom alltid att skratta så mycket att han blev tvungen att lägga sig ner på marken och hålla sig för magen. Några sådana pojkstreck vågade han sig inte på längre, men han hade god lust. Förbannade gamar var vad de var.

Ett bekant ansikte skymtade i ögonvrån. Gabriel Hult stannade intill trottoaren framför Centrumkiosken med sin BMW. Ernst rätade upp sig där han satt på bänken. Han hade hållit sig à jour med utredningen om flickmorden, i ren och skär ilska över att bli utelämnad, och kände därför väl till Gabriels vittnesmål mot sin bror. Kanske, bara kanske, tänkte Ernst, så fanns det mer att klämma fram ur den fisförnäme fan. Bara tanken på gården och markerna som Gabriel Hult var i besittning av fick det att vattnas i munnen av avundsjuka och det skulle kännas skönt att klämma åt honom en aning. Och om det fanns åtminstone en liten, liten chans att han kunde få fram något nytt till utredningen och därmed visa den där jävla Hedström, så var det en rejäl bonus.

Han kastade resten av sin korv- och mosportion i närmsta papperskorg och släntrade lojt bort mot Gabriels bil. Den silverfärgade BMW:n glänste i solskenet och han kunde inte motstå att längtansfullt dra med handen längs taket. Fy fan, en sån skulle man ha. Han ryckte snabbt åt sig handen när Gabriel kom ut ur kiosken med en tidning i handen. Han tittade misstänksamt mot Ernst som lojt stod lutad mot passagerardörren.

"Ursäkta, men det där är min bil som du står lutad mot."

"Det är det, ja." Tonen var så oförskämd som Ernst vågade. Bäst att sätta sig i respekt med en gång. "Ernst Lundgren, Tanumshede polisstation."

Gabriel suckade. "Vad är det nu då? Har Johan och Robert ställt till med något igen?"

Ernst flinade. "Det har de säkert om jag känner de där rötäggen rätt, men inget som jag känner till just nu. Nej, jag har lite frågor med anledning av kvinnorna vi fann i Kungsklyftan." Han nickade med huvudet i riktning mot trätrappan som vindlande uppför bergsväggen ledde dit upp.

Gabriel lade armarna i kors med tidningen förankrad under ena armen.

"Vad i all sin dar skulle jag veta om det? Det är väl inte den där gamla historien med min bror igen? Jag har redan svarat på frågor om det till några av dina kollegor. Dessutom var det en herrans massa år sen, och med tanke på de sista dagarnas händelser så borde det väl vara bevisat att Johannes inte hade något med det att göra! Titta här!"

Han vecklade ut tidningen och höll upp den framför Ernst. Utsidan dominerades av ett fotografi av Jenny Möller, bredvid ett suddigt passfoto av Tanja Schmidt. Rubriken var inte helt oväntat braskande.

"Menar du att min bror har stigit upp ur graven och gjort det här?" Rösten darrade av rörelse. "Hur mycket tid ska ni slösa på att rota i min familj medan den verklige mördaren springer lös? Det enda som ni har att hålla emot oss är ett vittnesmål jag gav för över tjugo år sen och visst var jag säker då, men vad fan, det var inte helt ljust ute, jag hade vakat vid min döende sons sjukbädd och jag kanske helt enkelt tog fel!"

Han gick med upprörda steg runt bilen mot förarplatsen och tryckte på fjärrkontrollen så att centrallåset öppnades. Innan han klev in i bilen riktade han en sista upprörd harang mot Ernst.

"Fortsätter det här så kommer jag att koppla in våra advokater. Jag är less på att folk har glott på mig så att ögonen håller på att trilla ur ända sen ni hittade flickorna, och jag tänker inte låta er hålla liv i ryktesspridningen om min familj, bara för att ni inte har något bättre för er."

Gabriel smällde igen dörren och for iväg med en rivstart och körde uppför Galärbacken i en fart som fick gående att kasta sig åt sidan.

Ernst skrockade för sig själv. Pengar kanske Gabriel Hult hade, men som polis hade Ernst makten att röra om i hans lilla privilegierade värld. Livet kändes med en gång mycket bättre.

"Vi står inför en kris som kommer att påverka hela kommunen." Stig Thulin, kommunens starke man, spände ögonen i Mellberg, som inte såg ut att imponeras märkvärt.

"Ja, som jag sagt till dig och alla andra som ringt tidigare, så arbetar vi för fullt med den här utredningen."

"Jag får tiotalet samtal om dagen från oroliga näringsidkare och jag förstår deras oro. Har du sett hur det ser ut på campingplatserna och i hamnarna här omkring? Det här påverkar inte bara näringen i Fjällbacka, vilket i sig hade varit illa nog. I och med den senaste flickans försvinnande så flyr nu turisterna från de närliggande orterna också. Grebbestad, Hamburgsund, Kämpersvik, till och med uppåt Strömstad börjar det märkas. Jag vill veta vad ni konkret gör för att lösa den här situationen!"

Den annars ständigt stomatolleende Stig Thulin hade nu upprörda rynkor i den ädla pannan. Han hade varit kommunens främste representant i över ett årtionde och hade även ett rykte om sig som något av en häradsbetäckare. Mellberg var tvungen att erkänna att han kunde förstå traktens kvinnors mottaglighet för hans charm. Inte för att Mellberg var lagd åt det hållet, påpekade han snabbt för sig själv, men inte ens en man kunde undgå att se att Stig Thulin var synnerligen vältränad för en femtioåring, med de grå tinningarnas charm kombinerat med pojkaktigt blå ögon.

Mellberg log lugnande. "Du vet lika väl som jag, Stig, att jag inte kan gå in på detaljerna i hur vi jobbar med den här utredningen, men du får tro mig på mitt ord när jag säger att vi sätter in alla resurser på att hitta flickan Möller och den som har begått de här hemska dåden."

"Har ni verkligen kapacitet för en sådan här avancerad utredning? Borde ni inte kalla in stöd från, ja vad vet jag, Göteborg till exempel?"

Stigs grå tinningar var svettiga av upphetsning. Hans politiska platt-form vilade tungt på hur nöjda näringsidkarna i kommunen var med hans insatser, och den upprördhet de visat de senaste dagarna bådade inte gott inför nästa val. Han trivdes ypperligt i maktens korridorer och insåg även att hans politiska status till stor del låg till grund för hans framgångar i sänghalmen.

Nu började en irriterad rynka framträda även i Mellbergs inte fullt lika ädla panna.

"Vi behöver ingen hjälp med det här, kan jag försäkra dig om. Och jag måste säga att jag inte uppskattar den misstro som visas vår kompetens genom att du ställer en sådan fråga. Vi har inte fått några klagomål tidigare på vårt sätt att arbeta och jag ser ingen anledning till att någon obefogad kritik ska föras fram i det här läget."

Tack vare en god människokännedom, som politiskt tjänat honom väl, förstod Stig Thulin när det var dags att retirera. Han tog ett djupt andetag och påminde sig om att det inte tjänade hans syften att stöta sig med det lokala polisväsendet.

"Nåja, det kanske var lite förhastat av mig att komma med en sådan fråga. Självklart åtnjuter ni vårt fullaste förtroende. Men jag vill verkligen understryka vikten av att det här blir löst snarast!"

Mellberg nickade bara till svar och efter de sedvanliga artighetsfraserna till avsked svepte kommunens starke man ut ur polishuset.

Hon granskade sig kritiskt i helfigursspegeln som hon tjatat sig till att de skulle sätta upp i husvagnen. Inte så pjåkigt. Fast ett par kilo mindre skulle inte skada. Melanie drog prövande i skinnet på magen och sög in den på prov. Sådär, det såg bättre ut. Hon ville inte att ens uns fett skulle synas och bestämde sig för att hon nu bara skulle äta ett äpple till lunch de närmaste veckorna. Morsan fick säga vad hon ville, hon skulle ge vad som helst för att inte bli lika fet och äcklig som hon.

Efter att ha rättat till stringbikinin en sista gång tog hon strandväskan och badhandduken och skulle precis ge sig iväg ner till badplatsen. En knackning avbröt henne. Det var säkert någon av polarna som också skulle ner och bada och tänkte höra om hon ville hänga med. Hon öppnade dörren. Sekunden efter for hon bakåt i husvagnen och slog korsryggen i det lilla matbordet. Smärtan fick det att svartna för ögonen på henne och smällen hade tryckt luften ur lungorna och gjorde det omöjligt för Melanie att få fram ett ljud. En man trängde sig in och hon letade i minnet för att komma på om hon sett honom förut. Han var vagt bekant, men chocken och smärtan gjorde att hon hade svårt att fokusera tankarna. En tanke dök dock upp omedelbart, tanken på Jennys försvinnande. Paniken fick nu det sista av hennes förnuft att försvinna och hon sjönk försvarslös ihop på golvet.

Hon protesterade inte när han drog upp henne i ena armen och tvingade henne bort mot sängen. Men när han började dra i bikinisnörena som var knutna i ryggen gav skräcken henne styrka och hon måttade en spark bakåt mot skrevet på honom. Hon missade och träffade istället låret och svaret kom omedelbart. En knytnäve landade i korsryggen på samma ställe där bordet träffat henne och luften slogs åter ur henne.

Hon segnade ner på sängen och gav upp. Styrkan i mannens slag fick henne att känna sig liten och försvarslös och överlevnad var den enda tanke som fanns i huvudet. Hon beredde sig på att dö. Såsom hon nu var säker på att Jenny var död.

Ett ljud fick mannen att vända sig om precis när han fått ner Melanies bikinitrosor till knäna. Innan han hann reagera träffade något mannen i huvudet och med ett gutturalt ljud segnade han ner på knä. Bakom honom såg Melanie Per, nörden, med ett brännbollsträ i handen. Det svåra, hann hon notera, innan allt blev svart.

"Faan, jag borde ha känt igen honom!"

Martin trampade på stället i ren frustration och gestikulerade åt mannen som nu med handklovar om händerna trycktes ner i baksätet på en polisbil.

"Hur fan skulle du ha kunnat göra det? Han har ju biffat upp sig minst tjugo kilo i fängelset och dessutom blonderat håret. Inte ens hans egen morsa skulle ha känt igen honom. Dessutom har du bara sett honom på ett fotografi."

Patrik försökte trösta Martin så gott det gick, men misstänkte att han talade för döva öron. De stod på Grebbestads camping, bredvid husvagnen där Melanie och hennes föräldrar bodde, och runt omkring dem hade en stor skara nyfikna samlats för att se vad det var som hade hänt. Melanie hade redan förts i en ambulans till Uddevalla sjukhus. Hennes föräldrar hade varit på Svinesunds köpcentrum och shoppat när Patrik fick tag på dem på mobilen och de hade chockade åkt raka vägen till sjukhuset.

"Jag tittade rakt på honom, Patrik. Jag tror till och med att jag nickade åt honom. Han måste ha garvat ihjäl sig när vi åkte därifrån. Dessutom låg hans tält precis bredvid Tanjas och Lieses. Fan, hur jävla dum i huvudet kan man vara?"

Han dunkade sig löst i pannan med knytnäven för att understryka sina ord och kände hur ångesten började samlas och växa i bröstet. "Omleken" hade redan börjat sitt djävulska spel med honom. Om han bara hade känt igen Mårten Frisk så hade kanske Jenny varit hemma hos sina föräldrar nu. Om, om, om.

Patrik var mycket väl medveten om vad som utspelade sig i Martins hjärna, men visste inte vilka ord som skulle kunna användas för att lindra den plågan. Troligtvis hade han själv tänkt likadant om det var han,

146

även om han visste att självkritiken var grundlös. Det hade varit nästin-
till omöjligt att känna igen den våldtäktsman som gripits för fyra våld-
täkter fem somrar tidigare. Då var Mårten Frisk bara sjutton år och en
späd, mörkhårig yngling som använt kniv för att tvinga sina offer till un-
derkastelse. Nu var han ett blont muskelberg som uppenbarligen ansåg
att han enbart behövde lita till sin egen styrka för att vara herre över si-
tuationen. Patrik misstänkte också att steroider, som inte var alltför svå-
ra att få tag på vid landets anstalter, spelade en roll i Mårtens fysiska för-
vandling, vilket inte direkt lindrade hans inneboende aggressivitet, utan
istället förvandlade en pyrande glöd till ett rasande inferno.

Martin pekade på den unga killen som stod lite tafatt vid sidan av
händelsernas centrum och nervöst bet på naglarna. Brännbollsträet hade
redan tagits omhand av polisen och nervositeten stod tydligt skriven i
hans ansikte. Antagligen var han osäker på om han skulle kallas hjälte
eller rent av brottsling av lagens långa arm. Patrik nickade åt Martin att
följa efter och gick fram till killen där han stod och trampade.

"Per Thorsson var det, eller hur?"

Han nickade.

Patrik förklarade för Martin. "Han är kompis med Jenny Möller. Det
var han som berättade att hon skulle lifta in till Fjällbacka."

Patrik vände sig mot Per igen. "Det var något av en insats du gjorde
här. Hur visste du att Melanie höll på att bli våldtagen?"

Per tittade ner i marken. "Jag gillar att sitta och kika på folk som kom-
mer hit. Honom lade jag märke till direkt när han slog upp sitt tält här,
häromdagen. Det var något med hur han sprang och bröstade upp sig för
småtjejerna. Trodde att han såg cool ut med sina jävla gorillaarmar. Jag
såg hur han kikade på brudarna också. Speciellt om de inte hade så
mycket kläder på sig."

"Och vad hände i dag?" Martin hjälpte honom otåligt på traven.

Fortfarande med blicken riktad mot marken fortsatte Per: "Jag såg att
han satt och tittade när Melanies föräldrar stack iväg och sen satt han
liksom bara och väntade en stund."

"Hur länge då?" sa Patrik.

Per tänkte efter. "Fem minuter kanske. Sen gick han, bestämt liksom,
mot Melanies husvagn och jag tänkte att han kanske skulle stöta på hen-
ne eller nåt sånt, men när hon öppnade kastade han sig liksom bara in
och då tänkte jag att jävlar, det måste vara han som tog Jenny, och då
gick jag och hämtade ett av brännbollsträna som ungarna haft och så

gick jag dit och slog han i huvudet med det."

Här var han tvungen att sluta och hämta andan och för första gången lyfte han blicken och tittade rakt på Patrik och Martin. De såg att underläppen darrade.

"Kommer jag att hamna i trubbel för det här? För att jag slog han i huvudet, menar jag?"

Patrik lade lugnande en hand på hans axel.

"Jag vågar nog lova att det inte kommer att bli några följdverkningar för dig på grund av det här. Inte för att vi uppmuntrar civila att göra så här, missförstå mig inte, men sanningen är att hade du inte ingripit hade han troligtvis hunnit våldta Melanie."

Lättnaden fick Per att bokstavligen sjunka ihop, men han rätade snart på sig igen och sa: "Kan det ha varit han som ... med Jenny alltså ...?"

Han kunde inte ens uttala orden och här tog Patriks lugnande försäkringar slut. För Pers fråga klädde hans egna funderingar i ord.

"Jag vet inte. Såg du om han tittade på det där viset på Jenny någon gång?"

Per tänkte febrilt, men skakade slutligen på huvudet. "Jag vet inte. Jag menar, det gjorde han säkert, han kikade på alla brudar som passerade, men jag kan inte säga att han tittade på henne speciellt."

De tackade Per och överlämnade honom till hans oroliga föräldrar. Sedan körde de i riktning mot stationen. Där, redan i säkert förvar, fanns kanske den de så febrilt letat efter. Ovetande om att de båda gjorde samma sak, höll Martin och Patrik bokstavligen tummarna för att så var fallet.

I förhörsrummet var stämningen vibrerande. Tanken på Jenny Möller stressade dem alla i deras iver att få fram sanningen ur Mårten Frisk, men de visste också att vissa saker inte kunde forceras. Patrik ledde förhöret och det hade inte förvånat någon att han bett Martin att sitta med. Efter att ha gått igenom den obligatoriska proceduren med uppgifter om namn, tid och klockslag för bandspelarens räkning började de sitt arbete.

"Du är anhållen för våldtäktsförsök på Melanie Johansson, har du något att anföra mot det?"

"Ja, det kan du tro!"

Mårten satt lojt tillbakalutad på stolen, med den ena av sina enorma biceps vilande mot ryggstödet. Han var sommarklädd i ett urringat linne och små shorts, minimalt med tyg för att exponera maximalt med musk-

148

ler. Det blonderade håret var lite för långt och luggen föll ner i ögonen på honom hela tiden.

"Jag gjorde ingenting som hon inte var med på, och säger hon något annat så ljuger hon! Vi hade bestämt träff när hennes föräldrar skulle bort och vi hade precis börjat komma igång och ha lite mysigt när den där jävla idioten kommer inrusande med sitt brännbollsträ. Jag vill förresten göra en anmälan om misshandel. Så det kan ni anteckna i era anteckningsböcker där." Han pekade mot blocken som både Patrik och Martin hade framför sig, och flinade.

"Det kan vi prata om sen, nu pratar vi om de anklagelser som finns riktade mot dig."

Patriks korta tonfall inrymde hela det förakt som denne man framkallade hos honom. Stora karlar som gav sig på små flickor hörde i hans värld till de lägsta av de lägsta.

Mårten ryckte på axlarna som om det var honom likgiltigt. Åren i fängelse hade skolat honom väl. Sist han satt framför Patrik hade han varit en smal, osäker sjuttonåring som hasplade ur sig ett erkännande av de fyra våldtäkterna nästan direkt efter att de satt sig ner. Nu hade han lärt sig av de stora grabbarna och hans fysiska förvandling motsvarade väl hans mentala förändring. Det som däremot var sig likt var hans hat och aggression mot kvinnor. Vad de visste hade det tidigare bara resulterat i brutala våldtäkter, inte mord, men Patriks oro var nu att fängelseåren ställt till större skada än de kunnat ana. Hade Mårten Frisk avancerat från våldtäktsman till mördare? Var fanns i så fall Jenny Möller och hur hängde det ihop med Monas och Sivs död? Vid tiden för deras mord var Mårten Frisk inte ens född!

Patrik suckade och fortsatte förhöret. "Låt oss låtsas att vi tror på dig. Vi har ändå ett stort sammanträffande som bekymrar oss, nämligen att du bodde på Grebbestads campingplats när en flicka vid namn Jenny Möller försvann och du bodde på Sälviks camping i Fjällbacka när en tysk turist försvann och sedan påträffades mördad. Du bodde till och med i tältet bredvid Tanja Schmidt och hennes väninna. Lite märkligt tycker vi."

Mårten bleknade märkbart. "Nej, vad fan, det där har jag inget att göra med."

"Men du vet vilken flicka vi menar?"

Motvilligt sa han: "Ja, visst såg jag de där lebborna i tältet bredvid, men såna där har jag aldrig varit mycket för och dessutom var de lite väl

149

gamla för min smak. Såg lite kärring ut båda två."

Patrik tänkte på Tanjas måhända något slätstrukna men vänliga ansikte på passfotot och behärskade en impuls att kasta sitt block i ansiktet på Mårten. Blicken var iskall när han tittade på mannen framför sig.

"Jenny Möller då? Sjutton år, söt, blond tjej. Det är väl precis din smak, eller hur?"

Små svettpärlor började framträda i Mårtens panna. Han hade små ögon som blinkade rytmiskt när han blev nervös och nu blinkade han frenetiskt.

"Jag har inte ett skit med det att göra. Jag har inte rört henne, jag svär!"

Han slängde upp armarna i en gest som skulle signalera att han var oskyldig och mot sin vilja tyckte sig Patrik höra en ton av sanning i bedyrandet. Hans uppförande när Tanja och Jenny kom på tal var helt annorlunda mot när de frågat ut honom om Melanie. I ögonvrån kunde Patrik se att även Martin såg fundersam ut.

"OK, jag kan erkänna att den där bruden i dag kanske inte var helt med på noterna, men ni måste tro mig, jag har inte en aning vad ni snackar om när det gäller de andra två. Jag svär!"

Paniken i Mårtens röst var uppenbar och efter ett ordlöst konfererande bestämde sig Martin och Patrik för att bryta förhöret. Tyvärr trodde de honom. Det innebar att någonstans hade någon annan Jenny Möller, om hon inte redan var död. Och löftet till Albert Thernblad om att finna hans dotters mördare kändes med ens mycket, mycket avlägset.

Gösta hade ångest. Det var som om han plötsligt fått liv i en kroppsdel som varit domnad länge. Arbetet hade fyllt honom med likgiltighet så länge att det var märkligt att känna något som tillnärmelsevis liknade engagemang igen. Han knackade försiktigt på Patriks dörr.

"Kan jag komma in?"

"Va? Öh, javisst." Patrik tittade tankspritt upp från skrivbordet.

Gösta lommade in och satte sig i besöksstolen. Han sa ingenting och efter en stund fick Patrik hjälpa honom på traven:

"Ja? Var det något du hade på hjärtat?"

Gösta harklade sig och studerade noggrant sina händer i knäet. "Jag fick listan i går."

"Vilken lista?" Patrik rynkade ögonbrynen.

"Den med våldtäktsmän från trakten som släppts ur fängelset. Det var bara två namn på den, varav det ena var Mårten Frisk."

"Och vadan detta långa ansikte på grund av det?"

Gösta tittade upp. Ångesten kändes som en stor, hård boll i magen.

"Jag gjorde inte mitt jobb. Jag tänkte att jag skulle kolla upp namnen, var de var, vad de gjorde, ta ett snack med dem. Men jag iddes inte. Det är dagens sanning, Hedström. Jag iddes inte. Och nu ..."

Patrik svarade inte utan väntade bara fundersamt på fortsättningen.

"Nu måste jag inse att hade jag gjort mitt jobb kanske tösen inte blivit antastad, nästan våldtagen i dag, och vi hade också haft en möjlighet att fråga ut honom om Jenny en hel dag tidigare. Vem vet, det kanske har gjort skillnaden mellan liv och död för henne. I går kanske hon levde och i dag kanske hon är död. Och det på grund av att jag är så jävla slö och inte gjorde mitt jobb!" Han slog knytnäven i låret med eftertryck.

Patrik satt tyst en stund men lutade sig sedan fram över skrivbordet och knäppte händerna. Tonen i hans röst var förtröstansfull, inte förebrående som Gösta förväntat sig. Han tittade förvånat upp.

"Visserligen lämnar ditt arbete en del övrigt att önska emellanåt, Gösta, det vet både du och jag. Men det är inte min sak att ta den diskussionen, utan det är något som vår chef får hantera. Vad gäller Mårten Frisk och att du inte kollade upp honom i går, så kan du släppa det. För det första skulle du aldrig ha lokaliserat honom till campingen så snabbt, det hade tagit minst ett par dagar. För det andra så tror jag faktiskt, tyvärr, att det inte är han som har tagit Jenny Möller."

Gösta såg förvånat på Patrik. "Men jag trodde det var så gott som klart?"

"Ja, det trodde väl jag med. Och jag är inte helt säker, men varken Martin eller jag fick det intrycket under förhöret."

"Åh faan." Gösta begrundade detta under tystnad. Ångesten hade dock fortfarande inte riktigt givit med sig. "Finns det något jag kan göra?"

"Vi är som sagt inte helt säkra, men vi har tagit ett blodprov på Frisk, som slutgiltigt kan slå fast om han är rätt kille. Det har gått iväg till labbet redan och vi har förklarat att det är brådskande, men jag skulle uppskatta om du kunde ligga på dem lite extra. Om det mot all förmodan är han, så kan varje timme vara viktig för flickan Möller."

"Ja visst, det fixar jag. Jag ska vara på dem som en pitbull."

Patrik log vid liknelsen. Skulle han jämföra Gösta med en hundras skulle det snarare vara en trött gammal beagle.

Av ren iver att vara till lags studsade Gösta upp ur stolen och rörde sig med tidigare aldrig uppvisad hastighet ut ur rummet. Lättnaden över att han inte begått det stora fel som han trott fick honom att känna sig som om han flög fram. Han lovade sig själv att han skulle jobba hårdare än någonsin nu, kanske till och med lite övertid i kväll! Nej, det var så sant, han hade ju en golftid bokad till klockan fem. Nåja, han kunde jobba över en annan dag.

Hon avskydde att behöva gå in bland smutsen och bråten. Det var som att stiga in i en annan värld. Försiktigt klev hon över gamla tidningar, soppåsar och gud vet vad.

"Solveig?" Inget svar. Hon tryckte sin handväska mot kroppen och gick längre in i hallen. Där satt hon. Motviljan kändes fysiskt i hela kroppen. Hon hatade henne mer än hon någonsin hatat någon annan människa, inklusive sin far. Samtidigt var hon beroende av henne. Den tanken kväljde henne alltid.

Solveig sprack upp i ett leende när hon såg Laine.

"Nej, men ser man på. Punktlig som vanligt. Ja, det är då ordning på dig, Laine." Hon slog ihop albumet som hon pysslat med och gestikulerade åt Laine att sätta sig.

"Jag lämnar det helst direkt, jag har lite bråttom …"

"Seså Laine, du vet spelreglerna. Först en fika i lugn och ro och sen betalningen. Det skulle ju vara rasande ohyfsat av mig att inte bjuda på något när jag får finfrämmande."

Hånet dröp från hennes röst. Laine visste bättre än att protestera. Det här var en dans de dansat många gånger genom åren. Hon borstade försiktigt av en bit av kökssoffan och kunde inte hålla sig från att göra en grimas av avsmak när hon satte sig ner. Alltid när hon varit här kände hon sig smutsig i flera timmar efteråt.

Solveig reste sig mödosamt från sin pinnstol och stoppade omsorgsfullt undan sina album. Hon satte fram var sin kantstött kaffekopp och Laine fick bekämpa lusten att torka av den. Därnäst kom en korg med trasiga finska pinnar fram och Solveig manade Laine att ta för sig. Hon tog en liten kakbit och bad inom sig att besöket snart skulle vara överståndet.

"Visst har vi det trevligt, så säg?"

Solveig doppade njutningsfullt en kaka i kokkaffet och plirade mot Laine, som teg till svar.

Solveig fortsatte: "Inte kan man tro att den ena av oss bor på en herrgård och den andra i ett skitskjul, när vi sitter här som två gamla väninnor, inte sant, Laine?"

Laine blundade och hoppades att förnedringen snart skulle vara över. Till nästa gång. Hon knöt händerna under bordet och påminde sig själv om varför hon utsatte sig för det här, gång på gång.

"Vet du vad som bekymrar mig, Laine?" Solveig pratade med munnen full av kakor och små kaksmulor trillade ur munnen ner på bordet.

"Att du skickar polisen på mina pojkar. Vet du Laine, jag trodde att vi hade en överenskommelse du och jag. Men när polisen kommer hit och påstår något så befängt som att du sagt att mina pojkar pangat rutor uppe hos er, så är det ju inte utan att jag börjar undra."

Laine förmådde bara nicka.

"Jag tycker att jag förtjänar en ursäkt för det, tycker inte du det? För som vi förklarade för polisen så var pojkarna här hela kvällen. Så de kan inte ha kastat sten uppe på herrgår'n." Solveig tog en klunk kaffe och pekade på Laine med koppen. "Nå – jag väntar."

"Jag ber om ursäkt." Laine mumlade ner i knäet, förödmjukad.

"Förlåt, jag hörde inte riktigt vad du sa?" Solveig satte handen demonstrativt bakom örat.

"Jag ber om ursäkt. Jag måste ha tagit fel." Blicken var trotsig när hon mötte Solveigs blick, men svägerskan verkade låta sig nöja.

"Så, då var det ur världen. Det var väl inte så svårt? Ska vi se till att få det andra lilla ärendet ur världen också?"

Hon lutade sig fram över bordet och slickade sig om läpparna. Laine tog motvilligt upp handväskan ur knäet och plockade fram ett kuvert. Solveig sträckte sig girigt efter det och räknade noggrant innehållet med sina flottiga fingrar.

"Stämmer på öret. Som vanligt. Ja, det är vad jag alltid sagt, det är ordning på dig, Laine. Du och Gabriel, er är det verkligen ordning på."

Med känslan av att sitta fast i ett ekorrhjul reste sig Laine och gick mot dörren. Väl ute drog hon med ett djupt andetag in den friska sommarluften. Bakom henne ropade Solveig innan dörren slog igen:

"Alltid trevligt att träffas, Laine. Det här gör vi väl om nästa månad också!"

Laine blundade och tvingade sig själv att andas lugnt. Ibland undrade hon om det verkligen var värt det.

Sedan mindes hon stanken av sin fars andedräkt i örat och varför tryggheten i det liv hon skapat åt sig själv måste bevaras till varje pris. Det bara måste vara värt det.

Så fort han kom innanför dörren såg han att något var fel. Erica satt på verandan, med ryggen åt honom, men hela hennes hållning visade att något inte stod rätt till. Oron övermannade honom för en sekund innan han insåg att hon skulle ha ringt honom på mobilen om allt inte var som det skulle med bebisen.

"Erica?"

Hon vände sig mot honom och han såg att ögonen var rödgråtna. I ett par steg var han framme vid henne och satte sig bredvid henne på korgsoffan.

"Men vännen, vad är det?"

"Jag har bråkat med Anna."

"Vad är det nu då?"

Han kände väl till alla turerna i deras komplicerade förhållande och alla anledningar till varför de hela tiden verkade hamna på kollisionskurs. Men ända sedan Anna brutit sig loss från Lucas hade de verkat ingå något slags tillfällig fred och Patrik undrade vad det var som gått fel den här gången.

"Hon anmälde aldrig Lucas för vad han gjorde mot Emma."

"Vad fan säger du!"

"Ja, och nu när Lucas har dragit igång en vårdnadstvist om barnen, så trodde jag att det var hennes trumfkort. Men nu finns det ingenting på honom, medan han kommer att sno ihop så många lögner som han kan om varför Anna inte är lämplig som mor."

"Ja, men han har ju inte några bevis på något sånt."

"Nej, vi vet det. Men tänk om han kastar tillräckligt mycket skit på henne för att något ska fastna. Du vet hur förslagen han är. Jag skulle inte bli ett dugg förvånad om han lyckas charma rätten och få dem på sin sida." Erica lutade förtvivlat ansiktet mot Patriks axel. "Tänk om Anna förlorar barnen. Då går hon under."

Patrik lade armen om henne och drog henne lugnande tätt intill sig.

"Nu ska vi inte låta fantasin springa iväg med oss. Det var dumt av Anna att inte göra en anmälan, men jag kan faktiskt på sätt och vis förstå henne. Lucas har gång på gång visat att han inte är att leka med, så det är inte så konstigt att hon är rädd."

"Nej, du har väl rätt. Men det jag blev mest ledsen för är nog att hon har ljugit för mig hela den här tiden. Så här i efterhand känner jag mig rätt lurad också. Varje gång jag frågat henne om vad som har hänt sedan anmälan så har hon bara svarat undvikande att polisen i Stockholm har så mycket att göra att det tar så lång tid för dem att jobba sig igenom alla anmälningar de får. Ja, du vet ju själv vad hon har sagt. Och alltihop har varit lögn. Och på något sätt lyckas hon alltid med att göra mig till boven i dramat." En ny gråtattack.

"Såja, älskling. Lugna dig lite nu. Vi vill ju inte att bebben ska få intrycket att det är en jämmerdal han kommer ut till."

Erica kunde inte låta bli att skratta lite genom tårarna, och hon torkade sig i ögonen med tröjärmen.

"Lyssna på mig nu. Ibland har du och Anna mer av en mor–dotter-relation än en syskonrelation och det är det som ställer till det för er hela tiden. Du tog hand om Anna istället för er mor och det gör att Anna har ett behov av att du tar hand om henne, samtidigt som hon har ett behov av att frigöra sig från dig. Förstår du hur jag menar?"

Erica nickade. "Ja, jag vet. Men det känns så himla orättvist att jag ska straffas för att jag tog hand om henne." Hon hulkade lite igen.

"Nu tycker du väl ändå lite för synd om dig själv, eller hur…" Han strök bort en hårlock ur Ericas panna. "Du och Anna kommer att reda ut det här precis som ni alltid har rett ut allt förr eller senare, och dessutom tycker jag gott att du kan vara den generösa parten den här gången. Anna har det nog inte så lätt just nu. Lucas är en mäktig motståndare och jag kan ärligt talat förstå om hon är skräckslagen. Så tänk lite på det innan du tycker för synd om dig själv."

Erica lösgjorde sig ur Patriks famn och tittade surt på honom. "Ska inte du stå på min sida?"

"Det är det jag gör, älskling, det är det jag gör." Han strök henne över håret och såg med ens ut att vara mil borta i tankarna.

"Förlåt, här sitter jag och bölar över mina problem – hur går det för er?"

"Usch, prata inte om eländet. I dag har faktiskt varit en riktigt jävlig dag."

"Men du kan inte gå in på några detaljer", fyllde Erica i.

"Nej, det kan jag inte. Men det har som sagt varit en riktigt jävlig

155

dag." Han suckade men ryckte upp sig. "Nej, ska vi ta och ha det lite mysigt i kväll? Det låter som att både du och jag kan behöva muntras upp. Jag sticker till fiskaffären och köper lite gott, så kan väl du duka. Hur låter det?"

Erica nickade och vände upp ansiktet för att få en puss. Han hade sina ljusa sidor, hennes barns far.

"Köp lite chips och dip också är du snäll. Lika bra att passa på när jag ändå är tjock!"

Han skrattade. "Ska bli, chefen."

Irriterat knackade Martin med pennan i bordet. Irritationen var riktad mot honom själv. Gårdagens händelseutveckling hade gjort att han helt glömt bort att ringa Tanja Schmidts pappa. Han skulle ha kunnat sparka sig själv. Hans enda ursäkt var att han inte trodde att det var viktigt längre, när de fick fast Mårten Frisk. Troligtvis skulle det inte gå att få tag på honom förrän i kväll, men han kunde åtminstone försöka. Han tittade på klockan. Nio. Han bestämde sig för att se om herr Schmidt var hemma först, innan han ringde Pia och bad henne tolka.

En signal gick fram, två, tre, fyra och han började så smått fundera på att lägga på. Men efter femte signalen svarade en sömndrucken röst. Generad över att ha väckt honom lyckades Martin på stapplande tyska förklara vem han var och att han skulle ringa upp strax igen. Turen var med honom och Pia svarade direkt på turistinformationen. Hon lovade att ställa upp ännu en gång och några minuter senare hade han dem båda två på tråden.

"Jag vill börja med att beklaga sorgen."

Mannen i andra änden tackade lågmält för omtanken, men Martin kunde känna hans sorg som lade sig över samtalet som ett tungt dok. Han tvekade över hur han skulle fortsätta. Pias mjuka stämma översatte allt han sa, men medan han funderade över vad han skulle säga hördes ingenting annat än deras andetag.

"Vet ni vem som har gjort det här mot min dotter?"

Rösten darrade lätt och Pia hade egentligen inte behövt översätta. Martin förstod ändå.

"Inte ännu. Men vi kommer att ta reda på det."

Liksom Patrik, när han träffade Albert Thernblad, undrade Martin om han lovade för mycket, men han kunde bara inte låta bli att försöka lindra mannens sorg på det enda sätt som stod i hans makt.

"Vi har pratat med Tanjas reskamrat och hon påstod att Tanja kom till Fjällbacka här i Sverige i ett ärende. Men när vi frågade Tanjas exman kunde han inte komma på någon anledning till varför hon skulle ha velat komma hit. Vet du något?"

Martin höll andan. En lång, outhärdligt lång, tystnad följde. Sedan började Tanjas far att prata.

När han slutligen lade på undrade Martin om han verkligen kunde tro sina öron. Historien var alltför fantastisk. Men den hade ändå en omisskännelig ton av sanning och han trodde på Tanjas far. Precis när han själv skulle lägga på insåg Martin att Pia fortfarande var kvar på linjen. Tvekande frågade hon:

"Fick du reda på det du behövde? Jag tror att jag översatte allt rätt."

"Jag är säker på att allt översattes helt korrekt. Och ja, jag fick reda på det jag behövde. Jag vet att jag inte behöver påpeka det, men …"

"Jag vet, jag får inte berätta det här för någon. Jag lovar att inte yppa ett ord om det."

"Det är bra. Du, förresten …"

"Ja?"

Hörde han rätt, var tonen hoppfull? Men modet svek honom och han kände också att tillfället inte var rätt.

"Nej, det var inget. Vi kan ta det en annan gång."

"OK."

Nu tyckte han sig nästan höra en ton av besvikelse, men självförtroendet var fortfarande för tilltufsat efter hans senaste misslyckande på kärleksfronten för att han skulle kunna tro att det var annat än inbillning.

Efter att han tackat Pia och lagt på gled hans tankar dock över på annat. Han renskrev snabbt sina anteckningar från samtalet och gick över med utskriften till Patriks rum. Äntligen hade de fått ett genombrott i fallet.

De var båda avvaktande när de träffades. Det var första gången sedan det katastrofala mötet på Västergården och båda väntade på att den andra skulle ta första steget till försoning. Eftersom Johan var den som ringt och Linda faktiskt haft rätt dåligt samvete för sin del i bråket, tog hon till orda.

"Du, jag sa lite dumma grejer häromdagen. Det var inte meningen. Jag blev bara så jävla förbannad."

De satt på sin vanliga mötesplats uppe på höskullen i Västergårdens lada och Johans profil var som skuren ur sten när Linda tittade på honom. Sedan såg hon hur dragen mjuknade.

"Äh, glöm det. Jag reagerade också lite väl hårt. Det var bara ..." Han tvekade och letade efter rätt ord. "Det var bara så jävla svårt att komma dit med alla minnen och sådär. Det hade inte så mycket med dig att göra."

Fortfarande med en viss försiktighet i sina rörelser kröp Linda upp bakom honom och lade armarna om honom. Bråket hade fört det oväntade med sig att hon fått ett visst mått av respekt för honom. Hon hade alltid sett honom som en pojke, någon som hängde i kjolarna på sin mor och sin storebror, men den där dagen hade hon sett en man. Det attraherade henne. Det attraherade henne oerhört. Hon hade också sett ett farligt drag och även det ökade hans attraktionskraft i hennes ögon. Han hade verkligen varit nära att ge sig på henne, det hade hon sett i hans ögon, och där hon nu satt med sin kind mot hans rygg fick minnet henne att vibrera inombords. Det var som att flyga nära en ljuslåga, tillräckligt nära för att känna hettan, men tillräckligt kontrollerat för att inte bränna sig. Om det var någon som behärskade den balansgången så var det hon själv.

Hon lät händerna vandra framåt. Hungrigt och krävande. Fortfarande kunde hon känna ett visst motstånd hos honom, men hon kände sig trygg i förvissningen att hon ännu var den som hade makten i deras förhållande. Det hade trots allt enbart definierats ur ett kroppsligt perspektiv och där ansåg hon att kvinnor i allmänhet och hon i synnerhet hade ett övertag. Ett övertag som hon nu utnyttjade. Med tillfredsställelse märkte hon hur hans andetag blev djupare och hur motståndet inom honom smälte bort.

Linda flyttade sig till hans knä och när deras tungor möttes visste hon att hon gått segrande ur den här striden. Den illusionen levde hon i ända tills hon kände Johans hand ta ett fast tag i hennes hår och med ren styrka bända henne bakåt tills han kunde titta henne i ögonen uppifrån. Om avsikten var att få henne att känna sig liten och hjälplös hade det avsedd effekt. För ett ögonblick såg hon samma glimt i ögonen som under grälet på Västergården, och hon fann sig själv överväga om hennes röst skulle bära ett nödrop ända bort till huvudbyggnaden. Troligtvis inte.

"Du vet, du ska vara snäll mot mig. Annars kanske en liten fågel viskar till polisen vad jag såg här på gården."

Lindas ögon vidgades. Rösten kom i en viskning. "Det skulle du väl inte? Du lovade, Johan."

"Enligt vad folk säger betyder ju inte ett löfte från någon i familjen Hult särskilt mycket. Det borde du veta."

"Du får inte göra det, Johan. Snälla, jag gör vad som helst."

"Såå, det visar sig ändå att blod faktiskt är tjockare än vatten."

"Du säger ju själv att du inte kan förstå vad Gabriel gjorde mot farbror Johannes. Ska du då göra samma sak?" Hennes röst var bevekande. Situationen hade helt glidit henne ur händerna och förvirrat undrade hon hur hon hade kunnat hamna i ett sådant underläge. Hon hade ju varit den som haft kontrollen.

"Varför skulle jag inte göra det? På sätt och vis skulle man kunna säga att det är karma. Cirkeln sluts på något sätt." Han log elakt. "Men du kanske har en poäng där. Jag håller väl tyst då. Men glöm inte att det kan ändras när som helst, så det är bäst att du är snäll mot mig – älskling."

Han smekte hennes ansikte, men höll fortfarande ett smärtsamt grepp om hennes hår med ena handen. Sedan förde han hennes huvud ännu längre neråt. Hon protesterade inte. Maktbalansen var definitivt rubbad.

Sommaren 1979

Hon vaknade till ljudet av någon som grät i mörkret. Det var svårt att lokalisera var ljudet kom ifrån, men hon hasade sig sakta bort tills hon kände tyg och något som rörde sig under fingrarna. Byltet på golvet började skrika av fasa, men hon lugnade flickan genom att hyssja och stryka henne över håret. Hon om någon visste hur skräcken rev och slet innan den ersattes av en dov hopplöshet.

Hon var medveten om att det var självviskt, men kunde inte låta bli att glädjas åt att slippa vara ensam. Det kändes som en evighet sedan hon hade haft en annan människas sällskap, men hon trodde ändå inte att det kunde röra sig om mer än ett par dagar. Det var så svårt att hålla räkning på tiden här nere i mörkret. Tid var något som bara existerade där ovan. I ljuset. Här nere var tiden en fiende, som höll en kvar i medvetandet om att det fanns ett liv som nu kanske redan passerat.

När flickans gråt börjat ebba ut kom störtfloden av frågor. Hon hade inga svar att ge. Istället försökte hon förklara vikten av att ge efter, att inte kämpa mot det okända onda. Men flickan ville inte förstå. Hon grät och frågade, bönade och bad till en Gud som hon själv aldrig för ett ögonblick trott på, annat än kanske någon gång under barndomen. Fast för första gången fann hon sig själv hoppas att hon hade fel, att det verkligen fanns en Gud. Hur skulle annars livet te sig för ungen, utan vare sig mor eller Gud att vända sig till. Det var för dotterns skull hon hade givit efter för rädslan, sjunkit in i den, och den andra flickans sätt att kämpa emot den började väcka ilska inom henne. Om och om igen försökte hon förklara att det inte tjänade något till, men flickan ville inte lyssna. Snart skulle hon smitta henne med sin kämpaglöd och då dröjde det inte länge innan hoppet också återvände och gjorde henne sårbar.

Hon hörde luckan dras ifrån och stegen som närmade sig. Hastigt sköt hon ifrån sig flickan som legat med huvudet i hennes knä. Kanske hade hon tur, kanske gjorde han illa den andra flickan istället för henne den här gången.

Tystnaden var öronbedövande. Jennys tjatter brukade fylla hela det lilla utrymmet i husvagnen, men nu var det tyst. De satt mittemot varandra vid det lilla bordet, inneslutna i var sin bubbla. Var och en i sin egen värld av minnen.

Sjutton år flimrade snabbt förbi som i en inre film. Kerstin kände tyngden av Jennys lilla nyfödda kropp i sin famn. Omedvetet formade hon armarna till en vagga. Spädbarnet växte och i efterhand verkade det som om det gått så fort. Alltför fort. Varför hade de på sistone spenderat så mycket av den dyrbara tiden med att käbbla och gräla? Om hon hade vetat vad som skulle hända hade hon inte sagt ett enda ont ord till Jenny. Där hon satt vid bordet med ett hål i hjärtat svor hon att om allt bara blev bra igen skulle hon aldrig mer höja rösten åt henne.

Bo såg ut som en spegelbild av hennes eget inre kaos. På bara ett par dagar hade han åldrats ett årtionde och ansiktet var fårat och uppgivet. Nu var en tid då de borde sträcka sig mot varandra, luta sig mot varandra, men skräcken gjorde dem förlamade.

Händerna på bordet darrade. Bo knäppte dem i ett försök att stilla skakningarna, men släppte snabbt när det såg ut som om han bad. Ännu vågade han inte åkalla högre makter. Det skulle tvinga honom att erkänna det han ännu inte vågade möta. Han klängde sig fast vid ett fåfängt hopp om att dottern skulle visa sig vara ute på något oansvarigt äventyr. Men djupt inom sig visste han att det hade gått för lång tid för att det skulle vara troligt. Jenny var alldeles för omtänksam, för kärleksfull för att medvetet orsaka dem sådan oro. Visst hade de haft sina gräl, särskilt de sista två åren, men han hade ändå alltid varit trygg i vetskapen om det starka band som fanns mellan dem. Han visste att hon älskade dem och det enda svaret på varför hon inte kom hem till dem var ohyggligt. Något hade hänt. Någon hade gjort något med deras älskade Jenny. Han bröt tystnaden. Rösten svek och han var tvungen att harkla sig innan han kunde fortsätta.

"Ska vi ringa polisen igen och höra om de fått fram något mer?"

Kerstin skakade på huvudet. "Vi har ju redan ringt två gånger i dag.

161

De hör av sig om de får veta något."

"Men vi kan ju för fan inte bara sitta här!" Han reste sig häftigt och slog huvudet i skåpet ovanför. "Faan, det är så jävla trångt här! Varför skulle vi tvinga iväg henne på en jävla husvagnssemester igen, hon ville ju inte! Om vi bara hade stannat hemma istället! Låtit henne umgås med sina kompisar istället för att tvinga henne att sitta instängd här med oss i det här jävla kyffet!"

Han gick lös på skåpet som han slagit huvudet i. Kerstin lät honom hållas och när ilskan övergick i gråt reste hon sig utan ett ord och lade armarna om honom. Tysta stod de där, länge, äntligen förenade i sin skräck och en sorg som de, trots att de försökte klänga sig fast vid hoppet, redan börjat ta ut i förskott.

Kerstin kände fortfarande tyngden av spädbarnet i sina armar.

Den här gången lyste solen när han gick på Norra Hamngatan. Patrik tvekade en sekund innan han knackade på dörren. Men sedan tog plikten vid och han knackade bestämt ett par gånger. Ingen öppnade. Han försökte en gång till, ännu mer bestämt. Fortfarande inget svar. Typiskt, han borde ha ringt innan han åkte hit. Men när Martin kom och berättade vad Tanjas pappa hade sagt, så hade han reagerat omedelbart. Han tittade sig runt. En kvinna stod och påtade i blomkrukorna utanför grannhuset.

"Ursäkta, vet du var Struwers är någonstans? Deras bil står här, så jag antog att de var hemma."

Hon avbröt sitt pysslande och nickade. "De är i sjöboden." Hon pekade med en liten trädgårdsspade mot en av de små röda bodarna som vette ut mot havet.

Patrik tackade och klev nerför en liten stentrappa ut mot framsidan av boden. En solstol var utställd på bryggan och han såg att Gun låg och pressade i solen i en liten bikini. Han noterade att hon var lika pepparkaksbrun över hela kroppen som hon var i ansiktet, och lika skrynklig. Vissa människor brydde sig uppenbarligen inte om hudcancerrisken. Han harklade sig för att påkalla hennes uppmärksamhet.

"God dag, ursäkta att jag stör så här på förmiddagen, men jag undrar om jag skulle kunna få byta ett par ord med dig?" Patrik hade antagit sitt formella tonfall, som alltid när han skulle komma med tråkiga besked. Polis, inte människa, det var enda sättet för att sedan kunna gå hem och sova gott.

"Jaa, visst." Svaret lät som en fråga. "Ett ögonblick, jag ska bara ta på mig något." Hon försvann in i sjöboden.

Patrik slog sig ner vid ett bord så länge och tillät sig för en sekund att njuta av utsikten. Hamnen var tommare än vanligt, men havet glittrade och måsarna flög oberört runt över bryggorna i jakt på mat. Det tog en bra stund, men när Gun äntligen kom ut igen hade hon satt på sig shorts och ett linne och hade Lars i släptåg. Han hälsade allvarligt på Patrik och slog sig tillsammans med hustrun ner vid bordet.

"Vad är det som har hänt? Har ni fått tag på den som mördade Siv?" Guns röst var ivrig.

"Nej, det är inte därför jag är här." Patrik gjorde en paus och övervägde sina nästa ord. "Det är så att vi i morse pratade med fadern till den unga tyska kvinnan som vi fann tillsammans med Siv." Återigen en paus.

Gun höjde frågande ögonbrynen. "Ja?"

Patrik sa namnet på Tanjas far och blev inte besviken på Guns reaktion. Hon ryckte till och kippade efter luft. Lars tittade frågande på henne, inte tillräckligt insatt för att kunna se sambandet.

"Men, det är ju Malins pappa. Vad är det du säger? Malin är ju död?"

Det var svårt att uttrycka sig diplomatiskt. Men för att vara krass var det inte hans uppgift att agera diplomat. Patrik bestämde sig för att helt enkelt säga som det var.

"Hon dog inte. Det var bara som han sa. Enligt honom själv ansåg han tydligen att din begäran om ersättning började bli lite, hur ska jag säga – besvärande. Därför hittade han på en historia om att ditt barnbarn omkommit."

"Men flickan som dog här hette ju Tanja, inte Malin?" Gun såg frågande ut.

"Tydligen bytte han namn på henne också, till ett mer tyskklingande. Men det råder ingen tvekan om att Tanja är ert barnbarn Malin."

För en gångs skull var Gun Struwer stum. Sedan såg Patrik att det började koka inom henne. Lars försökte lägga en lugnande hand på hennes axel, men hon skakade av sig den.

"Vem fan tror han att han är! Har du hört något så fräckt, Lars! Ljuga mig rätt upp i ansiktet och säga att mitt barnbarn, mitt eget kött och blod, är död! I alla dessa år har hon levt i all högönsklig välmåga och här har jag gått och trott att min stackars älskling dog en förskräcklig död! Och ha mage att påstå att han gjorde det för att jag var besvärlig, har du hört något så fräckt, Lars! Bara för att jag krävde det jag hade rätt till, så är man besvärlig!"

Än en gång försökte Lars lugna ner henne, men hon skakade återigen av sig hans hand. Hon var så upprörd att små salivbubblor formades i hennes mungipor.

"Jag ska minsann säga honom ett sanningens ord, jag. Ni har ju hans telefonnummer. Jag ska be att få det, tack, så ska han få höra, tyskjäveln, vad jag tycker om hela den här historien!"

Inom sig suckade Patrik djupt. Han kunde förstå att hon hade rätt att vara upprörd, men enligt hans åsikt missade hon helt kärnpunkten i det han berättat. Han lät henne rasa en stund och sa sedan lugnt:

"Jag förstår att det här kan vara svårt att höra, men det är alltså din dotterdotter som vi fann mördad för en vecka sen. Tillsammans med Siv och Mona. Så jag måste fråga: ni hade ingen som helst kontakt med en flicka som kallade sig Tanja Schmidt? Hon tog inte kontakt med er på något sätt?"

Gun skakade häftigt på huvudet, men Lars såg fundersam ut. Han sa dröjande:

"Det var någon som ringde ett par gånger utan att säga något i telefonen. Det minns du väl, Gun? Det var nog en två tre veckor sen och vi trodde att det var någon som busringde till oss. Tror du att det kan ha varit …?"

Patrik nickade. "Mycket möjligt. Hennes far hade erkänt hela historien för henne för två år sen, och hon tyckte kanske det var svårt att efter det ta kontakt med dig. Hon har också varit på biblioteket och tagit kopior av artiklar om sin mors försvinnande, så troligtvis kom hon hit för att få klarhet i vad som hände hennes mor."

"Stackars mitt lilla hjärta." Gun hade insett vad det var som förväntades av henne och grät nu krokodiltårar. "Tänk att min lilla älskling fortfarande levde och att hon var så nära. Om vi ändå bara hade hunnit träffas innan … Vad är det för människa som gör så här mot mig? Först Siv och sedan min lilla Malin." En tanke slog henne. "Tror ni att jag är i fara? Är det någon som vill komma åt mig? Behöver jag polisbeskydd?" Guns ögon flackade upphetsat mellan Patrik och Lars.

"Det tror jag inte är nödvändigt. Vi tror inte att morden är relaterade till dig på något sätt, så jag skulle inte oroa mig om jag var i dina kläder." Sedan kunde han inte motstå frestelsen: "Dessutom verkar ju mördaren bara vara inriktad på *unga* kvinnor."

Han ångrade sig genast och reste sig för att markera att samtalet var avslutat. "Jag beklagar verkligen att behöva komma med sådana här nyheter. Men jag skulle vara tacksam om ni ringde till mig om ni kommer på något mer. Vi ska kolla upp det där med telefonsamtalen, till att börja med."

Innan han gick slängde han en sista avundsjuk blick på utsikten mot havet. Gun Struwer var det yttersta beviset på att goda saker inte bara kom till dem som förtjänade det.

"Vad sa hon?"

Martin satt i fikarummet tillsammans med Patrik. Kaffet hade som vanligt stått på alldeles för länge i kaffebryggaren, men de hade vant sig och drack det girigt.

"Jag borde inte säga det här, men fy fan vilken hemsk människa. Det hon blev allra mest upprörd över var inte att hon missat så många år av sin dotterdotters liv, eller att hon nyss blivit mördad, utan att pappan hittade ett så effektivt sätt att fimpa hennes krav på ersättning."

"Det är för jävligt."

Stämningen var dyster där de satt och begrundade människans småsinthet. Det var ovanligt tyst på stationen. Mellberg hade inte dykt upp utan verkade ta en rejäl sovmorgon, och Gösta och Ernst var ute och jagade vägpirater. Eller i klartext, satt och fikade på någon rastplats och hoppades att piraterna skulle komma fram och presentera sig och be att bli förda till häktet. "Preventivt polisarbete" kallade de det visst. Och det hade de väl på sätt och vis rätt i. Den rastplatsen var åtminstone säker så länge de satt där.

"Vad tror du hon ville uppnå med att komma hit? Hon hade väl knappast tänkt att spela deckare och ta reda på vart hennes mor tog vägen?"

Patrik skakade på huvudet. "Nej, det tror jag inte. Men jag kan förstå att hon var nyfiken på vad som hänt. Ville väl se med egna ögon. Förr eller senare skulle hon säkert ha tagit kontakt med mormodern också. Men jag kan tänka mig att beskrivningen hon fått av sin far inte hade varit alltför smickrande, så jag kan förstå varför hon drog sig för det. Jag skulle inte bli ett dugg förvånad om det visar sig, när vi får uppgifterna från Telia, att samtalen till Lars och Gun Struwer kom från någon av telefonkioskerna i Fjällbacka, gissningsvis den på campingen."

"Men hur hamnade hon i Kungsklyftan tillsammans med sin mors och Mona Thernblads skelett?"

"Din gissning är lika god som min, men det enda jag kan tänka mig är att hon måste ha råkat komma på något, eller rättare sagt någon, som hade med hennes mors och Monas försvinnande att göra."

"Är det så, utesluter det Johannes per automatik. Han ligger ju säkert i en grav på Fjällbacka kyrkogård."

Patrik tittade upp. "Vet vi det? Vet vi bortom allt tvivel att han verkligen är död?"

Martin skrattade. "Skojar du, eller? Han hängde sig ju 1979. Man kan knappast bli mer död än så!"

En viss upphetsning hade smugit sig in i Patriks röst. "Jag vet att det låter otroligt, men lyssna här: Tänk om polisen började komma lite för nära sanningen och marken började bränna under fötterna på honom. Han är en Hult och kan skaffa fram stora summor pengar, om inte själv så via far sin. Lite mutor här, lite mutor där, och vips har man en falsk dödsattest och en tom kista."

Martin skrattade så att han var tvungen att hålla sig för magen. "Du är då fan inte klok! Det här är Fjällbacka vi pratar om – inte Chicago på tjugotalet! Är du säker på att du inte satt i solen för länge där på bryggan, för det låter baske mig som om du fått solsting. Ta bara det faktum att det var hans son som hittade honom. Hur får man en sexåring att berätta något sånt om det inte är sant."

"Jag vet inte, men det tänker jag ta reda på. Ska du med?"

"Vart då?"

Patrik himlade med ögonen och talade extra tydligt.

"Och snacka med Robert förstås."

Martin suckade men reste sig. Han muttrade: "Som om vi inte har tillräckligt att göra." På väg ut kom han på en sak. "Men gödningsmedlet då? Jag hade tänkt att ta tag i det där nu innan lunch."

"Be Annika", ropade Patrik över axeln.

Martin stannade till i receptionen och lämnade uppgifterna som Annika behövde. Hon hade det ganska lugnt och var tacksam för något konkret att göra.

Martin kunde inte låta bli att undra om de inte slösade bort värdefull tid. Patriks infall verkade alltför långsökt, alltför fantasifullt för att kunna ha någon anknytning till verkligheten. Men det var han som var chef i det här fallet ...

Annika kastade sig över uppgiften. De senaste dagarna hade varit hektiska för henne, då hon varit den som suttit som spindeln i nätet och organiserat skallgångskedjor efter Jenny. Men nu var de avblåsta efter tre dagars fruktlöst letande, och i och med att en lejonpart av turisterna lämnat trakten som en direkt följd av den senaste veckans händelser var växeltelefonen på stationen spöklikt tyst. Till och med journalisterna hade börjat tappa intresset till förmån för nya, braskande nyheter.

Hon tittade på lappen där hon antecknat uppgifterna hon fått av Martin och slog upp ett telefonnummer i telefonkatalogen. Efter att ha slussats runt mellan olika delar av företaget fick hon slutligen namnet på den som var försäljningschef. Hon blev placerad i telefonkö och med skvalmusiken brusande i örat använde hon tiden till att drömma sig tillbaka till veckan i Grekland, som nu kändes oändligt avlägsen. När hon kom tillbaka efter sin semestervecka hade hon känt sig utvilad, stark och vacker. Efter att ha kastats in i malströmmen på stationen var de semestereffekterna redan förverkade. Längtansfullt såg hon de vita stränderna, turkosblått vatten och stora skålar med tzatziki framför sig. Både hon och maken hade ätit upp sig ett par kilo var på grund av den goda medelhavsmaten, men det var inget som bekymrade någon av dem. Ingen av dem hade någonsin varit särskilt småväxt på någon ledd och de hade accepterat det som ett av livets fakta och var lyckligt oberörda av tidningarnas bantningsråd. När de låg tätt intill varandra formade sig deras kurvor perfekt efter varandra och de blev till en enda stor, varm våg av böljande hull. Det hade blivit mycket av den varan under semestern ...

Annikas semesterminnen avbröts bryskt av en melodisk mansstämma som hade en omisskänneligt i:ande lysekilsdialekt. Det sas allmänt att fina stockholmares i:ande uttal kom sig av att man demonstrativt velat visa att man var tillräckligt välbärgad för att ha ett sommarnöje på västkusten. Sanningshalten i det visste hon inte, men det var en bra historia.

Annika presenterade sitt ärende.

"Oj, vad spännande. En mordutredning. Trots trettio år i branschen är det nog första gången jag har kunnat vara behjälplig i en sådan."

Trevligt att kunna förgylla din dag, tänkte Annika surt, men höll inne med sin syrliga kommentar för att inte lägga band på hans iver att assistera henne med information. Ibland var den så kallade allmänhetens sensationsiver på gränsen till morbid.

"Vi skulle behöva hjälp med att få fram en kundlista för ert gödningsmedel FZ-302."

"Oj, det är inte helt lätt. Vi slutade sälja det 1985. Jäkligt bra produkt, men nya miljöregler tvingade oss tyvärr att sluta tillverka det." Försäljningschefen suckade tungt över orättvisan i att värnande om miljön fick kringskära försäljningen av en framgångsrik vara.

"Men någon form av dokumentation antar jag att ni har?" lirkade Annika.

"Ja, jag behöver kolla det med den administrativa avdelningen, men det är väl troligt att det finns uppgifter om det nere i gamla arkivet. Ja, fram till 1987 hade vi ju manuell lagring av alla sådana uppgifter, efter det datoriserades allt. Men jag tror inte att vi har kastat något."

"Du minns inte några som köpte...", hon kollade på lappen igen, "produkten FZ-302 här i trakten?"

"Nej, du vännen, det var så många år sen så det kan jag inte säga sådär på rak arm." Han skrattade. "Det har runnit mycket vatten under broarna sen dess."

"Nej, jag trodde väl inte heller att det skulle gå så lätt. Hur lång tid skulle det ta för er att ta fram de här uppgifterna?"

Han funderade en stund. "Nja, om jag går över till flickorna på administration med lite fikabröd och lite vänliga ord tror jag nog att du skulle kunna få ett svar sent i dag eller senast tidigt i morgon. Räcker det?"

Det var snabbare än Annika hade vågat hoppas på när han började prata om gamla arkiv, så hon tackade glatt. Hon skrev en lapp till Martin om resultatet av hennes samtal och lade den på hans skrivbord.

"Du Gösta?"

"Ja, Ernst."

"Blir livet så mycket bättre än så här?"

De satt vid en rastplats strax utanför Tanumshede och hade lagt beslag på ett av picknickborden som stod uppställda där. De var inga amatörer i sammanhanget, så de hade varit förutseende nog att hämta en kaffetermos hemma hos Ernst och köpa med sig en rejäl påse med kaffebröd hos bageriet i Tanumshede. Ernst hade knäppt upp polisskjortan och exponerade sin vita, insjunkna bringa för solen. I ögonvrån kikade han diskret på ett gäng tjejer i nedre skalan av tjugoårsåldern som under skratt och stojande tagit en paus i bilkörningen.

"Hörrudu, stoppa in tungan. Och skjortan med för den delen. Tänk om någon av kollegorna kör förbi. Det ska ju se ut som om vi jobbar."

Gösta svettades i sin uniformsklädsel. Han var inte lika djärv i sitt ignorerande av arbetets föreskrifter och vågade inte lätta på skjortan.

"Äh, slappna av lite. De är fullt upptagna med att leta efter den där bruden. Det är ingen som bryr sig om vad vi gör."

Gösta mulnade. "Hon heter Jenny Möller. Inte 'den där bruden'. Och borde inte vi också hjälpa till istället för att sitta här som två gubbsjuka jävla pedofiler?" Han nickade med huvudet åt de lättklädda flickorna ett par bord bort, som Ernst verkade ha svårt att slita blicken ifrån.

"Det var då fan vad du har blivit präktig då. Jag har aldrig tidigare hört dig klaga över att jag räddat dig från grottekvarnen för en stund. Säg inte att fan gått och blivit religiös på gamla dar."

Ernst vände blicken mot honom och ögonen hade smalnat oroväckande. Gösta drog öronen åt sig. Det hade kanske varit dumt att yttra sig. Han hade alltid varit lite rädd för Ernst. Han påminde för mycket om killarna i skolan som stod och väntade på en så fort man kom utanför skolgården. Som kunde lukta sig till svaghet och sedan hänsynslöst utnyttjade sin överlägsenhet. Gösta hade själv sett hur det gått för de som var uppstudsiga mot Ernst, och han ångrade sina ord. Han mumlade bara till svar.

"Äh, jag menade inget med det. Jag tycker bara synd om hennes föräldrar. Tjejen är bara sjutton."

"De vill ju ändå inte ha vår hjälp. Mellberg slickar ju arslet på den där jävla Hedström av någon anledning, så då tänker fan inte jag anstränga mig i onödan." Tonfallet var så högt och hätskt att tjejerna vände sig om och tittade bort mot dem.

Gösta vågade inte hyssja på Ernst men sänkte själv rösten till en lågmäld ton och hoppades att Ernst skulle följa hans exempel. Han vågade inte nämna vem det var som hade skuld i att han inte fick vara en del av utredningen. Själv hade Ernst lägligt förträngt sin underlåtelse att rapportera Tanjas försvinnande.

"Jag tycker nog att Hedström gör ett ganska bra jobb, jag. Molin har jobbat hårt han med. Och i ärlighetens namn har jag väl inte bidragit så mycket som jag kunnat."

Ernst såg ut som om han inte trodde sina öron. "Vad fan säger du, Flygare! Sitter du här och påstår att två spolingar som inte har en bråkdel av vår sammanlagda erfarenhet kan göra ett bättre jobb än vad vi kan. Vad? Är det det du sitter och säger, din dumme fan!"

Om Gösta hade tänkt efter lite innan han yttrade sig hade han säkert kunnat förutse den effekt hans kommentar skulle ha på Ernsts sårade ego. Nu gällde det att backa så kvickt det bara gick.

"Nja, det var inte så jag menade. Jag sa bara att ... nej, självklart har de inte den erfarenhet vi har. Och de har ju inte direkt visat något resultat än, så ..."

"Nej, just det", instämde Ernst aningen mer nöjd. "De har ju inte kunnat visa ett skit än, så det så."

Lättad pustade Gösta ut. Hans lust att försöka visa lite ryggrad hade raskt sjunkit undan.

"Nej, vad säger du, Flygare. Ska vi ta oss en kaffetår och en bulle till?"

Gösta nickade bara. Han hade levt så länge efter minsta motståndets lag att det var det enda som kändes naturligt.

Martin tittade sig nyfiket omkring när de svängde in vid den lilla stugan. Han hade aldrig varit hemma hos Solveig och hennes pojkar förut, och han betraktade fascinerat röran.

"Hur fan kan man bo så här?"

De klev ur bilen och Patrik slog ut med armarna. "Det övergår mitt förstånd. Det kliar i fingrarna att röja upp här. Vissa av bilvraken stod här redan på Johannes tid, tror jag."

De hörde hasande steg när de knackat på. Solveig hade säkert suttit vid sin vanliga plats vid köksbordet och gjorde sig ingen brådska att gå och öppna.

"Vad är det om nu då? Kan inte ärligt folk få vara i fred?"

Martin och Patrik utbytte ett ögonkast. Hennes påstående emotsades av sönernas straffregister som fyllde en hel A4-sida.

"Vi skulle vilja prata lite med dig. Och med Johan och Robert också om de är hemma."

"De sover."

Buttert steg hon åt sidan och lät dem komma in. Martin kunde inte dölja en äcklad min och Patrik armbågade honom i sidan för att han skulle skärpa sig. Martin samlade snabbt anletsdragen igen och följde efter Patrik och Solveig in i köket. Hon lämnade dem där medan hon gick för att väcka sönerna, som precis som hon sagt låg och sov i sitt gemensamma rum: "Upp med er pojkar, snuten är här och ränner igen. Vill fråga lite, säger de. Sätt lite fart så vi får pliten ut genom dörren nån gång."

Hon brydde sig inte nämnvärt om att Patrik och Martin hörde vad hon sa, utan vankade lugnt tillbaka till köket och satte sig vid sin plats.

Yrvakna kom Johan och Robert ut i enbart kalsongerna.

"Det var då ett jävla rännande här. Börjar snart likna trakasserier."

Robert var cool som vanligt. Johan betraktade dem under lugg och sträckte sig efter ett cigarettpaket som låg på bordet. Han tände en cigarett och dribblade nervöst med asken tills Robert fräste åt honom att sluta.

Martin undrade i sitt stilla sinne hur Patrik skulle ta upp den känsliga frågan. Han var fortfarande tämligen säker på att Patrik var ute och fäktades mot väderkvarnar.

"Vi har lite frågor kring er makes död."

Solveig och sönerna tittade med yttersta förvåning på Patrik.

"Johannes död? Varför det? Han hängde sig och så mycket mer är det inte att säga om det, förutom att det var såna som ni som drev honom till det!"

Robert hyssjade irriterat åt sin mor. Han blängde på Patrik. "Vad är det du är ute efter? Mamma har rätt. Han hängde sig och det är allt som finns att säga."

"Vi vill bara få allting absolut klart för oss. Det var du som hittade honom?"

Robert nickade. "Ja, och den bilden får jag leva med resten av livet."

"Skulle du kunna berätta exakt vad det var som hände, den där dagen?"

"Jag förstår inte riktigt vad det ska tjäna till", sa Robert surt.

"Jag skulle ändå uppskatta om du gjorde det", lirkade Patrik och fick efter en stunds väntan en likgiltig axelryckning till svar.

"Ja, är det sånt du går igång på så ..." Han tände liksom sin bror en cigarett och röken låg nu tung över den lilla kökshörnan.

"Jag kom hem efter skolan och gick ut på gården för att leka en stund. Jag såg att dörren till ladan stod öppen och blev nyfiken. Jag gick för att kolla. Det var som vanligt rätt mörkt där inne, det enda ljuset var det som silade in mellan bräderna. Det luktade hö." Robert såg ut att ha försvunnit in i en egen värld. Han fortsatte: "Det var något som inte stämde." Han tvekade. "Jag kan inte riktigt beskriva det, men det kändes annorlunda."

Johan betraktade fascinerat sin bror. Martin fick intrycket att det var första gången han i detalj hörde om dagen när hans far hängde sig.

Robert fortsatte. "Jag gick försiktigt längre in. Låtsades att jag smög på indianer. Tyst, tyst tassade jag bort mot höskullen och när jag gått ett par steg in i ladan såg jag att det låg nåt på golvet. Jag gick fram. När jag såg att det var pappa blev jag glad. Jag trodde att han busade med mig. Att det var meningen att jag skulle gå fram till honom och då skulle han hoppa upp och börja kittla mig eller nåt sånt." Robert svalde. "Men han rörde sig inte. Jag petade försiktigt på honom med foten, men han var alldeles stilla. Sen såg jag att han hade ett rep om halsen. När jag tittade upp såg jag att det satt en bit rep kvar också i bjälken ovanför."

Handen som höll i cigaretten darrade. Martin kastade en försiktig blick på Patrik för att se hur han reagerade på berättelsen. För honom var det ganska uppenbart att Robert inte hittade på. Roberts smärta var så påtaglig att Martin kände att han kunde sträcka ut handen och ta på den. Han såg att hans kollega tänkte samma sak. Modstulet fortsatte Patrik:

"Vad gjorde du sen?"

Robert blåste en rökring upp i luften och betraktade den medan den suddades ut och försvann.

"Jag hämtade morsan såklart. Hon kom och kollade, skrek så jag trodde mina trumhinnor skulle spricka och sen ringde hon farfar."

Patrik hajade till. "Inte polisen?"

Solveig krafsade nervöst mot bordsduken och sa: "Nej, jag ringde Ephraim. Det var det första som föll mig in."

"Så polisen var aldrig här?"

"Nej, Ephraim skötte om allt det där. Han ringde doktor Hammarström, som var distriktsläkare här på den tiden, och han kom och kollade på Johannes och sen skrev doktorn ett sånt där intyg om dödsorsaken, vad det nu heter och såg till att begravningsentreprenören kom och hämtade honom."

"Men ingen polis?" envisades Patrik.

"Nej, säger jag ju. Ephraim skötte det där. Doktor Hammarström pratade säkert med polisen, men de var aldrig här ute och kollade i alla fall. Varför skulle de det? Det var ju självmord!"

Patrik brydde sig inte om att förklara att polisen alltid ska kallas till platsen för ett självmord. Tydligen hade Ephraim Hult och denne doktor Hammarström på eget bevåg bestämt sig för att inte kontakta polisen förrän liket redan var avlägsnat från platsen. Frågan var bara varför? Det kändes i alla fall som om de inte kom längre nu. Men Martin fick ett infall.

"Ni har inte sett en kvinna här i området? Tjugofem år, brunett, normalbyggd."

172

Robert skrattade. Den allvarliga tonen hade inte lämnat något spår i hans röst. "Med tanke på hur mycket brudar som springer här, så måste du nog vara lite mer specifik än så."

Johan iakttog dem intensivt. Han sa till Robert. "Du har sett henne på bild. Det är hon på löpsedlarna. Tyskan som de hittade tillsammans med de andra tjejerna."

Solveig reagerade explosivt. "Vad fan är det ni menar? Varför skulle hon ha varit här? Ska ni släpa oss i smutsen igen nu! Först anklagar ni Johannes och nu kommer du här och ställer anklagande frågor till mina pojkar. Ut med er! Jag vill inte se er här igen! Dra åt helvete!"

Hon hade rest sig upp och föste nu ut dem handgripligen med hjälp av sin stora kroppshydda. Robert skrattade, men Johan såg tankfull ut.

När Solveig frustande återvände efter att ha slängt igen dörren med full kraft bakom Martin och Patrik, gick Johan utan ett ord in till sovrummet igen. Han drog täcket över huvudet och låtsades sova. Han var tvungen att fundera.

Anna kände sig eländig där hon satt på den lyxiga segelbåten. Gustav hade utan frågor gått med på att avsegla omedelbart och lät henne vara i fred längst fram i fören där hon satt med händerna hårt lindade runt knäna. Han hade med en aura av storsinthet accepterat hennes ursäkter och lovat skjutsa henne och barnen till Strömstad varifrån de kunde ta tåget hem.

Hela hennes liv var jämt ett sånt jävla kaos. Orättvisan i Ericas ord fick det att sticka bakom ögonen av vredestårar, men ilskan blandades med sorg över att de ständigt hamnade på kollisionskurs. Allt var bara så komplicerat med Erica. Hon kunde aldrig nöja sig med att bara vara storasyster, bara stötta och komma med uppmuntrande tillrop. Istället hade hon på eget bevåg antagit mammarollen utan att förstå att det bara ökade tomrummet efter den mor de borde ha haft.

Till skillnad från Erica hade Anna aldrig klandrat Elsy för den likgiltighet hon visade sina döttrar. Hon hade åtminstone trott att hon tagit det som ett av livets hårda fakta, men när båda föräldrarna hastigt dog, hade hon förstått att hon nog ändå hade hoppats att Elsy skulle mjukna med åren och kliva in i rollen. Det skulle också ha givit Erica mer utrymme att bara vara syster, men moderns död hade lett till att de nu satt fast i roller som ingen av dem visste hur de skulle bryta sig ur. Perioder av en tyst överenskommen fred ersattes ofelbart av ställningskrig och varje gång det hände slets en del av hennes själ ur kroppen.

Samtidigt var Erica och barnen de enda hon hade nu. Även om hon inte velat erkänna det för Erica, så såg hon också Gustav som den han var, en ytlig, bortskämd pojke. Ändå klarade hon inte att stå emot frestelsen, det var en lisa för självförtroendet att visa upp sig med en man som Gustav. Vid hans arm blev hon synlig. Folk viskade och undrade vem hon var och kvinnorna tittade uppskattande på de vackra märkeskläder som Gustav överöste henne med. Även här på vattnet vände sig båtfolket om och pekade efter den praktfulla segelbåten, och hon hade känt en fånig stolthet när hon låg i fören som ett kuttersmycke.

Men hon skämdes när hon i starkare stunder insåg att det var barnen som fick lida för hennes behov av bekräftelse. De hade farit nog illa under åren med sin far och Anna kunde inte ens med bästa vilja påstå att Gustav var ett bra substitut för en far. Han var kall, tafatt och otålig tillsammans med barnen och hon lämnade honom ogärna ensam med dem.

Ibland kände hon sig så avundsjuk på Erica att hon kunde kräkas. När hon själv stod mitt i en vårdnadstvist med Lucas, hade svårigheter att få ekonomin att gå ihop och ett i ärlighetens namn ekande tomt förhållande, så seglade Erica fram som en gravid Madonna. Den man som Erica valt som far till sitt barn var precis den typ av man som Anna visste att hon själv behövde för att bli lycklig, men som hon av någon inneboende självdestruktivitet ständigt ratade. Att Erica nu levde ett ekonomiskt bekymmersfritt liv och dessutom åtnjöt en viss kändisstatus, fick syskonrivalitetens avundsjuka smådjävlar att titta fram. Anna ville inte vara så småaktig, men det var svårt att stå emot bitterheten när hennes eget liv enbart var tecknat i grådaskiga färger.

Barnens upphetsade skrik följda av Gustavs frustrerade vrålande ryckte upp henne ur hennes självömkande tankar och tvingade henne tillbaka till sin egen verklighet. Hon drog seglarjackan tätare om sig och gick försiktigt längs relingen tillbaka till båtens akter. Efter att ha fått barnen att lugna ner sig tvingade hon sig själv att le mot Gustav. Även om man hade en taskig hand fick man helt enkelt spela med de kort man fått.

Som så många gånger förr på sista tiden irrade hon planlöst runt i det stora huset. Gabriel var borta på ännu en av sina affärsresor och hon var ensam igen. Mötet med Solveig hade lämnat en otäck eftersmak i munnen och hopplösheten i situationen slog henne som så många gånger

174

förr. Hon skulle aldrig bli fri. Solveigs smutsiga, förvridna värld klängde sig fast vid henne som en dålig lukt.

Hon stannade till framför trappan som ledde upp till vänstra flygelns översta våning. Ephraims våning. Laine hade inte varit där inne sedan han dog. Det hade hon knappt varit innan dess heller. Det hade alltid varit Jacobs, och i undantagsfall Gabriels, domän. Ephraim hade suttit där uppe och givit audiens för männen, som en feodalherre. Kvinnor hade i hans värld bara varit skuggfigurer, med uppgift att behaga och sköta markservicen.

Tvekande gick hon uppför trappan. Framför dörren stannade hon. Sedan sköt hon beslutsamt upp den. Det såg ut precis som hon mindes det. En doft av maskulinitet vilade fortfarande över de tysta rummen. Så det var här som hennes son hade tillbringat så många timmar av sin barndom. Så svartsjuk hon hade varit. I jämförelse med farfar Ephraim hade både hon och Gabriel kommit till korta. För Jacob hade de bara varit vanliga, trista, dödliga, medan Ephraim närmast haft statusen av gudom. När han dog så hastigt hade häpnad varit Jacobs första reaktion. Inte kunde väl Ephraim försvinna bara. Här en dag, borta nästa. Han hade varit som ett ointagligt fort, ett orubbligt faktum.

Hon skämdes för det, men när hon förstod att Ephraim var död var lättnad det första hon kände. Men också ett slags triumferande glädje över att inte ens han rådde på naturlagarna. Ibland hade hon till och med tvivlat på det. Han hade verkat så säker i sin förvissning om att även Gud var någon som han kunde manipulera och påverka.

Hans fåtölj stod vid fönstret, med utsikt över skogen utanför. Liksom Jacob kunde hon inte motstå frestelsen att sätta sig på hans plats. För ett ögonblick tyckte hon att hon kände hans ande i rummet när hon satte sig ner. Hennes fingrar följde tankfullt tygets linjer.

Historierna om Gabriels och Johannes helande förmåga hade påverkat Jacob. Hon hade inte tyckt om det. Ibland kom han ner med ett transliknande uttryck i ansiktet. Det skrämde henne alltid. Då hade hon kramat honom hårt, tryckt hans ansikte mot sin kropp tills hon kände honom slappna av. När hon släppte honom var allt som vanligt igen. Till nästa gång.

Men nu var gubben död och begravd sedan länge. Tack och lov.

"Tror du verkligen att det ligger något i din teori? Att Johannes inte är död?"

175

"Jag vet inte, Martin. Men just nu är jag beredd att gripa efter alla halmstrån jag kan få tag i. Du måste hålla med om att det är lite konstigt att polisen aldrig fick se Johannes på platsen för självmordet."

"Jo visst, men det förutsätter ju att både läkaren och begravningsentreprenören var inblandade", sa Martin.

"Det är inte så långsökt som det låter. Glöm inte att Ephraim var en mycket välbärgad man. Pengar har köpt större tjänster än så. Jag skulle inte heller bli förvånad om de kände varandra rätt väl. Framstående män i samhället, säkert aktiva inom föreningslivet, Lions, samhällsföreningen, you name it."

"Men att hjälpa en mordmisstänkt att fly?"

"Inte mordmisstänkt, misstänkt för kidnappning. Efter vad jag förstår var Ephraim Hult dessutom en man med osedvanligt stor övertalningsförmåga. Kanske övertygade han dem om att Johannes var oskyldig, men att polisen var ute efter att sätta dit honom och att det här var enda sättet att rädda honom."

"Men ändå. Skulle Johannes lämna sin familj vind för våg på det där sättet? Två små söner."

"Glöm inte hur Johannes har beskrivits som person. En spelare, en man som alltid följde minsta motståndets lag. Som tog lätt på regler och åtaganden. Om det är någon som skulle vara beredd att rädda sitt eget skinn på bekostnad av sin familj så är det Johannes. Det stämmer perfekt på honom."

Martin var fortfarande skeptisk. "Men var har han varit i alla dessa år i så fall?"

Patrik tittade noga åt båda hållen innan han svängde vänster mot Tanumshede. Han sa: "Utomlands kanske. Med rejält av pappas pengar på fickan." Han tittade på Martin. "Du verkar inte riktigt övertygad om briljansen i min teori."

Martin skrattade. "Nej, det kan man väl lugnt säga. Jag tycker det låter som om du är helt ute och cyklar, men å andra sidan så har ju inget hittills varit särskilt normalt med det här fallet, så varför inte?"

Patrik blev allvarlig. "Jag ser bara Jenny Möller framför mig. Fångad någonstans, av någon som plågar henne bortom all mänsklighet. Det är på grund av henne som jag försöker tänka i andra banor än de vanliga. Vi kan inte kosta på oss att vara lika fyrkantiga som vi brukar vara. Tiden är för kort för det. Vi måste överväga till och med det synbart omöjliga. Det är möjligt, kanske till och med troligt, att det bara är ett galet

infall från min sida, men jag har inte hittat något som bevisat för mig att
det inte ligger till så, och då är jag skyldig flickan Möller att undersöka
det, om jag så blir idiotförklarad på kuppen."

Martin förstod nu bättre hur Patrik resonerade. Och var till och med
böjd att erkänna att han kanske hade rätt. "Men hur ska du få igenom
en gravöppning på de här lösa grunderna, och så här snabbt?"

Minen i Patriks ansikte var bister när han förklarade: "Envishet, Mar-
tin, envishet."

De avbröts av signalen från Patriks mobiltelefon. Han svarade och ta-
lade enbart med korta stavelser medan Martin spänt tittade på och för-
sökte utröna vad samtalet handlade om. Efter bara någon minut avsluta-
de Patrik samtalet och lade ner telefonen.

"Vem var det?"

"Det var Annika. Labbet har ringt tillbaka om DNA-provet vi tog på
Mårten Frisk."

"Ja?" Martin höll andan. Han hoppades innerligt att han och Patrik
haft fel. Att det var Tanjas mördare som de nu hade sittande i häktet.

"Proven matchade inte. Sperman vi fann på Tanja kommer inte från
Mårten Frisk."

Martin hade inte insett att han höll andan förrän luften nu sakta
släpptes ut i ett långt andetag.

"Fan också. Men det kom knappast som någon överraskning, eller
hur?"

"Nej, men hoppas kunde man ju."

De satt dystert tysta en stund. Sedan lät Patrik undslippa sig en djup
suck, som en krafthämtning inför uppgiften som fortfarande tornade upp
sig som ett Mount Everest framför dem.

"Nej, då är det väl bara att fixa en gravöppning på rekordtid då."

Patrik plockade upp mobiltelefonen och skred till verket. Han skulle
behöva vara mer övertygande än någonsin tidigare i sitt yrkesliv. Och
inte ens han var tillnärmelsevis säker.

Ericas humör närmade sig snabbt bottennivån. Sysslolösheten gjorde att
hon irrade fram och tillbaka i huset, plockande än här, än där. Bråket
hon haft med Anna låg och ruvade i bakhuvudet som en baksmälla och
drog ner humöret ytterligare. Dessutom tyckte hon lite synd om sig själv.
Visserligen hade hon på sätt och vis tyckt att det var skönt att Patrik
gick tillbaka och jobbade, men hon hade inte räknat med att han skulle

bli så uppslukad som han nu var. Även när han var hemma såg hon att hans hjärna ständigt var upptagen med fallet och samtidigt som hon insåg allvaret i det han gjorde och förstod det, så fanns det en ynklig liten röst inom henne som självisk önskade att mer av hans uppmärksamhet fokuserades på henne.

Hon ringde Dan. Kanske han var hemma och hade tid att komma över och fika en stund. Hans äldsta dotter svarade och sa att pappa var ute med Maria i båten. Typiskt. Alla var ute på sitt och här satt hon med magen i vädret och rullade tummarna.

När telefonen ringde kastade hon sig över den så ivrigt att hon höll på att riva ner den från bänken.

"Erica Falck."

"Ja, hallå. Jag söker Patrik Hedström?"

"Han är på jobbet. Kan jag hjälpa till med något, eller vill du ha hans mobilnummer?"

Mannen i andra änden tvekade.

"Ja, det är så att jag fick telefonnumret av Patriks mamma. Våra familjer känner varann sen länge och när jag sist pratade med Kristina så tyckte hon att jag skulle slå Patrik en signal om vi hade vägarna förbi. Så nu när jag och min fru precis har kommit till Fjällbacka, så ..."

En briljant idé slog Erica. Lösningen på hennes sysselsättningsproblem låg med ens framför henne.

"Kan ni inte komma över? Patrik är väl hemma vid fem, så då kan vi överraska honom. Och så kan vi hinna bekanta oss med varann! Ni var barndomsvänner sa du?"

"Ja, men det vore fantastiskt. Ja, vi umgicks en hel del som barn. Har väl inte blivit att vi setts så ofta i vuxen ålder, men det blir ju så ibland. Tiden springer iväg." Han skrattade, ett kluckande litet skratt.

"Ja, men då är det definitivt på tiden att vi råder bot på det. När kan ni vara här?"

Han mumlade med någon i bakgrunden och var snart tillbaka för ett besked.

"Vi har inget särskilt inbokat, så vi skulle kunna komma med en gång, om det går för sig?"

"Toppen!"

Erica kände entusiasmen återvända inför ett avbrott i slentrianen. Hon gav dem en snabb vägbeskrivning och skyndade sig att sätta på en kanna kaffe i köket. När det ringde på dörren insåg hon att hon glömt att fråga vad de hette. Nåja, de fick väl börja med presentationerna.

Tre timmar senare var Erica gråtfärdig. Hon klippte med ögonen och uppammade de sista resurser hon hade i ett försök att se intresserad ut.

"Några av de mest intressanta aspekterna av mitt arbete är att följa flödet av CDR:erna. Som jag förklarade förut så står alltså CDR för "Call Data Record", nämligen de värden som bär informationen om hur länge man pratar i telefon, vart man ringer och så vidare. När man sedan samlar in CDR:erna så är de en helt fantastisk källa till information om våra kunders beteendemönster ..."

Det kändes som om han pratat i en oändlighet. Karln slutade aldrig! Jörgen Berntsson var så tråkig att han fick hennes ögon att tåras, och hans fru stod inte långt efter. Inte för att hon höll samma typ av långa, totalt ointressanta utläggningar som sin make, utan för att hon sedan hon anlänt inte yttrat ett enda ord mer än sitt namn.

När hon hörde Patriks steg på yttertrappan for hon tacksamt upp ur soffan och gick för att möta honom.

"Vi har besök", väste hon.

"Vem då?" viskade han tillbaka.

"En barndomskompis till dig. Jörgen Berntsson. Med fru."

"Åh nej, säg att du skojar." Ett stön undslapp honom.

"Tyvärr inte."

"Hur fan hamnade de här?"

Erica slog skuldmedvetet ner ögonen. "Jag bjöd in dem. Som en överraskning till dig."

"Du gjorde vadå?" Rösten blev lite högre än han tänkt och han frågade viskande: "Varför bjöd du in dem hit?"

Erica slog ut med armarna. "Jag hade så himla tråkigt och han sa att han var gammal barndomskompis till dig, så jag tänkte att du skulle bli glad!"

"Har du någon aning om hur många gånger jag blev hopföst med honom när vi var små? Och han var inte ett dugg roligare då."

De insåg att de hade uppehållit sig misstänkt länge i hallen och tog samtidigt ett djupt andetag för att samla kraft.

"Nej, men tjena! Vilken överraskning!"

Erica imponerades av Patriks skådespelarinsats. Själv log hon bara blekt när de slog sig ner hos Jörgen och Madeleine.

En timme senare var hon beredd att begå harakiri. Patrik hade ett par timmars försprång och lyckades fortfarande se relativt intresserad ut.

179

"Är ni på genomresa?"

"Ja, vi tänkte bila upp längs kusten. Vi har varit och hälsat på en gammal klasskompis till Madde i Smögen och en kursare till mig i Lysekil. Det bästa av två världar. Semestra och återknyta gamla bekantskaper samtidigt!"

Han borstade bort ett inbillat dammkorn på byxorna och utbytte ett ögonkast med sin fru innan han vände sig mot Patrik och Erica igen. Han behövde egentligen inte öppna munnen. De visste vad som skulle komma.

"Jo, nu när vi sett hur trevligt ni bor här – och hur rymligt", han tittade sig uppskattande runt i vardagsrummet, "så tänkte vi höra om det kanske finns möjlighet att få stanna över här någon natt eller två? Det är ju fullbelagt på de flesta ställen."

De tittade förväntansfullt på Patrik och Erica. Hon behövde inte vara telepatisk för att känna de hämndlystna tankevågor som Patrik sände åt hennes håll. Men gästfrihet var som en naturlag. Det fanns inget sätt att undkomma det.

"Visst får ni bo över här om ni vill. Vi har ett gästrum ni kan få låna."

"Toppen! Fan vad trevligt vi ska ha det! Var var jag någonstans förresten. Jo, när vi har samlat in tillräckligt med CDR-material för att kunna göra statistiska analyser på underlaget så ..."

Kvällen försvann som i ett töcken. De lärde sig dock mer än de någonsin kunde hoppas glömma om tekniken bakom telekommunikation.

Signal efter signal gick fram. Inget svar. Bara svararen på hennes mobiltelefon som gick på med sitt: "Hej, det är Linda. Lämna ett meddelande efter pipet, så ringer jag tillbaka så snart jag kan." Johan tryckte irriterat av telefonen. Han hade redan lämnat fyra meddelanden och ännu hade hon inte ringt honom. Tvekande slog han numret till Västergården. Han hoppades att Jacob var på jobbet. Turen var med honom. Marita svarade.

"Hej, är Linda hemma?"

"Ja, hon är på sitt rum. Vem kan jag hälsa ifrån?"

Han tvekade igen. Men troligtvis skulle inte Marita känna igen hans röst även om han sa sitt namn.

"Du kan hälsa från Johan."

Han hörde hur hon lade ner luren och gick uppför trappan. För sitt inre såg han interiören i Västergården, nu mycket klarare eftersom han

180

nyligen sett den för första gången på så många år.

Efter en stund var Marita tillbaka igen. Nu lät rösten avvaktande.

"Hon säger att hon inte vill prata med dig. Får jag fråga vilken Johan det här är?"

"Tack för hjälpen, jag måste gå nu." Skyndsamt lade han på luren.

Motstridande känslor rev i honom. Han hade aldrig älskat någon som han älskade Linda. Blundade han kunde han fortfarande återuppleva känslan av hennes bara hud. Samtidigt hatade han henne. Kedjereaktionen hade startat redan när de drabbade samman som två kombattanter på Västergården. Hatkänslan och viljan att skada henne hade varit så stark att han nästan inte hade kunnat betvinga den. Hur kunde två så skilda känslor existera sida vid sida?

Kanske hade han varit dum som trott att de faktiskt hade något bra tillsammans. Att det var mer än en lek för henne. Sittande vid telefonen kände han sig nu som en idiot och den känslan gav ytterligare bränsle åt vreden inom honom. Men det fanns något han kunde göra för att dela med sig av känslan av förnedring till henne. Hon skulle ångra att hon trott att hon kunde göra som hon behagade med honom.

Han skulle berätta vad han sett.

Aldrig hade Patrik trott att han skulle se en gravöppning som ett välkommet avbrott. Men efter den plågsamt utdragna gårdagskvällen tedde sig till och med detta som en trivsam sysselsättning.

Mellberg, Martin och Patrik stod tysta på Fjällbacka kyrkogård och iakttog den makabra scen som utspelades framför dem. Klockan var sju på morgonen och temperaturen var behaglig, även om solen redan hade varit uppe en stund. Det var långt mellan bilarna som passerade på vägen utanför kyrkogården och förutom fågelkvitter var ljudet av spadar som stöttes ner i jorden det enda som hördes.

Det var en ny upplevelse för dem alla tre. En gravöppning var en sällsynt företeelse i en polismans vardag och ingen av dem hade egentligen haft någon aning om hur det rent praktiskt gick till. Tog man in en liten grävskopa och plöjde sig igenom jordlagren ner till kistan? Eller kom det in ett team professionella dödgrävare som manuellt utförde den ruskiga sysslan? Det sista alternativet var det som låg närmast verkligheten. Samma män som grävde gravarna inför jordfästningar, gjorde nu för första gången en insats för att lyfta fram en som redan blivit begravd. Sammanbitet stötte de spadarna i jorden, utan ett ord. Vad skulle man säga?

Småprata om sporten på TV i går? Snacka om helgens grillparty? Nej, stundens allvar lade en tung duk av tystnad över deras arbete och det skulle så förbli tills kistan slutligen kunde lyftas upp ur sin vila.

"Är du säker på att du vet vad du gör, Hedström?"

Mellberg såg bekymrad ut och Patrik delade hans oro. Han hade använt hela sin övertalningsförmåga under gårdagen – bönat, hotat och bett – för att få rättvisans kvarnar att mala fortare än de någonsin gjort tidigare så att de fick tillstånd att öppna Johannes Hults grav. Men fortfarande var misstanken bara en känsla, inte så mycket mer.

Patrik var ingen religiös människa, men tanken på att rubba gravfriden störde honom ändå. Det var något sakralt över stillheten på kyrkogården och han hoppades att han skulle finna att det var med goda skäl som de döda stördes i sin vila.

"Stig Thulin ringde mig i går från kommunkontoret och han var inget glad ska du veta. Uppenbarligen hade någon av alla dem som du ringde och jagade i går tagit kontakt med honom och berättat att du yrade något om en konspiration mellan Ephraim Hult och två av Fjällbackas mest respekterade män. Du hade snackat om mutor och gud vet vad. Han var jävligt upprörd. Ephraim må vara död, men doktor Hammarström lever och det gör begravningsentreprenören från den tiden med, och kommer det ut att vi kommer med grundlösa beskyllningar, så ..."

Mellberg slog ut med armarna. Han behövde inte avsluta meningen. Patrik visste vad konsekvenserna skulle bli. Han skulle först få sig sitt livs utskällning och sedan skulle han bli till evigt åtlöje på stationen.

Mellberg verkade läsa hans tankar. "Så det är fanimej bäst att du har rätt, Hedström!"

Han pekade med ett tjockt litet finger mot Johannes grav och trampade oroligt av och an. Jordhögen hade växt till drygt en meter på höjden och svetten glänste i pannan på grävarna. Det kunde inte vara så långt kvar nu.

Mellbergs tidigare så goda humör hade varit lite mindre gott den här morgonen. Och det verkade inte bara ha att göra med det tidiga klockslaget och den otrevliga uppgiften. Det var något mer. Den vresighet som tidigare varit ett konstant inslag i hans personlighet, men som under ett par märkliga veckor hade varit som bortblåst, hade åter gjort sitt intåg. Ännu hade den inte uppnått full styrka, men det var på god väg. Han hade inte gjort annat än klagat, svurit och gnällt under hela tiden de väntat. På ett underligt sätt kändes det betydligt behagligare än hans korta period av fryntlighet. Mer invant. Mellberg lämnade dem, fortfarande svärande, för att gå bort och smöra för teamet från Uddevalla som precis anlänt för att assistera. Martin viskade ur mungipan:

"Vad det än var, verkar det vara över."

"Vad tror du det var?"

"Tillfällig sinnesförvirring?" väste Martin tillbaka.

"Annika hade hört ett lustigt rykte i går."

"Vadå? Berätta?" sa Martin.

"Han gick ju tidigt i förrgår ..."

"Det är det väl knappast något revolutionerande med."

"Nej, det har du väl rätt i. Men Annika hörde honom ringa Arlanda. Och han verkade ha fasligt bråttom iväg."

"Arlanda? Skulle han hämta någon där? Han är ju här, så det var knappast han som skulle iväg."

Martin såg lika förbryllad ut som Patrik kände sig. Och nyfiken.

"Jag vet inte mer än du vad han skulle göra där. Men intrigen tätnar ..."

En av killarna vid graven vinkade åt dem. Avvaktande gick de fram till den stora jordhögen och tittade ner i hålet som skapats bredvid. En brun kista hade blottats.

"Där har ni er kille. Ska vi plocka upp han?"

Patrik nickade. "Var försiktiga bara. Jag säger till teamet, så tar de över så fort ni fått upp kistan."

Han gick bort till de tre teknikerna från Uddevalla, som allvarliga stod och pratade med Mellberg. En bil från begravningsfirman hade körts fram på grusgången och stod med öppen baklucka, redo att transportera kistan, med eller utan lik.

"De börjar bli klara nu. Öppnar vi kistan här, eller gör ni det i Uddevalla?"

Chefen för tekniska enheten, Torbjörn Ruud, svarade inte Patrik direkt utan instruerade först den enda tjejen i teamet att gå fram och börja ta bilder. Först när det var avklarat vände han sig till Patrik:

"Vi öppnar nog locket här. Om du har rätt och vi inte hittar något i kistan, så är det ju klart med det, om det i min värld mer troliga scenariot föreligger, att det finns ett lik i den där kistan, så tar vi med det till Uddevalla för identifiering. För det är väl vad ni vill i så fall?" Hans valrossmustasch guppade när han frågande tittade på Patrik.

Patrik nickade. "Ja, skulle det ligga någon i kistan, så skulle jag gärna

183

vilja ha bekräftat att det med hundra procents säkerhet är Johannes Hult som ligger där."

"Det ska vi väl kunna ordna. Jag begärde fram hans tandkort redan i går, så du ska inte behöva vänta länge på besked. Det brådskar ju ..."

Ruud slog ner blicken. Han hade själv en dotter som var sjutton år och behövde inte få vikten av snabbhet skriven i eldskrift på väggen. Det räckte att för bråkdelen av en sekund tänka sig in i skräcken som Jenny Möllers föräldrar måste känna.

De såg under tystnad på hur kistan nu sakta verkade närma sig gravens kant. Till slut såg de locket och det började klia i händerna på Patrik av anspänningen. Snart skulle de veta. I ögonvrån såg han en rörelse längre bort på kyrkogården. Han vände blicken dithål. Fan också. Genom grinden vid Fjällbacka brandstation såg han Solveig komma ångande. Full fart framåt. Hon mäktade inte springa, utan vaggade fram som ett skepp i sjögång, med siktet inställt på den grav där kistan nu syntes i sin helhet.

"Vad fan är det ni tror att ni sysslar med, era jävla kuksugare?"

Teknikerna från Uddevalla som aldrig tidigare kommit i kontakt med Solveig Hult, ryckte till vid det grova språket. Patrik insåg efterklokt att de borde ha förutsett det här och ordnat någon form av avspärrning. Han hade trott att den tidiga tidpunkten skulle räcka för att hålla folk borta från gravöppningen. Fast Solveig var förstås inte vem som helst. Han gick och mötte henne.

"Solveig, du borde inte vara här."

Patrik tog henne lätt i armen. Hon slet sig lös och ångade förbi honom.

"Ger ni er aldrig! Ska ni nu störa Johannes i hans grav också! Ska ni förstöra våra liv till varje pris!"

Innan någon hann reagera var Solveig framme vid kistan och kastade sig över den. Hon ylade som en italiensk matrona på en begravning och bankade med knytnävarna på locket. Alla stod som fastfrusna. Ingen visste vad de skulle göra. Sedan fick Patrik syn på två figurer som kom springande från samma håll som Solveig kommit ifrån. Johan och Robert tittade bara hatiskt på dem innan de sprang fram till sin mor.

"Gör inte så här, mamma. Kom, så åker vi hem."

Fortfarande stod alla som fastfrusna. Bara Solveigs ylande och sönernas bedjande röster hördes på kyrkogården. Johan vände sig om.

"Hon har varit uppe hela natten. Ända sen ni ringde och sa vad ni skulle göra. Vi försökte hindra henne, men hon smet ut. Era jävlar, ska det här aldrig ta slut!"

Hans ord var som ett eko av hans mors. För ett ögonblick kände de en kollektiv skam över den smutsiga sysselsättning som de tvingats till, men tvingats var rätt ord. De måste slutföra det de påbörjat.

Torbjörn Ruud nickade mot Patrik och de gick fram och hjälpte Johan och Robert att lyfta bort Solveig från kistan. Det verkade som om hennes sista krafter hade gått åt och hon kollapsade mot Roberts bröst.

"Gör vad ni ska, men lämna oss sen i fred", sa Johan, utan att titta dem i ögonen.

Sönerna ledde sin mor emellan sig bort mot grinden som ledde ut från kyrkogården. Först när de försvunnit ur synhåll rörde sig någon. Ingen kommenterade det som skett.

Kistan stod bredvid hålet och ruvade på sina hemligheter.

"Kändes det som att det låg någon i?" frågade Patrik männen som lyft upp den.

"Går inte att säga. Kistan i sig är så tung. Ibland kan det ha runnit in jord genom något hål också. Enda sättet att veta är att öppna den."

Ögonblicket gick inte att skjuta upp längre. Fotografen hade tagit alla bilder som behövdes. Med handskar på skred Ruud och hans kollegor till verket.

Sakta öppnades kistlocket. Alla höll andan.

Prick klockan åtta ringde Annika upp. De hade fått hela gårdagseftermiddagen på sig att leta i arkiven och något borde de väl ha hittat vid det här laget. Hon hade rätt.

"Vilken tajming du har. Vi har precis hittat mappen med kundlistan för FZ-302. Fast tyvärr har jag inga goda nyheter. Eller förresten, det kanske är just vad det är. Vi hade bara en kund i ert närområde. Rolf Persson, fortfarande kund faktiskt, men inte för just den produkten då självklart. Du ska få adressen här."

Annika antecknade de uppgifter hon fått på en Post-it-lapp. Det var på sätt och vis en besvikelse att hon inte fått fler namn. Det kändes lite magert med bara en enda kund att kontrollera, men försäljningschefen kunde ha rätt, det kanske var goda nyheter. Ett enda namn var trots allt det enda som behövdes.

"Gösta?"

Sittande på sin kontorsstol rullade hon fram till dörren och stack ut huvudet i korridoren och ropade. Inget svar. Hon ropade en gång till, högre denna gång, och belönades med Göstas huvud som liksom hennes stacks ut i korridoren.

"Jag har en uppgift till dig. Vi har fått ett namn på en bonde i trakten som använde gödningsmedlet som fanns på flickorna."

"Borde vi inte fråga Patrik först?"

Gösta var motsträvig. Han hade fortfarande sömn kvar i ögonen och hade tillbringat första kvarten framför skrivbordet med att gäspa och gnugga sig i ögonen.

"Patrik, Mellberg och Martin är på gravöppningen. Vi kan inte störa dem just nu. Du vet varför det brådskar. Vi kan inte gå efter regelboken den här gången, Gösta."

Även i vanliga fall var det svårt att stå emot Annika när hon satte den sidan till, och nu var Gösta böjd att erkänna att hennes skäl för att peka med hela handen vägde extra tungt. Han suckade.

"Åk inte själv bara. Det är inte en vanlig sketen hembrännare vi är ute efter, glöm inte det. Ta med dig Ernst." Sedan mumlade hon lågt så att inte Gösta skulle höra. "Något ska man väl kunna använda den där jävla skitstöveln till." Sedan höjde hon rösten igen. "Och passa på att kika igenom stället noga. Om ni ser minsta misstänkta grej, så låtsas ni som ingenting, kommer tillbaka hit och rapporterar det till Patrik, så får han ta ställning till vad ni ska göra."

"Tänk, jag visste inte att du avancerat från sekreterare till polischef, Annika. Hände det här under semestern?" sa Gösta surt. Men han vågade inte säga det tillräckligt högt för att Annika skulle höra. Det skulle var djärvt på gränsen till korkat.

Inne bakom sin glasruta log Annika, med terminalglasögonen som vanligt långt ute på nästippen. Hon visste precis vilka upproriska tankar som studsade mellan öronen på Flygare, men hon brydde sig inte nämnvärt. Det var länge sedan hon slutade respektera hans åsikter. Bara han nu gjorde sitt jobb och inte strulade till den här uppgiften. Han och Ernst kunde vara en farlig kombination att skicka ut tillsammans. Men i det här fallet fick hon säga som Kajsa Warg: "Man tager vad man haver."

Ernst uppskattade inte att bli uppdragen ur sänghalmen. Vetskapen om att chefen befann sig på annan ort hade fått honom att lugnt räkna med en stund till mellan lakanen innan hans närvaro krävdes på stationen, och den gälla ringsignalen störde definitivt hans planer.

"Vad fan är det?"

Utanför dörren stod Gösta med fingret envist på ringklockan.

"Vi måste jobba."

"Kan det inte vänta en timme?" sa Ernst vresigt.

"Nej, vi ska iväg och höra en bonde som köpte det där gödslet som teknikerna hittade på liken."

"Är det den där jävla Hedström som beordrat det? Och sa han att jag skulle med – jag trodde jag var bannlyst från hans förbannade utredning?"

Gösta övervägde om han skulle ljuga eller säga som det var. Han beslutade sig för det senare:

"Nej, Hedström är i Fjällbacka med Molin och Mellberg. Det var Annika som bad oss."

"Annika?" Ernst garvade rått. "Sen när tar du och jag order från en jävla sekreterare? Nej du, då tar jag och slaggar en stund till istället."

Fortfarande småskrattande började han stänga dörren framför näsan på Gösta. En fot mellan dörren och dörrkarmen hindrade honom.

"Du, jag tycker faktiskt att vi sticker och kollar det där." Gösta tystnade och tog sedan till det enda argument som han visste att Ernst skulle lyssna till. "Tänk på Hedströms min om det blir vi som knäcker fallet. Vem vet, bonnadjäveln vi ska till kanske har flickan där på gården. Skulle det inte sitta fint att komma med det beskedet till Mellberg?"

Ett ljus som drog över Ernst Lundgrens ansikte bekräftade att argumentet hade träffat precis rätt. Ernst kunde redan höra lovorden från chefen.

"Vänta, så ska jag bara klä på mig. Vi ses ute vid bilen."

Tio minuter senare var de på väg i riktning mot Fjällbacka. Rolf Perssons gård låg strax söder om familjen Hults ägor, och Gösta kunde inte låta bli att undra om det var en slump. Efter att ha kört fel en gång hittade de till slut rätt och parkerade på gårdsplanen. Inte ett livstecken syntes till. De klev ur bilen och tittade sig spanande runt medan de gick upp mot boningshuset.

Bondgården såg ut som alla andra gårdar i trakten. En ladugård med röda träväggar låg ett stenkast bort från boningshuset som var vitt med blått foder runt fönstren. Trots alla skriverier i pressen om att EU-bidragen regnade som manna över Sveriges bönder, visste Gösta att verkligheten såg dystrare ut, och ett ohjälpligt intryck av förfall låg över gården. Det syntes att ägarna gjorde sitt bästa för att hålla efter den, men färgen hade börjat flaga både på boningshus och ladugård och en diffus känsla av hopplöshet klängde på väggarna. De klev upp på verandan där snickarglädjen visade att huset var byggt innan moderna tider hade gjort snabbhet och effektivitet till heliga begrepp.

"Kom in."

En gummas knarrande röst ropade åt dem, och de torkade noga av fötterna på mattan framför ytterdörren innan de klev in. Den låga takhöjden tvingade Ernst att böja på huvudet, men Gösta, som aldrig tillhört de långas ståtliga skara, kunde oförhindrat kliva rakt på utan hänsyn till eventuella skallskador.

"God dag, vi är från polisen. Vi söker Rolf Persson."

Gumman, som höll på att laga frukost, torkade händerna på en kökshandduk.

"Ett ögonblick, så ska jag hämta'n. Han tar igen sig en stund på sofflocket, se. Det är sånt som händer när en blir gammal." Hon skrockade och gick in i husets inre domäner.

Gösta och Ernst tittade sig villrådigt runt och slog sig sedan ner vid köksbordet. Köket påminde Gösta om hans föräldrahem, även om paret Persson bara var tiotalet år äldre än han själv. Gumman hade först sett äldre ut, men vid närmare påseende hade han noterat att ögonen var yngre än kroppen gav intryck av. Hårt arbete kunde göra det med en människa.

De använde fortfarande en gammal vedspis att laga mat på. Golvet var täckt med linoleummatta och dolde säkerligen ett fantastiskt trägolv. Det var populärt bland den yngre generationen att plocka fram sådana igen, men för hans och paret Perssons generation, var det fortfarande en alldeles för stark påminnelse om barndomens fattigdom. Linoleum var, när det först kom, ett tydligt tecken på att man frigjort sig från föräldrarnas eländiga liv.

Panelen på väggarna var nött, men väckte också den sentimentala minnen. Han kunde inte motstå att låta pekfingret löpa i springan mellan två paneler och känslan var den samma som när han som barn gjorde det i sina föräldrars kök.

En köksklockas tysta tickande var det enda ljud som hördes, men efter en stunds väntan hörde de mummel från rummet bredvid. De uppfattade tillräckligt för att höra att den ena rösten lät upprörd, den andra bedjande. Efter några minuter kom gumman tillbaka med sin make. Även han såg äldre ut än sina uppskattningsvis sjuttio år och uppvaknandet ur middagssömnen hade inte varit till hans fördel. Håret stod på ända och trötta fåror tecknade djupa spår på hans kinder. Gumman åter-

188

vände till spisen. Hon höll ögonen nedslagna och fokuserade på grötkastrullen som hon rörde i.

"Vad är det för ärende som för polisen hit?"

Rösten var myndig och Gösta kunde inte låta bli att notera att gumman ryckte till. Han började ana varför hon såg så mycket äldre ut än sina år. Hon råkade slamra till med kastrullen och Rolf röt till: "Kan du sluta med det där! Du får fortsätta med frukosten sen. Låt oss vara i fred nu."

Hon böjde på nacken och drog raskt av kastrullen från spisen. Utan ett ord lämnade hon dem i köket och gick ut. Gösta fick betvinga lusten att gå efter henne och säga ett vänligt, överslätande ord, men han lät bli.

Rolf slog upp en sup och satte sig. Han frågade inte Ernst och Gösta om de ville ha och de hade ändå inte vågat tacka ja. När han svept supen i ett tag torkade han munnen med baksidan av handen och tittade uppfordrande på dem.

"Nå? Vad är det ni vill?"

Ernst tittade längtansfullt på det tomma glaset och Gösta var den som tog till orda:

"Brukade du använda ett gödsel som hette …", han konsulterade sitt anteckningsblock, "FZ-302?"

Bonden Persson skrattade hjärtligt. "Är det därför ni väcker mig ur min skönhetssömn? För att fråga vilket gödsel jag använder? Ja, jösses, polisen kan inte ha mycket att göra nuförtiden."

Gösta drog inte på munnen. "Vi har våra skäl till varför vi frågar. Och vi vill gärna få ett svar." Hans motvilja mot mannen stärktes för var minut.

"Ja ja, det finns ingen anledning att hetsa upp sig. Jag har inget att dölja." Han skrattade igen och hällde upp ännu en sup.

Ernst slickade sig om läpparna och hans ögon hängde vid glaset. Av andedräkten att döma var det här inte dagens första sup för Rolf Persson. Med kor som behövde mjölkas hade han redan varit vaken ett par timmar, och räknade man generöst kunde det med lite god vilja sägas vara motsvarande lunchtid för Rolf Persson. Fast även med en sådan generös tideräkning var det kanske lite väl tidigt för sprit, tyckte Gösta. Ernst såg inte ut att hålla med.

"Jag använde det fram till någon gång -84, -85 tror jag. Sen var det ju något jävla miljöverk som kom fram till att det kunde ha en 'negativ påverkan på ekobalansen'", han pratade med gäll röst och gjorde citattecken i luften med fingrarna. "Så då fick man byta till ett tio gånger sämre gödsel som dessutom var tio gånger dyrare. Jävla idioter."

"Hur länge använde ni gödslet?"

"Tja, en tiotalet år kanske. Jag har säkert de exakta årtalen i böckerna, men någonstans i mitten av sjuttiotalet tror jag det var. Varför är ni intresserade av det?" Han plirade misstänksamt mot Ernst och Gösta.

"Det har att göra med en utredning som vi arbetar med just nu."

Gösta sa inte mer, men han såg hur ett ljus sakta gick upp för bonden.

"Det har med flickorna att göra, inte sant? Flickorna i Kungsklyftan? Och den där tjejen som är försvunnen? Tror ni att jag har att göra med det? Va, är det vad ni har fått för er? Nej, nu jävlar."

Han reste sig ostadigt från bordet. Rolf Persson var en stor karl. Inget av ålderns sedvanliga kroppsliga förfall hade verkat drabba honom och överarmarna var seniga och starka under skjortan. Ernst höjde avväpnande händerna och reste sig upp han med. Det var i sådana lägen man kunde ha verklig nytta av Lundgren, tänkte Gösta tacksamt. Han levde för sådana här ögonblick.

"Nu lugnar vi ner oss. Vi har ett spår som vi följer, och vi har fler som vi besöker. Det finns ingen anledning att känna sig utpekad. Men vi skulle gärna vilja se oss omkring lite. Bara för att kunna stryka dig från listan."

Bonden såg misstänksam ut, men nickade sedan. Gösta passade på att inflika:

"Skulle jag kunna få låna toaletten?"

Blåsan var inte längre vad den hade varit och behovet hade byggts upp tills det nu var akut. Rolf nickade och pekade i riktning mot en dörr med bokstäverna "WC" på.

"Ja, fy fan, folk stjäl som korpar. Vad ska hederligt folk som du och jag …"

Ernst avbröt sig skuldmedvetet när Gösta kom tillbaka efter välförrättat ärende. Ett tomt glas framför Ernst skvallrade om att han fått den sup som han trånat efter, och han och bonden såg ut som två gamla vänner.

En halvtimme senare tog Gösta mod till sig och skällde på kollegan.

"Fan, vad du stinker sprit. Hur har du tänkt att klara dig förbi Annika, med den andedräkten?"

"Äh vad fan, Flygare. Var inte en sån jävla skolfröken. Jag tog en liten pinne bara, det är väl inget fel i det. Och det är oartigt att tacka nej när man blir bjuden."

Gösta fnös bara, men kommenterade det inte ytterligare. Han kände sig nedslagen. En halvtimmes rundvandring på bondens ägor hade inte givit ett skit. Det fanns inte ett spår av någon flicka eller någon nyligen uppgrävd grav för den delen, och morgonen kändes bortkastad. Ernst och bonden hade dock funnit varandra under den korta stund då Gösta tömt sin blåsa och hade småpratat hela tiden de gått runt på gården. Personligen hade Gösta tyckt att det skulle ha varit lämpligare att hålla ett större avstånd till eventuella misstänkta i en mordutredning, men Lundgren följde som vanligt sina egna lagar.

"Han sa inget matnyttigt, Persson?"

Ernst andades ut i sin kupade hand och luktade sedan. Han ignorerade först frågan. "Du, Flygare, kan du inte stanna till här så jag får köpa lite halstabletter."

Surmulet tigande svängde Gösta in vid OKQ8-macken och väntade i bilen medan Ernst sprang in och köpte något som skulle åtgärda problemet med andedräkten. Först när de satt i bilen igen svarade Ernst på frågan.

"Nej, där högg vi i sten ordentligt. Jävligt trevlig karl det där, och jag kan svära på att han inte har något med det att göra. Nej, den teorin kan vi stryka med en gång. Det där med gödslet är säkert bara ett blindspår också. Såna där jävla rättstekniker sitter på ändan i ett labb hela dagarna och analyserar ihjäl sig, medan vi som jobbar ute i verkligheten ser hur löjliga deras teorier är. DNA och hårstrån och gödsel och däckavtryck och allt vad det är som de sitter och pular med. Nej, tacka vet jag ett kok stryk på rätt ställe, det är vad som verkligen får ett fall att öppna sig som en bok, Flygare." Han knöt näven för att illustrera sin åsikt och nöjd med att ha visat vem som visste hur verkligt polisarbete skulle bedrivas, lutade han huvudet mot nackstödet och blundade en stund.

Gösta körde tigande vidare mot Tanumshede. Han var inte lika säker.

Nyheten hade också nått Gabriel under gårdagskvällen. De satt tysta alla tre vid frukostbordet. Var och en med sina funderingar. Linda hade till deras stora förvåning kommit med sina övernattningsgrejer kvällen innan och utan ett ord gått in och lagt sig på sitt rum, som alltid stod redo.

Tvekande bröt Laine tystnaden. "Vad roligt att du kom hem, Linda."

Linda mumlade något till svar, med blicken fäst på smörgåsen som hon höll på att breda smör på.

"Tala högre, Linda, det är oartigt att mumla sådär."

Gabriel fick ett förintande ögonkast av Laine, men han brydde sig inte nämnvärt. Det här var hans hem och han tänkte inte fjäska för flickebarnet bara för det tvivelaktiga nöjet att ha henne här för ett tag.

"Jag sa att jag bara är hemma någon natt eller två, sen drar jag tillbaka till Västergården igen. Behövde lite miljöombyte bara. Sånt jävla hallelujatjat där jämt. Och man blir ju fan deprimerad av att se hur de kör med ungarna. Ganska creepy dessutom, tycker jag, när ungarna går omkring och tjatar om Jesus ..."

"Ja, jag har sagt till Jacob att jag tycker att de kanske är lite för strikta med barnen. Men de menar bara väl. Och tron är viktig för Jacob och Marita, det måste vi respektera. Jag vet till exempel att Jacob blir väldigt upprörd när han hör dig svära sådär. Det är faktiskt inte ett språk som anstår en ung dam."

Linda himlade irriterat med ögonen. Hon hade bara velat komma undan Johan en stund, hit skulle han inte våga ringa. Men redan höll tjatet på att gå henne på nerverna. Det blev nog att hon stack till brorsan i kväll igen ändå. Så här kunde man inte bo.

"Ja, jag antar att du hörde om gravöppningen hemma hos Jacob. Pappa ringde ju dit och berättade direkt i går när polisen kontaktat honom, och maken till dumheter! Att alltihop skulle vara någon plan som Ephraim kokat ihop för att få det att se ut som om Johannes var död, det var det mest befängda jag någonsin hört!"

Röda flammande fläckar hade bildats på Laines vita hud på bröstet. Hon pillade oupphörligt med pärlhalsbandet som hon hade runt halsen och Linda fick betvinga en lust att kasta sig fram, rycka loss halsbandet och trycka ner de där jävla pärlorna i halsen på henne.

Gabriel harklade sig och lade sig med myndig stämma i diskussionen. Hela affären med gravöppningen störde honom. Den rubbade hans cirklar och rörde upp damm i hans välordnade värld, och han ogillade det starkt. Han trodde inte för ett ögonblick att polisen hade någon grund för sina påståenden, men det var inte det som var problemet. Inte heller var det tanken på att hans brors gravfrid skulle störas som irriterade honom, även om det självklart inte var någon angenäm tanke. Nej, det var den oordning som hela proceduren innebar. Det faktum att kistor skulle grävas ner, och inte upp. Gravar som en gång grävts skulle lämnas orörda och kistor som en gång slutits skulle förbli slutna. Det var så det skulle vara. Debet och kredit. Ordning och reda.

"Ja, jag tycker det är lite märkligt att polisen får agera självsvåldigt på det här sättet. Jag vet inte vilka armar man har vridit om för att få tillstånd till något sånt här, men jag tänker gå till botten med det, tro mig. Det är väl ingen polisstat vi lever i."

Än en gång mumlade Linda något ner i tallriken.

"Förlåt, vad sa du hjärtat?" Laine vände sig mot Linda.

"Jag sa att borde ni inte åtminstone skänka någon tanke till hur det här måste vara för Solveig, Robert och Johan? Fattar ni inte hur det måste kännas för dem att Johannes grävs upp på det här sättet. Men nej då, det enda ni kan sitta och gnälla över är hur synd det är om er. Tänk lite på någon annan för en gångs skull istället!"

Hon kastade servetten på tallriken och gick från bordet. Laines händer for åter upp till pärlhalsbandet och hon verkade tveka om hon skulle följa efter dottern eller inte. En blick från Gabriel fick henne att sitta kvar.

"Ja, vi vet ju var hon fått det där överspända draget ifrån."

Hans ton var anklagande. Laine satt tyst.

"Ha mage att påstå att vi inte bryr oss om hur Solveig och pojkarna tar det här. Det är väl klart att vi gör, men de har ju gång på gång visat att de inte vill ha vår sympati och som man bäddar får man ligga ..."

Ibland hatade Laine sin make. Han satt där så självgod och åt sitt ägg med god aptit. Inom sig såg hon hur hon gick fram till honom, tog hans tallrik och långsamt tryckte den mot bröstet på honom. Istället började hon duka av.

Sommaren 1979

De delade smärtan nu. Som två siamesiska tvillingar tryckte de sig intill varandra i ett symbiotiskt förhållande som hölls samman av lika delar kärlek och hat. Å ena sidan fanns det en trygghet i att inte behöva vara ensam där nere i mörkret. Å andra sidan skapades en fiendskap ur önskan om att få slippa undan, att det var den andra som skulle tillfogas smärta nästa gång han kom.

De talade inte mycket. Rösterna ekade alldeles för kusligt inne i blindheten i underjorden. När stegen närmade sig igen flög de ifrån varandra och den kontakt hud mot hud som var deras enda skydd mot kylan och mörkret. Nu var det bara flykten från smärtan som var relevant och de kastade sig mot varandra i en kamp att få den andra att först hamna i den ondes händer.

Den här gången vann hon och hon hörde hur skrikandet började. På ett sätt var det nästan lika illa att vara den som slapp undan. Ljuden av benen som knäcktes var väl inpräntade i hennes hörselminne och hon kände i sin egen sargade kropp varje skrik från den andra. Hon visste också vad som kom efter skriken. Då förvandlades händerna som bänt och vridit, stuckit och skadat, och lades istället varma och ömma mot det ställe där smärtan var som starkast. De händerna kände hon nu lika väl som sina egna. De var stora och starka, men samtidigt lena utan skrovligheter och ojämnheter. Fingrarna var långa, känsliga som en pianists och trots att hon aldrig verkligen sett dem, såg hon dem tydligt för sitt inre öga.

Nu stegrades skriken och hon önskade att hon kunnat lyfta sina armar för att sätta händerna för öronen. Men armarna hängde slappa och obrukbara längs hennes sidor och vägrade att lyda hennes instruktioner.

När skriken tystnat och den lilla luckan ovanför huvudet på dem öppnats och stängts igen, hasade hon sig över det kalla och fuktiga underlaget bort mot skrikets källa.

Nu var det tid för tröst.

När kistlocket gled undan var det alldeles tyst. Patrik kom på sig själv med att halvt vända sig om och oroligt kika på kyrkan. Han visste inte vad han väntade sig. En blixt som kom från kyrktornet och slog ner dem, mitt i deras hädiska syssla. Men inget sådant skedde.

När Patrik såg skelettet i kistan sjönk hjärtat. Han hade haft fel.

"Ja du, Hedström. Det var en jävla röra du har ställt till med här."

Mellberg skakade beklagande på huvudet och fick med den enda meningen Patrik att känna sig som om hans huvud lades på stupstocken. Men hans chef hade ju rätt. Det var en jävla röra.

"Då tar vi honom med oss då, så att vi får konstatera att det är rätt kille bara. Men det lär väl knappast bli några överraskningar där. För du har inga teorier om utbytta kroppar eller liknande ..."

Patrik skakade bara på huvudet. Han antog att han fick vad han förtjänade. Teknikerna gjorde sitt jobb och när skelettet en stund senare var på väg till Uddevalla, satte sig Patrik och Martin i bilen för att köra tillbaka till stationen.

"Du kunde ju haft rätt. Så långsökt var det inte."

Martins röst var tröstande, men Patrik skakade åter bara på huvudet.

"Nej, du hade rätt. Det var lite för grandiosa konspirationsplaner för att det skulle vara särskilt troligt. Jag antar att jag kommer att få leva med det här länge nu."

"Ja, det kan du nog räkna med", sa Martin medkännande. "Men tänk så här: skulle du kunna ha levt med dig själv om du inte gjort det och du i efterhand fått reda på att du hade rätt och att det kostade Jenny Möller livet? Nu försökte du åtminstone och vi måste fortsätta jobba med alla idéer som kommer upp i huvudet, galna eller ej. Det är vår enda chans att hitta henne i tid."

"Om det inte redan är för sent", sa Patrik dystert.

"Du ser, det är precis så vi inte får tänka. Vi har inte hittat henne död än, alltså lever hon. Något annat alternativ finns inte."

"Du har rätt. Jag vet bara inte åt vilket håll jag ska gå nu. Var ska vi leta? Vi återkommer ju hela tiden till den där jävla familjen Hult, men

195

det är aldrig tillräckligt för att vi ska få något konkret att gå på."

"Vi har sambandet mellan morden på Siv, Mona och Tanja."

"Och inget som säger att det finns något samband med Jennys försvinnande."

"Nej", erkände Martin. "Men det spelar ju egentligen ingen roll, eller hur? Huvudsaken är att vi gör allt vi kan för att leta efter Tanjas mördare och efter den som kidnappade Jenny. Om det är samma person, eller två olika, så kommer det att visa sig. Men vi gör allt vi kan."

Martin underströk varje ord i sista meningen och hoppades att andemeningen i det han sa sjönk in. Han förstod varför Patrik sparkade på sig själv efter den misslyckade gravöppningen, men just nu hade de inte råd med en spaningsledare utan självförtroende. Han måste tro på det de gjorde.

När de kom tillbaka till stationen stoppade Annika dem redan i receptionen. Hon höll telefonluren i handen och höll för mikrofonen så att personen i andra änden inte skulle höra vad hon sa till Patrik och Martin.

"Patrik, det är Johan Hult. Han är väldigt angelägen om att få tag på dig. Tar du det på ditt rum?"

Han nickade och gick raskt in till sitt skrivbord. Sekunden efter ringde telefonen.

"Patrik Hedström."

Han lyssnade ivrigt, avbröt med ett par frågor och sprang sedan med förnyad energi in till Martin.

"Kom igen, Molin, vi måste sticka till Fjällbacka."

"Men vi kom ju nyss därifrån. Vart ska vi?"

"Vi ska ta ett litet samtal med Linda Hult. Jag tror vi har något intressant på gång, något riktigt intressant."

Erica hade hoppats att de, liksom familjen Flood, skulle vilja ge sig ut på havet under dagen, så att hon åtminstone blev av med dem. På den punkten bedrog hon sig.

"Vi är inte mycket för sjön, Madde och jag. Vi håller hellre dig sällskap här i trädgården. Utsikten är ju så fin."

Jörgen tittade glatt ut över öarna och förberedde sig för en dag i solen. Erica försökte undertrycka ett skratt. Han såg inte klok ut. Han var blek som en albyl och tänkte uppenbarligen behålla det utseendet. Han var insmord med solkräm från topp till tå, vilket gjorde honom om möjligt ännu vitare, och näsan var täckt av någon form av neonfärgad smörja som skyddade extra. En stor solhatt kompletterade looken och efter en halvtimmes donande slog han sig förnöjt suckande ner bredvid sin fru i en av solstolarna som Erica känt sig manad att bära fram till dem.

"Ah, det här är paradiset, inte sant Madde?"

Han blundade och Erica tänkte tacksamt att hon kunde passa på att smita in en stund. Då öppnade han ena ögat:

"Skulle det vara oförskämt att be om lite att dricka? Ett stort glas saft hade suttit jättefint. Madde vill säkert också ha."

Hans fru nickade bara, utan att ens titta upp. Hon hade försjunkit i en bok om skatterätt så fort hon kom ut, och verkade även hon ha en panisk förskräckelse för att få någon form av solbränna. Fotsida byxor och långärmad skjorta förhindrade den saken. Dessutom hade även hon solhatt och neonfärgad näsa. Man kunde tydligen aldrig vara tillräckligt säker. Bredvid varandra såg de ut som två aliens som hade landat på Ericas och Patriks gräsmatta.

Erica vaggade in och gjorde saft. Vad som helst bara hon slapp umgås med dem. De var de i särklass tråkigaste människor hon någonsin stött på. Hade hon under gårdagskvällen fått välja mellan att umgås med dem eller titta på när färg torkade, så var det ingen tvekan om vad hon skulle ha valt. Hon skulle vid tillfälle säga Patriks mor några väl valda ord, för att hon så frikostigt delat med sig av deras telefonnummer.

Patrik kunde åtminstone komma undan en stund genom att gå till jobbet. Fast hon såg på honom att han var sliten. Hon hade aldrig sett honom så berörd, så jagad att åstadkomma resultat. Tidigare hade heller aldrig så mycket stått på spel.

Hon önskade att hon hade kunnat hjälpa honom mer. Under utredningen av hennes väninna Alex död, hade hon kunnat vara polisen behjälplig vid ett flertal tillfällen, men då hade hon haft en personlig anknytning till fallet. Nu var hon dessutom fjättrad av sin stora kroppshydda. Magen och värmen konspirerade för att för första gången i hennes liv tvinga henne in i ofrivillig sysslolöshet. Det kändes dessutom som om hjärnan på något vis satt sig i vänteläge. Alla hennes tankar var inriktade på barnet i hennes mage och den herkulesinsats som skulle komma att krävas inom en inte alltför lång framtid. Envist vägrade hennes hjärna att fokusera längre stunder på andra ting och hon förundrades över de mammor som arbetade ända till dagen innan förlossningen. Kanske var det hon som var annorlunda, men alltestersom graviditeten fortskred hade hon blivit alltmer reducerad – eller upphöjd, beroende på hur man ville se det – till en ruvande, pulserande, närande fortplantningsorganism. Varje fiber i hennes kropp var inriktad på att föda fram barnet och därför var inkräktande människor ännu mer till förtret. De störde helt enkelt hennes koncentration. Nu kunde hon inte fatta att hon blivit så rastlös av att vara hemma ensam. Det framstod som paradiset.

Suckande blandade hon en stor tillbringare med saft, hällde isbitar i och bar ut den tillsammans med två glas till marsmänniskorna på gräsmattan.

En snabb koll på Västergården visade att Linda inte var där. Marita såg frågande ut när de båda poliserna dök upp, men frågade inte rakt ut, utan hänvisade dem istället till herrgården. För andra gången på kort tid körde Patrik genom den långa allén. Än en gång slogs han av hur vackert det var. Han såg att Martin i sätet bredvid honom bara gapade.

"Fan, att folk kan bo så här fint!"

"Ja, vissa har det bra", sa Patrik.

"Och det är alltså två personer som bor i det där stora huset?"

"Tre om man räknar Linda."

"Ja, jösses, inte undra på att det är bostadsbrist i Sverige", sa Martin. Den här gången var det Laine som öppnade när de ringde på.

"Vad kan jag hjälpa er med?"

Anade Patrik en ton av oro i rösten?

"Vi söker Linda. Vi var på Västergården, men er sonhustru sa att hon var här." Martin nickade diffust åt den riktning där Västergården låg.

"Vad vill ni henne?" Gabriel kom upp bakom Laine, som fortfarande inte öppnat dörren tillräckligt för att släppa in dem.

"Vi har några frågor till henne."

"Här ställs inga frågor till min dotter utan att vi får reda på vad det handlar om." Gabriel bröstade upp sig och gjorde sig redo att försvara sin avkomma.

När Patrik skulle påbörja sin argumentation kom Linda runt hörnet på herrgården. Hon var klädd i ridkläder och såg ut att vara på väg till stallet.

"Söker ni mig?"

Patrik nickade. Lättad över att slippa ge sig in i en direkt konfrontation med hennes far. "Ja, vi har lite frågor till dig. Vill du ta det inne eller ute?"

Gabriel avbröt. "Vad är det här fråga om, Linda? Har du ställt till

198

med något som vi bör känna till? Vi tänker då rakt inte låta polisen fråga ut dig utan att vi är närvarande, bara så du vet!"

Linda, som med ens såg ut som en rädd liten flicka, nickade svagt.

"Vi kan ta det inne."

Viljelöst följde hon efter Martin och Patrik genom ytterdörren och in i vardagsrummet. Hon verkade inte bekymra sig om möblerna när hon slog sig ner i soffan med kläder som stank av häst. Laine kunde inte låta bli att rynka lätt på näsan och oroligt betrakta det vita soffityget. Linda blängde trotsigt tillbaka.

"Är det OK att vi ställer några frågor med dina föräldrar här? Om det hade varit ett regelrätt förhör skulle vi inte ha kunnat neka dem att vara med eftersom du inte är myndig, men just nu vill vi bara ställa några frågor så …"

Gabriel såg ut att vara beredd att kasta sig in i ett nytt resonemang kring detta, men Linda ryckte bara på axlarna. För ett ögonblick tyckte sig Patrik också kunna se hur en viss förväntansfull tillfredsställelse blandades med nervositeten. Men den försvann lika fort igen.

"Vi fick nyss ett samtal från Johan Hult, din kusin. Vet du vad det kan ha rört sig om?"

Hon ryckte åter bara på axlarna och började ointresserat pilla på sina nagelband.

"Ni har visst träffats en del?"

Patrik tog sig försiktigt fram, en fot i taget. Johan hade förklarat en del om deras relation och han förstod att nyheten inte skulle tas väl emot av Gabriel och Laine.

"Jovars, vi har väl setts en del."

"Vad fan säger du?"

Både Laine och Linda ryckte till. Liksom sonen använde Gabriel aldrig kraftuttryck. De kunde inte påminna sig att de någonsin tidigare hört det från honom.

"Vadå, jag får väl träffa vem jag vill. Det bestämmer väl inte du."

Patrik avbröt situationen innan den började urarta:

"Vi bryr oss inte om när ni har träffats eller hur ofta, det får du gärna hålla för dig själv vad oss anbelangar, men det finns ett tillfälle vi är väldigt intresserade av. Johan sa att ni träffades en kväll för ungefär två veckor sedan, på höloftet i ladan på Västergården."

Gabriel blev högröd i ansiktet av ilska, men sa inget utan väntade spänt på Lindas svar.

"Ja, det är möjligt. Vi har träffats där flera gånger, så jag kan inte säga exakt när."

Fortfarande pillade hon med stor koncentration med sina naglar och tittade inte på någon av de vuxna omkring sig.

Martin fortsatte där Patrik slutat: "Den här kvällen såg ni något speciellt enligt Johan. Du vet fortfarande inte vad vi menar?"

"Eftersom ni verkar veta kanske ni kan tala om det för mig istället?"

"Linda! Du ska inte göra saken värre genom att vara uppkäftig också. Nu är du så god och svarar på polisens frågor. Vet du vad han pratar om så tala om det då. Men är det något som den där ... slyngeln fått in dig i, så ska jag ta och ..."

"Du, du vet inte ett skit om Johan. Du är så jävla skenhelig, men ..."

"Linda ..." Laines röst avbröt henne varnande. "Gör det inte värre för dig nu. Gör som pappa säger och svara på polisens frågor, så får vi prata om det där andra sen."

Efter en stunds funderande verkade Linda ta sin mor på orden och fortsatte truligt: "Jag antar att Johan har sagt att vi såg den där tjejen?"

"Vilken tjej?" Frågetecknet var uppenbart i Gabriels ansikte.

"Hon den där tyska tjejen, hon som blev mördad."

"Ja, det var vad Johan sa till oss", sa Patrik. Han väntade sedan ut Linda under tystnad.

"Jag är inte alls lika säker som Johan på att det var hon. Vi såg fotot på löpsedlarna och det var väl likt, antar jag, men det måste ju finnas massor av tjejer som ser ut ungefär så där. Och vad skulle hon förresten göra på Västergården? Det ligger ju inte direkt mitt på turiststråket?"

Martin och Patrik ignorerade frågan. De visste precis vad det var för ärende hon hade till Västergården. Att följa det enda spår som fanns kring hennes mors försvinnande – Johannes Hult.

"Var fanns Marita och barnen den kvällen? Johan sa att de inte var hemma, men han visste inte var de var."

"De var hemma ett par dagar hos Maritas föräldrar i Dals-Ed."

"Jacob och Marita brukar göra så ibland", förklarade Laine. "När Jacob vill få lite lugn och ro att snickra på huset, så åker hon ett par dagar till barnens mormor och morfar. Så får de träffa dem lite mer också. Vi bor ju så nära, så vi ser barnen så gott som dagligen."

"Vi låter det vara osagt om det var Tanja Schmidt eller inte som du såg, men kan du beskriva hur tjejen såg ut?"

Linda tvekade. "Mörkhårig, normalbyggd. Hår i axellängd. Som vem som helst. Inte särskilt söt", tillade hon med överlägsenheten hos den som vet att hon är född med ett fördelaktigt utseende.

"Och hur var hon klädd?" Martin lutade sig fram för att försöka fånga tonåringens blick. Han misslyckades.

"Alltså, jag kommer inte riktigt ihåg. Det var en två veckor sen och det hade börjat mörkna ute ..."

"Försök." Martin manade på henne.

"Typ jeans, tror jag. Någon form av tajtare t-shirt och en kofta. Blå kofta och vit t-shirt, tror jag, eller om det var tvärtom? Och så ja, en röd axelväska."

Patrik och Martin utbytte blickar. Hon hade exakt beskrivit den klädsel som Tanja haft på sig samma dag som hon försvann. Och t-shirten hade varit vit och koftan blå, inte tvärtom.

"När på kvällen var det ni såg henne?"

"Rätt tidigt tror jag. Vid sex kanske."

"Såg du om Jacob släppte in henne?"

"Det var ingen som svarade när hon knackade på dörren i alla fall. Sen gick hon runt huset och då kunde vi inte se henne längre."

"Såg ni om hon gick därifrån?" sa Patrik.

"Nej, vägen syns inte heller från ladan. Och jag är som sagt inte lika säker som Johan på att det var den där tjejen vi såg."

"Har du någon idé om vem det skulle vara annars? Jag menar, det är väl inte så många främlingar som kommer och knackar på här på Västergården?"

Ännu en synbart likgiltig axelryckning. Efter en stunds tystnad svarade hon: "Nej, jag vet inte vem det skulle vara. Men det kan ju ha varit någon som ville sälja något, vad vet jag?"

"Men Jacob sa inget om något besök sen?"

"Nej."

Hon utvecklade inte svaret ytterligare och både Patrik och Martin förstod att hon var betydligt mer bekymrad över det hon sett, än vad hon ville ge sken av inför dem. Kanske också inför föräldrarna.

"Får jag fråga vad det är ni är ute efter? Som jag sagt tidigare så tycker jag att det här börjar likna trakasserier av min familj. Som om det inte är illa nog att ni gräver upp bror min! Hur gick det med det förresten? Var kistan tom, eller?"

Tonen var hånfull och den biten av kritiken kunde Patrik inte undgå att ta åt sig.

201

"Vi fann en person i kistan, ja. Troligtvis din bror Johannes."

"Troligtvis." Gabriel fnös och lade armarna i kors över bröstet.

"Ska ni nu ge er på stackars Jacob också?"

Laine tittade förfärat på sin make. Det var som om hon först nu förstod konsekvenserna av polisens frågor.

"Nej, men inte tror ni väl att Jacob ...!" Händerna vandrade upp till strupen.

"Vi tror ingenting just nu, men vi är väldigt intresserade av att ta reda på hur och var Tanja rörde sig innan hon försvann, så Jacob kan vara ett viktigt vittne."

"Vittne! Ni försöker då linda in det snyggt, den äran får jag ge er. Men tro inte att vi för ett ögonblick går på det. Ni försöker avsluta det era klantarslen till kollegor påbörjade -79, och det spelar ingen roll vem ni sätter dit, bara det är en Hult, eller hur? Först försöker ni få det till att Johannes fortfarande lever och har börjat mörda flickor här efter ett uppehåll på tjugofyra år, sen när han visar sig ligga så död man kan vara i sin kista, då är det Jacob ni ger er på."

Gabriel reste sig och pekade mot ytterdörren. "Ut med er! Jag vill inte se er här igen utan att ni har de rätta papperen med er och jag har fått ringa vår advokat. Till dess kan ni dra åt helvete!"

Svordomarna hade börjat rulla allt lättare över hans läppar och små spottbubblor bildades i mungiporna. Patrik och Martin visste när deras närvaro inte längre var önskvärd och packade ihop och gick mot dörren. När ytterdörren med en dov duns slog igen bakom ryggen på dem var det sista de hörde Gabriels stämma som röt till dottern: "Och vad fan är det du har sysslat med!"

"I de lugnaste vatten ..."

"Ja, inte hade jag trott att det låg sån vulkanaska och pyrde under den ytan", sa Martin.

"Fast det är inte utan att jag kan förstå honom. Sett ur hans perspektiv så ..." Patriks tankar gled åter iväg till morgonens praktfiasko.

"Tänk inte på det där mer nu, sa jag ju. Du gjorde så gott du kunde och du kan inte vältra dig i självömkan hur länge som helst", sa Martin, kort i tonen.

Patrik tittade förvånat på honom. Martin kände hans blickar och ryckte urskuldande på axlarna. "Ursäkta. Stressen börjar väl tära på mig också, antar jag."

"Nej, nej. Du har helt rätt. Det är inte rätt tid att tycka synd om mig själv." Han släppte vägen med ögonen för en sekund och tittade på kollegan. "Och be aldrig om ursäkt för att du är ärlig."

"OK."

Tystnaden blev brydd en stund. När de passerade förbi Fjällbacka golfbana sa Patrik för att lätta upp stämningen: "Ska inte du ta och skaffa det där gröna kortet snart, så kan vi gå ut på en runda ihop?"

Martin log retsamt. "Vågar du verkligen det? Jag kanske visar mig vara en naturbegåvning och sopar mattan med dig."

"Skulle inte tro det. Man är ju något av en bollbegåvning själv."

"Ja, vi får väl skynda oss för sen lär det dröja ett bra tag innan vi kan gå några rundor."

"Vad menar du?" Patrik såg uppriktigt undrande ut.

"Du kanske har glömt det, men du har en unge på väg om ett par veckor. Då blir det inte mycket tid över till att roa sig med sånt, vet du."

"Äh, det löser sig alltid. De sover ju så mycket såna där små, så nån golfrunda ska vi säkert kunna klämma in ändå. Och Erica förstår att jag måste komma ut på något eget emellanåt också. Det sa vi när vi bestämde oss för att skaffa barn, att förutsättningen är att vi måste ge varandra utrymme att göra våra egna grejer och inte bara vara föräldrar."

När Patrik hade kommit till slutet av meningen hade Martins ögon fyllts av skrattårar. Han lät höra ett kluckande skratt och skakade samtidigt på huvudet.

"Jo, jo, det blir säkert massor av tid för er att göra era egna grejer. De sover ju så mycket, de där små", härmade han Patrik, vilket bara fick honom att skratta ännu mer.

Patrik, som visste att Martins syster hade fem barn, började se lite orolig ut och undrade vad det var Martin visste, som han själv missat. Men innan han hann fråga ringde mobiltelefonen.

"Hedström."

"Hej, det är Pedersen. Ringer jag olämpligt?"

"Nej, då. Vänta bara så ska jag hitta någonstans att parkera."

De passerade precis campingen i Grebbestad, vilket fick något mörkt att dra över både Patriks och Martins ansikte. Han körde några hundra meter till, tills han kom till parkeringen vid Grebbestadsbryggan där han svängde in och stannade.

"Nu har jag parkerat. Har ni hittat något?"

Han kunde inte dölja ivern i rösten och Martin betraktade honom spänt. Utanför bilen strömmade turisterna förbi, in och ut ur affärerna och matställena. Patrik betraktade avundsjukt den lyckligt ovetande min som de alla hade.

"Ja och nej. Vi ska gå in och titta närmare nu, men med tanke på omständigheterna tänkte jag att du kunde tycka att det var rätt skönt att höra att något gott kommit ur din, vad jag förstår, något hastigt genomförda gravöppning."

"Ja, det kan jag knappast förneka. Man känner sig som lite av en idiot, så allt du har är av intresse." Patrik höll andan.

"För det första så har vi stämt av med tandkorten och killen i kistan är utan tvekan Johannes Hult, så på den punkten kan jag tyvärr inte ge dig något intressant. Däremot", läkaren kunde inte motstå frestelsen att göra en paus för att förhöja effekten något, "så är det rent nonsens att han skulle ha dött genom hängning. Snarare beror hans för tidiga frånfälle på att han har fått något hårt i bakhuvudet."

"Vad fan säger du?" Martin hoppade högt när Patrik skrek rakt ut. "Vadå för hårt föremål? Har han blivit klubbad i huvudet, eller vad är det du säger?"

"Något åt det hållet. Men han ligger på bordet just nu, så fort jag vet mer så slår jag dig en signal igen. Innan jag fått möjlighet att gå in och kika i detalj, så kan jag tyvärr inte säga mer."

"Jag är tacksam för att du ringde så snabbt. Hör av dig då så fort du vet mer."

Triumferande slog Patrik igen locket på telefonen.

"Vad sa han, vad sa han?" Martins nyfikenhet var oändlig.

"Att jag inte är en fullkomlig idiot."

"Ja, det krävs väl en läkare för att kunna konstatera något sånt, men förutom det", sa Martin torrt eftersom han inte uppskattade att hållas på halster.

"Han sa att Johannes Hult blev mördad."

Martin böjde ner huvudet mot knäet och gnuggade sig i ansiktet med båda händerna i spelad förtvivlan. "Nej, nu säger jag fan upp mig från den här jävla utredningen. Det här är inte klokt! Du säger alltså att den som var huvudmisstänkt för Sivs och Monas försvinnande, eller död som det visat sig nu, alltså själv blev mördad."

"Det är precis vad jag säger, det. Och om Gabriel Hult tror att han kan gasta tillräckligt högt för att få oss att avstå från att rota runt i deras byk, så tror han definitivt fel. Är det något som bevisar att det finns något

204

dolt hos familjen Hult så är det det här. Någon av dem vet hur och varför Johannes Hult blev mördad, och hur det hänger ihop med morden på flickorna, det kan jag slå vad om!" Han slog knytnäven i handflatan och kände att morgonens molokenhet bytts mot förnyad energi.

"Hoppas bara att vi kan reda ut det tillräckligt snabbt. För Jenny Möllers skull", sa Martin.

Kommentaren fungerade som en spann kallt vatten över huvudet på Patrik. Han fick inte låta tävlingsinstinkten ta överhand. Han fick inte glömma varför de gjorde sitt arbete. De satt en stund och betraktade människorna som passerade förbi. Sedan startade Patrik bilen igen och körde vidare mot stationen.

Kennedy Karlsson trodde att allt hade börjat med namnet. Det fanns egentligen inte så mycket mer att skylla på. Många av de andra grabbarna hade bra ursäkter, som att föräldrarna söp och slog dem. Själv hade han liksom bara namnet.

Hans morsa hade tillbringat några år efter skolan i USA. Tidigare hade det varit något stort i bygden om någon for till staterna. Men i mitten av åttiotalet, när morsan for, var det länge sedan en biljett till USA var detsamma som enkel resa. Det var många som hade ungdomar som for iväg till storstaden eller utlandet. Det enda som inte var förändrat var att om någon lämnade tryggheten i det lilla samhället, så gick tungorna och sa att det då rakt inte kunde gå väl. Och i hans morsas fall hade de väl på sätt och vis haft rätt. Efter ett par år i det förlovade landet hade hon återvänt med honom i magen. Sin farsa hade han aldrig hört något om. Men inte ens det var någon bra ursäkt. Redan innan han föddes gifte sig morsan med Christer, och han hade varit lika bra som en riktig farsa. Nej, det var det där med namnet. Han antog att hon velat göra sig märkvärdig och visa att hon, trots att hon fått återvända hem med svansen mellan benen, varit ute i stora världen. Det skulle han vara påminnelsen om. Så hon missade aldrig en chans att berätta för någon att hennes äldste son var döpt efter John F Kennedy, "eftersom hon under sina år i USA fått en sådan beundran för den mannen". Han undrade varför hon inte helt enkelt kunde ha döpt honom till John i så fall.

Hans syskon hade de givit ett bättre öde, hon och Christer. För dem dög det med Emelie, Mikael och Thomas. Vanliga, hederliga svenska namn, som gjorde att han stack ut som en särling i kullen ännu mer. Att hans farsa dessutom var svart gjorde inte saken bättre, men Kennedy trodde ändå inte att det var det som gjorde honom udda. Det var det där jävla namnet, det var han säker på.

Han hade faktiskt sett fram emot att börja skolan. Han mindes det tydligt. Spänningen, glädjen, ivern att börja på något nytt, att få se en helt ny värld öppna sig. Det tog bara en dag eller två innan de hade bankat den ivern ur honom. På grund av det jävla namnet. Han lärde sig snabbt vilken synd det var att sticka ut från mängden. Ett konstigt namn, märklig frisyr, omoderna kläder, det spelade ingen roll. Det visade att man inte var som andra. I hans fall ansågs det dessutom som en försvårande omständighet att han, enligt de andra, trodde sig vara förmer eftersom han hade ett så originellt namn. Som om det var han själv som valt det. Om han hade fått välja skulle han ha velat heta något som Johan, eller Oskar eller Fredrik. Något som gjorde att han automatiskt fick tillträde till gruppen.

Efter de första dagarnas helvete i första klass hade det bara fortsatt. Pikarna, slagen, utanförskapet gjorde att han byggde en vägg stark som granit runt omkring sig, och snart följde handlingarna på tankarna. All vrede han byggt upp innanför väggen började pysa ut ur små hål och de blev större och större, tills alla kunde se hans vrede. Då var det för sent. Då var skolan sumpad och familjens tillit likaså, och vännerna var inte sådana vänner som man borde ha.

Själv hade Kennedy resignerat inför det öde som hans namn hade givit honom. "Problem" stod tatuerat i pannan och det enda han behövde göra var att leva upp till förväntningarna. Ett lätt, men ändå paradoxalt nog svårt sätt att leva.

Allt det förändrades när han motvilligt kom till gården i Bullaren. Det hade varit ett villkor sedan han åkt fast för en olycksalig stöld av en bil, och han hade inledningsvis haft inställningen att göra minsta möjliga motstånd för att sedan komma därifrån så fort som möjligt. Sedan mötte han Jacob. Och genom Jacob mötte han Gud.

I hans ögon var dock de två nästintill detsamma.

Det hade inte skett genom något mirakel. Han hade inte hört en dånande röst från ovan, eller sett en blixt från himlen slå ner framför fötterna på honom som bevis för att Han existerade. Istället var det genom timmarna med Jacob och samtalen, som han gradvis såg bilden av Jacobs Gud avteckna sig. Som ett pussel som sakta formar den bild som visas på utsidan av kartongen.

Först hade han stretat emot. Rymt och härjat med polarna. Supit skallen i bitar och nesligen släpats tillbaka, för att dagen därpå med värkande huvud möta Jacobs milda blick som alltid, märkligt nog, verkade sakna förebråelser.

Han hade beklagat sig för Jacob över det där med namnet och förklarat att det var det som bar skulden till alla fel han begått. Men istället hade Jacob lyckats förklara för honom att det var något positivt och något som var en indikation på hur hans liv skulle te sig. Det var en gåva han fått, förklarade Jacob. Att redan från födselns första ögonblick få sig utmejslat en så unik identitet kunde bara betyda att Gud särskilt valt ut honom bland alla andra. Namnet gjorde honom speciell, inte konstig.

Med samma iver som den utsvultne visar vid middagsbordet hade Kennedy sugit åt sig alla orden. Sakta hade det gått upp för honom att Jacob hade rätt. Namnet var en gåva. Det gjorde honom speciell och visade att Gud hade en särskild plan för honom, Kennedy Karlsson. Och han hade Jacob Hult att tacka för att han fått reda på det, innan det var för sent.

Det bekymrade honom att Jacob sett så oroad ut på sistone. Han hade inte kunnat undgå att höra skvallret om hur hans familj satts i samband med de döda flickorna, och han trodde att han förstod anledningen till Jacobs oro. Han hade själv fått känna på illvilligheten hos ett samhälle som kände blodvittring. Nu var det uppenbarligen familjen Hult som var villebrådet.

Försiktigt knackade han på Jacobs dörr. Han hade tyckt sig höra upprörda röster därifrån och när han öppnade dörren lade Jacob precis på telefonluren med ett härjat uttryck i ansiktet.

"Hur är det?"

"Lite familjeproblem bara. Inget du behöver bekymra dig om."

"Dina problem är mina problem, Jacob. Det vet du. Kan du inte berätta vad det är? Lita på mig såsom jag litat på dig."

Jacob strök sig trött över ögonen och sjönk liksom ihop.

"Det är bara så dumt alltihop. På grund av en dumhet som min far gjorde för tjugofyra år sen, så har polisen fått för sig att vi har något att göra med mordet på den där tyska turisten som det har stått i tidningarna om."

"Men det är ju fruktansvärt."

"Ja, och det senaste är att de grävde upp min farbror Johannes grav i morse."

"Vad säger du? Har de kränkt griftefriden?"

Jacob log snett. För ett år sedan skulle Kennedy ha sagt: "griften-jäv-la-vadå?"

"Tyvärr, ja. Hela familjen lider av det här. Men det finns inget vi kan göra."

Kennedy kände den välbekanta vreden stiga i bröstet. Fast det kändes bättre nu. Nuförtiden var det ju Guds vrede.

"Men kan ni inte anmäla dem? För trakasseri eller något sånt?"

Återigen Jacobs sneda, bedrövade leende. "Så du menar att din er-farenhet av polisen är att man kan komma någon vart genom sånt?"

Nej, det var klart. Hans respekt för snuten var låg, för att inte säga obefintlig. Han om någon förstod Jacobs frustration.

Han kände en ofantlig tacksamhet för att Jacob valde att dela sina ve-dermödor med just honom. Det var ännu en gåva han skulle komma ihåg att tacka Gud för i aftonbönen. Kennedy skulle precis öppna munnen för att delge Jacob detta, när en telefonsignal avbröt dem.

"Ursäkta." Jacob lyfte luren.

När han lade på några minuter senare var han ännu blekare. Av sam-talet hade Kennedy förstått att det var Jacobs far som ringde och han hade ansträngt sig för att inte se ut som om han lyssnade så ivrigt som han gjorde.

"Har det hänt något?"

Jacob lade sakta ner glasögonen.

"Men säg något då, vad sa han?" Kennedy kunde inte dölja att hans hjärta värkte av ångest och oro.

"Det var min far. Polisen har varit där och ställt frågor till min syster. Min kusin Johan har ringt till polisen och påstått att han och min syster har sett den mördade flickan på min gård. Precis innan hon försvann. Gud hjälpe mig."

"Gud hjälpe dig", viskade Kennedy som ett eko.

De hade samlats på Patriks rum. Det var trångt, men med lite god vilja hade de lyckats klämma in sig. Mellberg hade erbjudit sitt rum, som var tre gånger så rymligt som de andras, men Patrik ville inte flytta på allt han hade uppsatt på anslagstavlan bakom sitt skrivbord.

Tavlan var full av lappar och anteckningar och i mitten satt foton av Siv, Mona, Tanja och Jenny. Patrik halvsatt på skrivbordet med sidan vänd åt de övriga. För första gången på länge var de alla samlade samti-digt, Patrik, Martin, Mellberg, Gösta, Ernst och Annika. Hela hjärntrusten på Tanumshede polisstation. Alla med blicken fokuserad på Patrik. Med ens kände han ansvarets tyngd ramla ner på axlarna och små svett- pärlor började bildas i svanken. Han hade alltid ogillat att stå i centrum och tanken på att alla väntade på vad han skulle säga, fick det att krypa olustigt i kroppen. Han harklade sig.

"För en halvtimme sen ringde Tord Pedersen på Rättsmedicin och be- rättade att gravöppningen i morse inte var bortkastad." Här tog han en paus och tillät sig att för en stund känna tillfredsställelse över det faktum han just presenterat för dem. Han hade inte sett fram emot att bli gjord till åtlöje bland kollegorna för avsevärd tid framöver.

"Undersökningen av Johannes Hults lik visar att han inte har hängt sig. Istället ser det ut som han fått någon form av hårt slag i bakhuvudet."

Det gick ett sus bland de församlade. Patrik fortsatte, medveten om att han nu hade allas odelade uppmärksamhet: "Vi har alltså ytterligare ett mord, även det inte helt färskt. Så jag tyckte att det var läge att vi sam- lade oss och gick igenom vad vi vet. Frågor så här långt?" Tystnad. "Då så. Då kör vi."

Patrik började med att gå igenom allt det gamla material som de hade om Siv och Mona, däribland Gabriels vittnesmål. Han fortsatte med Tanjas död och det medicinska underlag som visade att hon hade exakt samma typ av skador som Siv och Mona, sambandet att hon visat sig vara Sivs dotter, samt Johans uppgifter om att han sett Tanja på Väster- gården.

Gösta upphävde sin stämma: "Jenny Möller då? Jag är i alla fall inte övertygad om att det finns något samband mellan hennes försvinnande och morden."

Allas ögon sökte sig till fotot av den blonda sjuttonåringen som log mot dem från anslagstavlan. Så även Patriks. Han sa: "Jag håller med dig där, Gösta. Det är bara en teori bland flera just nu. Men skallgångsked- jorna har inte givit något resultat och vår genomgång av kända vålds- män i trakten gav oss bara blindspåret Mårten Frisk. Så det enda vi kan göra är att hoppas på att allmänheten kommer till vår räddning och att någon har sett något, samtidigt som vi jobbar utifrån möjligheten att det är samma person som mördade Tanja som har tagit Jenny. Svarar det på din fråga?"

Gösta nickade. Svaret innebar i princip att de inte visste någonting, och det bekräftade ungefär det han trodde.

"Förresten, Gösta, jag hörde av Annika att ni har varit och kollat upp det där med gödslet. Gav det någonting?"

Ernst svarade istället för Gösta. "Inte ett skit. Bonden vi pratade med har inte något med det här att göra."

"Men ni tittade väl er runt, för säkerhets skull?" Patrik lät sig inte övertygas av Ernsts försäkringar.

"Ja då, det är klart att vi gjorde. Och som sagt, inte ett skit", sa Ernst surt.

Frågande tittade Patrik på Gösta och han nickade instämmande.

"Då så. Vi får väl ta oss en funderare på om det finns något annat sätt att gå vidare med det spåret. Under tiden har vi fått in ett vittnesmål från någon som sett Tanja strax innan hon försvann. Johannes son, Johan, ringde mig i morse och berättade att han sett en flicka som han bestämt hävdar var Tanja, på Västergården. Hans kusin Linda, Gabriels dotter, var med honom, och Martin och jag åkte ut och pratade med henne i förmiddags. Hon intygar att de sett en flicka där men var inte lika övertygad om att det var Tanja."

"Kan vi lita på det vittnet då? Johans straffregister och rivaliteten inom familjen gör väl att det är ytterst tveksamt hur mycket tilltro man kan sätta till det han säger?" sa Mellberg.

"Ja, det bekymrar mig också. Vi får väl vänta och se vad Jacob Hult säger. Men jag tycker det är intressant att vi på något sätt alltid återkommer till den familjen. Vart vi än vänder oss, så råkar vi på släkten Hult."

Hettan steg snabbt i det lilla rummet. Patrik hade ställt upp ett fönster, men det hjälpte föga eftersom det inte fanns någon frisk luft utanför heller. Annika försökte få lite svalka genom att fläkta sig med sitt block. Mellberg torkade svetten ur pannan med handflatan och Gösta såg oroväckande grå ut i ansiktet under solbrännan. Martin hade knäppt upp de översta skjortknapparna, vilket fick Patrik att avundsjukt notera att åtminstone vissa hann lägga lite tid på gymmet. Bara Ernst såg fullkomligt oberörd ut. Han sa:

"Ja, mina pengar sätter jag i så fall på någon av de där jävla slynglarna. De är ju de enda av dem som har varit i kontakt med polisen tidigare."

"Förutom deras far", påminde Patrik.

"Exakt, förutom deras farsa. Det bevisar bara att det är något i den grenen av familjen som är ruttet."

"Uppgifterna om att det var på Västergården som Tanja sågs sist då?

210

Enligt systern var Jacob hemma vid det tillfället. Pekar det inte snarare mot honom?"

Ernst fnös. "Och vem är det som säger att tjejen var där? Johan Hult. Nej, jag skulle inte tro ett ord av vad den grabben säger."

"När har du tänkt att vi ska prata med Jacob?" frågade Martin.

"Jag tänkte att du och jag skulle sticka till Bullaren direkt efter mötet här. Jag har ringt och kollat och han jobbar i dag."

"Tror du inte att Gabriel har ringt och förvarnat honom?" sa Martin.

"Säkert, men det är inget vi kan göra något åt. Vi får se vad han säger."

"Hur gör vi med uppgifterna om att Johannes blev mördad?" fortsatte Martin envist.

Patrik ville inte erkänna att han inte riktigt visste. Det var lite för många saker att reda ut på en gång nu, och han var rädd att om han tog ett steg tillbaka och tittade på hela bilden samtidigt, skulle det överväldigande i uppgiften göra honom handlingsförlamad. Han suckade. "Vi får ta en sak i taget. Vi nämner inget om det till Jacob när vi pratar med honom. Jag vill inte att Solveig och pojkarna ska bli förvarnade."

"Så nästa steg är att prata med dem?"

"Ja, jag antar det. Om ingen annan har något förslag?"

Tystnad. Ingen verkade ha någon idé att komma med.

"Vad ska vi andra göra?"

Gösta andades tungt och Patrik undrade oroligt om han höll på att få en hjärtattack i värmen.

"Annika sa att det trillat in en del uppgifter från allmänheten sedan vi fick bilden av Jenny på löpsedlarna. Hon har rangordnat utifrån vad som verkat mest intressant, så du och Ernst kan väl börja beta av listan."

Patrik hoppades att han inte gjorde ett misstag när han släppte in Ernst i utredningen igen. Men han skulle få en chans till, det hade han kommit fram till efter att Ernst verkade ha hållit sig på mattan när han och Gösta följde upp spåret med gödslet.

"Annika, jag skulle vilja att du kontaktar företaget som sålde gödslet igen och be dem vidga området när de letar kunder. Jag har visserligen svårt att tro att kropparna har transporterats någon längre sträcka, men det kan ändå vara värt att kolla."

"Inget problem." Annika viftade ännu häftigare med blocket. Svettpärlor hade bildats på överläppen.

Ingen uppgift tilldelades Mellberg. Patrik kände att han hade svårt att ge order till sin chef och såg också helst att han inte lade sig i det dagliga arbetet med utredningen. Fast han var tvungen att erkänna att Mellberg gjort ett förvånansvärt bra arbete med att hålla politikerna ur vägen för honom.

Det var fortfarande något ovanligt med honom. Vanligtvis brukade Mellbergs röst ljuda högst av allas, men nu satt han tyst och stilla och såg ut att vara i ett fjärran land. Den munterhet som konfunderat dem alla under ett par veckors tid hade ersatts av detta ännu mer orovväckande tigande. Patrik frågade:

"Bertil, har du något du vill tillägga?"

"Vad? Förlåt, vad sa du?" Mellberg ryckte till.

"Har du något att tillägga?" upprepade Patrik.

"Ja, jaså", sa Mellberg och harklade sig när han såg att allas ögon var riktade mot honom. "Nej, det tror jag inte. Du verkar ha läget under kontroll."

Annika och Patrik utbytte en blick. Vanligtvis hade hon örnkoll på allt som hände på stationen, men nu lyfte hon bara på axlarna och ögonbrynen för att visa att inte heller hon hade någon aning.

"Några frågor? Nej, då så. Då jobbar vi på då."

Tacksamt tog sig alla ur det varma rummet för att försöka leta upp lite svalka någonstans. Bara Martin dröjde kvar.

"När åker vi?"

"Jag tänkte att vi skulle käka lunch först och sedan åka så fort vi ätit."

"OK. Ska jag kila och köpa något till oss, så äter vi i fikarummet?"

"Ja, det vore jätteschysst, så hinner jag slå Erica en signal först."

"Hälsa." Martin var redan på väg ut.

Patrik slog numret hem. Han hoppades att Jörgen och Madde inte tråkat ihjäl henne ...

"Rätt isolerat ställe det här."

Martin tittade sig runt, men såg bara träd. De hade kört i en kvart på små skogsvägar och han började undra om de hamnat rätt.

"Lugn, jag har full koll. Jag har varit här en gång tidigare när en av killarna hade blivit lite oregerlig, så jag hittar."

Patrik hade rätt. En kort stund senare svängde de in på gården.

"Ser ut att vara ett fint ställe."

"Jodå, de har gott rykte. Åtminstone har de hållit en bra fasad utåt. Själv är jag lite skeptisk så fort det blir för mycket halleluja, men det är

212

ju bara jag. Även om syftet från början är gott i de här frireligiösa sam-funden, så verkar de alltid förr eller senare dra åt sig en del märkliga människor. De erbjuder en stark sammanhållning och familjekänsla som är lockande för folk som inte känner att de hör hemma någonstans."

"Det låter som om du vet vad du pratar om?"

"Nja, syrran drogs in i lite märkliga sammanhang ett tag. Den sökan-de tiden under tonåren, du vet. Men hon kom helskinnad ur det, så det blev aldrig så illa. Men jag lärde mig tillräckligt om hur det funkar för att vara hälsosamt skeptisk. Men jag har som sagt aldrig hört något negativt om just den här verksamheten, så det finns väl ingen anledning att anta något annat än att de är schyssta."

"Ja, det har ju hur som helst inget att göra med vår utredning", sa Mar-tin.

Det lät varnande och han menade det lite så också. Patrik brukade vanligtvis vara så samlad, men det hade funnits en ton av förakt i rösten som gjorde Martin lite orolig över hur det skulle påverka utfrågningen av Jacob.

Det var som om Patrik hade läst hans tankar. Han log. "Oroa dig inte. Det är bara en av mina käpphästar, men det är inget som har med det här att göra."

De parkerade och klev ur. Gården sjöd av aktivitet. Pojkar och flick-or verkade arbeta både utomhus och inomhus. En grupp var och badade nere vid sjön och ljudnivån var hög. Det såg ut som den ultimata idyl-len. Martin och Patrik knackade på. En pojke i övre tonåren öppnade. De hajade båda till. Hade det inte varit för den mörka blicken så hade de inte känt igen honom.

"Hej, Kennedy."

"Vad vill ni?" Tonen var fientlig.

Varken Patrik eller Martin kunde låta bli att stirra. Borta var det långa håret som han ständigt haft hängande i ansiktet. Borta var också de svar-ta kläderna och den osunda hyn. Den pojke som nu stod framför dem var så ren och välklippt att han fullkomligt blänkte. Men den fientliga blick-en kände de igen från de gånger de haffat honom för bilstölder, narkoti-kainnehav och mycket mer.

"Du ser ut att må bra, Kennedy?" Patrik lät vänlig. Han hade alltid tyckt synd om pojken.

Kennedy bevärdigade honom inte med ett svar. Han upprepade istäl-let sin fråga: "Vad vill ni?"

"Vi vill prata med Jacob. Är han inne?"

Kennedy spärrade vägen för dem. "Vad vill ni honom?"

Fortfarande vänligt sa Patrik: "Det är inget som du har att göra med. Så jag frågar igen, är han inne?"

"Ni ska ge fan i att trakassera honom. Och hans familj. Jag har nog hört vad ni försöker göra och ni ska veta att det är för jävligt. Men ni kommer att få ert straff. Gud ser allt och han ser in i era hjärtan."

Martin och Patrik utbytte en blick. "Ja, det blir nog bra med det, Kennedy, men nu är det bäst att du flyttar på dig."

Patriks ton var nu hotfull och efter en stund av viljornas kamp backade Kennedy och släppte motvilligt in dem.

"Tackar", sa Martin kort och följde efter Patrik genom hallen. Det verkade som om Patrik visste vart han skulle.

"Hans kontor ligger längst bort i korridoren vill jag minnas."

Kennedy följde efter dem, ett par steg bakom, som en tyst skugga. Martin rös i värmen.

De knackade på. Jacob satt bakom sitt skrivbord när de kom in. Han såg inte särskilt förvånad ut.

"Ser man på. Lagens långa arm. Har inte ni några verkliga brottslingar att jaga?"

Bakom dem stod Kennedy kvar i dörröppningen och han knöt nävarna.

"Tack, Kennedy, du kan väl stänga dörren om oss."

Tyst åtlydde han befallningen, om än motvilligt.

"Så du vet varför vi är här, antar jag."

Jacob tog av sig terminalglasögonen han hade på sig och lutade sig fram. Han såg härjad ut.

"Ja, jag fick ett samtal från min far för någon timme sen. Han kom med någon vansinnig historia om att min käre kusin påstått att han sett den mördade flickan hemma hos mig."

"Är det en vansinnig historia?" Patrik iakttog Jacob.

"Självklart är det det." Han trummade med glasögonen mot skrivbordsskivan. "Varför skulle hon ha kommit till Västergården? Vad jag förstår så var hon turist, och gården ligger knappast på turiststråket. Och vad gäller Johans så kallade vittnesmål så ... Ja, ni vet ju vid det här laget hur vår familjesituation ser ut, och tyvärr tar Solveig och hennes familj alla chanser de kan att svartmåla vår familj. Tråkigt, men vissa människor har inte Gud i sitt hjärta, utan någon helt annan ..."

214

"Må så vara", Patrik log förbindligt, "men det råkar faktiskt vara så att vi vet varför hon skulle kunna ha haft ett ärende till Västergården." Såg han en orolig glimt i Jacobs ögon? Han fortsatte: "Hon var inte i Fjällbacka som turist, utan för att söka sina rötter. Och kanske kunna ta reda på mer om sin mors försvinnande."

"Sin mor?" sa Jacob förbryllat.

"Ja, hon var dotter till Siv Lantin."

Glasögonen skramlade till. Var häpnaden spelad eller äkta, undrade Martin, som överlät åt Patrik att sköta snacket för att istället kunna ägna sig helhjärtat åt att betrakta Jacobs reaktioner under samtalet.

"Ja, det var nyheter må jag säga. Men jag förstår fortfarande inte vad hon skulle ha för ärende till Västergården?"

"Som sagt så verkade hon vilja försöka ta reda på mer information om vad som hände med hennes mor. Och med tanke på att din farbror var polisens huvudmisstänkte så ..." Han avslutade inte meningen.

"Jag måste säga att det här låter som vilda spekulationer i mina öron. Min farbror var oskyldig, men ändå drev ni honom i döden med era insinuationer. Med honom borta vill ni uppenbarligen försöka sätta dit någon av oss andra istället. Säg, vad är det för flisa ni har i hjärtat som gnager och gör att ni har ett sådant behov av att riva ner vad någon annan har skapat? Är det vår tro och den glädje vi finner i den, som sticker er i ögonen?"

Jacob hade övergått till att mässa och Martin förstod hur han kunde vara en så uppskattad predikant. Det var något trollbindande över den mjuka rösten som steg och sjönk i vågor.

"Vi gör bara vårt jobb."

Patriks ton var kort och han fick behärska sig för att inte visa sin avsmak inför allt det som han ansåg vara religiöst dravel. Men även han var tvungen att erkänna att Jacob hade något visst när han talade. Svagare människor än han själv skulle lätt kunna sjunka in i den där rösten och lockas av dess budskap. Han fortsatte:

"Du säger alltså att Tanja Schmidt aldrig kom till Västergården?"

Jacob slog ut med händerna. "Jag svär att jag aldrig sett flickan. Var det något mer?"

Martin tänkte på informationen som de fått av Pedersen. Att Johannes inte tog sitt liv. Den nyheten skulle nog kunna skaka om Jacob en del. Men han visste att Patrik hade rätt. De skulle inte mer än hinna ut ur rummet innan telefonen ringde hos resten av familjen Hult.

215

"Nej, vi var nog klara. Men det är inte omöjligt att vi återkommer vid ett senare tillfälle."

"Det förvånar mig inte."

Jacobs röst hade förlorat sitt predikande tonfall och var åter mild och lugn. Martin skulle precis lägga handen på handtaget och öppna dörren när den ljudlöst svängde upp framför honom. Kennedy stod tyst utanför och öppnade den i precis rätt ögonblick. Han måste ha stått kvar utanför och lyssnat. All tvekan undanröjdes av den svarta elden som brann i hans ögon. Martin ryggade tillbaka inför hatet han såg där. Jacob måste ha lärt honom mer om "öga för öga" än "älska din nästa".

Stämningen var tryckt runt det lilla bordet. Inte för att den någonsin varit munter. Inte sedan Johannes dog.

"När ska det här sluta!" Solveig tryckte handen mot bröstet. "Alltid ska vi hamna i skiten. Det är som om alla tror att vi bara sitter och väntar på att man ska sparka på oss!" Hon jämrade sig. "Vad ska folk säga nu? När de hör att polisen grävt upp Johannes! Jag trodde att pratet äntligen skulle ta slut när de hittade den där sista jäntan, men nu börjar allt-ihop om igen."

"Låt folk snacka för fan! Vad rör det oss vad folk sladdrar om i stugor-na?"

Robert fimpade en cigarett så häftigt att askkoppen välte. Solveig ryckte snabbt undan albumen.

"Robert! Var försiktig! Det kan bli brännmärken på albumen."

"Jag är så less på dina jävla album! Dag ut och dag in sitter du där och plockar med de förbannade gamla fotografierna! Fattar du inte att den tiden är borta! Det är hundra år sen typ, och du sitter där och suckar och pysslar med dina jävla bilder. Farsan är borta och du är ingen skönhets-drottning längre. Titta på dig bara."

Robert tog tag i albumen och slängde dem på golvet. Solveig kastade sig med ett skrik efter dem och började samla ihop korten som spritts över golvet. Det fick bara Roberts ilska att tillta i styrka. Han ignorera-de Solveigs bedjande blick, böjde sig ner, plockade upp en handfull kort och började riva dem i småbitar.

"Nej, Robert, nej, inte mina kort. Snälla Robert!" Hennes mun var som ett öppet sår.

"Du är en fet gammal kärring, har du inte fattat det! Och farsan häng-de sig. Det är dags att du fattar det!"

Johan, som suttit som fastfrusen inför scenen framför sig, reste sig upp och tog ett fast tag om Roberts hand. Han bände loss resterna av fotografierna som Robert krampaktigt höll i och tvingade brodern att lyssna:

"Nu lugnar du ner dig. Det här är precis vad de vill, fattar du inte det? Att vi ska vända oss mot varandra så att vår familj slits sönder. Men vi ska inte ge dem den tillfredsställelsen, hör du det! Vi ska hålla ihop. Nu hjälper du mamma att plocka upp albumen."

Roberts ilska pös ut som luften ur en ballong. Han strök sig över ögonen och tittade med förskräckelse på röran omkring sig. Solveig låg som en stor, mjuk hög av förtvivlan på golvet, snyftande med små bitar av fotografier rinnande mellan fingrarna. Hennes gråt var hjärtskärande. Robert sjönk ner på knä bredvid henne och lade armarna om henne. Ömt strök han en flottig hårslinga ur pannan på henne och hjälpte henne sedan att resa sig.

"Förlåt mor, förlåt, förlåt, förlåt. Jag ska hjälpa dig att fixa i ordning albumen igen. Bilderna som är sönder kan jag inte laga, men det var inte så många. Se, det finaste är kvar. Titta på dig här, så vacker du var."

Han höll upp en bild framför henne. Solveig i sedesamt skuren baddräkt och ett band över bröstet där det stod "Majdrottning 1967". Och hon var vacker. Gråten övergick till hackande snyftningar. Hon tog bilden från honom och ett leende bröt fram. "Ja, visst var jag vacker, Robert?"

"Jaa, mor, det var du. Den vackraste flicka jag någonsin har sett!"

"Tycker du verkligen det?"

Hon log kokett och strök honom över håret. Han hjälpte henne ner på köksstolen igen.

"Ja, det tycker jag. På hedersord."

En stund senare var allt upplockat och hon satt åter och plockade lyckligt med albumen. Johan nickade åt Robert att de skulle gå ut. De satte sig på trappan framför stugan och tände var sin cigarett.

"Fan, Robert, du får inte balla ur nu."

Robert skrapade med foten i gruset. Han sa inget. Vad skulle han säga?

Johan sög in ett djupt halsbloss och lät röken njutningsfullt strila ut mellan läpparna. "Vi får inte spela dem i händerna. Jag menade vad jag sa där inne. Vi måste hålla ihop."

Fortfarande satt Robert tyst. Han skämdes. Det hade bildats en stor grop i gruset framför honom där han dragit foten fram och tillbaka. Han kastade ner fimpen i gropen och föste över sand. En åtgärd som i sig var

217

rätt onödig. Marken runt omkring dem var full av gamla fimpar. Efter en stund vände han blicken mot Johan.

"Du, det där med att du såg hon tjejen på Västergården." Han tvekade. "Var det sant?"

Johan sög det sista ur sin cigarett och kastade också han fimpen på marken. Han ställde sig upp utan att titta på sin bror.

"Klart som fan att det är sant." Sedan gick han in i stugan.

Robert satt kvar. För första gången i sitt liv kände han hur en avgrund bildades mellan honom och hans bror. Det skrämde skiten ur honom.

Eftermiddagen förflöt under bedrägligt lugn. Innan de hört fler detaljer om Johannes kvarlevor ville inte Patrik göra något förhastat, så han satt mer eller mindre och väntade på att telefonen skulle ringa. Han kände sig rastlös och gick in till Annika för att prata bort en stund.

"Hur går det för er?" Som vanligt kikade hon på honom över kanten på sina glasögon.

"Den här värmen gör det ju inte lättare." Samtidigt som han sa det noterade han en behaglig bris i Annikas rum. En stor fläkt surrade på hennes skrivbord och Patrik slöt ögonen av välbehag.

"Varför tänkte inte jag på det? Jag köpte ju en fläkt till Erica att ha hemma, varför inhandlade jag inte en hit också? Det blir det första jag gör i morgon, det är då en sak som är säker."

"Erica, ja, hur går det med magen? Det måste vara tungt för den stackarn i värmen."

"Ja, innan jag köpte fläkten till henne höll hon på att gå upp i limningen i hettan. Sover dåligt gör hon också, kramper i vaderna, totalt omöjligt att ligga på mage och allt det där du vet."

"Nja, det kan jag inte påstå att jag vet", sa Annika.

Patrik insåg förskräckt vad han hade sagt. Annika och hennes man hade inga barn och han hade aldrig vågat forska i varför. Kanske kunde de inte få barn och då hade han verkligen satt foten i munnen med sin förflugna kommentar. Hon såg hans bryderi.

"Oroa dig inte. För vår del är det självvalt. Vi har faktiskt aldrig känt någon längtan efter barn. För oss räcker det utmärkt att ha hundarna att slösa kärlek på."

Patrik kände hur färgen återvände till kinderna. "Ja, jag var lite rädd att jag gjort bort mig där. I vilket fall som helst så är det jobbigt för oss båda nu, även om det självklart är jobbigast för henne. Nu vill man helst ha det hela överstökat på något sätt. Dessutom har vi blivit lite invaderade den senaste tiden."

"Invaderade?" Annika höjde ett frågande ögonbryn.

"Släktingar och bekanta som tycker att Fjällbacka i juli låter som en fantastisk idé."

"Och de vill gärna passa på att rå om er, eller hur ...", sa Annika ironiskt. "Jo, jo, det där känner vi igen. Hade samma problem på sommarstället i början, tills vi fick nog och sa åt alla snyltare att flyga och fara. De har inte hört av sig sen dess, men man märker ganska omgående att det inte är några man saknar. Riktiga vänner, de kommer i november också. Resten kan man både ha och mista."

"Sant, sant", sa Patrik, "men lättare sagt än gjort. Erica slängde i och för sig ut första gänget som kom, men nu sitter vi där med nästa omgång gäster och är hövligt gästvänliga. Och stackars Erica som är hemma hela dagarna får springa och serva dem." Han suckade.

"Då kanske du får ta och vara lite karl och ordna upp situationen då."

"Jag?" Patrik tittade sårat på Annika.

"Ja, om Erica håller på att stressa ihjäl sig medan du sitter här i tryggt förvar hela dagarna, så kanske du får slå näven i bordet och se till att hon får lite lugn och ro. Det kan inte vara lätt för henne. Van som hon är att ha en egen karriär och plötsligt ska hon sitta hemma hela dagarna och navelskåda medan ditt liv rullar på som vanligt."

"Jag har inte tänkt på det viset", sa Patrik fåraktigt.

"Nej, jag tänkte nog att du inte hade det. Så i kväll ser du till att kasta ut gästerna vad än Luther sitter och viskar i örat på dig. Och så pysslar du om den blivande mamman ordentligt. Har du ens pratat med henne och frågat hur hon har det, ensam där hemma hela dagarna. Jag antar att hon knappt kan gå ut heller, i den här värmen, utan är så gott som bunden till huset."

"Ja." Patrik viskade vid det här laget. Det var som att ha blivit överkörd av en ångvält. Strupen kändes tjock av ångest. Det krävdes inget geni för att inse att Annika hade rätt. En blandning av kortsynt egoism och hans sätt att låta sig uppslukas av utredningen, hade gjort att han inte ägnat en tanke åt hur Erica måste ha det. Han hade väl tänkt som så att det var skönt för henne att bara ha semester och kunna ägna sig åt graviditeten. Det som gjorde honom så förlägen var att han kände Erica bättre än så. Han visste hur viktigt det var för henne att göra något meningsfullt och att det inte låg för henne att gå sysslolös. Men det hade väl passat hans egna syften att lura sig själv.

"Såå, ska du inte åka hem lite tidigare och ta hand om din sambo?"

"Men jag måste vänta på ett samtal", kom det automatiskt från hans läppar och blicken Annika gav honom visade att det var helt fel svar.

"Din mobiltelefon fungerar bara inom stationens väggar, menar du? Lite begränsad räckvidd för att vara en mobiltelefon, tycker du inte det?"

"Jo", kved Patrik plågat. Han studsade upp från stolen. "Nej, jag sticker väl hem då. Kopplar du eventuella samtal till mobilen..."

Annika tittade på honom som om han var efterbliven och han backade ut genom dörren. Om han hade haft en mössa skulle han ha haft den i handen – och bockat...

Men oförutsedda händelser gjorde att det tog ytterligare en timme innan han kom iväg.

Ernst stod och botaniserade bland kaffebröden hos Hedcmyrs. Han hade först tänkt sig till bageriet, men kön där hade fått honom att ändra planer.

Mitt uppe i valet mellan kanelbullar eller Delicatobollar fångades hans uppmärksamhet av ett fasligt liv från övervåningen. Han lade ifrån sig kakorna och gick för att se efter. Affären var uppdelad i tre våningar. På nedervåningen fanns restaurang, kiosk och bokhandel, på mellanvåningen var det specerier och på översta våningen fanns kläder, skor och presentartiklar. Två kvinnor stod vid kassan och slet i en handväska. Den ena kvinnan hade en skylt på bröstet som indikerade att hon tillhörde personalen, medan den andra kvinnan såg ut som någon i en rysk lågbudgetfilm. Kortkort kjol, nätstrumpor, ett linne som hade passat en tolvåring och tillräckligt med smink för att se ut som en färgkarta från Beckers.

"No, no, my bag!" skrek kvinnan gällt på bruten engelska.

"I saw you took something", svarade butiksbiträdet, också hon på engelska men med tydlig svensk språkmelodi. Hon såg lättad ut när hon såg Ernst.

"Tack och lov, ta fast den här kvinnan. Jag såg hur hon gick runt och stoppade saker i handväskan och sen försökte hon helt fräckt gå ut härifrån med det."

Ernst tvekade inte. I två långa kliv var han framme och tog den misstänkta snatterskan i armen. Eftersom han inte kunde någon engelska brydde han sig inte om att ställa några frågor. Istället ryckte han bryskt den rymliga handväskan ur hennes grepp och hällde helt sonika ut innehållet på golvet. En hårtork, en rakapparat, en elektrisk tandborste och, av någon outgrundlig anledning, en keramikgris med midsommarkrans på huvudet trillade ur väskan.

"Vad säger du om det här, va?" sa Ernst på svenska. Biträdet översatte.

Kvinnan bara skakade på huvudet och försökte se ut som om det regnade. Hon sa: "I know nothing. Speak to my boyfriend, he will fix this. He is boss of the police!"

"Vad säger fruntimret?" fräste Ernst. Det retade honom att behöva förlita sig på kvinnfolk för att få hjälp med språket.

"Hon säger att hon inte vet någonting. Och att ni ska prata med hennes pojkvän. Hon säger att han är chef på polisen?"

Biträdet tittade förbryllat mellan Ernst och kvinnan, som nu stod med ett överlägset leende i ansiktet.

"Åh ja, nog ska hon få prata med polisen allt. Så får vi se om hon fortsätter köra sitt skitsnack om 'pojkvän som är chef på polisen'. Den valsen kanske fungerar i Ryssland eller var fan du nu kommer ifrån damen, men se här går inte den gubben", skrek han med ansiktet bara några centimeter från kvinnans. Hon förstod inte ett ord, men såg för första gången lite osäker ut.

Bryskt slet Ernst med sig henne ut från Hedemyrs och över gatan bort till polisstationen. Kvinnan praktiskt taget släpades efter honom i sina höga klackar och folk saktade in sina bilar för att beskåda spektaklet. Annika tittade med stora ögon när han ångade förbi receptionen.

"Mellberg!" Han ropade så det ekade i korridoren. Patrik, Martin och Gösta stack alla ut huvudena för att se vad som stod på. Ernst ropade en gång till bortåt Mellbergs kontor. "Mellberg, kom hit, jag har din fästmö här!" Han skrockade för sig själv. Nu skulle hon få stå där med skägget i brevlådan. Det var oroväckande tyst inifrån Bertils rum och Ernst började undra om han hunnit ut under tiden han var och handlade. "Mellberg?" ropade han en tredje gång, nu lite mindre entusiastisk inför sin plan att få kvinnan att äta upp sin egen lögn. Efter en mycket lång minut då Ernst stod mitt i korridoren med kvinnan i ett fast grepp och alla stirrade med stora ögon på honom, så kom Mellberg ut från sitt kontor. Med blicken stint fäst i golvet insåg Ernst med en begynnande klump i magen att saker nog inte skulle utveckla sig så finfint som han räknat ut.

"Beeertil!" Kvinnan slet sig loss och sprang fram till Mellberg som frös i sina rörelser som ett rådjur framför strålkastare. Eftersom hon var två

221

decimeter längre än han såg det minst sagt lustigt ut när hon tryckte honom mot sig i en omfamning. Ernst bara gapade. Med en känsla av att sjunka genom golvet bestämde han sig för att börja fila på sin avskedsansökan med en gång. Innan han fick sparken. Förfärat förstod han att flera års målmedvetet fjäskande för chefen hade omintetgjorts av en enda olycksalig handling.

Kvinnan släppte sitt tag om Mellberg och vände sig om för att anklagande peka mot Ernst, som fåraktigt stod och höll i hennes handväska.

"This brutal man put his hands on me! He say I steal! Oh, Bertil, you must help your poor Irina!"

Tafatt klappade han henne på axeln, vilket krävde att han förde upp sin hand ungefär i höjd med sin egen näsa. "You go home, Irina, OK? To house. I come later. OK?"

Engelskan kunde i bästa fall sägas vara stapplande, men hon förstod vad han sa och uppskattade det inte.

"No, Bertil. I stay here. You talk to that man, and I stay here and see you work, OK?"

Han skakade bestämt på huvudet och föste henne med milt våld framför sig. Hon vände sig oroligt om och sa: "But Bertil, honey, Irina not steal, OK?"

Sedan svassade hon ut på sina höga klackar efter en sista illvilligt triumferande blick på Ernst. Han å sin sida stirrade fortfarande ner i mattan och vågade inte möta Mellbergs blick.

"Lundgren! In på mitt kontor!"

I Ernsts öron lät det som domedagen. Han lommade lydigt efter Mellberg. I korridoren stack fortfarande huvuden ut, med munnarna gapande. Nu visste de åtminstone vad humörsvängningarna berott på …

"Nu är du så god och berättar vad som hände", sa Mellberg.

Ernst nickade matt. Svetten bröt fram i pannan. Den här gången var det inte på grund av värmen.

Han berättade om tumultet på Hedemyrs och hur han sett kvinnan indragen i en dragkamp med butiksbiträdet. Med darrande stämma redogjorde han också för hur han hällde ut innehållet i väskan och att det där låg ett antal varor som inte betalats för. Sedan tystnade han och väntade på domen. Till hans förvåning lutade sig Mellberg tillbaka i stolen med en djup suck.

"Ja, det var en jävla soppa jag har hamnat i." Han tvekade ett ögonblick, sedan böjde han sig ner, drog ut en låda och plockade fram något som han kastade på bordet mot Ernst.

"Det här är vad jag väntade mig. Sidan tre."

Nyfiket tog Ernst upp vad som såg ut som en klasskatalog och bläddrade fram till sidan tre. Sidorna var fulla av foton på kvinnor, med korta uppgifter om höjd, vikt, ögonfärg och intressen. Han insåg plötsligt vad Irina var. En "postorderfru". Fast inte fanns det några större likheter mellan verklighetens Irina och porträttet och informationen som fanns om henne i katalogen. Hon hade dragit av minst tio år, tio kilo och ett kilo smink. På bilden var hon vacker, oskuldsfull och blickade in i kameran med ett brett leende. Ernst tittade på porträttet och sedan på Mellberg som slog ut med armarna:

"Du ser, DET är vad jag förväntade mig. Vi har brevväxlat i ett år och jag kunde knappt vänta på att få hem henne där." Han nickade med huvudet mot katalogen i Ernsts knä. "Och sen kom hon." Han suckade. "Det var en jävla kalldusch ska jag säga dig. Och med en gång börjades det: 'Bertil, älskling, köp det och köp det.' Jag kom till och med på henne med att gå igenom min plånbok när hon inte trodde att jag såg. Ja jädrans, vilken soppa."

Han klappade sig på hårboet på huvudet och Ernst noterade att borta var den Mellberg som för en stund månat om sitt yttre. Nu var skjortan fläckig igen och svettringarna under armarna var stora som assietter. Det kändes betryggande på något sätt. Saker och ting var tillbaka till ordningen.

"Jag litar på att du inte går och babblar om det här nu."

Mellberg hötte med fingret åt Ernst som ivrigt skakade på huvudet. Han skulle inte säga ett ord. Lättnaden sköljde över honom, han skulle inte få sparken trots allt.

"Kan vi ta och glömma den här lilla incidenten då? Jag ska nog se till att hantera det. Första planet hem är vad det blir."

Ernst reste sig och backade bockande ur rummet.

"Och sen kan du säga till folk där ute att sluta tissla och börja göra ett hederligt dagsverke istället."

Ernst log brett när han hörde Mellbergs barska stämma. Chefen var tillbaka i sadeln igen.

Om han haft några tvivel om riktigheten i Annikas påstående, så undanröjdes de så fort han steg innanför dörren hemma. Erica fullkomligt kastade sig i hans famn och han såg tröttheten som en slöja över hennes

223

drag. Än en gång gnagde det dåliga samvetet. Han borde ha varit mer ly-hörd, mer inriktad på Ericas sinnestillstånd. Istället hade han grävt ner sig i arbetet ännu mer än vanligt, och låtit henne vanka runt mellan hu-sets fyra väggar utan någon vettig sysselsättning.

"Var är de?" viskade han.

"Ute i trädgården", viskade Erica tillbaka. "Åh, Patrik, jag står inte ut om jag ska behöva ha dem här en dag till. De har bara suttit på ändan hela dagen och väntat sig att jag ska passa upp på dem. Jag orkar inte mer."

Hon kollapsade i hans armar och han strök henne över huvudet. "Oroa dig inte, jag ska ta hand om det. Jag är ledsen, jag borde inte ha jobbat så mycket den senaste veckan."

"Du har faktiskt frågat och jag har sagt nej. Och du har ju inte haft något val", mumlade Erica mot hans skjortbröst.

Trots sitt dåliga samvete var han ändå böjd att hålla med. Hur skulle han kunna handla annorlunda, när en flicka var försvunnen, kanske fången någonstans. Men samtidigt måste han ju sätta Erica och hennes och barnets hälsa först.

"Jag är faktiskt inte ensam på stationen. Jag kan delegera en del. Men först har vi ett mer akut problem att lösa."

Han lösgjorde sig från Erica, tog ett djupt andetag och gick ut i träd-gården.

"Hej på er. Har ni haft det skönt?"

Jörgen och Madde vände sina neonfärgade näsor mot honom och nickade glatt. Tacka sjutton för att ni har haft det skönt, tänkte han, ni som haft full uppassning hela dagen och som verkar tro att det här är nå-got jävla hotell.

"Hörni, jag har löst ert dilemma. Jag har ringt runt och kollat lite. Det finns lediga rum på Stora hotellet, på grund av att så många har lämnat Fjällbacka, men eftersom ni verkar resa med lite tajt budget så kanske det inte är aktuellt?"

Jörgen och Madde som sett lite oroliga ut för ett ögonblick instämde ivrigt. Nej, det var inte aktuellt.

"Men", sa Patrik och såg till sin tillfredsställelse hur en bekymrad ryn-ka dök upp i pannan på dem, "jag ringde även till vandrarhemmet på Valö och kan ni tänka er – de har också plats! Fint va! Billigt, rent och fint. Kan väl inte bli bättre!"

Han slog ihop händerna i överdriven förtjusning och förekom de in-vändningar han såg formas på gästernas läppar. "Så det är nog bäst att ni börjar packa nu, med tanke på att båten går om en timme från Ingrid Bergmans torg."

Jörgen började säga något, men Patrik höll avvärjande upp händerna. "Nej, nej, jag ska inte ha något tack. Det var rakt inget besvär. Krävdes ett par telefonsamtal bara."

Med ett flin gick han ut till köket, där Erica stått och tjuvlyssnat genom fönstret. De high fivade varandra och fick lägga band på sig för att inte börja fnittra.

"Snyggt", viskade Erica beundrande. "Jag visste inte att jag levde tillsammans med en mästare av machiavelliskt format!"

"Det är mycket du inte vet om mig, älskling", sa han. "Jag är en mycket komplex människa, förstår du ..."

"Jaså, det är du. Jag som alltid tyckt att du verkat rätt enkelspårig", log hon retsamt.

"Ja, hade du inte haft den där stora kulan i vägen hade du fått se exakt hur enkelspårig jag är", flörtade Patrik tillbaka och han kände hur spänningarna började släppa när de gnabbades kärleksfullt.

Han blev allvarlig. "Har du hört något mer ifrån Anna?"

Ericas leende försvann. "Nej, inte ett ljud. Jag var nere och kollade vid bryggan och de låg inte kvar där."

"Har hon åkt hem, tror du?"

"Jag vet inte. Antingen det eller så seglar de vidare längs kusten någonstans. Men vet du vad, jag orkar faktiskt inte bry mig. Jag är så jävla less på hennes snarstuckenhet och att hon ska sura så fort jag säger något fel."

Hon suckade och började säga något mer, men de avbröts av Jörgen och Madde som surt svepte förbi dem för att gå och samla ihop sina tillhörigheter.

En stund senare, när Patrik skjutsat ner de motvilliga semesterfirarna till båten mot Valö, slog de sig ner på verandan och njöt av stillheten. Ivrig att vara till lags och fortfarande med en känsla av att han hade en del att gottgöra, masserade Patrik Ericas svullna fötter och vader medan hon suckade av välbehag. Tankarna på de mördade flickorna, och den försvunna Jenny Möller, sköt han långt, långt bak i sinnet. Själen måste få lite vila emellanåt.

Samtalet kom på morgonen. Patrik hade, som ett led i sitt beslut att vårda sin sambo lite bättre, beslutat sig att ta sovmorgon och de satt och åt frukost i lugn och ro i trädgården när Pedersen ringde. Med en ursäktande blick på Erica reste han sig upp från bordet, men hon viftade bara iväg honom med ett leende. Hon såg redan mycket mer tillfreds ut.

"Ja, har du något intressant?" sa Patrik.

"Ja, det skulle man nog lugnt kunna säga. Om vi börjar med dödsorsaken för Johannes Hult så var min första iakttagelse helt korrekt. Johannes har inte hängt sig. Om du säger att han återfanns på golvet med en snara om halsen, så har den snaran lagts dit efter att döden hade inträtt. Dödsorsaken är i själva verket ett kraftigt slag mot bakhuvudet med hårt föremål, dock inget trubbigt, utan något med vass kant. Han har också en krosskada på käken, som kan tyda på ett slag även framifrån."

"Så det är alltså ingen tvekan om att det är mord det rör sig om?" Patrik kramade luren hårt.

"Nej, han kan omöjligt ha åsamkat sig själv den skadan."

"Och hur länge har han varit död?"

"Det är svårt att säga. Men han har legat länge i jorden. Min gissning är att tidpunkten stämmer rätt väl med när han ansågs ha hängt sig. Så han har inte lagts dit i efterhand, om det är vad du är ute efter", sa Pedersen med ett roat tonfall.

En stund av tystnad följde då Patrik funderade över det som Pedersen berättat. Sedan slogs han av en tanke: "Du antydde nyss att du hittat något mer när du undersökte Johannes. Vad var det?"

"Jo, det här kommer ni att gilla. Vi har en sommarvikarie här som är mer än lovligt nitisk och hon fick för sig att ta ett DNA-prov på Johannes, nu när han ändå var uppgrävd liksom, och jämföra med spermaprovet som fanns på Tanja Schmidt."

"Ja?" Patrik hörde sin egen tunga andedräkt, full av förväntan.

"Tror du inte på fan att det finns en släktskap! Den som mördade Tanja Schmidt är helt klart släkt med Johannes Hult."

Patrik hade aldrig tidigare hört den korrekte Pedersen svära, men nu var han böjd att instämma i hans kraftuttryck. Det var som fan. När han samlat sig en sekund sa han:

"Kan ni se hur de är släkt?" Pulsen bultade tungt i bröstet.

"Ja, och vi håller på att titta på det. Men det krävs att man har mer referensmaterial, så din uppgift nu blir att samla in blodprov på samtliga kända medlemmar i släkten Hult."

"Allihop?" sa Patrik, och blev matt bara av tanken på hur klanen skulle ställa sig till det intrånget i deras privatliv.

Han tackade för informationen och gick tillbaka till frukostbordet, där Erica satt som en madonna, med böljande former i vitt nattlinne och det ljusa håret utslaget. Hon tog fortfarande andan ur honom.

"Åk." Hon viftade åter iväg honom och han pussade henne tacksamt på kinden.

"Har du något att göra i dag?" frågade han.

"En fördel med krävande gäster är att jag ser fram emot att tillbringa en dag i lättja. Jag ska med andra ord inte göra ett dugg i dag har jag bestämt mig för. Ligga ute och läsa, äta lite gott."

"Det låter som en bra plan. Så ser jag till att vara hemma tidigt i dag också. Jag är hemma senast klockan fyra, det lovar jag."

"Ja, ja, du gör så gott du kan. Du kommer när du kommer. Stick nu, jag ser att det brinner under skosulorna på dig."

Hon behövde inte upprepa det fler gånger. Han skyndade sig till stationen.

När han kom in dryga tjugo minuter senare satt de andra i fikarummet och drack förmiddagskaffe. Skuldmedvetet insåg han att klockan nog blivit lite mer än han räknat med.

"Tjena Hedström, glömde du ställa väckarklockan i dag, eller?"

Ernst, som fått självförtroendet fullständigt restaurerat efter gårdagen, lät så dryg som han bara vågade.

"Nja, det var väl snarare ett litet uttag av all övertid. Sambon behövde tas omhand också", sa Patrik och blinkade åt Annika, som smitit från sin plats i receptionen en stund.

"Ja, det ingår väl i en chefs privilegier antar jag, att kunna ta små sovmorgnar när man behagar", kunde Ernst inte låta bli att replikera.

"Jag är visserligen ansvarig för just den här utredningen, men jag är ingen chef", påpekade Patrik milt. Blickarna Annika gav Ernst var inte fullt lika milda.

Patrik fortsatte: "Och som ansvarig för utredningen så har jag lite nyheter – och en ny uppgift."

Han berättade vad Pedersen sagt och för en stund kändes stämningen triumferande i fikarummet på Tanumshede polisstation.

"Ja, då har vi raskt ringat in fältet till fyra möjliga då", sa Gösta. "Johan, Robert, Jacob och Gabriel."

"Ja, och glöm inte var Tanja sågs sist", sa Martin.

"Enligt Johan, ja", påminde Ernst. "Glöm inte att det är Johan som på-

står det. Personligen vill jag se något lite mer pålitligt vittne först."

"Ja, men Linda säger ju också att de såg någon när de var där den kvällen, så ..."

Patrik avbröt Ernsts och Martins diskussion. "Det må vara hur det vill med den saken, så fort vi har tagit in alla i familjen Hult och gjort DNA-test på dem, så behöver vi inte spekulera längre. Då vet vi. Och jag ringde på vägen hit för att få de tillstånd vi behöver. Alla vet varför det brådskar, så jag väntar klartecken från åklagarmyndigheten när som helst."

Han hällde upp en kopp kaffe och slog sig ner bland de andra. Mobiltelefonen lade han mitt på bordet och ingen kunde låta bli att sitta och snegla på den.

"Vad tyckte ni om spektaklet i går då?"

Ernst skrockade och glömde raskt sitt löfte att inte sladdra om vad Mellberg anförtrott honom. Alla hade vid det här laget hört om Mellbergs postorderfästmö och maken till skvaller hade man inte haft på år och dag, så det var något som skulle komma att dryftas utom hörhåll för chefen under avsevärd tid framöver.

"Ja jäklar", skrattade Gösta. "Är man så desperat efter ett fruntimmer att man måste beställa en från en katalog så får man faktiskt skylla sig själv."

"Vilken min han måste ha gjort när han skulle plocka upp henne på flygplatsen och han insåg att hans förväntningar minst sagt kom på skam." Annika skrattade gott åt eländet. Att skratta åt andras olycka kändes liksom inte riktigt lika hemskt när det var Mellberg som var måltavlan.

"Ja, men jag måste säga att hon inte vilade på lagrarna. Raka spåret till affären och plocka väskan full. Och inte verkade det vara så noga vad hon stal heller, bara det hade en prislapp så ...", skrattade Ernst. "Fast apropå stjäla, kan ni fatta det här då. Gubben Persson, som Gösta och jag var och besökte i går, berättade att någon dum jävel brukade stjäla det där jävla gödslet av honom. Ett par stora säckar blev han av med varje gång han beställt hem ett nytt lass. Kan du fatta att folk kan vara så jävla snåla att de snor säckar med skit, va? Visserligen är skiten tydligen dyr, men ändå ..." Han slog sig på knäna. "Ja, jesiken", sa han och torkade en skrattår i ögonvrån. Sedan insåg han att det var knäpptyst omkring honom.

"Vad sa du?" sa Patrik med olycksbådande stämma. Ernst hade hört den förut, senast ett par dagar tidigare, och visste att han gjort bort sig igen.

"Jo, han sa att någon brukade stjäla säckar med gödsel från honom."

"Och med tanke på att Västergården är den gård som ligger närmast, så slog det dig inte att det kunde vara viktig information?"

Rösten var så kall att Ernst kände frostbetten i huden. Patrik vände blicken mot Gösta. "Hörde du det här, Gösta?"

"Nej, det måste bonden ha sagt när jag var på toa ett par minuter." Han blängde på Ernst.

"Jag tänkte inte på det", sa Ernst grinigt. "Man kan väl för fan inte komma ihåg allt heller."

"Det är just fan vad man ska det. Men vi får prata mer om det här sen, frågan är vad det här betyder för oss."

Martin räckte upp handen, som om han satt i skolan. "Är det bara jag som tycker att vi allt tydligare börjar ringa in Jacob?" Ingen svarade så han förtydligade. "För det första så har vi ett vittnesmål, om än från tveksam källa, som säger att Tanja var på Västergården i anslutning till att hon försvann. För det andra så pekar det DNA som fanns på Tanjas kropp på någon som är släkt med Johannes, och för det tredje så stals säckar från en gård som ligger, bokstavligen, nästgårds med Västergården. Det är åtminstone tillräckligt för att jag tycker att vi ska ta in honom hit för ett litet snack *och* under tiden ta oss en titt runt på ägorna."

Fortfarande sa ingen något, så Martin fortsatte argumentera: "Som du själv sa, Patrik, så är det bråttom. Vi har inget att förlora på att bara kika runt lite och vrida om tumskruvarna på Jacob. Det enda vi kan förlora på är ifall vi inte gör någonting. Visst, vi får besked när vi testat allihop och jämfört med DNA:t, men vi kan inte sitta här under tiden och bara rulla tummarna. Vi måste göra någonting!"

Till slut tog Patrik till orda: "Martin har rätt. Vi har tillräckligt för att det ska vara värt att prata med honom, och det kan inte skada att ta en titt på Västergården också. Så här gör vi: Jag och Gösta åker och hämtar Jacob. Martin, du kontaktar Uddevalla och ber om förstärkning för att göra husrannsakan på gården. Be Mellberg om hjälp att skaffa tillstånden, men se till att de inte bara innefattar bostadshuset utan också alla andra byggnader på markerna. Vi rapporterar allihop in till Annika vid behov. OK? Något som är oklart?"

"Ja, hur gör vi med blodproven?" sa Martin.

"Ja, jävlar, det glömde jag. Vi skulle behöva klona oss." Patrik tänkte

229

en stund. "Martin, kan du fixa det också, om du får hjälp från Uddevalla?" Martin nickade. "Bra, kontakta då läkarstationen i Fjällbacka också och få med någon därifrån som kan ta blodproven. Och se sen för sjutton till att blodet märks upp rätt och körs fort som satan till Pedersen. Då så, då kör vi. Och glöm inte varför det är bråttom!"

"Vad ska jag göra då?" Ernst såg sin chans att komma till nåder igen.

"Du stannar här", sa Patrik och slösade inga ord på att diskutera.

Ernst muttrade men visste när det var dags att ligga lågt. Men han skulle verkligen ta sig ett snack med Mellberg när allt det här var över. Så jävla farligt var det väl inte. Man är väl inte mer än människa!

Maritas hjärta svällde i bröstet. Friluftsgudstjänsten var underbar som vanligt, och i centrum av den stod hennes Jacob. Rak och stark och säker på rösten förkunnade han Guds ord. Det var många som hade samlats. Förutom de flesta på gården – en del av dem hade dock inte sett ljuset ännu och vägrat – så hade ett hundratal trogna anhängare kommit. De satt i gräset med blickarna fästa på Jacob som ställt sig på sin vanliga plats, på klipphällen med ryggen mot sjön. Omkring dem stod björkarna höga och täta, de gav skugga när hettan var svår och rasslade som ackompanjemang till Jacobs melodiska röst. Ibland kunde hon knappt förstå sin lycka. Att den mannen som alla betraktade med beundran i sina blickar hade valt just henne.

När hon träffade Jacob hade hon bara varit sjutton år. Jacob hade varit tjugotre och hade redan fått rykte om sig att vara en stark man i församlingen. En del var tack vare hans farfar, vars berömmelse gnuggade av sig på honom, men den största delen var tack vare hans egen utstrålning. Mildhet och styrka var den ovanliga kombination som gav honom en dragningskraft som ingen kunde undgå att känna. Hennes föräldrar, och därmed också hon, hade levt länge inom församlingen och de missade aldrig en gudstjänst. Redan innan de gick på den första av gudstjänsterna som Jacob Hult skulle hålla, hade det pirrat inom henne, som en föraning om att något stort skulle hända. Och det gjorde det. Hon hade inte kunnat slita blicken från honom och hennes ögon hade hängt vid hans mun där Guds ord hade runnit så lätt som flödande vatten. När hans blick började möta hennes hade hon börjat sända böner upp till Gud. Febriga, tiggande, vädjande böner. Hon, som fått lära sig att man aldrig fick be om något för egen del, bad om något så världsligt som en man. Men hon kunde inte sluta. Trots att hon kände hur skärseldens värme började sveda henne i jakt på synderskan, fortsatte hon febrilt att be och slutade inte förrän hon visste att han med behag låtit blicken vila på henne.

Egentligen förstod hon inte varför Jacob valt henne till hustru. Hon visste att hon aldrig haft annat än ett alldagligt yttre och till sin personlighet var hon tyst och inbunden. Men han hade velat ha henne och den dagen de gifte sig lovade hon sig själv att aldrig grubbla över och ifrågasätta Guds vilja. Han hade uppenbarligen sett dem båda i mängden och sett att det skulle vara gott, och med det fick hon låta sig nöja. Kanske behövde en så stark människa som Jacob en svag motpart för att inte behöva nötas av motstånd. Vad visste hon.

Barnen skruvade sig oroligt där de satt på marken bredvid henne. Marita hyssjade dem strängt. Hon visste att det kliade i benen på dem att få springa runt och leka, men det fanns det tid för sedan, nu skulle de lyssna till sin far när han förkunnade Guds ord.

"Det är när svårigheter möter oss som tron prövas. Men det är också så den stärks. Utan motstånd försvagas tron och gör att vi blir mätta och bekväma. Vi börjar glömma varför vi ska vända oss till Gud för vägledning. Och snart har vi blivit ledda på villovägar. Jag har själv fått utstå prövningar den sista tiden, som ni vet. Och det har min familj också. Onda krafter verkar för att pröva vår tro. Men det är dömt att misslyckas. För min tro har bara växt sig starkare. Den har vuxit sig så stark att ondskans makter inte har någon möjlighet att nå mig. Pris vare Gud, som skänker mig sådan styrka!"

Han lyfte händerna mot himlen och de församlade utbrast "Halleluja" med ansikten skinande av glädje och övertygelse. Marita lyfte själv händerna mot himlen och tackade Gud. Jacobs ord fick henne att glömma de senaste veckornas svårigheter. Hon litade på honom och hon litade på Herren, och om de bara var tillsammans skulle inget kunna rubba dem.

När Jacob en stund senare avslutade gudstjänsten samlades skaror av människor omkring honom. Alla ville ta honom i hand, tacka och visa honom sitt stöd. Alla verkade de ha ett behov av att ta på honom, att på så sätt få en del av hans lugn och övertygelse med sig hem. Alla ville de ha en bit av honom. Men Marita höll sig i bakgrunden, triumferande medveten om att Jacob var hennes. Ibland undrade hon skuldmedvetet om det var syndigt att känna ett sådant begär att äga sin man, att vilja ha varje fiber av honom för egen del, men hon slog alltid bort de tankarna. Det var uppenbarligen Guds vilja att de skulle vara tillsammans och då kunde det knappast vara fel.

När skaran börjat skingras omkring honom tog hon barnen vid handen och gick fram till honom. Hon kände honom så väl. Hon såg att det som uppfyllt honom under gudstjänsten nu börjat sjunka undan och istället kom tröttheten i ögonen på honom.

"Kom, så åker vi hem, Jacob."

"Inte än, Marita. Jag har lite jag måste göra först."

"Ingenting du inte kan göra i morgon. Jag tar hem dig nu, så får du vila, jag ser att du är trött."

Han log och tog hennes hand. "Som vanligt har du rätt, min kloka hustru. Jag ska bara hämta mina saker på kontoret så åker vi."

De hade börjat gå upp mot huset när två män kom gående emot dem. Först såg de inte vilka det var eftersom solen sken rakt i ögonen på dem, men när de kom närmare undslapp sig Jacob ett irriterat stön.

"Vad är det ni vill nu då?"

Marita tittade undrande mellan Jacob och männen, tills hon insåg att det att döma av Jacobs tonfall måste vara poliser. Hon tittade hätskt på dem. Det var de som åsamkat Jacob och familjen sådant bekymmer på sistone.

"Vi skulle vilja prata lite med dig, Jacob."

"Vad i all sin dar kan det finnas mer att säga, som jag inte sa i går?" Han suckade. "Nåja, det är väl lika bra att få det överstökat. Vi går in på mitt kontor."

Poliserna stod kvar. De tittade besvärat på barnen och Marita började ana oråd. Instinktivt drog hon barnen intill sig.

"Inte här. Vi skulle vilja prata med dig nere på stationen."

Det var den yngre av poliserna som talade. Den äldre stod lite vid sidan av och betraktade allvarligt Jacob. Skräcken slog klorna i hjärtat på henne. Det var i sanning ondskans makter som närmade sig, precis som Jacob sagt i sin predikan.

Sommaren 1979

Hon visste att den andra flickan var borta. Från sin vrå i mörkret hörde hon hur den sista sucken undslapp henne och med knäppta händer bad hon frenetiskt Gud att ta emot hennes kamrat i nöden. På sätt och vis var hon avundsjuk på henne. Avundsjuk för att hon nu slapp lidandet.

Flickan hade funnits där när hon hamnade i helvetet. Skräcken hade först förlamat henne, men flickans armar om henne och hennes varma kropp hade skänkt en märklig trygghet. Samtidigt hade hon inte alltid varit snäll. Kampen för överlevnad hade tvingat dem tillsammans men också isär. Själv hade hon behållit hoppet. Det hade inte den andra och hon visste att hon ibland hade hatat henne för det. Men hur skulle hon kunna låta hoppet fara? Hela sitt liv hade hon fått lära sig att varje omöjlig situation hade sin lösning och varför skulle den här vara annorlunda? Hon såg sin fars och mors ansikten för sitt inre öga och vilade säkert i vissheten om att de snart skulle finna henne.

Stackars den andra flickan. Hon hade inte haft någonting. Hon förstod vem det var så fort hon kände hennes varma kropp i mörkret, men de hade aldrig pratat med varandra i livet där uppe och genom en tyst överenskommelse kallade de inte varandra vid namn. Det liknade alltför mycket normalitet för att de skulle kunna bära den bördan. Men hon hade pratat om sin dotter. Det var enda gången det kom liv i rösten på henne.

Att knäppa händerna och be för den som nu var borta hade krävt en nästan övermänsklig ansträngning. Hennes lemmar lydde henne inte, men genom att samla de sista krafter hon hade kvar, hade hon genom ren vilja lyckats föra ihop sina bångstyriga händer till något som liknade en böneakt.

Tålmodigt väntade hon i mörkret med sin smärta. Nu var det bara en tidsfråga innan de fann henne, mor och far. Snart...

Irriterat sa Jacob: "Ja, jag följer väl med till stationen. Men sen får det vara slut på det här! Hör ni det!"

I ögonvrån såg Marita att Kennedy närmade sig. Hon hade alltid känt motvilja mot honom. Det var något otäckt i hans ögon som blandades med dyrkan när han såg på Jacob. Men Jacob hade förmanat henne när hon berättat hur hon kände. Kennedy var ett olyckligt barn som äntligen börjat finna en frid inom sig själv. Det han behövde nu var kärlek och omtanke, inte misstänksamhet. Men oron kunde inte riktigt lämna henne. En avvärjande rörelse från Jacob fick Kennedy att motvilligt backa och gå tillbaka till huset. Han var som en vakthund som ville försvara sin husse, tänkte Marita.

Jacob vände sig mot henne och tog hennes ansikte mellan sina händer. "Åk hem med barnen. Det är ingen fara. Poliserna vill bara lägga lite extra eld på den brasa de själva kommer att förtäras i."

Han log för att ta udden av sina ord, men hon greppade barnen ännu lite hårdare. De tittade oroligt mellan henne och Jacob. På barns vis kände de att något rubbade jämvikten i deras värld.

Den yngre av poliserna tog till orda igen. Den här gången såg han lite besvärad ut när han sa: "Jag skulle rekommendera att du inte åker hem med barnen förrän i kväll. Vi ...", han tvekade, "vi kommer att göra en husrannsakan i ert hem under eftermiddagen."

"Vad är det ni tror att ni sysslar med?" Jacob var så upprörd att orden stockade sig i halsen på honom.

Marita kände hur barnen oroligt rörde på sig. De var inte vana vid att höra sin far höja rösten.

"Det kommer vi att tala om för dig, men på stationen. Ska vi åka då?"

Ovillig att göra barnen ännu mer upprörda, nickade Jacob resignerat. Han klappade barnen på huvudet, kysste Marita på kinden och gick mellan de två poliserna bort mot deras bil.

När poliserna körde bort med Jacob stod hon som fastfrusen och tittade efter dem. Borta vid huset stod också Kennedy och tittade på. Hans ögon var mörka som natten.

Även på herrgården var känslor i uppror.

"Jag ringer min advokat! Det här är fullkomligt vettlöst! Ta blodprov på oss och behandla oss som simpla kriminella!"

Gabriel var så arg att handen på dörrhandtaget darrade. Martin stod främst på trappan och mötte lugnt Gabriels blick. Bakom honom stod Fjällbackas distriktsläkare, doktor Jacobsson, och svettades ymnigt. Hans stora kroppshydda lämpade sig inte för det rådande varma klimatet, men den främsta orsaken till svetten som rann från pannan på honom var att han fann situationen ytterst obehaglig.

"Gör gärna det, men beskriv då för honom vilka dokument vi har, så kan han säkert tala om för dig att vi är i vår fulla rätt. Och om han inte kan infinna sig här inom en kvart, så har vi med tanke på ärendets ytterst brådskande karaktär rätt att verkställa beslutet utan att han är närvarande."

Martin talade medvetet så byråkratiskt som han bara kunde. Han gissade att det var det språk som bäst nådde fram till Gabriel. Och det fungerade, motvilligt släppte Gabriel in dem. Han tog emot papperen som Martin visat honom och gick direkt till telefonen för att ringa. Martin vinkade in de två poliserna de fått som förstärkning från Uddevalla och beredde sig på en stunds väntan. Gabriel pratade upprört och gestikulerande i telefonen, och några minuter senare återvände han till dem där de stod i hallen.

"Han är här om tio minuter", sa Gabriel buttert.

"Bra. Var är er hustru och dotter? Vi måste ta prover på dem också."

"I stallet."

"Kan du hämta dem?" sa Martin till den ene av Uddevallapoliserna.

"Visst. Var ligger stallet?"

"Det går en liten väg förbi vänstra flygeln. Följ den så ligger stallet ett par hundra meter bort." Med ett kroppsspråk som tydligt visade hur illa han tyckte om situationen försökte Gabriel ändå hålla god min. Avmätt sa han: "Jag antar att ni andra får komma in medan vi väntar."

Tysta satt de, längst ut på soffkanten, alla illa till mods, när Linda och Laine kom in.

"Vad är det här, Gabriel? Polismannen här säger att doktor Jacobsson är här för att ta ett blodprov på oss! Det måste väl ändå vara ett skämt!"

Linda, som hade svårt att ta ögonen från den unge man i uniform som hämtat dem i stallet, hade en annan åsikt. "Coolt."

"Tyvärr verkar de vara fullt allvarliga, Laine. Men jag har ringt advokat Lövgren och han är här vilken sekund som helst. Innan dess tas inte några blodprov."

"Men jag förstår inte, varför vill ni göra det här?" Laine såg undrande men samlad ut.

"Vi kan tyvärr inte säga det av utredningstekniska skäl. Men allt kommer att få sin förklaring så småningom."

Gabriel satt och studerade tillståndspapperen han hade framför sig. "Det står här att ni skaffat tillstånd för att ta blodprov även från Jacob och Solveig och pojkarna?"

Var det inbillning, eller såg Martin en skugga fara över Laines ansikte? Sekunden efteråt knackade det lätt på dörren och Gabriels advokat klev in.

När formaliteterna en stund senare var avklarade och advokaten hade förklarat för Gabriel och hans familj att polisen hade alla de rätta tillstånden togs proven på dem, en efter en. Först Gabriel, sedan Laine, som fortfarande, till Martins förvåning, verkade vara den som var mest samlad av dem alla. Han noterade att även Gabriel betraktade sin hustru förvånat men gillande. Sist tog de prov på Linda, som inlett en sådan ögonkontakt med polismannen att Martin var tvungen att blänga förmanande på honom.

"Då var det klart då." Jacobsson reste sig mödosamt från stolen och samlade ihop behållarna med blod. De var noggrant märkta med namnet på var och en och lades ner i en kylbehållare.

"Ska ni till Solveig nu?" frågade Gabriel. Han log plötsligt snett. "Se till att ni har hjälmarna på och batongerna med i så fall, för hon lär inte släppa till blod till er utan motstånd."

"Vi kan nog hantera situationen", sa Martin torrt. Han ogillade den skadeglada glimten i Gabriels ögon.

"Ja, säg inte att jag inte har varnat er ..." Han skrockade.

Laine fräste till honom: "Gabriel, uppför dig som en vuxen människa!"

Av ren häpenhet över att bli tillrättavisad som ett barn av sin hustru tystnade Gabriel och satte sig. Han betraktade henne som om han såg henne för första gången.

Martin tog kollegorna och doktorn med sig ut och de delade upp sig på två bilar. På vägen till Solveig ringde Patrik.

"Hej, hur gick det för er?"

"Som väntat", sa Martin. "Gabriel blev topp tunnor rasande och ringde sin advokat. Men vi fick det vi kom för, så nu är vi på väg hem till Solveig. Jag räknar väl inte med att det kommer att gå lika smidigt där ..."

"Nej, det ska du nog inte göra heller. Se till att det inte urartar bara."

"Nej då, jag ska vara så diplomatisk så. Oroa dig inte. Hur går det för er då?"

"Det gick bra. Han är med oss i bilen nu och vi är snart i Tanumshede."

"Lycka till, då."

"Till er med."

Martin avslutade samtalet just då de svängde in vid Solveig Hults ynkliga lilla stuga. Den här gången slogs inte Martin lika starkt av förfallet, då han sett det en gång tidigare. Men han reflekterade ännu en gång över hur människor kunde förmå sig att bo så här. Fattig i all ära, men rent och snyggt kunde man alltid se till att ha omkring sig.

Det var med viss bävan han knackade på. Men inte ens i sina vildaste fantasier hade han kunnat föreställa sig det mottagande han fick. Smack! En örfil landade med en brännande känsla på hans högra kind och överraskningen fick honom att tappa andan. Han kände, snarare än såg, hur poliserna bakom honom spände musklerna för att kasta sig in, men han satte upp en hand för att hindra dem.

"Lugn, lugn. Det finns inget behov av kraftresurser här. Eller hur, Solveig?" sa han med len stämma till kvinnan framför honom. Hon andades häftigt, men verkade lugnas av hans tonfall.

"Hur vågar ni visa er här efter att ni grävt upp Johannes!" Hon satte händerna i sidorna och spärrade effektivt vägen in i huset.

"Jag förstår att det var svårt, Solveig, men vi gör bara vårt jobb. Och vi måste göra vårt jobb nu med, och jag ser helst att du samarbetar."

"Vad vill ni nu då?" spottade hon ur sig.

"Kan jag inte få komma in en stund och prata, så ska jag förklara det."

Han vände sig till de tre bakom honom och sa: "Vänta här ett ögonblick, så ska jag och Solveig gå in och prata lite."

Han följde upp sina ord med att helt sonika stiga in och stänga dörren bakom dem. Av pur häpenhet backade Solveig och släppte in honom. Martin uppammade alla sina diplomatiska kunskaper och förklarade noggrant situationen för henne. Efter en stund började hennes protester mattas och några minuter senare öppnade han dörren och släppte in de andra.

"Vi måste hämta pojkarna också, Solveig. Var är de?"

Hon skrattade. "De sitter säkert på baksidan av huset och trycker, tills de vet varför ni är här. De har väl börjat lessna på era fula nunor, de

237

med." Hon skrattade och öppnade ett skitigt fönster.

"Johan, Robert, ta och pallra er in hit. Snuten är här igen!"

Det rasslade i buskarna och sedan kom Johan och Robert inlomman-de. De tittade avvaktande på sällskapet som trängt ihop sig i köket.

"Vad är det om?"

"Nu ska de ha blod från oss också", sa Solveig, kallt konstaterande.

"Vad fan, är ni inte kloka. Så fan heller att ni får mitt blod!"

"Robert, ställ inte till med något liv nu", sa Solveig trött. "Jag och po-lismannen här har pratat och jag har sagt att vi inte ska ställa till med något. Så sätt er nu ner och håll klaffen. Ju fortare vi blir av med dem, desto bättre."

Till Martins lättnad verkade de lyda henne. Buttert lät de Jacobsson ta fram en spruta och dra blod från dem båda. När han tagit blod från Solveig också lade han ner även dessa märkta behållare i sin lilla väska och förkunnade att arbetet nu var slutfört för hans del.

"Vad ska ni med det till?" sa Johan, mer nyfiket än något annat.

Martin gav samma svar som han givit till Gabriel. Sedan vände han sig till den yngre av de två poliserna från Uddevalla: "Hämtar du provet som finns i Tanumshede också, och ser till att det här körs till Göteborg på studs."

Den unge mannen som flörtat lite väl mycket med Linda på herrgår-den nickade. "Jag ordnar det. Två man till är på väg från Uddevalla för att assistera er …", han tystnade och tittade lite osäkert på Solveig och hennes söner som lyssnade noga på dialogen, "i ert *andra* ärende. De mö-ter upp er …", ännu en brydsam paus, "på det *andra* stället."

"Bra", sa Martin. Han vände sig mot Solveig. "Då får vi tacka för oss då."

För ett ögonblick övervägde han att berätta om Johannes för dem, men vågade inte gå emot Patriks direkta order. Patrik ville inte att de skulle få veta ännu, och då fick det bli så.

Utanför stugan stannade han till en stund. Bortsåg man från det fall-färdiga lilla huset och skrotbilarna och annat skräp som stod utanför, så bodde de överjordiskt vackert. Han hoppades bara att de själva emellan-åt förmådde lyfta blicken från sitt eget elände och se det vackra omkring dem. Men han tvivlade på det.

"Då så, Västergården nästa", sa Martin och stegade bestämt bort mot bilen. En uppgift var utförd, en annan väntade. Han undrade hur det gick för Patrik och Gösta.

"Varför tror du själv att du är här?" sa Patrik. Han och Gösta satt bredvid varandra, mittemot Jacob i det lilla förhörsrummet.

Jacob betraktade dem lugnt, med knäppta händer som vilade på bordet. "Hur ska jag veta det? Inget av allt ni gjort mot vår familj har det funnits någon logik i, så det är väl bara att luta sig tillbaka och försöka hålla huvudet ovanför vattnet, antar jag."

"Du menar alltså på fullt allvar att du tror att polisen ser som sin främsta uppgift att trakassera din familj? Vad skulle vi ha för motiv till det?" Patrik lutade sig nyfiket framåt.

Återigen samma lugna svar från Jacob: "Ondska och illvillighet kräver inget motiv. Men vad vet jag, ni kanske känner på er att ni gjorde bort er med Johannes och försöker nu på något sätt rättfärdiga det inför er själva."

"Hur menar du då?" sa Patrik.

"Jag menar bara att ni kanske känner att om ni kan sätta dit oss för något nu, så måste ni ha haft rätt om Johannes då", sa Jacob.

"Du tycker inte att det låter lite långsökt?"

"Vad ska jag tro? Jag vet bara att ni sugit er fast som fästingar på oss och vägrar släppa taget. Min enda tröst är att Gud ser sanningen."

"Du pratar mycket om Gud, pojk", sa Gösta. "Är din far lika troende?"

Frågan verkade besvära Jacob, precis som Gösta avsett. "Min fars tro finns någonstans djupt inom honom. Men hans", han verkade fundera över vilket ord han skulle välja, "komplicerade relation till sin far gjorde att gudstron kom i kläm. Men den finns där."

"Hans far ja. Ephraim Hult. Predikanten. Du och han hade en nära relation." Gösta sa det mer som ett konstaterande än en fråga.

"Jag förstår inte varför det kan vara intressant för er, men ja, farfar och jag stod varandra mycket nära." Jacob pressade ihop läpparna.

"Han räddade ditt liv?" sa Patrik.

"Ja, han räddade mitt liv."

"Hur kände din far inför det faktum att den far som han själv hade en ... komplicerad relation till, det är ditt eget ordval, var den som kunde rädda ditt liv, men inte han själv?" fortsatte Patrik.

"Varje far vill väl vara sin sons hjälte, men jag tror inte han såg det på det sättet. Trots allt räddade farfar mitt liv och det var pappa honom evigt tacksam för."

"Och Johannes? Hur var hans relation till Ephraim – och din far?"

"Alltså, jag förstår inte vad det här har för betydelse! Det är över tjugo år sen!"

"Vi är medvetna om det, men skulle ändå uppskatta om du svarade på våra frågor", sa Gösta.

Jacobs lugna yttre hade börjat naggas i kanterna och han drog med handen genom håret.

"Johannes ... Ja, han och pappa hade väl en del problem, men Ephraim älskade honom. Inte för att de hade någon direkt innerlig relation, men den generationen var väl lite sådär. Man skulle inte ha känslorna utanpå kroppen."

"Grälade din far och Johannes mycket?" sa Patrik.

"Grälade och grälade. De hade väl sina dispyter, men syskon gnabbas ju ..."

"Fast enligt vad folk säger så var det mer än dispyter. Vissa påstår till och med att Gabriel hatade sin bror." Patrik pressade på.

"Hat är ett starkt ord som man inte ska svänga sig så lätt med. Nej, pappa hade väl inga ömmare känslor till övers för Johannes, men hade de fått tid på sig är jag säker på att Gud hade ingripit. Broder ska inte stå mot broder."

"Jag antar att du syftar på Kain och Abel. Intressant att du kommer att tänka på just den bibelberättelsen. Var det så illa ställt mellan dem?" sa Patrik.

"Nej, det var det verkligen inte. Pappa hade ju trots allt inte ihjäl sin bror, eller hur!" Jacob verkade återfinna en del av det lugn han börjat tappa och knäppte åter händerna som i bön.

"Är du säker på det?" Göstas röst var full av undertoner.

Förvirrat tittade Jacob mellan de två männen framför honom.

"Vad pratar ni om? Johannes hängde sig, det vet ju alla."

"Nja, problemet är bara att när vi undersökte Johannes kvarlevor, så visar de på något annat. Johannes blev mördad. Han tog inte livet av sig."

Händerna som låg knäppta på bordet började darra okontrollerat. Jacob verkade försöka att forma ord med munnen, men inga ord bröt fram. Patrik och Gösta lutade sig tillbaka, som om de koreograferats, och iakttog Jacob under tystnad. Det såg åtminstone ut att komma som en nyhet för honom.

"Hur reagerade din far vid nyheten om Johannes död?"

"Jag, jag ... jag vet inte riktigt", stammade Jacob. "Jag låg fortfarande

240

kvar på sjukhuset då." En tanke slog ner i honom som en blixt: "Försöker ni få det till att pappa hade ihjäl Johannes?" Tanken fick honom att börja fnittra. "Ni är inte kloka. Skulle min far ha mördat sin bror ... Nej, nu vet jag inte!" Fnittret övergick i skratt. Varken Gösta eller Patrik såg roade ut.

"Tycker du det är något att skratta åt, att din farbror Johannes blev mördad. Det är något du tycker är kul?" sa Patrik avmätt.

Jacob tystnade tvärt och böjde ner huvudet. "Nej, självklart är det inte det. Det blev bara en sån chock ..." Han höjde blicken igen. "Men då förstår jag ännu mindre varför ni vill prata med mig. Jag var bara tio år då och låg på sjukhuset, så jag antar att ni inte vill försöka påstå att jag hade något med det att göra." Han betonade "jag" för att visa hur befängt det var. "Det är väl snarare ganska uppenbart vad det var som hände. Den som verkligen mördade Siv och Mona måste ha tyckt att det var perfekt när ni utsåg Johannes till syndabock och för att han aldrig skulle kunna rentvås så tog han livet av Johannes och fick det att se ut som ett självmord. Mördaren visste hur folk här skulle reagera. Att de skulle betrakta det som ett lika gott bevis på hans skuld som en skriftlig bekännelse. Och det är säkert samma person som mördade den där tyskan. Det håller, eller hur?" sa han ivrigt. Blicken glänste.

"En ganska god teori," sa Patrik. "Inte dumt alls, om man bortser från att vi har jämfört DNA som vi tog från Johannes i går med ett DNA-prov som vi tog från sperman på Tanjas döda kropp. Vid en jämförelse mellan de två visade det sig att Johannes är släkt med den som mördade Tanja." Han väntade på Jacobs reaktion. Den uteblev. Han satt bara blick stilla.

Patrik fortsatte: "Så i dag har vi hämtat blodprov från samtliga i familjen och kommer nu att skicka dem, tillsammans med det vi tog från dig när du kom hit, till Göteborg för en jämförelse. Efter det är vi ganska säkra på att vi snart kommer att få svart på vitt på vem mördaren är. Så är det inte lika bra att berätta vad du vet, Jacob? Tanja sågs hemma hos dig, mördaren är släkt med Johannes – det är ett lite märkligt sammanträffande, eller hur?"

Färgen i Jacobs ansikte skiftade. Det blev ömsom blekt, ömsom mörkt och Patrik kunde se hur hans käkar arbetade.

"Det där vittnesmålet är bara skitsnack, och det vet ni. Johan ville bara sätta åt mig, eftersom han avskyr vår familj. Och vad blodprov och DNA och allt sånt anbelangar så kan ni ta vilka prov ni vill, men ni ska ta mig ... be mig om ursäkt när ni fått svaren!"

"Jag lovar att personligen be om ursäkt i så fall", svarade Patrik lugnt, "men till dess tänker jag insistera på att få de svar som krävs."

Han önskade att Martin och hans grupp skulle ha hunnit göra färdigt husrannsakan innan de förhörde Jacob, men med klockan som tickade var de tvungna att arbeta med det de hade. Det som han helst hade velat ha svar på var om analyser av jorden på Västergården visade spår av FZ-302. Eventuella fysiska spår av Tanja eller Jenny hoppades han att Martin skulle ge besked om snart, men jordanalyserna kunde de inte göra på plats, utan de måste få ta sin tid. Samtidigt var han skeptisk till om det verkligen skulle gå att finna något på gården. Skulle det gå att gömma och mörda någon utan att Marita eller barnen såg något? Spontant kände han att Jacob passade in i rollen som huvudmisstänkt, men just den faktorn besvärade honom. Hur gömmer man en människa på gården där man bor, utan att familjen misstänker något?

Som om Jacob kunnat läsa hans tankar sa han: "Jag hoppas verkligen att ni inte vänder upp och ner på allt hemma. Marita blir vansinnig om hon kommer hem och allt är i en enda röra."

"Jag tror nog att mannarna är försiktiga", sa Gösta.

Patrik tittade på sin telefon. Måtte Martin ringa tillbaka snart.

Johan hade dragit sig undan till stillheten i skjulet. Solveigs reaktion på först gravöppningen och sedan blodtesterna hade fått det att krypa i skinnet på honom. Han stod inte ut med alla känslor och behövde sitta i ensamhet en stund och tänka igenom allt som hänt. Cementgolvet han satt på var hårt, men härligt svalt. Han kramade sina ben med armarna och stödde kinden mot ena knäet. Just nu saknade han Linda mer än någonsin, men saknaden var fortfarande blandad med vrede. Kanske skulle det aldrig bli annorlunda. Åtminstone hade han tappat en del av sin naivitet och tagit tillbaka kontrollen som han aldrig borde släppt ifrån sig. Men hon hade varit som ett gift i själen på honom. Hennes fasta, unga kropp hade fått honom att bli en lallande idiot. Han var förbannad på sig själv för att han låtit en brud komma innanför skinnet på honom på det där sättet.

Han visste att han var en drömmare. Det var därför som han låtit sig förloras så i Linda. Trots att hon var alldeles för ung, för självsäker, för egoistisk. Han var medveten om att hon aldrig skulle stanna i Fjällbacka och att de inte hade skuggan av en framtid tillsammans. Men drömmaren i honom hade ändå haft svårt att acceptera det. Nu visste han bättre.

Johan lovade sig själv att han skulle bättra sig. Han skulle försöka bli mer som Robert. Tuff, hård, oövervinnelig. Robert landade alltid på fötterna. Inget verkade beröra honom. Han avundades honom.

Ett ljud bakom Johan fick honom att vända sig om, förvissad om att det var Robert som kom in. Ett strupgrepp om halsen fick honom att tappa andan.

"Rör dig inte, då vrider jag nacken av dig."

Johan kände vagt igen rösten men kunde inte placera den. När greppet om hans strupe lossnade kastades han hårt mot väggen. Luften slogs ur bröstkorgen på honom.

"Vad fan gör du?" Johan försökte vända sig om, men någon hade honom i ett hårt grepp och pressade hans ansikte mot den kalla betongväggen.

"Håll käften." Rösten var oförsonlig. Johan funderade på om han skulle försöka ropa på hjälp, men trodde inte att det skulle höras upp till huset.

"Vad fan vill du?" Orden var svåra att forma med ena halvan av ansiktet hårt upptryckt mot väggen.

"Vad jag vill. Jodu, det ska du få veta."

När angriparen ställde sitt krav förstod Johan först ingenting. Men när han sedan vändes om så att han stod öga mot öga mot den som attackerat honom föll bitarna på plats. En knytnäve rakt i ansiktet talade om för honom att angriparen menade allvar. Men trotset i honom vaknade.

"Skit på dig", sluddrade Johan. Hans mun höll sakta på att fyllas med någon vätska som bara kunde vara blod. Hans tankar hade börjat bli dimmiga, men han vägrade backa.

"Du ska göra som jag säger."

"Nej", sluddrade Johan.

Sedan började slagen regna. De föll taktfast över honom tills det stora mörkret svepte in.

Gården var underbar. Martin kunde inte låta bli att göra den reflektionen när de började sitt arbete med att göra intrång i Jacobs och hans familjs privatliv. Färgerna i huset var milda, rummen utstrålade värme och lugn och hade en lantlig prägel, med vita linnedukar och lätta, fladdrande gardiner. Ett sådant här hem skulle han själv vilja ha. Och nu var de tvungna att störa det lugnet. Metodiskt gick de igenom huset, bit för bit. Ingen sa något, utan de arbetade under tystnad. Martin koncentrerade sig på vardagsrummet. Det frustrerande var att de inte visste vad det var de letade efter. Inte ens om de hittade något spår av flickorna var Martin säker på att de skulle känna igen det.

För första gången sedan han så starkt propagerat för att Jacob var den de letade efter, började han tvivla. Det var omöjligt att tänka sig att någon som bodde så här och hade det så fridfullt omkring sig skulle kunna ta livet av någon.

"Hur går det för er?" ropade han upp till poliserna som var på övervåningen.

"Inget än så länge", ropade någon av dem tillbaka. Martin suckade och fortsatte att öppna byrålådor och vända på allt som satt löst.

"Jag går ut och börjar kolla i ladan", sa han till den polis från Uddevalla som deltagit i letandet i undervåningen.

Ladan var barmhärtigt sval. Han förstod varför Linda och Johan gjort det här till sin mötesplats. Lukten av hö kittlade i näsborrarna och förde med sig minnen från barndomssomrar. Han klättrade uppför stegen till loftet och kikade ut genom gliporna mellan bräderna. Jodå, här hade man bra utsikt mot Västergården, precis som Johan sagt. Det skulle inte vara några problem att känna igen någon på det här avståndet.

Martin klättrade ner igen. Ladan var tom förutom en del gamla jordbruksredskap som stod och rostade sönder. Han trodde inte att de skulle hitta något här, men han skulle ändå be några av de andra att kika också. Han gick ut från ladan och tittade sig runt. Förutom gården och ladan fanns det bara ett litet trädgårdsskjul och en lekstuga kvar att titta igenom, och han hyste inget hopp om att hitta någon där. Båda var för små för att kunna hysa någon människa, men för säkerhets skull skulle de ändå kolla igenom dem.

Solen gassade på hans hjässa och fick svettdroppar att bildas i pannan. Han gick tillbaka till boningshuset för att åter hjälpa till med letandet där, men hans entusiasm från tidigare på dagen hade börjat lägga sig. Hjärtat sjönk i bröstet på honom. Någonstans fanns Jenny Möller. Men det var inte här.

Även Patrik hade börjat misströsta. Efter ett par timmars förhör hade de fortfarande inte kommit någonvart med Jacob. Han verkade vara genuint chockad över nyheterna om att Johannes mördats och vägrade envist säga något annat än att de trakasserade hans familj och att han var oskyldig. Gång på gång kom Patrik på sig själv med att titta på mobiltelefonen som låg gäckande tyst på bordet framför honom. Han var i desperat behov av goda nyheter. Blodproverna skulle de inte kunna få något svar på förrän tidigast i morgon bitti, det visste han, så hans hopp stod till Martin och teamet som gick igenom Västergården. Men inget samtal kom. Inte förrän strax efter fyra på eftermiddagen då Martin ringde och uppgivet rapporterade att de inte funnit något och att de skulle ge upp. Patrik vinkade åt Gösta att komma ut ur förhörsrummet.

"Det var Martin som ringde. De har inte hittat något."

Hoppet i Göstas ögon slocknade. "Inget?"

"Nej, inte ett skit. Så vi verkar inte ha något annat val än att släppa honom. Fan också." Patrik slog handen i väggen, men samlade sig sedan snabbt igen. "Nåja, det är bara tillfälligt. I morgon förväntar jag mig att få en rapport om blodproven och då kanske vi kan plocka in honom för gott."

"Ja, men tänk på vad han kan göra till dess. Han vet ju vad vi har på honom nu och släpper vi honom kan han gå raka vägen och ha ihjäl tjejen."

"Ja, men vad fan tycker du vi ska göra då?" Patriks frustration vändes till vrede, men han insåg orättvisan i att fara ut mot Gösta och bad genast om ursäkt.

"Jag ska bara göra ett sista försök att få något svar på blodproven innan vi släpper honom. De kan ju ha hunnit få fram något vi kan ha nytta av redan nu. De vet varför det brådskar och det här går före allt annat i kön."

Patrik gick in på sitt rum och slog telefonnumret till Rättsmedicinska på sin stationära telefon. Han kunde numret utantill vid det här laget. Utanför fönstret brusade trafiken på som vanligt i sommarsolen och han avundades för ett ögonblick de aningslösa semesterfirarna som åkte förbi med sina fullpackade bilar. Han önskade att han också kunnat vara lika ovetande.

"Tjena Pedersen, det är Patrik Hedström. Tänkte bara höra om ni fått fram något innan vi släpper vår misstänkte."

"Sa jag inte att vi inte skulle vara klara förrän i morgon bitti. Och då lägger vi ner ett avsevärt antal övertidstimmar här i kväll ska du veta." Pedersen lät stressad och irriterad.

"Ja, jag vet, men jag tänkte ändå höra om ni fått fram något."

En lång stunds tystnad indikerade att Pedersen förde en intern kamp om något och Patrik satte sig rakare upp i stolen.

"Ni har fått fram något, eller hur?"

"Det är bara preliminärt. Vi måste kolla och dubbelkolla innan vi får lämna ut något, annars kan konsekvenserna bli katastrofala. Dessutom måste sen testerna göras om på SKL, vår utrustning är inte alls lika sofistikerad som deras och …"

"Ja, ja", avbröt Patrik, "jag vet det, men det är en sjuttonårig flickas liv som står på spel, så är det något tillfälle som du ska lätta på reglerna så är det nu." Han höll andan och väntade.

"Ja, men hantera informationen varsamt i så fall, du anar inte hur mycket skit jag kan få ifall …" Pedersen avslutade inte meningen.

"Hedersord, tala nu om vad du har bara." Luren blev svettig av hans krampaktiga grepp.

"Vi började naturligtvis med att analysera Jacob Hults blodprov först. Och vi fick fram en del intressant, preliminärt självklart", varnade Pedersen igen.

"Ja?"

"Enligt vårt första test så matchar inte Jacob Hult spermaprovet från offret."

Patrik släppte långsamt ut luft. Han hade inte ens varit medveten om att han hållit andan.

"Hur säkert är det?"

"Som jag sa så måste vi köra testen flera gånger för att vara helt säkra, men det är egentligen bara en formalitet för rättssäkerhetens skull. Du kan nog räkna med att det stämmer", sa Pedersen.

"Det var som fan. Ja, det ställer ju saken i en annan dager." Patrik kunde inte hålla besvikelsen borta ur rösten. Han insåg att han hade varit helt säker på att Jacob var den de sökte. Nu var de tillbaka där de började igen. Nåja, nästan åtminstone.

"Och ni har inte hittat någon matchning när ni undersökt de andra proven?"

"Vi har inte kommit så långt än. Vi antog att ni ville att vi skulle koncentrera oss på Jacob Hult och det var det vi gjorde. Därför har vi förutom honom bara hunnit med ytterligare en person. Men någon gång under förmiddagen i morgon ska jag kunna ge dig ett besked om de övriga."

"Ja, då har jag till dess en kille som jag måste gå och släppa ut ur förhörsrummet. Och dessutom be om ursäkt", suckade Patrik.

246

"Jo, det var en sak till."

"Ja?" sa Patrik.

Pedersen tvekade. "Det andra provet som vi hunnit börja arbeta med är Gabriel Hults. Och ..."

"Ja", sa Patrik ännu mer uppfordrande.

"Jo, enligt vår analys av deras respektive DNA-struktur, så kan Gabriel omöjligt vara far till Jacob."

Patrik satt blickstilla i stolen, tyst.

"Är du kvar?"

"Ja, jag är kvar. Det var bara inte vad jag väntat mig. Är du säker?" Sedan insåg han vad svaret skulle bli och förekom Pedersen: "Det är bara preliminärt och ni ska göra fler tester och så vidare och så vidare, jag vet, du behöver inte dra det igen."

"Är det något som kan ha betydelse för utredningen?"

"Just nu har allt betydelse, så det är säkert något vi kan ha nytta av. Tack ska du ha."

Villrådig satt Patrik kvar en stund och funderade, med händerna knäppta bakom huvudet och fötterna på skrivbordet. Jacobs negativa prov gjorde att de var tvungna att tänka om helt. Fortfarande återstod det faktum att Tanjas mördare var släkt med Johannes, och med Jacob ur leken återstod bara Gabriel, Johan och Robert. En borta, tre kvar. Men även om det inte var Jacob så kunde Patrik slå vad om att han visste något. Under hela förhöret hade han känt något undanglidande hos honom, något som Jacob kämpade hårt för att hålla nere under ytan. Informationen han fått från Pedersen kunde kanske ge dem det övertag de behövde för att kunna skaka om honom tillräckligt för att få honom att prata med dem. Patrik tog ner benen från bordet och reste sig. Han berättade kort för Gösta vad han fått reda på, och sedan gick de tillsammans in i förhörsrummet igen, där Jacob uttråkad satt och petade naglarna. De hade hastigt kommit överens om hur de skulle lägga upp taktiken.

"Hur länge ska jag sitta här?"

"Vi har rätt att hålla dig i sex timmar. Men som vi sagt så har du rätt att få hit en advokat när du vill. Vill du det?"

"Nej, det behövs inte", svarade Jacob. "Den som är oskyldig behöver ingen annan försvarare än tron på att Gud ställer allt till rätta."

"Ja, då så, då borde du ju vara väl försedd. Du och Gud verkar ju vara 'like this'", sa Patrik och höll upp handen med pekfingret och långfingret tätt tillsammans.

"Vi vet var vi har varandra", svarade Jacob avmätt. "Och det är synd om dem som står utan Gud i sitt liv."

"Så du tycker synd om oss arma stackare, är det det du säger?" sa Gösta med ett roat tonfall.

"Det är bortkastad tid att prata med er. Ni har stängt era hjärtan."

Patrik lutade sig framåt mot Jacob. "Intressant allt det här med Gud och djävulen och synd och hela den där biten. Hur ställer sig dina föräldrar i den frågan? Lever de i enlighet med Guds bud?"

"Far må ha tagit ett steg tillbaka från församlingen, men hans tro finns kvar och både han och mor är gudfruktiga människor."

"Är du säker på det? Jag menar, vad vet du egentligen om hur de lever?"

"Vad menar du? Jag känner väl mina egna föräldrar! Har ni kokat ihop något för att smutskasta dem nu!"

Jacobs händer darrade och Patrik kände en viss tillfredsställelse över att de lyckats rubba hans stoiska lugn.

"Jag menar bara att du omöjligt kan veta vad som försiggår i någon annans liv. Dina föräldrar kan ju ha synder på sitt samvete som inte du har någon aning om, eller hur?"

Jacob reste sig upp och gick mot dörren. "Nej, nu får det faktiskt vara nog. Anhåll mig eller släpp mig, för här sitter jag inte längre och lyssnar på era lögner!"

"Vet du till exempel att Gabriel inte är din far?"

Jacob stannade mitt i en rörelse, med handen halvvägs mot handtaget. Han vände sig sakta om. "Vad sa du?"

"Jag frågade om du vet om att Gabriel inte är din far. Jag pratade precis med de som gör testerna på de blodprov som ni lämnade och det är faktiskt ingen tvekan. Gabriel är inte din far."

All färg hade försvunnit från Jacobs ansikte. Det rådde ingen tvekan om att det kom som en överraskning för honom. "Har de testat mitt blod?" sa han med darrande röst.

"Ja, och jag lovade ju att be om ursäkt om jag hade fel."

Jacob tittade bara på honom.

"Jag ber om ursäkt", sa Patrik. "Ditt blod stämmer inte med det DNA vi fann på offret."

Som en punkterad ballong sjönk Jacob ihop. Han satte sig tungt i stolen igen. "Så, vad händer nu?"

"Du är avförd som misstänkt för mordet på Tanja Schmidt. Men jag tror fortfarande att du döljer något för oss. Nu har du chansen att berätta det du vet. Jag tycker att du ska ta den, Jacob."

Han bara skakade på huvudet. "Jag vet inget. Jag vet ingenting längre. Snälla, kan jag inte få gå nu."

"Inte än. Vi vill prata med din mor först, innan du gör det. För jag antar att du har ett och annat du vill fråga henne om?"

Jacob nickade stumt. "Men varför vill ni prata med henne? Det har väl ingenting med er undersökning att göra?"

Patrik fann sig upprepa det han sagt till Pedersen. "Just nu har allt med fallet att göra. Ni döljer något, det kan jag sätta en månadslön på. Och vi tänker ta reda på vad det är, med vilka medel som än krävs."

Det var som om all kämpaglöd gått ur Jacob, han förmådde bara nicka resignerat. Nyheten verkade ha försatt honom i ett chocktillstånd.

"Gösta, kan du åka och hämta Laine?"

"Vi har väl inget tillstånd att ta in henne?" sa Gösta buttert.

"Hon har säkert hört att vi har Jacob inne på förhör, så det blir nog inte så svårt att få henne att följa med frivilligt."

Patrik vände sig mot Jacob. "Du ska få lite att äta och dricka, så får du sitta här själv tills vi har pratat med din mor. Sen kan du själv få tala med henne. OK?"

Jacob nickade apatiskt. Han verkade vara djupt inne i sina egna tankar.

Det var med blandade känslor Anna satte nyckeln i låset hemma i Stockholm. Att komma bort ett tag hade varit underbart, både för henne och barnen, men det hade också fått entusiasmen inför Gustav att lägga sig något. För att vara riktigt ärlig hade det varit ganska påfrestande att sitta i en segelbåt med honom och hans pedanteri. Dessutom var det något i Lucas tonfall sist de talades vid som hade oroat henne. Trots all misshandel han utsatt henne för, hade han ändå alltid givit ett intryck av att ha full kontroll över sig själv och situationen. Nu hade hon för första gången hört en ton av panik i hans röst. En insikt om att saker och ting kunde hända som inte var enligt hans regi. Via en bekant hade hon fått höra rykten om att saker och ting börjat falla isär för honom på jobbet. Han hade brusat upp under ett internt möte, förolämpat en kund vid ett annat tillfälle och överlag börjat visa sprickor i sin fasad. Och det skrämde henne. Det skrämde henne något oerhört.

Något var konstigt med låset. Nyckeln ville inte vridas runt åt rätt håll. Efter att ha försökt en stund insåg hon att det var på grund av att dörren inte var låst. Hon var helt säker på att hon låste den när hon åkte hemifrån för en vecka sedan. Anna sa åt barnen att stanna där de var och öppnade försiktigt dörren. Hon kippade efter andan. Hennes första egna lägenhet, som hon varit så stolt över, var förstörd. Det fanns inte en hel möbel kvar. Allt var sönderslaget och på väggarna hade någon sprejat svart färg, som graffiti. "Hora" stod det på vardagsrumsväggen med stora bokstäver och hon slog handen för munnen medan tårarna började tränga fram i ögonen. Hon behövde inte fundera på vem det var som gjort så här mot henne. Det som gnagt i hennes bakhuvud ända sedan hon talade med Lucas hade nu blivit visshet. Saker och ting hade börjat urarta för honom. Nu hade hatet och vreden som alltid legat strax under ytan på honom fått fasaden att vittra.

Anna backade ut i trappuppgången. Hon tog sina båda barn och tryckte dem tätt, tätt intill sig. Hennes första instinkt hade varit att ringa Erica. Sedan bestämde hon sig för att hon måste klara ut det själv.

Hon hade varit så glad över sitt nya liv. Känt sig så stark. För första gången i sitt liv hade hon varit sin egen. Inte Ericas lillasyster. Inte Lucas fru. Sin egen. Nu var allt förstört.

Hon visste vad hon skulle bli tvungen att göra. Katten hade vunnit. Musen hade nu bara ett ställe att ta sin tillflykt till. Vad som helst för att inte förlora barnen.

Men en sak visste hon. Hon gav upp för egen del. Han fick göra vad han ville med henne. Men rörde han något av barnen igen skulle hon döda honom. Utan tvekan.

Det hade inte varit en bra dag. Gabriel hade blivit så upprörd över det han kallade polisernas övergrepp att han stängt in sig i arbetsrummet och vägrade komma ut. Linda hade gått ner till hästarna igen och själv satt Laine ensam i soffan i vardagsrummet och stirrade in i väggen. Tanken på Jacob i förhör på polisstationen fick tårar av förödmjukelse att bildas i ögonen. Det var hennes instinkt som mor att försvara honom mot allt ont, vare sig han var barn eller vuxen, och även om hon visste att detta låg utanför hennes kontroll kändes det som om hon hade misslyckats. En klocka tickade i stillheten och det monotona ljudet hade nästan försatt henne i trans. Ljudet av knackningen på ytterdörren fick henne därför att hoppa högt. Det var med bävan hon öppnade dörren. Nuförtiden var det som om varje knackning medförde en obehaglig överraskning. Därför reagerade hon inte med någon större förvåning när Gösta presenterade sig.

"Vad vill ni nu då?"

Gösta skruvade besvärat på sig. "Vi har lite frågor vi skulle behöva få hjälp med. På stationen." Han tystnade och verkade vänta sig en störtflod av protester. Men Laine nickade bara och följde honom ut på trappan.

"Ska du inte säga vart du ska till din man?" sa Gösta förvånat.

"Nej", blev det korta svaret och han tittade forskande på henne. För en kort sekund undrade han om de pressat familjen Hult för långt. Sedan erinrade han sig att det någonstans i deras snåriga familjeförhållanden fanns en mördare och en försvunnen flicka. Den tunga ekdörren föll igen bakom dem och likt en japansk hustru gick hon några steg efter honom fram till bilen. De färdades hela vägen till stationen i en beklämd tystnad som endast avbröts av en fråga från Laine, som ville veta om de fortfarande höll hennes son. Gösta nickade bara och Laine tillbringade resten av färden till Tanumshede med att stirra ut genom fönstret på det passerande landskapet. Det hade hunnit bli tidig kväll och solen hade redan börjat färga fälten röda. Men skönheten i miljön var inget någon av dem brydde sig nämnvärt om.

Patrik såg lättad ut när de kom in genom dörrarna på stationen. Tiden det tog Gösta att åka fram och tillbaka hade han tillbringat rastlöst vandrande i korridoren utanför förhörsrummet, med en het önskan att han hade kunnat läsa Jacobs tankar.

"Hej", nickade han kort till Laine när hon kom. Det började kännas överflödigt att presentera sig ännu en gång, och att ta i hand kändes under omständigheterna som en alldeles för inställsam gest. De var inte här för att utbyta artigheter. Patrik hade oroat sig en aning för hur Laine skulle klara av deras utfrågning. Hon hade verkat vara så skör, så bräcklig, med nerverna utanpå kroppen. Han såg snabbt att han inte hade behövt oroa sig. Där hon gick bakom Gösta såg hon resignerad ut, men lugn och samlad.

Eftersom Tanumshede polisstation endast hade ett förhörsrum gick de in i köket och satte sig. Laine tackade nej till en kopp kaffe, men både Patrik och Gösta kände ett behov av koffeintillskott. Kaffet smakade plåt, men de drack det ändå, fast inte utan grimaser. Ingen av dem visste hur de skulle börja och till deras förvåning förekom Laine dem.

"Ni hade lite frågor hörde jag", hon nickade mot Gösta.

251

"Jaa", sa Patrik dröjande. "Vi har fått viss information som vi är lite osäkra på hur vi ska hantera. Och hur den passar in i utredningen. Kanske inte alls, men just nu är tiden för knapp för att ta på sig silkesvantarna. Jag tänker därför gå rakt på sak." Patrik tog ett djupt andetag. Laine fortfor att oberört möta hans blick, men när han tittade ner på hennes händer som låg knäppta på bordet, såg han att knogarna vitnat.

"Vi har fått ett första preliminärt resultat av analysen av blodproverna vi tog på er." Nu såg han också hur hennes händer började skälva och undrade hur länge hon skulle kunna behålla sitt skenbara lugn. "Och för det första kan jag berätta att Jacobs DNA inte matchar det DNA som vi fann på offret."

Framför honom föll Laine ihop. Händerna skakade nu okontrollerat och han insåg att hon kommit till stationen beredd att möta nyheten om att hennes son arresterats för mord. Lättnad lyste i ansiktet på henne och hon fick svälja flera gånger för att hindra gråten som satt i halsen. Hon sa inget så han fortsatte:

"Däremot hittade vi en märklighet i jämförelsen mellan Jacobs och Gabriels blod. Den visar tydligen att Jacob inte kan vara son till Gabriel..." Med sitt tonfall utformade han påståendet som en fråga och väntade sedan på reaktionen. Men lättnaden över att Jacob friats verkade ha lyft en sten från hennes bröst, och hon tvekade bara en sekund innan hon sa:

"Ja, det stämmer. Gabriel är inte far till Jacob."

"Vem är det i så fall?"

"Jag förstår inte vad det har att göra med morden. Speciellt nu när Jacob uppenbarligen inte är skyldig."

"Som jag sa tidigare så har vi just nu inte råd att sitta och göra den bedömningen, så jag skulle uppskatta om du vore snäll och svarade på min fråga."

"Vi kan självklart inte tvinga dig", sa Gösta, "men en ung flicka saknas och vi behöver all information vi kan lägga händerna på, även om den verkar ovidkommande."

"Kommer min man att få reda på det?"

Patrik tvekade. "Jag kan inte lova något, men jag ser ingen anledning till varför vi skulle springa och säga det till honom. Men", han tvekade, "Jacob vet om det."

Hon ryckte till. Händerna hade åter börjat darra. "Vad sa han?" Rösten var nu inte mer än en viskning.

"Jag ska inte ljuga för dig. Han blev upprörd. Och han undrar självklart också vem som är hans riktiga far."

Tystnaden blev kompakt runt bordet, men Gösta och Patrik väntade lugnt ut henne. Efter en stund kom svaret, fortfarande som en viskning: "Det är Johannes." Rösten blev starkare. "Johannes är Jacobs far."

Det verkade förvåna henne att hon kunde säga meningen högt utan att en blixt slog ner från taket och dödade henne på fläcken. Hemligheten måste ha blivit tyngre och svårare att bära för vart år som gick, och nu såg det nästan ut som en lättnad för henne att låta orden rulla över tungan. Hon pratade vidare, snabbt.

"Vi hade en kort affär. Jag kunde inte stå emot. Han var som en naturkraft som bara kom och tog det han ville ha. Och Gabriel var så – annorlunda." Laine tvekade över ordvalet, men Patrik och Gösta kunde lätt fylla i vad hon menade.

"Gabriel och jag hade redan försökt att få barn en tid, och när det visade sig att jag var med barn så blev han överlycklig. Jag visste att barnet kunde vara både Gabriels och Johannes, men trots alla komplikationer det skulle medföra, så önskade jag hett att det skulle vara Johannes. En son till honom skulle kunna bli – magnifik! Han var så levande, så vacker, så – vibrerande."

Ett skimmer kom i hennes ögon, som lyfte hennes drag och i ett slag fick henne att se tio år yngre ut. Det var ingen tvekan om att hon hade varit förälskad i Johannes. Fortfarande fick tanken på deras affär, för så många år sedan, henne att rodna.

"Hur visste du att det var Johannes barn då, och inte Gabriels?"

"Det visste jag så fort jag såg honom, i samma sekund som han las upp på mitt bröst."

"Och Johannes, visste han om att det var hans son och inte Gabriels?" sa Patrik.

"Oh ja. Och han älskade honom. Jag visste alltid att jag bara var en tillfällig förlustelse för Johannes, hur gärna jag än velat något annat, men med Jacob var det annorlunda. Johannes smög ofta in när Gabriel var bortrest, för att titta på honom, och leka med honom. Ända tills Jacob började bli tillräckligt stor för att kunna berätta om det, då fick han sluta", sa Laine sorgset. Hon fortsatte: "Han avskydde att se sin bror uppfostra hans förstfödde, men han var inte beredd att ge upp det liv han levde. Och inte heller var han beredd att ge upp Solveig", erkände Laine motvilligt.

"Och hur var livet för dig?" frågade Patrik med medkänsla. Hon ryckte på axlarna.

"I början var det helvetet. Att bo så nära Johannes och Solveig, se när de fick sina pojkar, bröder till Jacob. Men jag hade ju min son, och sen, många år senare, hade jag ju Linda. Och det kan verka osannolikt, men med åren har jag faktiskt kommit att älska Gabriel. Inte på samma sätt som jag älskade Johannes, men kanske på ett mer realistiskt sätt. Johannes var ingen man kunde älska på nära håll utan att gå under. Min kärlek till Gabriel är tråkigare, men också lättare att leva med", sa Laine.

"Var du inte rädd att det skulle komma fram när Jacob blev sjuk?" sa Patrik.

"Nej, då fanns det annat att vara mer rädd för", sa Laine vasst. "Om Jacob dog skulle inget ha någon betydelse, allra minst vem som var far till honom." Sedan mjuknade rösten. "Men Johannes var så orolig då. Han var förtvivlad över att Jacob var sjuk och att han inget kunde göra. Han kunde inte ens visa sin rädsla offentligt, kunde inte sitta vid hans sida på sjukhuset. Det var svårt för honom." Hon förlorade sig i en fjärran tid, men ryckte till och tvingade sig tillbaka till nutiden.

Gösta reste sig upp för att fylla på sin kaffekopp och lyfte frågande kannan mot Patrik som nickade. När han satt sig igen frågade Gösta:

"Var det verkligen ingen som anade något, eller som visste? Har du aldrig anförtrott dig åt någon?"

Ett bistert uttryck kom i Laines ögon. "Jo, Johannes berättade i ett svagt ögonblick för Solveig om Jacob. Så länge han levde vågade hon inte göra något åt det, men efter Johannes död började hon först komma med små antydningar, sedan övergick det till krav i samma takt som hennes kassa började sina."

"Hon utövade utpressning?" sa Gösta.

Laine nickade. "Ja, i tjugofyra år har jag betalat till henne."

"Hur har du kunnat göra det utan att Gabriel märkt något? För jag antar att det rört sig om stora summor?"

Ännu en nick. "Det har inte varit lätt. Men även om Gabriel är petig med räkenskaperna för gården så har han aldrig varit snål mot mig, utan jag har alltid fått pengar om jag bett om det, till shopping och sånt, och hushållet i allmänhet. För att kunna betala Solveig har jag snålat med dem och gett henne det mesta jag fått." Tonen var bitter, med en underton av något ännu starkare. "Men jag antar att jag nu inte har något

254

annat val än att berätta för Gabriel, så hädanefter lär jag i alla fall slippa problemet med Solveig."

Hon log snett men blev snabbt allvarlig igen och tittade Patrik rakt in i ögonen. "Om det är något gott som allt det här har fört med sig, så är det att jag inte bryr mig så mycket om vad Gabriel säger, även om det är något som jagat mig i trettiofem år. Det viktigaste för mig är Jacob och Linda, och därför spelar inget annat någon roll än att Jacob nu är rentvådd. För jag antar att det är fallet?" sa hon uppfordrande och spände ögonen i dem båda.

"Ja, det verkar faktiskt så, ja."

"Varför håller ni honom då fortfarande? Kan jag gå nu och ta Jacob med mig?"

"Ja, det kan du", sa Patrik lugnt. "Men vi skulle ändå vilja be dig om en tjänst. Jacob vet något om allt det här och för hans egen skull är det viktigt att han pratar med oss. Ta gärna en stund inne hos honom och prata igenom allt det här, men försök övertyga honom om att han inte ska hålla inne med det han vet."

Laine fnös. "Jag förstår honom faktiskt. Varför skulle han hjälpa er efter allt ni har gjort mot honom och vår familj?"

"Därför att ju snabbare vi reder ut det här, desto snabbare kan ni allihop gå vidare med era liv."

Det var svårt för Patrik att låta övertygande eftersom han inte ville berätta om analysresultatet som visade att förövaren visserligen inte var Jacob men ändå någon som var släkt med Johannes. Det var deras trumfkort som han inte tänkte spela ut förrän det var absolut nödvändigt. Till dess hoppades han att Laine ändå trodde på det han sa och kunde följa hans resonemang. Efter en stunds väntan fick han som han ville. Laine nickade.

"Jag ska göra vad jag kan. Men jag är inte säker på att du har rätt. Jag tror inte Jacob vet mer om det här än någon annan."

"Det visar sig i så fall förr eller senare", blev hans torra svar. "Kommer du med då?"

Det var med dröjande steg hon gick mot förhörsrummet. Gösta vände sig mot Patrik med en rynka mellan ögonen:

"Varför sa du inget om att Johannes mördats?"

Patrik ryckte på axlarna. "Jag vet inte. Men jag har en känsla av att ju mer jag kan röra om begreppen för de två där inne, desto bättre. Jacob kommer att berätta det för Laine, och förhoppningsvis får det henne ur balans också. Och kanske, kanske, kan vi då få någon av dem att öppna sig."

"Tror du att Laine också döljer något?" sa Gösta.

"Jag vet inte", sa Patrik återigen, "men såg du inte uttrycket i hennes ansikte när vi sa att Jacob var struken från listan av misstänkta. Det var förvåning."

"Jag hoppas du har rätt", sa Gösta och strök sig trött över ansiktet. Det hade varit en lång dag.

"Vi väntar tills de har snackat med varann där inne, och sen sticker vi hem och får lite mat i oss och lite sömn. Vi gör ingen nytta om vi är körda i botten", sa Patrik.

De satte sig ner för att vänta.

Hon tyckte att hon hörde någonting utanför. Men sedan blev det tyst igen och Solveig ryckte på axlarna och flyttade koncentrationen tillbaka till sina album. Efter de senaste dagarnas alla känslostormar var det skönt att vila i tryggheten hos de tummade fotografierna. De förändrades aldrig, möjligen blev de lite blekta och gulnade med åren.

Hon tittade på köksklockan. Visserligen kom och gick pojkarna som de önskade, men i kväll hade de lovat att komma hem och äta. Robert skulle köpa med sig pizza från Kapten Falck och hon kände hur hungern började mola i magen på henne. Strax efteråt hörde hon steg på gruset utanför och reste sig mödosamt för att plocka fram glas och bestick. Tallrikar var onödigt. De åt direkt på kartongen.

"Var är Johan?" Robert satte ifrån sig pizzorna på bänken och tittade sig runt.

"Det trodde jag du visste. Jag har inte sett honom på flera timmar", sa Solveig.

"Han är säkert i skjulet, jag går och letar efter honom."

"Säg åt honom att skynda sig bara, jag tänker då inte vänta på honom", ropade Solveig efter honom och började girigt lyfta på kartonglocken för att hitta sin pizza.

"Johan?" Robert började ropa redan innan han kom fram till skjulet, men fick inget svar. Nåja, det behövde inte betyda något. Ibland blev Johan som blind och döv när han satt där inne.

"Johan?" Han höjde rösten ytterligare ett snäpp, men hörde bara sin egen röst i stillheten.

Irriterat öppnade han dörren till skjulet, redo att skälla på sin lillebror för att han satt och dagdrömde. Men det glömde han fort.

"Johan! Fan också!"

Hans bror låg på golvet med en stor röd gloria kring huvudet. Det tog en sekund innan Robert förstod att det var blod. Johan rörde sig inte.

"Johan!" Rösten blev klagande och en snyftning började byggas upp i bröstet på Robert. Han sjönk ner på knä bredvid Johans misshandlade kropp och irrade villrådigt med händerna över honom. Han ville hjälpa men visste inte hur, och han var rädd för att göra skadorna värre om han tog på honom. Ett stön från brodern fick honom att börja handla. Han reste sig från golvet med blodfläckiga knän och sprang bort mot huset.

"Morsan, morsan!"

Solveig öppnade dörren och kisade med ögonen. Hon var flottig om fingrarna och runt munnen och hade uppenbarligen börjat äta. Nu var hon irriterad över att bli störd.

"Vad fan är det sånt jävla liv om?" Sedan såg hon fläckarna på Roberts kläder. Hon visste att det inte var målarfärg. "Vad har hänt? Är det Johan?"

Hon sprang mot skjulet så fort hennes oformliga kroppshydda förmådde, men Robert fångade in henne innan hon hann fram.

"Gå inte in där. Han lever, men någon har bankat skiten ur honom! Han är illa däran och vi måste ringa ambulans!"

"Vem ...?" snyftade Solveig och föll ihop som en lealös docka i Roberts armar. Han lösgjorde sig irriterat och tvingade henne att stå på egna ben.

"Det är väl skit samma nu. Först måste vi fixa hjälp åt Johan! Gå in och ring nu, så går jag tillbaka till honom. Och ring läkarstationen också, ambulansen ska ju åka ända från Uddevalla."

Han kastade ut sina order med pondusen hos en general och Solveig reagerade omedelbart. Hon sprang tillbaka till huset, och trygg i förvissningen om att hjälpen snart skulle vara på väg skyndade Robert in till sin bror igen.

När doktor Jacobsson kom, var det ingen av dem som talade om, eller ens tänkte på, de omständigheter under vilka de träffats tidigare samma dag. Robert backade lättat undan, tacksam att någon som visste vad han gjorde nu tog kontroll över situationen, och väntade spänt på domen.

"Han lever, men måste till sjukhus så fort som möjligt. Ambulansen är på väg förstod jag."

"Ja", sa Robert med svag röst.

"Gå in och hämta en filt till honom."

Robert var inte dummare än att han förstod att läkarens förfrågan mer handlade om att ge honom något att göra än att Johan behövde en filt, men han var tacksam för att få ett konkret uppdrag och lydde villigt. Robert var tvungen att tränga sig förbi Solveig, som stod i dörren till skjulet och grät tyst, skakande. Det fanns inte krafter nog hos honom att ge tröst till henne. Han var fullt upptagen med att hålla ihop sig själv och hon fick klara sig bäst hon kunde. På avstånd hörde han sirener. Aldrig någonsin tidigare hade han varit så tacksam över att få se blåljus skymta mellan träden.

En halvtimme satt Laine inne hos Jacob. Helst hade Patrik velat ha örat tryckt mot väggen, men han fick ge sig till tåls. Bara hans ena fot som vippade upp och ner skvallrade om hans iver. Både han och Gösta hade gått in på sina respektive rum, för att försöka få lite gjort, men det var svårt. Patrik önskade att han visste exakt vad det var han hoppades få ut av hela den här charaden, men var tvungen att ge upp. Han hoppades bara att Laine på något sätt kunde trycka på exakt rätt knapp för att få Jacob att öppna sig. Fast det här kanske bara fick honom att sluta sig ännu mer. Han visste inte. Det var just det. Risker som vägdes mot eventuella vinster blev till handlingar som i efterhand kunde vara omöjliga att förklara logiskt.

Det retade honom också att det skulle dröja ända till morgonen innan han fick svar på blodproven. Han skulle gärna ha jobbat hela natten med att undersöka spår efter Jenny, om det bara hade funnits några sådana. Istället var blodproven det enda de hade att gå på just nu, och han hade nog mer än han anat räknat med att Jacobs prov skulle matcha. När nu hela den teorin hade rasat samman satt han med ett gapande tomt papper framför sig, och de var tillbaka där de började. Någonstans där ute fanns hon, och det kändes som om de visste mindre nu än tidigare. Det enda konkreta resultatet så här långt var att de kanske lyckats splittra en familj och att de konstaterat ett tjugofyra år gammalt mord. Bortom det – inget.

För hundrade gången tittade han på klockan och slog frustrerat små trumsolon med pennan mot bordsskivan. Kanske, kanske Jacob just nu satt och berättade detaljer för sin mor som skulle lösa alltsammans i ett slag. Kanske …

En kvart senare visste han att just det speciella slaget var förlorat. Vid

258

ljudet av dörren till förhörsrummet som öppnades hoppade han ur stolen och gick ut för att möta dem. Han möttes av två slutna ansikten. Ögon hårda som små stenar tittade på honom med trotsigt uttryck, och han visste i det ögonblicket att vad än Jacob dolde, skulle han inte självmant avslöja något.

"Ni sa att jag kunde ta min son med mig", sa Laine med isande, frostig röst.

"Ja", sa Patrik bara. Det fanns inte mer att säga.

Nu fick de göra som han sagt åt Gösta en stund tidigare. Åka hem och äta och sova lite. Förhoppningsvis skulle de kunna jobba vidare med förnyad energi under morgondagen.

Sommaren 1979

Hon oroade sig för hur det skulle gå för mor som var sjuk. Hur skulle hennes far klara att själv ta hand om henne? Hoppet om att de skulle finna henne nöttes sakta ner av skräcken i att nu vara ensam i mörkret. Utan den andras mjuka hud kändes mörkret om möjligt ännu svartare.

Lukten plågade henne också. Den söta, kväljande lukten av död trängde bort alla andra lukter. Till och med lukten av deras exkrementer försvann in i den otäcka sötman, och hon hade kräkts flera gånger, sura uppstötningar av galla i brist på mat i magen. Nu började hon känna en längtan efter döden. Det skrämde henne mer än något annat. Den började flörta med henne, viska till henne, lova att ta bort smärtan och obehaget.

Ständigt lyssnade hon efter stegen där ovanifrån. Ljudet av när luckan öppnades. Brädorna som drogs undan och sedan åter stegen, sakta nerför trappan. Hon visste att nästa gång hon hörde dem skulle bli den sista. Kroppen tålde inte mer smärta nu och liksom den andra skulle hon ge efter för dödens lockelser.

Som på beställning hörde hon ljuden som hon fruktat. Med sorg i hjärtat beredde hon sig för att dö.

Det hade varit underbart att ha Patrik hemma lite tidigare i går kväll. Men samtidigt var det inget som hon förväntade sig under omständigheterna. Med ett eget barn i magen kunde Erica för första gången på riktigt förstå en förälders oro och hon led med Jenny Möllers föräldrar.

Med ens kände hon sig lite skuldmedveten för att hon gått och känt sig så nöjd hela dagen. Sedan gästerna åkt hade friden lagt sig, vilket tilllåtit henne att gå och småprata med kompisen som sparkade där inne, att ligga och ta igen sig och att läsa en god bok. Hon hade också pustat sig uppför Galärbacken och gått och handlat lite gott att äta, samt en rejäl påse smågodis. Det sistnämnda hade hon nu lite dåligt samvete för. Barnmorskan hade strängt påpekat att socker inte var ett hälsosamt inslag i graviditetsdieten och att det i större mängder kunde få barnet att födas som en liten sockerknarkare. Visserligen hade hon mumlat att det var ganska stora kvantiteter man var tvungen att få i sig då, men inte desto mindre malde orden i Ericas huvud. Tillsammans med den långa listan som satt på kylen med saker man inte fick äta, så kändes det ibland som att det var ett omöjligt uppdrag att leverera barnet med hälsan i behåll. Vissa fiskar till exempel fick inte ätas alls, medan andra kunde ätas, men högst en gång i veckan och sedan var det frågan om de var fiskade i hav eller insjö… För att inte tala om ostdilemmat. Erica älskade ost i alla dess former och hon hade memorerat vilka hon fick och inte fick äta. Till hennes sorg låg mögelostar på den förbjudna listan och hon hade redan hallucinationer om vilken ost- och rödvinsfrossa hon skulle ha så fort hon slutat amma.

Hon var så inne i sina matorgietankar att hon inte ens hörde att Patrik kom in genom dörren. Ofrivilligt skrämde han henne så att hon höll på att hoppa ur skinnet, och det tog en lång stund innan hjärtrytmen lugnade ner sig.

"Åh herregud, vad du skräms!"

"Förlåt, det var inte meningen. Jag trodde du hörde när jag kom."

Han slog sig ner i vardagsrumssoffan bredvid henne och hon hajade till när hon såg hur han såg ut.

"Men Patrik, du är alldeles grå i ansiktet. Har det hänt något?" En tanke slog henne. "Har ni hittat henne?" Ett iskallt band av stål snörptes till om hennes hjärta.

Patrik skakade på huvudet. "Nej."

Han sa inget mer och hon väntade lugnt. Efter en stund verkade han kunna fortsätta.

"Nej, vi har inte hittat henne. Och vi har backat ett par steg bakåt i dag, känns det som."

Han lutade sig plötsligt fram och begravde ansiktet i händerna. Erica flyttade sig mödosamt närmare, lade armarna om honom och lutade kinden mot hans axel. Hon kände, mer än hörde, hur han grät tyst.

"Fy fan, hon är sjutton år. Kan du fatta det. Sjutton år och någon sjuk jävel tror han kan göra vad han vill med henne. Vem vet vad hon får utstå medan vi håller på och springer runt som inkompetenta jävla idioter och inte vet ett skit om vad vi gör! Hur fan kunde vi tro att vi skulle klara av en sådan här utredning? Vi sitter ju och utreder cykelstölder och sånt annars! Vad är det för idiot som tillåtit oss – mig! – att leda den här förbannade utredningen!" Han slog ut med händerna.

"Det finns ingen som kunde gjort det här bättre, Patrik! Hur tror du det skulle ha gått om de skickat in någon grupp från Göteborg eller vad du nu menar skulle ha varit alternativet? De har ingen lokalkännedom, de känner inte människorna och de vet inte hur saker och ting fungerar här. De hade inte kunnat göra ett dugg bättre jobb, bara sämre. Och helt ensamma har ni ju faktiskt inte varit om jobbet, även om jag förstår att du känner så. Glöm inte att Uddevalla har ett par man som jobbat med er och ordnat skallgångskedjor och annat. Du sa ju själv häromkvällen hur bra samarbetet har fungerat. Har du glömt det?"

Erica talade till honom som ett barn, men utan att vara nedlåtande. Hon ville bara vara tydlig med vad hon menade och det verkade gå fram, för Patrik blev lugnare och hon kunde känna hur hans kropp började slappna av.

"Ja, du har väl rätt", sa Patrik motvilligt. "Vi har gjort allt vi har kunnat, men det känns bara så hopplöst. Tiden bara springer iväg och här sitter jag hemma medan Jenny kanske dör i just det här ögonblicket."

Paniken började åter stegras i hans röst och Erica kramade hans axel.

"Schhhh, du kan inte kosta på dig att tänka så." Hon lät lite skärpa smyga sig in i tonfallet. "Du kan inte rasa samman nu. Om det är något

262

du är skyldig henne och hennes föräldrar, så är det att hålla huvudet kallt och bara arbeta på."

Han satt tyst, men Erica såg att han lyssnade på vad hon sa.

"Hennes föräldrar har ringt mig tre gånger i dag. Det var fyra i går. Tror du det beror på att de håller på att ge upp?"

"Nej, det tror jag inte", sa Erica. "Jag tror bara att de litar på att ni gör ert jobb. Och just nu är ditt jobb att samla krafter inför ännu en arbetsdag i morgon. Ni tjänar inget på att slita ut er fullkomligt."

Patrik log svagt då han hörde sina egna ord till Gösta som ett eko från Erica. Kanske visste han vad han pratade om ibland i alla fall.

Han tog henne på orden. Trots att maten inte smakade något, åt han det som ställdes på bordet framför honom och sov sedan en lätt och ytlig sömn. I drömmarna sprang en blond ung flicka hela tiden ifrån honom. Hon kom tillräckligt nära för att han skulle kunna röra vid henne, men precis när han skulle sträcka ut sin hand och ta tag i henne, skrattade hon ett retsamt skratt och smet undan. När han vaknade av väckarklockan var han kallsvettig och trött.

Bredvid honom hade Erica ägnat de flesta av nattens vakna timmar åt att grubbla över Anna. Lika beslutsam som hon tidigare på dagen varit att hon inte skulle ta första steget, lika säker var hon under gryningstimmarna på att hon måste ringa Anna så fort det blev ljust. Något var fel. Det kände hon på sig.

Lukten av sjukhus skrämde henne. Det var något slutgiltigt över den sterila doften, de färglösa väggarna och den trista konsten. Efter att inte ha kunnat sova en enda minut under natten, tyckte hon att alla omkring henne verkade röra sig i slow motion. Frasandet från personalens kläder förstärktes så att det i Solveigs öron ljöd högre än sorlet. När som helst väntade hon sig att världen skulle störta samman över henne. Johans liv hängde i en mycket tunn tråd, hade läkaren allvarligt sagt någon gång under gryningstimmarna och hon hade redan tagit ut sorgen i förskott. Vad annat skulle hon göra? Allt hon haft i livet hade runnit genom fingrarna som finkornig sand och blåsts bort med vinden. Ingenting som hon hade försökt hålla tag i hade stannat. Johannes, livet på Västergården, sönernas framtid – allt hade bleknat bort till intet och drivit henne in i en egen värld.

Men nu kunde hon inte fly längre. Inte när verkligheten trängde sig på i form av syner, ljud och lukter. Realiteten att man nu skar i Johans kropp var för påtaglig för att kunna fly ifrån.

Hon hade brutit med Gud för länge sedan, men nu bad hon för brinnande livet. Hon rabblade alla ord hon kunde komma ihåg från sin barndoms tro, gav löften hon aldrig skulle kunna hålla, men hoppades att god vilja skulle räcka åtminstone så långt att Johan fick ett litet, litet övertag som höll kvar honom i livet. Bredvid henne satt Robert med ett chockat uttryck i ansiktet, som han behållit kvällen och natten igenom. Hon ville inget hellre än att sträcka sig fram och röra vid honom, trösta honom, vara mor. Men så många år hade gått att alla chanser passerat förbi. Istället satt de som främlingar bredvid varandra, bara förenade genom kärleken till den som låg där inne i sängen, båda tysta i sin visshet att han var den bäste av dem.

En bekant figur kom avvaktande gående längst bort i korridoren. Linda smög sig längs väggarna, osäker på hur hon skulle bemötas, men all lust att bråka hade bankats ur dem samtidigt med slagen som haglat över deras son och bror. Tyst slog hon sig ner bredvid Robert och väntade en stund innan hon vågade fråga:

"Hur är det med honom? Jag hörde av pappa att du ringde honom i morse och berättade."

"Ja, jag tyckte Gabriel skulle veta", sa Solveig, fortfarande med blicken fäst i fjärran, "trots allt är blod tjockare än vatten. Jag tyckte bara han skulle veta ..." Hon verkade försvinna bort och Linda nickade bara.

Solveig fortsatte: "De opererar honom fortfarande. Vi vet inte så mycket mer än ... än att han kan dö."

"Men vem?" sa Linda, fast besluten att inte låta fastern dra sig undan i sin tystnad innan hon fått svar på det hon undrade.

"Vi vet inte", sa Robert. "Men vem det än är ska den jäveln få betala!"

Han slog handen hårt i armstödet och vaknade för en kort stund upp ur sitt chocktillstånd. Solveig sa inget.

"Vad fan gör du här förresten?" sa Robert och insåg först nu det märkliga i att kusinen de aldrig haft något direkt umgänge med hade kommit till sjukhuset.

"Jag ... vi ... jag", Linda stammade när hon letade efter orden för att beskriva vilken relationen egentligen var mellan henne och Johan. Det förvånade henne också att Robert inget visste. Visserligen hade Johan sagt att han inte berättat något om deras förhållande för sin bror, men hon hade ändå trott att han sagt något. Att Johan hade velat hemlighålla deras förhållande var ett bevis på hur viktigt det måste ha varit för honom, och insikten fick henne plötsligt att skämmas.

"Vi... har umgåtts en del, Johan och jag." Hon synade noggrant sina perfekt manikyrerade naglar.

"Vadå, umgåtts?" Robert tittade förbryllat på henne. Sedan förstod han. "Aha, ni har alltså... OK..." Han skrattade till. "Ja, där ser man. Brorsan. Vilken jävla lirare." Sedan fastnade skrattet i halsen när han mindes varför han satt där och en del av det chockade uttrycket återvände.

Medan timmarna passerade satt de tysta alla tre, på rad i det trista väntrummet, medan varje ljud av steg i korridoren fick dem att ängsligt spana efter en läkare i vit rock som skulle komma och ge dem domen. Ovetande om varandra bad de alla tre.

När Solveig ringde tidigt på morgonen hade han själv blivit förvånad över den medkänsla han kände. Fejden mellan familjerna hade pågått så länge att fiendskapen blivit som en andra natur, men när han hörde om Johans tillstånd hade allt gammalt groll spolats bort. Johan var hans brors son, hans eget kött och blod och det var det enda som räknades. Ändå var det inte helt naturligt att åka till sjukhuset. På något sätt kändes det som en hycklande gest och han var tacksam när Linda sa att hon ville åka. Han hade till och med betalat taxi till Uddevalla för henne, trots att han i vanliga fall såg taxiåkande som höjden av extravagans.

Gabriel satt villrådig vid sitt stora skrivbord. Hela världen verkade vara upp och ner och det blev bara värre och värre. Det kändes som om allt hade kulminerat under de senaste tjugofyra timmarna. Jacob som hämtades in till förhör, husrannsakan på Västergården, hela familjen som fick lämna blodprov och nu Johan på sjukhuset, svävande mellan liv och död. Hela den trygghet som han ägnat sitt liv åt att bygga upp höll på att raseras framför ögonen på honom.

I spegeln som hängde på motsatta väggen såg han sitt ansikte som om det var för första gången. På sätt och vis var det det också. Han såg själv hur han hade åldrats de senaste dagarna. Spänsten i blicken var borta, ansiktet var fårat av bekymmer och hans vanligen så välkammade hår var rufsigt och såg glanslöst ut. Gabriel var tvungen att erkänna att han var besviken på sig själv. Han hade alltid sett sig som en man som växte med svårigheterna och som någon som andra kunde förlita sig på i svåra tider. Men istället var det Laine som klivit fram som den starka av de två. Kanske hade han alltid vetat det, egentligen. Kanske hade hon också ve-

265

tat det, men låtit honom leva i sin illusion eftersom hon visste att han skulle vara lyckligast så. En varm känsla fyllde honom. En stillsam kärlek. Något som legat där djupt begravt under hans egocentriska förakt, men som nu fått möjlighet att bryta fram. Kanske kunde ändå något gott komma ur allt detta elände.

En knackning avbröt hans funderingar.

"Kom in."

Laine klev försiktigt in och han reflekterade än en gång över vilken förändring hon genomgått. Borta var det nervösa ansiktsuttrycket och händerna som oroligt vred sig, hon verkade till och med längre, eftersom hon nu sträckte på sig.

"God morgon, kära du. Har du sovit gott?"

Hon nickade och satte sig i en av de två fåtöljer han hade för besökande på kontoret. Gabriel tittade forskande på henne. Ringarna under ögonen motsade hennes jakande svar. Ändå hade hon sovit i mer än tolv timmar. I går när hon kom hem efter att ha hämtat Jacob på polisstationen hade han knappt hunnit prata med henne. Hon hade bara mumlat att hon var trött och sedan gått och lagt sig i sitt rum. Det var något som var i görningen, det kunde han känna nu. Laine hade inte tittat på honom en enda gång sedan hon kom in i rummet, utan studerade sina skor ytterst noggrant. Oron stegrades inom honom, men först var han tvungen att berätta om Johan för henne. Hon reagerade med förvåning och medkänsla, men det var ändå som om orden inte riktigt nådde fram till henne. Något så fundamentalt sysselsatte hennes tankar, att inte ens misshandeln av Johan kunde förmå henne att fokusera på något annat. Nu blinkade alla varningslampor samtidigt.

"Har det hänt något? Hände det något på polisstationen i går? Jag pratade ju med Marita i går kväll och hon sa att de släppt Jacob och då kan väl polisen knappast ha ..." Han visste inte riktigt hur han skulle fortsätta. Tankarna rusade runt i huvudet och han förkastade den ena förklaringen efter den andra.

"Nej, Jacob är helt friad från misstankar", sa Laine.

"Vad säger du! Men det är ju fantastiskt!" Han sken upp. "Hur ..., vad är det som ...?"

Fortfarande samma bistra ansiktsuttryck, och Laine mötte fortfarande inte hans blick.

"Innan vi tar det finns det något annat du bör känna till." Hon tvekade. "Johannes, han, han ..."

Otåligt skruvade Gabriel på sig i stolen. "Ja, vad är det med Johannes? Är det om den där olycksaliga gravöppningen?"

"Ja, det kan man säga." En ny paus fick Gabriel att vilja skaka henne för att få henne att säga det hon försökte få fram. Sedan tog hon ett djupt andetag och allt strömmade ur henne så fort att han knappt hörde vad hon sa:

"De berättade för Jacob att de undersökt Johannes kvarlevor och konstaterat att han inte tog livet av sig. Han blev mördad."

Pennan Gabriel hade hållit i handen föll ner på bordet. Han tittade på Laine som om hon förlorat vettet. Hon fortsatte:

"Ja, jag vet att det låter fullkomligt vansinnigt, men de är tydligen helt säkra. Någon mördade Johannes."

"Vet de vem?" Det var det enda han kom på att säga.

"Det är väl klart att de inte gör", fräste Laine. "De har precis upptäckt det och med så många år som har gått ..." Hon slog ut med händerna.

"Ja, det var nyheter må jag säga. Men berätta mer om Jacob. Bad de om ursäkt", sa Gabriel snävt.

"Han är som sagt inte misstänkt längre. De har lyckats bevisa det vi redan visste", fnös Laine.

"Ja, det är väl knappast någon överraskning, det var bara en tidsfråga. Men hur ...?"

"Blodproven de tog på oss i går. De jämförde hans blod först med några rester som gärningsmannen lämnat efter sig och det stämde inte."

"Ja, det hade jag kunnat tala om för dem med en gång. Vilket jag också gjorde, om jag inte missminner mig!" sa Gabriel pompöst och kände att en stor knut löstes upp. "Men, då ska vi ju fira i champagne, Laine, så jag förstår inte varför du ser så dyster ut."

Nu höjde hon blicken och tittade honom rakt i ögonen. "För att de också hade hunnit analysera ditt blod."

"Ja, men det kan väl ändå inte ha stämt", sa Gabriel och skrattade.

"Nej, inte med mördarens. Men ... det stämde inte med Jacobs heller."

"Vadå, vad menar du? Vadå inte stämde? På vilket sätt då?"

"De kunde se att du inte är Jacobs far."

Tystnaden som följde var som en explosion. Gabriel fick åter en skymt av sitt eget ansikte i spegeln och nu kände han inte ens igen sig själv. Det var en främling med gapande mun och uppspärrade ögon som stirrade tillbaka på honom och han förmådde inte ens titta på honom, utan vände bort blicken.

Laine såg ut som om världens sorger fallit av hennes axlar och ett ljus låg över hennes ansiktsdrag. Han kände igen det som lättnad. Hastigt slog det honom hur tungt det måste ha varit för henne att bära en sådan hemlighet i alla år, men sedan slog vreden till med full styrka.

"Vad fan säger du?" vrålade han och fick henne att rycka till.

"De har rätt, det är inte du som är Jacobs far."

"Och vem fan är det som är det då?"

Tystnad. Sakta gick sanningen upp för honom. Han viskade och föll tillbaka mot stolsryggen:

"Johannes."

Laine behövde inte bekräfta det. Plötsligt var allt klart som glas för honom och han förbannade sin egen dumhet. Att han inte sett det tidigare. De förstulna blickarna, känslan av att någon varit i hemmet när han inte var där, Jacobs ibland nästan kusliga likhet med hans bror.

"Men varför …?"

"Varför jag hade en affär med Johannes, menar du?" Laines röst hade fått en kall, metallisk biton. "För att han var allt som du inte var. Jag var ett andrahandsval för dig, en hustru vald av praktiska skäl, någon som skulle veta sin plats och se till att ditt liv blev som du hade tänkt dig med minsta möjliga gnissel. Allt skulle vara organiserat, logiskt, rationellt – livlöst!" Hennes röst mjuknade. "Johannes gjorde inget som inte han själv ville. Han älskade när han ville, hatade när han ville, levde när han ville … Att vara med Johannes var som att uppleva en naturkraft. Han såg mig verkligen, *såg* mig, inte bara passerade mig på väg till nästa affärsmöte. Varje kärleksmöte med honom var som att dö och födas på nytt."

Gabriel darrade inför passionen han hörde i Laines röst. Den tonade bort och hon betraktade honom nyktert.

"Jag beklagar verkligen att jag lurat dig vad gäller Jacob i alla år, tro mig, det gör jag verkligen, och jag ber om ursäkt av hela mitt hjärta. Men – jag tänker inte be om ursäkt för att jag älskade Johannes."

Impulsivt lutade hon sig fram och lade händerna ovanpå Gabriels. Han motstod lusten att rycka undan dem och lät dem bara passivt ligga kvar.

"Du hade så många chanser, Gabriel. Jag vet att det finns mycket av det som definierade Johannes även i dig, men du låter det inte komma fram. Vi hade kunnat få många bra år tillsammans och jag hade älskat dig. På sätt och vis har jag kommit att göra det, trots allt, men jag kän-

268

ner dig tillräckligt väl för att också veta att du nu aldrig kan låta mig fortsätta göra det."

Gabriel svarade inte. Han visste att hon hade rätt. Hela sitt liv hade han slagits mot att leva i sin brors skugga och Laines svek tog på hans allra mest sårbara ställe.

Han mindes nätterna då han och Laine hade vakat vid sonens sjukhusbädd. Då hade han önskat att han varit den ende som Jacob hade bredvid sig och att sonen skulle se hur ovidkommande alla andra var, inklusive Laine. I Gabriels värld hade han varit det enda som Jacob behövde. Det var de två mot alla andra. Det kändes skrattretande att tänka på det. Egentligen var det han som hade varit Svarte Petter i sammanhanget. Johannes var den som hade rätten att sitta vid Jacobs sida, hålla hans hand, tala om att allt skulle ordna sig. Och Ephraim, som räddade Jacobs liv. Ephraim och Johannes. Den eviga tvåsamheten som Gabriel aldrig kunnat ta sig in i. Nu framstod den som oövervinnelig.

"Och Linda?" Han visste svaret men var tvungen att fråga. Om inte annat så för att ge Laine ett nålstick. Hon fnös bara.

"Linda är din dotter. Det är det ingen som helst tvekan om. Johannes är den ende man jag haft under tiden vi har varit gifta och det kommer jag nu att ta konsekvenserna av."

En annan fråga plågade honom mer.

"Vet Jacob?"

"Jacob vet."

Hon reste sig. Tittade sorgset på Gabriel och sa tyst:

"Jag packar under dagen. Jag är borta innan kvällen."

Han frågade inte vart hon skulle ta vägen. Det spelade ingen roll. Ingenting spelade någon roll.

De hade dolt sitt intrång väl. Varken hon eller barnen hade knappt märkt att polisen varit där. Samtidigt var det något som var förändrat. Något som inte gick att ta på men ändå fanns där. En känsla av att hemmet inte längre var den trygga plats det alltid varit tidigare. Allt i huset hade vidrörts av främmande händer, som hade vänt och vridit och tittat. Letat efter något ont – i deras hus! Visserligen visade den svenska polisen betydligt större hänsyn, men för första gången i sitt liv tyckte hon sig kunna förstå hur livet måste vara i någon av de diktaturer och polisstater hon sett nyheter om på TV. Hon hade skakat på huvudet och beklagat de människor som levde under ständigt hot om intrång i deras hem,

269

men hade ändå aldrig riktigt kunnat förstå hur smutsig man kände sig efteråt och hur stor rädslan var inför det okända som skulle hända härnäst.

Hon hade saknat Jacob i sängen i natt. Hon hade velat ha honom bredvid sig, hans hand i hennes som en försäkran om att allt skulle bli som det varit. Men när hon hade ringt stationen under gårdagskvällen hade de sagt att han hämtats av sin mor och hon antog att han sovit över där istället. Visserligen tyckte hon att han kunde ha ringt, men samtidigt som hon tänkte tanken, bannade hon sig själv och sa att det var förmätet att tänka så. Jacob gjorde alltid det som var bäst för dem och om hon var upprörd över att poliserna hade varit i hennes hem, kunde hon inte ens föreställa sig hur det måste ha varit för honom att sitta instängd där och ställas inför omöjliga frågor.

Med långsamma rörelser plockade Marita undan frukosten efter barnen. Tvekande lyfte hon luren och började slå numret till svärföräldrarna, men ångrade sig och lade på igen. Han sov säkert ut i dag och hon ville inte störa honom. Precis när hon lagt på ringde telefonen och hon hoppade till av överraskning. På nummerdisplayen såg hon att det var från herrgården och svarade ivrigt, övertygad om att det var Jacob.

"Hej Marita, det är Gabriel."

Hon rynkade ögonbrynen. Hon kände knappt igen svärfaderns röst. Han lät som en gammal man.

"Hej, Gabriel. Hur står det till med er?"

Den glättiga tonen maskerade hennes oro, men hon väntade spänt på hur han skulle fortsätta. Tanken på att något hänt Jacob slog henne plötsligt, men innan hon hann fråga sa han:

"Du, har du möjligtvis Jacob hemma?"

"Jacob? Men Laine hämtade ju honom i går. Jag var säker på att han sov hos er?"

"Nej, han har inte varit här. Laine släppte av honom utanför er i går kväll." Paniken i hans röst överensstämde med den hon själv kände.

"Men herregud, var är han då?" Marita slog handen för munnen och kämpade för att inte lösas upp av sin ångest.

"Han måste ha ... Han måste vara ..." Gabriel kom inte på någon fortsättning på meningarna, vilket bara ökade hans oro. Var han inte hemma och inte hos dem, fanns det inte några fler alternativ. En fruktansvärd tanke slog honom.

"Johan ligger på sjukhuset. Han blev nedslagen och misshandlad hemma i går."

"Åh herregud, hur är det med honom?"

"De vet inte om han kommer att överleva. Linda är på sjukhuset, hon skulle ringa när hon visste mer."

Marita satte sig tungt på en av köksstolarna. Det krampade i bröstet på henne och gjorde det svårt att andas. Strupen kändes som om den var hopsnörd.

"Tror du att ..."

Gabriels röst hördes knappt över linjen. "Nej, så kan det väl ändå inte vara. Vem skulle ..."

Sedan insåg de båda samtidigt att alla deras umbäranden vilade på grunden av att en mördare var lös. Tystnaden efter insikten ekade.

"Ring polisen, Marita. Jag kommer över." Sedan hördes bara kopplingstonen.

Handfallen satt han åter vid sitt skrivbord. Patrik tvingade sig själv att försöka hitta någon sysselsättning istället för att sitta och stirra på telefonen. Önskan att få svaren på blodproven var så stark att han kunde känna smaken av den i munnen. Klockan tickade obarmhärtigt långsamt. Han bestämde sig för att försöka komma ikapp med en del av de administrativa delarna och plockade fram papperen. En halvtimme senare hade han fortfarande inte gjort något med dem, utan satt bara och stirrade ut i tomma intet. Tröttheten som kom av att ha sovit så dåligt gjorde sig påmind. Han tog en mun kaffe ur koppen han hade framför sig, men grinade genast illa. Det hade kallnat. Med koppen i handen reste han sig för att gå och hämta påfyllning när telefonen plötsligt ringde. Han kastade sig på luren så snabbt att en del av det kalla kaffet skvimpade ut på skrivbordet.

"Patrik Hedström."

"Jacob är försvunnen!"

Han hade varit så inställd på att det var Rättsmedicinska som ringde, att det tog en sekund innan han kunde koppla om i hjärnan.

"Förlåt?"

"Det här är Marita Hult. Min man är försvunnen sedan i går kväll!"

"Försvunnen?" Fortfarande hängde han inte riktigt med. Tröttheten gjorde att tankarna rörde sig trögt och motvilligt.

"Han kom aldrig hem i går. Och han sov inte hos sina föräldrar heller. Och med tanke på vad som har hänt med Johan så ..."

Nu var han verkligen helt borta.

"Vänta nu, ta det lite långsammare. Vad är det som har hänt med Johan?"

"Han ligger ju på sjukhuset i Uddevalla. Misshandlad och det är inte säkert att han överlever. Tänk om samma person har gett sig på Jacob? Han kanske ligger någonstans, skadad."

Paniken i hennes röst stegrades och nu hade Patriks hjärna hunnit ikapp. Dock hade de inte hört något om en misshandel av Johan Hult, så det måste vara kollegorna i Uddevalla som tagit emot den anmälan. Han måste ta kontakt med dem omgående, men först var det viktigast att lugna Jacobs fru.

"Marita, det har säkert inte hänt Jacob någonting. Men jag skickar någon som kommer ut till er, och jag ska kontakta polisen i Uddevalla och höra vad de vet om Johan också. Jag tar inte lätt på det du säger, men jag tycker att det inte finns någon anledning att oroa sig än. Det händer ibland, vi ser det ofta, att någon av en eller annan orsak väljer att stanna hemifrån någon natt. Och Jacob kanske var upprörd efter att vi pratat med honom i går och behövde vara i fred en stund, vad vet jag?"

Frustrerat sa Marita: "Jacob skulle aldrig stanna borta utan att meddela mig var han var någonstans. Han är alldeles för omtänksam för det."

"Jag tror på vad du säger, och jag lovar att vi tar tag i det med en gång. Någon kommer ut och pratar med er, OK? Skulle du kunna få tag på dina svärföräldrar och be dem komma över till er också, så kan vi prata med dem samtidigt?"

"Det är nog lättare om jag går över till dem", sa Marita, som ändå verkade lättad över att konkreta saker skulle börja göras omedelbart.

"Då säger vi så", sa Patrik och lade på efter en sista försäkran om att hon skulle försöka så gott det gick att inte tro det värsta.

Sedan var hans tidigare passivitet som bortblåst. Trots det han sagt till Marita, var även han benägen att tro att det låg något annat än naturliga orsaker bakom Jacobs försvinnande. Om Johan dessutom blivit utsatt för en misshandel, eller mordförsök eller vad det nu var, så fanns det verklig anledning till oro. Han började med att ringa kollegorna i Uddevalla.

En stund senare hade han fått reda på allt de visste om överfallet, vilket inte var mycket. Någon hade misshandlat Johan så illa under gårdagskvällen att han svävade mellan liv och död. Då Johan inte själv hade kunnat tala om vem det var som gjorde det, hade polisen ännu inga spår. De hade talat med Solveig och Robert, men ingen av dem hade sett någon vid stugan. För ett kort ögonblick hade Patrik misstänkt Jacob, men det visade sig snabbt vara en förflugen tanke. Misshandeln av Johan hade ägt rum samtidigt som de hade haft Jacob här på stationen.

Patrik tvekade om hur han skulle gå vidare härnäst. Det fanns två uppgifter att utföra. Dels ville han att någon skulle åka till sjukhuset i Uddevalla och prata med Solveig och Robert för att se om de ändå inte visste något. Dels behövde han skicka någon till herrgården för att prata med Jacobs familj. Efter en kort tvekan bestämde han sig för att själv åka till Uddevalla, och skicka Martin och Gösta till herrgården. Men precis när han reste sig för att gå och prata med dem, ringde telefonen på nytt. Den här gången var det Rättsmedicinska.

Med bävan förberedde han sig på att få höra vad labbet hade att säga, kanske skulle de få den pusselbit de saknade inom den närmsta minuten. Men aldrig i sin vildaste fantasi hade han kunnat föreställa sig det svar han fick.

När Martin och Gösta kom fram till herrgården hade de ägnat hela vägen dit åt att diskutera vad Patrik hade sagt. Ingen av dem förstod det heller. Men bristen på tid tillät dem inte att förlora sig i den villrådigheten någon längre tid. Det enda de kunde göra nu var att köra ner huvudet och envist plöja framåt.

Framför trappan till huvudingången blev de tvungna att kliva över ett par stora resväskor. Nyfiket undrade Martin vem det var som skulle ut och resa. Det såg ut som mer packning än Gabriel kunde behöva för en affärsresa, och bagaget hade dessutom en kvinnlig anstrykning som gjorde att han gissade på Laine.

Den här gången visades de inte in i vardagsrummet utan leddes genom en lång hall bort till ett kök i andra änden av huset. Det var ett rum som Martin genast fann sig trivas i. Vardagsrummet var visserligen vackert, men det hade en lätt opersonlig prägel. I köket flödade trivseln och det hade en lantlig enkelhet som trotsade den elegans som annars låg som en kvävande dimma över gården. I vardagsrummet hade Martin känt sig som en lantis, här fick han lust att kavla upp ärmarna och börja röra om i stora grytor med ångande innehåll.

Vid ett enormt rustikt köksbord satt Marita, inklämd längst in mot väggen. Det såg ut som om hon sökte trygghet i en situation som var skrämmande och oväntad. På avstånd hörde han ljudet av barn som stojade, och när han sträckte på halsen och tittade ut genom fönstren som vette mot trädgården såg han Jacobs och Maritas två barn springa runt

273

och leka på den stora gräsmattan.

Alla nickade bara till varandra som hälsning. Sedan satte de sig hos Marita vid bordet. Martin tyckte att det rådde en märklig stämning, men kunde inte sätta fingret på vad det var. Gabriel och Laine hade satt sig så långt ifrån varandra som de kunde komma och han noterade att de båda var mycket noga med att inte titta på varandra. Han tänkte på resväskorna framför dörren. Sedan insåg han att Laine måste ha berättat för Gabriel om sin affär med Johannes, och frukten av den. Inte konstigt att stämningen kändes ogenomtränglig. Och väskorna utanför fick också sin förklaring. Det enda som fortfarande höll kvar Laine på gården var deras gemensamma oro över Jacobs frånvaro.

"Om vi börjar från början", sa Martin. "Vem av er såg Jacob sist?"

Laine vinkade lite lätt med ena handen. "Det var jag."

"Och när var det?" fortsatte Gösta utfrågningen.

"Vid åttatiden. Efter att jag hämtat honom hos er." Hon nickade mot poliserna mittemot henne vid bordet.

"Och var släppte du av honom då?" sa Martin.

"Precis vid infarten till Västergården. Jag erbjöd mig att köra honom ända fram, men han sa att det var onödigt. Det är lite bökigt att vända när man väl kommer fram och det är ju bara ett par hundra meter att gå, så jag envisades inte."

"Och hur var hans sinnesstämning då?" fortsatte Martin.

Hon sneglade försiktigt på Gabriel. De visste alla vad det var de egentligen pratade om, men ingen ville säga det rätt ut. Det slog Martin att Marita nog inte visste något om Jacobs ändrade släktförhållanden ännu. Men det var tyvärr inget han kunde ta hänsyn till nu. De var tvungna att få fram alla fakta och kunde inte sitta och leka ordlekar.

"Han var …", Laine letade efter rätt ord, "… fundersam. Jag skulle nog säga att han var som i ett chocktillstånd."

Förvirrat tittade Marita på Laine, och sedan på poliserna.

"Vad är det ni pratar om? Varför skulle Jacob vara chockad? Vad gjorde ni med honom i går egentligen? Gabriel sa ju att han inte längre var misstänkt, varför skulle han då vara chockad?"

Det ryckte lätt i Laines ansikte som enda tecken på de känslostormar som tumlade runt inom henne, men hon lade lugnt sin hand ovanpå Maritas.

"Jacob fick en upprörande nyhet i går, kära du. Jag gjorde något för många, många år sen, som jag burit inom mig länge. Och tack vare polisen", hon kastade ett hätskt ögonkast mot Martin och Gösta, "så fick Jacob reda på det i går kväll. Jag hade alltid tänkt att berätta det för honom, men åren rullade på så snabbt och jag väntade väl på rätt tillfälle antar jag."

"Rätt tillfälle för vadå?" sa Marita.

"För att berätta för Jacob att det är Johannes, inte Gabriel, som är hans far."

Vid varje ord i meningen grinade Gabriel illa och ryckte till, som om varje ord var ett knivhugg i bröstet på honom. Men det chockade uttrycket var borta. Hans psyke hade redan börjat bearbeta förändringen och det kändes inte lika svårt som att höra det för första gången.

"Vad säger du!" Marita tittade med uppspärrade ögon på Laine och Gabriel. Sedan sjönk hon ihop. "Åh herregud, det måste ha krossat honom."

Laine ryckte till som om hon fått en örfil. "Gjort är gjort", sa hon, "nu är det viktigaste att vi hittar Jacob, sen ...", hon tvekade, "sen får vi ta itu med allt det andra."

"Laine har rätt. Vad än blodprovet visade så är Jacob min son här", Gabriel tog sig för hjärtat, "och vi måste hitta honom."

"Vi kommer att hitta honom", sa Gösta. "Det är kanske inte så konstigt om han vill hålla sig undan och tänka över allt en stund."

Martin var tacksam över den farbroderliga trygghet som Gösta kunde vrida på om han önskade. Nu lämpade den sig ypperligt för att stilla deras oro och Martin fortsatte lugnt med frågor:

"Han kom alltså aldrig hem?"

"Nej", sa Marita. "Laine hade ju ringt när de åkte från stationen, så jag visste att han var på väg därifrån. Men sen när han inte dök upp, så tänkte jag att han säkert farit hem med henne och sovit över där. Det skulle visserligen inte vara särskilt likt honom, men å andra sidan har han, och hela familjen, varit under sån press på sistone, så jag tänkte att han kanske behövde komma hem till sina föräldrar."

Samtidigt som hon sa det sista ordet kastade hon en förstulen blick på Gabriel, men han log bara blekt mot henne. Det skulle ta tid innan de fick rätsida på begreppen.

"Hur fick ni reda på vad som hänt Johan?" sa Martin.

"Solveig ringde tidigt i morse."

"Jag trodde att ni var ... på kant med varandra?" sa Martin försiktigt.

"Ja, det skulle man kanske kunna kalla det. Men familj är familj antar jag och när det verkligen gäller så ..." Gabriel lät orden dö ut. "Linda är där nu. Johan och hon stod ju varandra närmare än vad vi visste om, har det visat sig." Gabriel skrattade ett lustigt, bittert litet skratt.

"Ni har inte hört något mer?" frågade Laine.

Gösta skakade på huvudet. "Nej, det sista vi hörde var att läget var oförändrat. Men Patrik Hedström är på väg till Uddevalla nu, så vi får se vad han säger. Men händer det något i endera riktningen så får ni säkert höra det lika snabbt som vi. Linda ringer väl direkt, menar jag."

Martin reste sig. "Nej, då tror jag att vi har alla uppgifter vi behöver."

"Tror ni att det kan vara den som mördade hon tyskan som också försökte ha ihjäl Johan?" Maritas underläpp darrade svagt. Det var underförstått vad hon egentligen frågade.

"Det finns ingen anledning att tro det", sa Martin vänligt. "Jag är säker på att vi snart kommer att få reda på vad som hänt. Jag menar, Johan och Robert har ju rört sig en del i rätt tveksamma kretsar, så det är väl mer troligt att det är något där som ligger bakom."

"Och vad gör ni nu för att leta efter Jacob?" fortsatte Marita envist. "Har ni skallgångskedja i området, eller?"

"Nej, det är nog inte det vi kommer att börja med. Jag tror uppriktigt att han sitter någonstans och funderar över ... situationen, och kommer att dyka upp hemma när som helst. Så det bästa du kan göra är egentligen att finnas hemma, och sen ringa oss direkt och meddela när han kommer hem. OK?"

Ingen sa något och de tog det som en acceptans. Det fanns verkligen inte så mycket som de kunde göra än. Däremot var Martin tvungen att erkänna att han inte kände lika stor tillförsikt som han försökt förmedla till Jacobs familj. Det var ett märkligt sammanträffande att Jacob försvann samma kväll som hans kusin, bror, eller vad man nu skulle kalla Johan, blev misshandlad.

I bilen på väg tillbaka sa han just detta till Gösta, som nickade instämmande. Även han kände i magtrakten att allt inte stod rätt till. Märkliga sammanträffanden förekom i verkligheten ganska sällan och var inget som en polisman kunde förlita sig på. De hoppades att Patrik kunde få fram något mer.

Sommaren 2003

Hon vaknade med en bultande huvudvärk och en klibbig känsla i munnen. Jenny förstod inte var hon var. Det sista hon mindes var att hon satt i en bil och hade fått lift, och nu hade hon plötsligt slungats in i något slags märklig, mörk verklighet. Först blev hon inte ens rädd. Det kändes som att det bara måste vara en dröm och när som helst skulle hon vakna och upptäcka att hon befann sig i familjens husvagn igen.

Efter en stund sjönk insikten sakta in, det här var en dröm som hon inte skulle vakna upp ur. I panik började hon famla runt i mörkret och vid sista väggen kände hon bräder av trä under fingrarna. En trappa. Hon klättrade uppför trappan medan hon kände sig för på varje trappsteg. Med en smäll slog hon i huvudet. Ett tak stoppade hennes klättring redan efter ett par steg och känslan av klaustrofobi blev akut. Hon bedömde att hon kunde stå rak på golvet, fast med nöd och näppe, högre var inte rummet. Det hade också gått fort att känna sig runt väggarna, det kunde högst vara två meter mellan dem. Panikartat tryckte hon uppåt vid trappans slut och kände hur bräderna sviktade en aning men var långt ifrån att ge efter. Ett lås rasslade till och hon förstod att det troligtvis satt ett hänglås på andra sidan.

Efter ytterligare ett par försök att trycka upp luckan klättrade hon besviket ner igen och satte sig på jordgolvet med armarna lindade runt knäna. Ljudet av steg ovanför fick henne instinktivt att flytta sig så långt bort som hon kunde komma.

När mannen kom ner till henne såg hon hans ansikte framför sig, trots att det inte fanns något ljus i rummet. Hon hade sett honom när han plockade upp henne i bilen och det var ett faktum som skrämde henne. Jenny kunde identifiera honom, hon visste vilken bil han körde och det talade för att han aldrig skulle släppa iväg henne levande.

Hon började skrika men han lade mjukt sin hand över hennes mun och talade lugnande. När han övertygat sig om att hon inte skulle skrika, tog han bort sin hand från munnen och började istället försiktigt klä av henne. Han kände över hennes leder, njutningsfullt, nästan kärleksfullt. Hon hörde hur hans andedräkt blev tyngre och blundade hårt för att stänga ute tanken på det som komma skulle.

Efteråt bad han om ursäkt. Sedan tog smärtan vid.

277

Sommartrafiken var mördande. Patriks irritation hade växt i takt med att mil lades till mil på mätaren och när han svängde in på parkeringen till Uddevalla sjukhus tvingade han sig själv att ta några djupa andetag för att lugna ner sig. Vanligtvis brukade han sällan hetsa upp sig över husvagnar som tog upp hela vägen eller turistande förare som åkte sakta och pekade på allt de såg utan att bry sig om kön som bildades bakom dem. Men besvikelsen över analysresultatet hade bidragit till att avsevärt sänka hans toleransnivå.

Det var knappt han hade trott sina öron. Ingen hade matchat spermaprovet från Tanjas kropp. Han hade varit så övertygad om att de skulle ha ett facit på vem mördaren var när resultatet kom, att han fortfarande inte riktigt hämtat sig från överraskningen. Någon som var släkt med Johannes Hult hade mördat Tanja, det var ett faktum de inte kom ifrån. Men det var inte någon av de kända släktingarna.

Otåligt slog han numret till stationen. Annika hade börjat lite senare än vanligt och han hade otåligt väntat på att hon skulle komma.

"Hej, det är Patrik. Du, ursäkta att jag låter lite stressad, men skulle du så snabbt som möjligt kunna se om du kan få fram uppgifter på om det finns några fler släktingar till familjen Hult i området. Jag tänker närmast på om det finns några barn till Johannes Hult födda utom äktenskapet."

Han hörde hur hon antecknade och höll två fingrar korsade. Det var hans sista halmstrå som det såg ut nu, och han hoppades innerligt att hon skulle hitta något. Annars återstod bara att sätta sig ner på ändan och klia sig i huvudet.

Han måste erkänna att han gillade teorin som först dykt upp i huvudet på honom under bilfärden till Uddevalla. Att Johannes hade någon son på bygden, som de inte kände till. Med tanke på det de fått veta om honom verkade det inte som en omöjlighet, utan mer som en sannolikhet ju mer han tänkte på det. Det skulle även kunna vara ett motiv till varför Johannes själv mördades, tänkte Patrik utan att riktigt veta hur han skulle knyta ihop de trådarna. Svartsjuka var ett ypperligt motiv till

278

mord och sättet han mördades på stämde också bra överens med den teorin. Ett impulsivt, icke planerat mord. Ett anfall av vrede, svartsjuka, som resulterade i Johannes död.

Hur hängde då det ihop med morden på Siv och Mona? Det var den pusselbit som han inte riktigt lyckats foga in ännu, men kanske kunde Annikas uppgifter hjälpa dem en bit på vägen även där.

Han smällde igen bildörren och gick mot stora entrén. Efter lite letande och hjälp från vänliga landstingsanställda hittade han slutligen till rätt avdelning. I väntrummet fann han de tre personer han sökte. Som fåglar på en telefonlina satt de bredvid varandra, utan att prata och med blicken fäst rakt fram. Men han såg att en glimt tändes hos Solveig när hon fick syn på honom. Mödosamt reste hon sig och gick med vaggande gång för att möta honom. Hon såg ut att inte ha sovit på hela natten, vilket hon säkert heller inte gjort. Kläderna var skrynkliga och luktade fränt av svett. Det flottiga håret hade konstiga tovor och under ögonen var mörka cirklar tydligt markerade. Robert såg lika trött ut han, men hade inte Solveigs ofräschhet. Bara Linda såg pigg ut, med klar blick och prydligt utseende. Fortfarande ovetande om att hennes hem var i uppbrott.

"Har ni tatt han än?" Solveig ryckte lätt i Patriks arm.

"Tyvärr vet vi inte något mer. Har ni hört något från läkarna än?"

Robert skakade på huvudet. "Nej, men de opererar honom fortfarande. Det var något med tryck i hjärnan. De öppnar visst upp hela huvudet på honom. Skulle bli förvånad om de faktiskt hittar en hjärna där."

"Robert!"

Solveig vände sig argt om och blängde på honom, men Patrik förstod vad det var han försökte göra. Dölja sin oro och lätta på trycket genom att skämta om det. Det var en metod som brukade funka för honom också.

Patrik slog sig ner i en av de lediga mellantingen mellan stol och fåtölj. Solveig satte sig också igen.

"Vem kan ha gjort så här mot min lille pojke?" Hon vaggade fram och tillbaka i stolen. "Jag såg hur han såg ut när de bar ut honom, det var som om det var någon annan. Det var bara blod, överallt."

Linda ryckte till och grimaserade. Robert rörde inte en min. När Patrik tittade närmare på hans svarta jeans och tröja såg han att stora fläckar av Johans blod fortfarande var kvar.

"Ni hörde ingenting, och såg heller ingenting i går kväll?"

"Nej", sa Robert irriterat. "Vi har redan sagt det till de andra poliserna, hur många gånger ska vi behöva dra det!"

"Jag ber verkligen om ursäkt, men jag måste ställa de här frågorna. Ha tålamod med mig en liten stund är ni snälla."

Medkänslan i hans röst var äkta. Det var ett svårt jobb att vara polis ibland, när man vid sådana här tillfällen behövde tränga sig in på livet på människor som hade betydligt viktigare saker att tänka på. Men han fick oväntad hjälp från Solveig.

"Samarbeta nu istället, Robert. Vi bör göra allt vi kan för att hjälpa dem att få tag på den som gjorde det här mot våran Johan, förstår du väl." Hon vände sig mot Patrik.

"Jag tyckte att jag hörde något ljud, en stund innan Robert ropade på mig. Men vi såg ingen, varken före eller efter vi hittade han."

Patrik nickade. Sedan sa han till Linda:

"Och du såg möjligtvis inte Jacob i går kväll?"

"Nej", sa Linda förbryllat. "Jag bodde över på herrgården. Han var väl hemma på Västergården antar jag? Varför undrar du?"

"Det verkar som om han aldrig kom hem i går kväll, så jag tänkte bara att du kanske sett honom?"

"Nej, som sagt, det har jag inte. Men hör med mamma och pappa."

"Det har vi gjort. De har inte heller sett honom. Du vet möjligtvis inte något annat ställe han skulle kunna tänkas att vara?"

Nu började Linda se orolig ut. "Nej, var skulle det vara?" Sedan verkade det som om en tanke slog henne. "Kan han ha åkt till Bullaren och sovit där? Han har visserligen aldrig gjort det förr, men ..."

Patrik dunkade knytnäven i låret. Så jävla korkat att de inte tänkt på gården i Bullaren. Han ursäktade sig och gick och ringde till Martin. Han skulle omedelbart åka dit och kolla upp det.

När han återvände till väntrummet hade stämningen förändrats. Linda hade under tiden han pratade med Martin använt sin mobiltelefon för att ringa hem. Nu tittade hon på honom med tonåringens hela trots.

"Vad är det som pågår egentligen? Pappa sa att Marita ringt er och anmält Jacob försvunnen och att de där två andra poliserna varit ute och ställt en massa frågor om det. Pappa lät jätteorolig." Hon stod framför Patrik med händerna i sidorna.

"Det finns ingen anledning att oroa sig än", han upprepade samma mantra som Gösta och Martin gjort ute på herrgården. "Troligtvis håller sig din bror borta för att få vara i fred ett tag, men vi måste ta alla såna här anmälningar på allvar."

Linda betraktade honom misstänksamt, men verkade låta sig nöja. Sedan sa hon med låg röst: "Pappa berättade också om Johannes. När hade du tänkte berätta för dem om det?"

Hon kastade med huvudet i riktning mot Robert och Solveig. Patrik kunde inte låta bli att fascinerat betrakta den bana som hennes långa blonda hår gjorde genom luften. Sedan påminde han sig själv om hennes ålder och blev förskräckt inför tanken att omvälvningen det innebar att bilda familj kanske hade utlöst en tendens till gubbsjuka hos honom.

Han svarade i samma låga tonfall. "Vi avvaktar lite med det. Nu känns inte som ett bra tillfälle, med tanke på Johans situation."

"Där har du fel", sa Linda lugnt. "Nu om någonsin behöver de lite positiva nyheter. Och tro mig, jag känner Johan tillräckligt väl för att veta att nyheten om att Johannes inte tog livet av sig räknas som en god nyhet i den här familjen. Så om inte du berättar det nu, så gör jag det."

Maken till stursk människa. Men Patrik var böjd att erkänna att hon hade rätt. Han hade kanske redan väntat för länge med att berätta det. De hade faktiskt rätt att få veta.

Han nickade bekräftande till Linda och harklade sig medan han satte sig.

"Solveig, Robert, jag vet att ni hade en hel del invändningar mot att vi öppnade Johannes grav."

Robert for upp som en raket ur stolen. "Vad fan, är du inte riktigt klok! Ska du dra upp det nu! Har inte vi tillräckligt att bekymra oss för just nu, tycker du?"

"Sätt dig ner, Robert", röt Linda. "Jag vet vad han ska säga och tro mig, ni vill få veta det."

I ren häpenhet över att hans späda kusin gav honom order satte sig Robert ner och blev tyst. Patrik fortsatte, medan Solveig och Robert blängde på honom, påminda om förnedringen av att se sin fars och makes kista lyftas ur jorden.

"Vi lät en obducent undersöka ... öh ... kroppen noga och han fann något intressant."

"Intressant", fnös Solveig. "Ja, det var då ett ordval."

"Ja, ni får ursäkta, men det finns inget bra sätt att säga det här. Johannes tog inte livet av sig. Han blev mördad."

Solveig drog häftigt efter andan. Robert satt som fastfrusen, oförmögen att röra sig.

"Vad säger du, människa?" Solveig grep efter Roberts hand och han lät henne ta den.

"Precis vad jag sa. Att Johannes blev mördad, han tog inte livet av sig."

Tårar började trilla ur Solveigs redan rödgråtna ögon. Sedan började hela hennes stora kropp att skälva och Linda tittade triumferande på Patrik. Det var glädjetårar.

"Jag visste det", sa hon. "Jag visste att han inte skulle göra något sånt. Och alla som sa att han tog livet av sig för att det var han som hade ihjäl de där flickorna. Nu ska de minsann få äta upp det. Det var säkert samma en som hade ihjäl flickorna som mördade min Johannes. De ska kräla på sina bara knän och be om ursäkt till oss. Alla dessa år som vi har..."

"Mamma, sluta nu", sa Robert irriterat. Han såg inte ut att riktigt ha fattat vad Patrik sagt. Det behövde nog få sjunka in en stund.

"Vad kommer ni att göra nu för att få fast den som mördade Johannes?" sa Solveig ivrigt.

Patrik vred sig. "Jaa, det kommer nog inte att bli så lätt. Det är många år som gått och det finns ju inga bevis bevarade att gå efter. Men vi kommer självklart att försöka och vi gör så gott vi kan, det är allt jag kan lova."

Solveig fnös. "Jo, det kan jag tänka mig. Lägg ni ner samma arbete på att få fast Johannes mördare som ni la på att försöka sätta dit honom, så ska det nog inte vara något problem. Och er vill jag ännu mer ha en ursäkt från nu!"

Hon hötte med fingret åt Patrik och han insåg att det nog var dags att ge sig av innan situationen urartade. Han utbytte ett ögonkast med Linda och hon viftade diskret åt honom att gå. Han riktade en sista uppmaning till henne:

"Linda, om du hör av Jacob, lova att du ringer till oss direkt i så fall. Men jag skulle tro att du hade rätt. Han är säkert i Bullaren."

Hon nickade, men oron fanns kvar i ögonen.

De svängde precis in på parkeringen vid polisstationen när Patrik ringde. Martin körde ut på vägen igen, i riktning mot Bullaren. Värmen hade börjat krypa uppåt på termometern igen efter en barmhärtigt sval morgon och han drog upp fläkten ett snäpp. Gösta drog i kragen på sin kort-ärmade skjorta.

"Om bara den här förbannade värmen kunde ge med sig någon gång."

"Åh ja, ute på golfbanan klagar du väl inte", skrattade Martin.

"Det är väl en helt annan sak", sa Gösta surt. Golf och religion var två saker man inte skämtade om i hans värld. För en kort sekund önskade han att han jobbade ihop med Ernst igen. Det var visserligen mer pro-duktivt att åka med Martin, men han var tvungen att erkänna att han gillade lättjan i samarbetet med Lundgren mer än han tidigare trott. Visst hade Ernst sina sidor, men han protesterade å andra sidan aldrig om Gösta smet iväg några timmar och slog ett par hinkar.

I nästa ögonblick såg han fotot av Jenny Möller framför sig och drab-bades av akut dåligt samvete. I ett kort ögonblick av klarsyn insåg han att han blivit en bitter gammal gubbe, skrämmande lik sin far på äldre dar, och fortsatte han så här skulle han precis som farsgubben förr eller senare sitta ensam och mumla över inbillade oförrätter på ett ålder-domshem. Fast utan några barn som ändå då och då pliktskyldigt tittade in.

"Vad tror du, är han där?" sa han för att avbryta sin obehagliga tankar.

Martin tänkte efter, sedan sa han: "Nej, jag skulle bli väldigt förvånad i så fall. Men det är värt att kolla upp."

De svängde in på gårdsplanen och förvånades återigen över den idyl-liska scenen framför dem. Gården tycktes evigt dränkt i ett milt solljus som fick den faluröda färgen att stå i vacker kontrast mot den blå sjön bakom huset. Som tidigare kilade tonåringar målmedvetet omkring, fullt upptagna med sina sysslor. Ord som dök upp i Martins inre var präktigt, hälsosamt, nyttigt, rent, svenskt, och kombinationen av de orden ingav honom en lätt obehagskänsla. Erfarenheten sa honom att om något såg *för* bra ut, så var det troligtvis det ...

"Lite Hitlerjugend över det här, eller hur?" sa Gösta och klädde Mar-tins obehag i ord.

"Nja, kanske det. Lite väl starka ord bara. Släng inte såna kommenta-rer för frikostigt runt dig", sa Martin torrt.

Gösta fick en sårad uppsyn. "Ursäkta då", sa han grinigt. "Jag visste inte att du var ordpolisen. Förresten skulle de väl inte ta in såna som Kennedy om det var något jävla nazistläger."

Martin ignorerade kommentaren och gick mot ytterdörren. En av de kvinnliga handledarna på gården öppnade.

"Ja, vad vill ni?"

Jacobs agg mot polisen hade tydligen smittat av sig.

"Vi söker Jacob." Gösta stod fortfarande och surade, så Martin tog kommandot.

"Han är inte här. Försök hemma."

"Är du säker på att han inte är här? Vi skulle gärna vilja se efter själva."

Motvilligt flyttade sig kvinnan och släppte in de båda poliserna. "Kennedy, polisen är här igen. De vill se Jacobs kontor."

"Vi hittar själva", sa Martin.

Kvinnan ignorerade honom. Med raska steg kom Kennedy emot dem. Martin undrade om han hade något slags permanent guidetjänst på gården. Eller så kanske han bara gillade att visa folk till rätta.

Tyst gick han före Martin och Gösta genom korridoren till Jacobs kontor. De tackade artigt och öppnade förväntansfullt dörren. Inte ett spår av Jacob. De klev in och tittade noga efter spår som tydde på att Jacob kunde ha tillbringat natten där, en filt på soffan, en väckarklocka, vad som helst. Men det fanns ingenting. Besvikna gick de ut igen. Kennedy stod lugnt och väntade. Han lyfte handen för att stryka luggen ur ögonen och Martin såg att ögonen var svarta och outgrundliga.

"Inget. Inte ett jävla skit", sa Martin när bilen rullade i riktning mot Tanumshede igen.

"Nej", sa Gösta helt kort. Martin himlade med ögonen. Han surade tydligen fortfarande. Nåja, då fick han väl göra det.

Göstas tankar upptogs av något helt annat. Han hade sett något under besöket på gården, men det undslapp honom hela tiden. Han försökte släppa tanken på det för att kunna låta det undermedvetna arbeta fritt, men det var lika omöjligt som att inte tänka på ett sandkorn som fastnat under ögonlocket. Det var något han sett som han borde komma ihåg.

"Hur har det gått, Annika? Har du hittat något?"

Hon skakade på huvudet. Patriks utseende oroade henne. För lite sömn, för lite ordentlig mat och för mycket stress hade tagit det sista av hans solbränna och bara lämnat en grå glåmighet kvar. Hans kropp såg ut att säcka under tyngden av något och det krävdes inget geni för att räkna ut vad den tyngden bestod i. Hon önskade att hon kunnat säga till honom att separera sina privata känslor från arbetslivet, men avstod.

284

Även hon kände av pressen och det sista hon såg innan hon slöt ögonen på kvällarna var det förtvivlade uttrycket i Jenny Möllers föräldrars ansikten, när de kom in för att anmäla dottern försvunnen.

"Hur mår du?" nöjde hon sig med att säga deltagande och tittade på Patrik över kanten på sina glasögon.

"Ja, hur kan man må under de här omständigheterna?" Han drog otåligt händerna genom håret och fick det att stå rakt upp som på karikatyren av en galen professor.

"Skit, misstänker jag", sa Annika frankt. Hon hade aldrig varit mycket för att glossa över saker. Om något var skit, luktade det skit även om man hällde parfym över det, det var hennes motto i livet.

Patrik log. "Ja, något åt det hållet. Men nog om detta. Hittade du ingenting i registren?"

"Nej, tyvärr. Det fanns ingenting i folkbokföringen om några fler barn till Johannes Hult, och så många andra ställen finns det inte att leta på."

"Skulle det kunna finnas barn ändå, fast de inte finns registrerade?"

Annika tittade på honom som om han var lite trög i huvudet och fnös: "Ja, tack och lov finns det ingen lag som tvingar mamman att uppge vem som är far till hennes barn, så visst det kan det döljas barn till honom under rubriken 'fader okänd'."

"Och låt mig gissa, det finns ett antal av dem ..."

"Inte nödvändigtvis. Det beror på hur stor du vill göra sökningen geografiskt. Men folk har faktiskt varit förvånansvärt respektabla här i trakterna. Och sen får du komma ihåg att det inte är fyrtiotalet vi pratar om, utan Johannes borde ha varit som mest aktiv på sextio- och sjuttiotalen. Och då var det inte längre så stor skam att ha ett barn utom äktenskapet. Under vissa perioder på sextiotalet sågs det nog till och med nästan som en fördel."

Patrik skrattade. "Om det är Woodstock-eran du pratar om, så tror jag faktiskt att flower power och fri kärlek aldrig nådde till Fjällbacka."

"Säg inte det du, i de lugnaste vatten", sa Annika, glad att ha kunnat lätta på stämningen en aning. Stationen hade känts som en begravningsbyrå de senaste dagarna. Men Patrik blev fort allvarlig igen.

"Du skulle alltså rent teoretiskt sett kunna sammanställa en lista på de barn inom säg ... Tanums kommun, som inte har någon far angiven."

"Ja, det skulle jag inte bara teoretiskt, utan till och med praktiskt kunna göra. Men det kommer att ta en stund", varnade Annika.

"Gör det så fort det går bara."

"Hur ska du bära dig åt för att utifrån den listan ta reda på vem som kan ha Johannes till far?"

"Jag tänker börja med att ringa runt och fråga. Funkar inte det, ja, då får jag lösa det problemet sen."

Dörren in till receptionen öppnades och Martin och Gösta kom in. Patrik tackade Annika för hjälpen och gick ut i korridoren för att möta dem. Martin stannade till, men Gösta fäste blicken i mattan och gick in på sitt rum.

"Fråga inte", sa Martin och skakade på huvudet.

Patrik rynkade pannan. Friktion bland personalen var det sista de behövde nu. Det var illa nog med det som Ernst ställt till med. Martin läste hans tankar.

"Det är inget allvarligt, bry dig inte om det."

"OK. Ska vi ta en kopp i fikarummet och stämma av lite?"

Martin nickade och de gick in och hällde upp var sin kaffe och satte sig ner mittemot varandra vid matbordet. Patrik sa: "Hittade ni några spår efter Jacob i Bullaren?"

"Nej, ingenting. Det ser inte ut som om han har varit där. Hur gick det för dig då?"

Snabbt berättade Patrik om besöket på sjukhuset.

"Men kan du fatta varför inte analysen gav något? Vi vet att den vi letar efter är släkt med Johannes, men det är varken Jacob, Gabriel, Johan eller Robert. Och med tanke på provets art kan vi ju omedelbart utesluta damerna. Har du någon idé?"

"Ja, jag har bett Annika försöka leta fram uppgifter på om Johannes hade barn på bygden."

"Det låter vettigt. Med den killen så verkar det ju som om det snarare skulle vara otroligt om han *inte* hade några oäkta ungar här och var."

"Vad tror du om teorin att det var samma person som misshandlade Johan som nu gett sig på Jacob?" Patrik sörplade försiktigt i sig kaffet. Det var nybryggt och skållhett.

"Det är onekligen ett rätt märkligt sammanträffande. Vad tror du själv?"

"Samma som du. Att det är ett märkligt jävla sammanträffande om det inte är samma person. Det verkar ju som om killen fullkomligt försvunnit från jordens yta också. Ingen har sett honom sedan i går kväll. Jag måste erkänna att jag är orolig."

"Du har ju hela tiden haft på känn att Jacob dolt något. Kan det vara därför det hänt honom något?" sa Martin tvekande. "Kan någon fått höra att han var på polisstationen och trott att han skulle berätta om något, något som vederbörande inte ville skulle komma fram?"

"Kanske", sa Patrik. "Men det är det som är problemet. Allt är möjligt just nu och allt vi har är fria spekulationer." Han räknade på fingrarna. "Vi har Siv och Mona som mördades -79, Johannes som mördades -79, Tanja som mördades nu, tjugofyra år senare, Jenny Möller som blev bortförd, troligtvis när hon liftade, Johan som blev misshandlad, och kanske till och med dödad beroende på hur utgången blir, i går kväll och Jacob som är spårlöst försvunnen. Hela tiden verkar familjen Hult vara den gemensamma nämnaren, men ändå har vi bevis på att det åtminstone inte är någon av dem som är skyldig till Tanjas död. Och allt tyder dessutom på att den som mördade Tanja också mördade Siv och Mona." Han slog ut med händerna i vanmakt. "Det är en soppa, det är vad det är. Och vi står mitt i alltihop och kan knappt hitta våra egna ändor ens med ficklampor!"

"Nej, nu har du läst för mycket av den där anti-polispropagandan igen", log Martin.

"Ja, vad gör vi nu då?" sa Patrik. "Jag har inga fler idéer. Tiden har snart gått ut för Jenny Möller, om den inte redan har gjort det för flera dagar sen." Han bytte bryskt samtalsämne för att rycka upp sig ur sin självömkan. "Har du bjudit ut den där bruden än förresten?"

"Vilken brud?" sa Martin och försökte tvinga in sitt ansikte i ett neutralt uttryck.

"Försök inte, du vet vem jag menar."

"Om det är Pia du menar, så var det inget sånt. Hon hjälpte oss med lite tolkning bara."

"Hon hjälpte oss med lite tolkning bara", härmade Patrik i falsett och vaggade huvudet från sida till sida. "Äh, släpp sargen och kom in i matchen nu. Jag hör nog på tonfallet när du pratar om henne att du har dina funderingar åt det hållet. Fast hon kanske inte är din typ riktigt. Hon är ju inte upptagen på annat håll, menar jag." Patrik log för att ta udden av sin retsamhet.

Martin samlade sig precis för en bitande svarskommentar när Patriks mobiltelefon ringde.

Med öronen på spänn försökte Martin höra vem det var som ringde. Det var något med blodanalyserna, troligtvis någon från labbet, så myck-

287

et förstod han. Han blev inte mycket klokare av Patriks kommentarer:

"Vadå för något konstigt?"

"Aha."

"Jaha."

"Vad fan säger du? Men hur kan ..."

"OK."

"Aha."

Martin fick betvinga lusten att skrika. Patriks ansiktsuttryck indikerade att något stort var i görningen, men han envisades med att bara svara enstavigt till personen som han pratade med på labbet.

"Vad du säger är alltså att ni har kartlagt precis hur släktförhållandena dem emellan ser ut." Patrik nickade åt Martin för att visa att han medvetet försökte ge honom lite information om vad samtalet handlade om.

"Men jag fattar fortfarande inte hur det kan gå ihop ...?"

"Nej, det är helt omöjligt. Han är död. Det måste finnas någon annan förklaring."

"Nej, men för fan, det är du som är experten. Lyssna på vad jag säger nu och tänk efter. Det *måste* finnas en annan förklaring."

Det såg ut som om han väntade spänt medan personen i andra änden funderade. Martin viskade: "Vad är det som händer?" Patrik höll upp ett finger för att hyssja. Nu fick han tydligen någon form av besked.

"Det är inte alls långsökt. I just det här fallet är det faktiskt fullt möjligt."

Ett skimmer hade kommit över hans ansikte. Martin kunde se hur lättnaden spred sig som en våg genom Patriks kropp men själv klöste han praktiskt taget långa revor i bordet.

"Tack! Tack som fan!" Patrik smällde igen luckan på telefonen och vände sig mot Martin, fortfarande med samma förklarande ljus över anletsdragen.

"Jag vet vem som har Jenny Möller! Och du kommer inte att tro dina öron när du hör det här."

Operationen var över. Johan hade rullats in på uppvaket och låg där full med slangar, borta i sin egen mörka värld. Robert satt bredvid sängen med Johans hand i sin. Solveig hade motvilligt lämnat dem för att gå på toaletten och han hade sin bror för sig själv för en stund, eftersom Linda inte släppts in. De ville inte ha för många där inne på en gång.

Den tjocka slangen som gick in i munnen på Johan var kopplad till en apparat med ett väsande ljud. Robert fick tvinga sig själv att inte andas i samma takt som respiratorn. Det var som om han ville försöka hjälpa Johan att andas, vad som helst för att ta bort känslan av maktlöshet som hotade att övermanna honom.

Med tummen strök han Johans handflata. Han fick ett infall att försöka se hur livslinjen såg ut för honom, men det stupade på att han inte visste vilken av de tre distinkta linjerna som var just livslinjen. Johan hade två långa och en kort linje, och Robert hoppades att det hellre var kärlekslinjen som var den korta.

Tanken på en värld utan Johan kändes svindlande stor. Han visste att det oftast verkat som om han var den starkare av de två, ledaren. Men sanningen var att utan Johan var han inget annat än en liten skit. Det fanns en mildhet hos Johan som han behövde för att hålla kvar mänskligheten inom sig. Så mycket av det mjuka hos honom själv hade försvunnit när han fann sin far och utan Johan skulle det hårda ta över.

Han fortsatte att ge många löften där han satt. Löften om att allt skulle bli annorlunda, om bara Johan fick vara kvar hos honom. Han lovade att aldrig stjäla mer, att skaffa sig ett jobb, att försöka använda sitt liv till något bra, ja, han lovade till och med att han skulle klippa sig.

Den sista löftet gav han med bävan, men till hans stora förvåning verkade det vara det som gjorde all skillnad. En fjäderlätt darrning i Johans hand, en lätt rörelse av pekfingret, som om han försökte smeka Roberts hand tillbaka. Det var inte mycket, men det var allt han behövde. Han väntade ivrigt på att Solveig skulle komma tillbaka. Han längtade efter att berätta att Johan skulle bli bra igen.

"Martin, det är en kille som ringer och säger att han har information om misshandeln av Johan Hult." Annikas huvud stack ut genom dörröppningen och Martin stannade till och vände sig om.

"Fan, jag har ju inte tid."

"Ska jag be honom ringa tillbaka?" sa Annika förvånat.

"Nej, för helvete, nej, jag tar det." Martin rusade in på Annikas kontor och tog luren ifrån henne. Efter att ha lyssnat uppmärksamt en stund och kommit med några kompletterande frågor, lade han på och sprang ut genom dörren.

"Annika, jag och Patrik måste ju iväg. Kan du få tag på Gösta och be honom ringa mig på mobilen bums. Och var är Ernst?"

"Gösta och Ernst gick iväg och åt lunch ihop, men jag ringer dem på mobilen."

"Bra." Han sprang iväg igen för att avlösas av Patrik bara några sekunder senare.

"Fick du tag på Uddevalla, Annika?"

Hon satte upp tummen i luften. "Allt klart, de är på väg!"

"Kanon!" Han vände för att gå, men hejdade sig. "Du, du behöver självklart inte lägga något mer jobb på den där listan över faderlösa."

Sedan såg hon även honom försvinna med snabba steg bortåt korridoren. Energin på stationen hade ökat till en nivå där den kändes fysiskt påtaglig. Patrik hade hastigt redogjort för henne vad det var som hände och hon kände hur spänningen fick det att pirra i hennes händer och ben. Det var förlösande att äntligen komma någonvart med utredningen och nu var varje minut viktig. Hon vinkade till Patrik och Martin som passerade glasrutan framför henne och försvann ut genom ytterdörren. "Lycka till!" ropade hon, men var osäker på om de hörde henne. Raskt slog hon numret till Gösta.

"Ja, det är för jävligt, Gösta. Här sitter du och jag medan ungtupparna regerar." Ernst var inne på sitt favoritämne och Gösta var tvungen att erkänna att det började blir rätt tröttsamt att lyssna på det. Även om han surnat till på Martin förut, så var det mest bitterhet över att bli tillrättavisad av någon som inte ens var hälften så gammal som han själv. I efterhand insåg han att det inte var så farligt.

De hade tagit bilen till Grebbestad och satt på restaurang Telegrafen och åt lunch. Utbudet i Tanum var inte så stort, så man ledsnade rätt snabbt och Grebbestad låg bara tio minuter bort.

Plötsligt ringde Göstas telefon som låg upplagd på bordet och de såg båda på displayen att det var stationens växelnummer.

"För fan, skit i att svara. Du har väl rätt att äta en stund i lugn och ro du med." Ernst sträckte fram handen för att själv trycka av Göstas telefon, men en blick från kollegan fick honom att stanna mitt i rörelsen.

Det var full lunchrusning och en del av gästerna blängde argt på den som dristade sig att ta ett telefonsamtal mitt i restaurangen, så Gösta blängde tillbaka och svarade lite extra högt. När han avslutat samtalet lade han en sedel på bordet, reste sig upp och sa åt Ernst att göra detsamma.

"Vi har jobb att göra."

"Kan det inte vänta då? Jag har ju inte ens fått en kopp på maten än", sa Ernst.

"Den får du ta på stationen sen. Nu ska vi hämta in en kille."

För andra gången samma dag åkte Gösta mot Bullaren, den här gången satt han själv bakom ratten. Han informerade Ernst om det Annika berättat och när de efter en halvtimme var framme, stod det mycket riktigt en ung tonårskille och väntade på dem på vägen, en bit bort från gården.

De stannade bilen och klev ur.

"Är det du som är Lelle?" sa Gösta.

Killen nickade. Han var stor och kraftig, med brottarnacke och enorma nävar. Som skapt för att bli dörrvakt, tänkte Gösta. Eller hantlangare, som i det här fallet. En hantlangare med ett samvete dock, som det verkade.

"Du ringde till oss, nu får du snacka", fortsatte Gösta.

"Ja, det är bäst för dig att du börjar snacka med en gång", sa Ernst stridslystet och Gösta gav honom ett varnande ögonkast. Den här uppgiften skulle inte kräva några manhaftighetsuppvisningar från hans sida.

"Jo, som jag sa till hon tjejen på stationen, så gjorde jag och Kennedy en dum grej i går."

En dum grej, tänkte Gösta. Ja, killen var då sannerligen lagd åt underdrifter.

"Ja?" sa han uppfordrande.

"Vi slog han killen lite, han som är släkt med Jacob."

"Johan Hult?"

"Ja, Johan tror jag han hette." Rösten blev gäll. "Jag svär, jag visste inte att Kennedy skulle gå på honom så jävla hårt. Han skulle bara ta ett snack med honom sa han och bara hota han lite. Inget tyngre."

"Men det blev inte så." Gösta försökte låta faderlig. Det gick inget vidare.

"Nej, han ballade ur, alltså. Han höll på och snackade en massa om hur jävla bra Jacob är och att han Johan sabbat för han på något sätt och ljugit om något som Kennedy ville att han skulle ta tillbaka, och när han Johan sa nej, då bara Kennedy flippade ur helt och började slå han massor."

Här var han tvungen att sluta för att hämta andan. Gösta trodde att han hade hängt med i svängarna, men helt säker var han inte. Tänk att ungarna nuförtiden inte kunde prata som folk!

"Och vad gjorde du under tiden då? Påtade lite i trädgården?" sa Ernst hånfullt. Ännu ett varnande ögonkast från Gösta.

"Jag höll han", sa Lelle tyst. "Jag höll han i armarna så han inte skulle kunna slå tillbaka, men jag visste ju för fan inte att Kennedy skulle bli helt jävla tokig. Hur skulle jag veta det?" Han tittade mellan Gösta och Ernst. "Vad kommer att hända nu? Får jag inte va kvar på hemmet längre. Åker jag i fängelse nu?"

Den stora tuffa killen var på gränsen till gråt. Han såg ut som en rädd liten pojke och Gösta behövde inte anstränga sig längre för att låta faderlig, det kom ändå.

"Vi får ta allt det där sen. Vi löser det. Just nu är det viktigaste att vi får prata med Kennedy. Du kan antingen vänta här medan vi åker och hämtar honom, eller sitta i bilen under tiden. Det gör du som du vill."

"Jag sitter i bilen", sa Lelle lågt. "De andra kommer ändå att få höra att det var jag som tjallade på Kennedy."

"Då så, då åker vi."

De körde de sista hundra meterna fram till gården. Samma kvinna som öppnat för Gösta och Martin på morgonen, öppnade nu också. Hennes irritation hade stegrats ytterligare ett snäpp.

"Vad vill ni nu då! Vi får snart ha svängdörr här för polisen. Ja, jag har aldrig sett på maken. Efter allt det goda samarbete vi har haft med polisen genom åren, så …"

Gösta avbröt henne genom att hejdande lyfta handen. Han såg gravallvarlig ut när han sa:

"Vi har inte tid med den diskussionen nu. Vi skulle vilja tala med Kennedy. Genast."

Kvinnan hörde allvaret i hans tonfall och ropade omedelbart på Kennedy. När hon talade igen var tonfallet något mjukare.

"Vad är det ni vill Kennedy? Har han gjort något?"

"Ni kommer att få alla detaljer sen", sa Ernst bryskt. "Just nu är vår enda uppgift att ta med grabben till stationen och snacka med honom där. Vi har med han stora killen, Lelle, också."

Kennedy klev fram ur skuggorna. I mörka byxor, vit skjorta och välkammat hår såg han ut som en pojke från en engelsk internatskola, inte en före detta värsting på ett behandlingshem. Det enda som störde den bilden var stora skrapsår på knogarna. Gösta svor inombords. Det var det han sett tidigare och som han borde ha noterat.

"Vad kan jag hjälpa herrarna med?" Rösten var välmodulerad, men kanske en aning för mycket. Man märkte att han vinnlade sig om att tala fint, vilket förtog hela effekten.

"Vi har snackat med Lelle. Så som du förstår måste du följa med till stationen."

Kennedy böjde huvudet i tyst acceptans. Om det var något Jacob lärt honom, så var det att man måste kunna ta konsekvensen av sina handlingar för att vara värdig inför Guds ögon.

Han tittade sig beklagande omkring en sista gång. Han skulle sakna gården.

De satt tysta mittemot varandra. Marita hade tagit barnen med sig och gått ner till Västergården för att vänta på Jacob. Utanför kvittrade sommarfåglarna, men inomhus var det stilla. Nedanför yttertrappan stod väskorna kvar. Laine kunde inte åka förrän hon visste att Jacob var oskadd.

"Har du hört något från Linda?" frågade hon med osäker stämma. Rädd att störa den ömtåliga tillfälliga vapenvilan mellan henne och Gabriel.

"Nej, inte ännu."

"Stackars Solveig", sa Gabriel.

Laine tänkte på alla år av utpressning, men höll ändå med. En mor kan inte annat än känna sympati för en annan mor vars barn blivit skadat.

"Tror du att Jacob också …?" Orden stockade sig i halsen på henne.

I en oväntad gest lade Gabriel sin hand ovanpå hennes. "Nej, det tror jag inte. Du hörde vad polisen sa, han är säkert bara någonstans och försöker tänka över allt. Han har ju fått en del att tänka på."

"Ja, han har ju det", sa Laine bittert.

Gabriel sa inget, men höll kvar handen ovanpå hennes. Det kändes förvånansvärt trösterikt och hon insåg med ens att det var första gången på alla år som Gabriel visat henne en sådan ömhet. En varm känsla spred sig i kroppen, men blandades samtidigt med avskedets smärta. Det var inte hennes önskan att lämna honom. Hon hade tagit initiativet för att bespara honom förödmjukelsen att kasta ut henne, men med ens blev hon osäker på om hon gjort rätt. Sedan tog han bort sin hand och stunden var passerad.

"Vet du, så här i efterhand kan jag säga att jag alltid känt att Jacob var mer lik Johannes än mig. Jag såg det som ett hånskratt från ödet. Utåt

293

sett kan det ha verkat som om Ephraim och jag stod närmare varandra än han och Johannes. Far bodde här hos oss, det var jag som fick ärva gården och allt det där. Men det var fel. Att de bråkade så mycket berodde på att de i grunden var så lika. Ibland var det som om Ephraim och Johannes var en och samma person. Och jag stod alltid utanför. Så när Jacob föddes och jag såg så mycket av både min far och min bror i honom, så var det som om det öppnades en möjlighet för mig att komma in i gemenskapen. Om jag kunde knyta min son starkt till mig och lära känna honom utan och innan, så kändes det som om jag samtidigt skulle lära känna Ephraim och Johannes. Jag skulle bli en del av gemenskapen."

"Jag vet", sa Laine mjukt, men det var som om Gabriel inte hörde henne. Han tittade fjärrskådande ut genom fönstret och fortsatte:

"Jag avundades Johannes som verkligen trodde på fars lögn om att vi kunde hela. Tänk vilken styrka det måste ha legat i den tron! Att se sina händer och leva i vetskapen att de var Guds verktyg. Att se människor resa sig och gå, att få blinda att se och veta att man själv har gjort det möjligt. Själv såg jag bara spektaklet. Jag såg min far i kulisserna, styrande, regisserande, och jag avskydde varje minut. Johannes såg bara de sjuka framför honom. Han såg bara sin kanal upp till Gud. Vilken sorg han måste ha känt när den stängdes. Och jag gav honom ingen sympati. Istället var jag överförtjust. Äntligen skulle vi bli vanliga pojkar, Johannes och jag. Äntligen kunde vi bli lika. Men så blev det aldrig. Johannes fortsatte att trollbinda, medan jag, jag ..." Rösten stockade sig.

"Du har allt det där som Johannes hade. Men du vågar inte, Gabriel. Det är skillnaden mellan er två. Men tro mig, det finns där."

För första gången under alla deras år tillsammans såg hon tårar i hans ögon. Inte ens när Jacob var som sjukast hade han vågat släppa efter. Hon tog hans hand och han greppade den hårt.

Gabriel sa: "Jag kan inte lova att jag kan förlåta. Men jag kan lova att försöka."

"Jag, vet. Tro mig Gabriel, jag vet." Hon lade hans hand mot sin kind.

Ericas oro växte för var timme som gick. Oron kändes som en molande smärta i ryggslutet och hon masserade sig frånvarande där med fingertopparna. Hela förmiddagen hade hon försökt ringa Anna, hemma och på mobilen, men hon fick inget svar. Genom nummerbyrån hade hon fått tag på numret till Gustavs mobiltelefon, men han kunde bara berätta att han seglat Anna och barnen till Uddevalla dagen innan och att de hade tagit tåget därifrån. De borde ha anlänt till Stockholm under kvällen. Det retade Erica att han själv inte lät ett dugg orolig. Han kom bara lugnt med en mängd logiska förklaringar, som att de kanske varit trötta och dragit ur jacket, att mobiltelefonen var urladdad eller, han skrattade, kanske hade Anna inte betalt telefonräkningarna. Den kommentaren fick Erica att koka och hon lade helt sonika på luren. Om hon inte hade varit tillräckligt orolig innan, så var hon det nu.

Hon försökte ringa Patrik för att fråga honom till råds, eller åtminstone bli lugnad, men han svarade varken på mobilen eller direktnumret. Hon ringde växeln och Annika sa bara att han var ute på uppdrag och att hon inte visste när han skulle komma tillbaka.

Frenetiskt fortsatte Erica att ringa. Den molande känslan ville inte försvinna. Precis när hon tänkte ge upp svarade någon på Annas mobiltelefon.

"Hallå?" En barnröst. Måste vara Emma, tänkte Erica.

"Hej älskling, det är moster. Du, var är ni någonstans?"

"I Stockholm", läspade Emma. "Har bebisen kommit än?"

Erica log. "Nej, det har den inte. Du, Emma, skulle jag kunna få prata med mamma?"

Emma ignorerade frågan. När hon nu hade haft den otroliga turen att lyckas sno åt sig mammas telefon och dessutom få svara i den, tänkte hon inte lämna den ifrån sig utan vidare.

"Vet du vaaaad?" sa Emma.

"Nej, det vet jag inte", sa Erica, "men älskling, vi får ta det sen, jag skulle jättegärna vilja få prata med mamma nu." Tålamodet började tryta.

"Vet du vaad?" upprepade Emma envist.

"Nej vadå?" suckade Erica trött.

"Vi har flyttat!"

"Ja, jag vet, ni gjorde det för ett tag sen."

"Nej, i dag!" sa Emma triumferande.

"I dag?" sa Erica.

"Ja, vi har flyttat hem till pappa igen", tillkännagav Emma.

Rummet snurrade för Erica. Innan hon hann säga något mer hörde hon:

"Hej då, nu ska jag leka." Sedan hördes bara kopplingstonen.

Med en sjunkande känsla i hjärtat lade Erica ner luren.

Med bestämda knackningar slog Patrik knogarna mot dörren på Väster-gården. Marita öppnade.

"Hej, Marita. Vi har en order om husrannsakan."

"Men ni har ju redan varit här?" sa hon och såg frågande ut.

"Vi har fått fram nya uppgifter. Jag har ett team med mig, men jag har bett dem vänta en bit bort tills du har hunnit ta med dig barnen. Det är onödigt att de ser alla poliserna och blir rädda."

Hon nickade stumt. Oron över Jacob hade gjort slut på all energi och hon orkade inte ens protestera. Hon vände sig om för att gå och hämta barnen, men Patrik avbröt henne med en ny fråga:

"Finns det några fler byggnader på markerna än de som vi ser härom-kring?"

Hon skakade på huvudet. "Nej, de enda som finns är huset, ladan, verktygsskjulet och lekstugan. Det är allt."

Patrik nickade och släppte iväg henne.

En kvart senare var huset tomt. De kunde börja leta. Patrik gav någ-ra korta instruktioner i vardagsrummet.

"Vi har varit här en gång förut utan att hitta något, men den här gång-en ska vi göra det ännu grundligare. Leta överallt och då menar jag verk-ligen överallt. Behöver ni bryta upp plankor i golv eller väggar, så gör ni det. Behöver ni knacka isär möbler så gör ni det, förstått?"

Alla nickade. Stämningen var ödesmättad, men fylld av energi. Patrik hade givit dem en kort genomgång av utvecklingen i fallet, innan de gick in. Nu ville de inget hellre än att komma igång.

Efter att de hållit på en timme utan resultat såg huset ut som en kata-strofzon, allt var upprivet och framdraget. Men inget som kunde leda dem vidare. Patrik hjälpte till i vardagsrummet när Gösta och Ernst klev in genom dörren och storögt tittade sig omkring.

"Vad fan gör ni här inne, egentligen?" sa Ernst.

Patrik ignorerade frågan. "Gick det bra med Kennedy?"

"Jodå, han erkände utan omsvep och sitter bakom galler nu. Jävla snorunge."

Patrik nickade bara stressat.

"Vad är det som har hänt här nu då? Det känns som om vi är de enda som inte vet något. Annika ville inte säga något, utan sa bara att vi skul-le åka till Västergården, så skulle du informera oss."

"Jag hinner inte dra det för er nu", sa Patrik otåligt. "Ni får nöja er tills vidare med att allt pekar på att det är Jacob som har Jenny Möller och

296

vi måste hitta något som visar var han har henne."

"Men då var det alltså inte han som mördade hon tyskan", sa Gösta.
"För det visade ju blodprovet..." Han såg förvirrad ut.

Med stigande irritation sa Patrik: "Jo, det var troligtvis han som mördade Tanja."

"Men vem mördade de andra flickorna då? Han var ju för liten då..."

"Nej, det var inte han. Men vi får ta allt det där sen. Hjälp till nu istället!"

"Vad ska vi leta efter då?" sa Ernst.

"Husrannsakningsordern ligger på köksbordet. Där finns en beskrivning av vilka saker som vi är intresserade av." Sedan vände sig Patrik om och fortsatte undersöka bokhyllan.

Ännu en timme gick utan att de hittade något av intresse och nu började Patrik känna att modet sviktade. Tänk om de inte hittade något. Han hade gått vidare från vardagsrummet och letat i arbetsrummet, utan resultat. Nu ställde han sig med händerna i sidorna, tvingade sig själv att ta några djupa andetag och lät blicken fara runt rummet. Kontoret var litet, men prydligt. Hyllor med papperssamlare och pärmar, ordentligt märkta med etiketter. Inga papper låg löst på den stora gamla sekretären och i lådorna var allt i ordning. Fundersamt lät Patrik blicken vandra tillbaka till sekretären. En rynka hade bildats mellan ögonbrynen. Gammal sekretär. Eftersom han inte missat ett enda avsnitt av "Antikrundan" gick tankarna osökt till lönnfack när han såg den gamla möbeln. Att han inte tänkt på det förut. Han började i den delen som stod ovanpå skrivytan, den delen som hade massor av små lådor. Han drog ut dem en efter en och trevade försiktigt med fingrarna i det hålrum som bildades. När han kom till sista lådan kände han triumferande något. En liten metallsak som stack upp och som gav efter när han tryckte på den. Med ett ploppande ljud gav väggen i hålrummet efter och ett lönnfack blev synligt. Pulsen ökade. Han såg att det låg en gammal anteckningsbok i svart läder inuti. Han drog på sig plasthandskarna han bar med sig i fickan och lyfte försiktigt ut boken. Med stigande fasa läste han innehållet. Nu var det bråttom att hitta Jenny.

Han mindes ett papper som han sett när han letat igenom lådorna i sekretären. Han drog ut rätt låda och hittade det efter lite bläddrande. En landstingslogga i ena hörnet förkunnade vem avsändaren var. Patrik skummade de få raderna och läste det namn som stod längst ner. Sedan tog han sin mobiltelefon och ringde till stationen.

"Annika, det är Patrik. Du, jag vill att du ska kolla en sak åt mig."
Han förklarade kort. "Den du ska prata med är doktor Zoltan Czaba. På
canceravdelningen, ja. Ring tillbaka så fort du vet något."

Dagarna hade sträckt sig oändliga framför dem. Flera gånger om dagen
hade de i hopp om nyheter ringt till polisstationen, men förgäves. När
Jennys ansikte hade kommit på löpsedlarna hade deras mobiler börjat
ringa oupphörligt. Vänner, släktingar och bekanta. Alla var de bestörta,
men försökte mitt i sin egen oro ingjuta hopp i Kerstin och Bo. Flera
hade erbjudit sig att komma till Grebbestad och vara med dem, men de
hade vänligt men bestämt avböjt. Det var som om det då skulle bli för
påtagligt att något var fel. Stannade de bara här i husvagnen och vänta-
de, mittemot varandra vid det lilla bordet, skulle Jenny förr eller senare
kliva in genom dörren och allt skulle återgå till det normala.
    Så där satt de, dag efter dag, inneslutna i sin egen oro. Den här dagen
hade varit om möjligt plågsammare än de tidigare. Hela natten hade
Kerstin haft oroliga drömmar. Svettig hade hon kastat sig av och an i
sömnen, medan bilder som var svåra att tyda flimrade innanför hennes
ögonlock. Hon såg Jenny flera gånger. Som liten mest. Hemma på gräs-
mattan framför huset. Vid en badstrand på en campingplats. Men de bil-
derna avlöstes hela tiden av mörka, konstiga bilder som hon inte kunde
tyda. Det var kallt och det var mörkt och något ruvade i utkanten som
hon aldrig kunde få något grepp om, trots att hon i drömmen sträckte sig
efter skuggan, gång på gång.
    När hon vaknade på morgonen hade hon en sjunkande känsla i brös-
tet. Medan timmarna gick och temperaturen steg inne i den lilla hus-
vagnen, satt hon tyst framför Bo och försökte desperat frammana käns-
lan av Jennys tyngd i sina armar. Men precis som i drömmen var det som
om den låg precis utom hennes räckhåll. Hon mindes känslan, som va-
rit så stark under hela tiden som Jenny varit borta, men hon kunde inte
känna den längre. Sakta kom insikten över henne. Hon höjde blicken
från bordsskivan och tittade på sin make. Sedan sa hon:
    "Hon är borta nu."
    Han ifrågasatte inte det hon sa. Så fort hon sa det kände han inom sig
att det var sant.

Sommaren 2003

Dagarna gick i varandra som i ett töcken. Hon plågades på ett sätt som hon inte trodde var möjligt och kunde inte sluta att banna sig själv. Om hon bara inte hade varit så dum och liftat, så hade det här aldrig hänt. Mamma och pappa hade sagt så många gånger att man inte skulle kliva in i en främmande bil, men hon hade känt sig osårbar.

Det kändes som så länge sedan. Jenny försökte frammana den där känslan igen, för att njuta av den en kort sekund. Den där känslan av att ingenting i världen rådde på henne, att onda saker kunde drabba andra men inte henne. Vad som än hände skulle hon aldrig få tillbaka den känslan.

Hon låg på sidan och krafsade med en utsträckt hand i jorden. Den andra armen var obrukbar och hon tvingade sig själv att röra på den friskare av armarna, för att hålla blodcirkulationen igång. Hon drömde om att hon likt en filmhjältinna skulle kasta sig över honom och övermanna honom när han kom ner till henne, lämna honom medvetslös på golvet och fly ut till det väntande uppbådet, som hade letat efter henne överallt. Men det var en omöjlig, men härlig dröm. Benen dög ju inte ens längre för att gå.

Livet sipprade sakta ur henne och hon fick en bild av hur det rann ner i jorden under henne och gav liv till organismerna där nedanför. Maskar och larver som girigt sög i sig av hennes livsenergi.

När den sista kraften rann ur henne tänkte hon på att hon aldrig skulle få en chans att be om ursäkt för att hon varit så omöjlig de sista veckorna. Hon hoppades att de förstod ändå.

Han hade suttit med henne i famnen hela natten. Hon hade gradvis blivit kallare och kallare. Mörkret omkring dem var kompakt. Han hoppades att hon hade funnit mörkret lika tryggt och trösterikt som han gjorde. Det var som en stor svart filt som omslöt honom.

För en sekund såg han barnen framför sig. Men den bilden påminde honom alltför mycket om verkligheten och han slog bort den.

Johannes hade visat vägen. Han, Johannes och Ephraim. De var en treenighet, det hade han alltid vetat. De delade en gåva som Gabriel aldrig fått ta del av. Därför skulle han aldrig förstå. Han, Johannes och Ephraim. De var unika. De stod närmare Gud än alla andra. De var speciella. Det hade Johannes skrivit i sin bok.

Det var ingen slump att han funnit Johannes svarta anteckningsbok. Något hade styrt honom dit, dragit honom som en magnet mot det som han såg som Johannes arv till honom. Han hade rörts av det offer som Johannes hade varit beredd att göra för att rädda hans liv. Om det var någon som förstod vad Johannes hade velat uppnå, så var det han. Tänk vilken ironi att det visade sig vara i onödan. Det var farfar Ephraim som var den som kommit att rädda honom. Det smärtade honom att Johannes hade misslyckats. Det var synd att flickorna hade behövt dö. Men han hade mer tid på sig än Johannes. Han skulle inte misslyckas. Han skulle försöka gång på gång tills han hittade nyckeln till sitt inre ljus. Det där som farfar Ephraim hade berättat att han också hade, gömt inom sig. Precis som Johannes, hans far.

Beklagande strök han flickans kalla arm. Det var inte det att han inte sörjde hennes död. Men hon var bara en vanlig människa och Gud skulle ge henne en speciell plats för att hon offrade sig för honom, en av Guds utvalda. En tanke slog honom: Det kanske var så att Gud förväntade sig ett visst antal offer innan han tillät Jacob att hitta nyckeln. Kanske det också hade varit så för Johannes. Det var inte en fråga om att de hade misslyckats, det var bara det att deras Herre förväntade sig mer bevis på deras tro innan han visade vägen.

Den tanken fick Jacob att ljusna. Så måste det vara. Han hade själv alltid trott mer på det Gamla testamentets Gud. Den Gud som krävde offer i blod.

En sak gnagde i hans medvetande. Hur förlåtande skulle Gud vara då han inte kunnat stå emot köttets lustar? Johannes hade varit starkare. Han hade aldrig frestats, och det beundrade Jacob honom för. Själv hade han känt den mjuka lena huden mot sin hud och något djupt inom honom hade vaknat. För en kort stund hade djävulen övermannat honom och han hade givit efter. Men han hade ångrat sig så djupt efteråt, att det måste väl ändå Gud ha sett? Han som ju kunde se rakt in i hans hjärta måste kunna se att hans ånger var uppriktig och ge honom syndernas förlåtelse.

Jacob vaggade flickan i famnen. Han strök undan en slinga som fallit ner i ansiktet på henne. Hon var vacker. Så fort han sett henne vid vägen, med tummen utsträckt för att be om lift, hade han vetat att hon var den rätta. Den första hade varit det tecken han hade väntat på. I åratal hade han läst och fascinerats av Johannes ord i boken, och när flickan dök upp vid hans dörr och frågade efter sin mor, samma dag som han själv fått Domen, så visste han att det var ett tecken.

Han hade inte nedslagits av att han inte hittade kraften med hjälp av henne. Johannes hade ju inte lyckats med hennes mor. Det viktiga var att han med henne börjat slå in på den väg som oundvikligen var utstakad för honom. Att följa i sin fars fotspår.

Att lägga dem tillsammans, i Kungsklyftan, hade varit ett sätt att manifestera det för världen. En kungörelse om att han nu fortsatte det som Johannes påbörjat. Han trodde inte att någon annan skulle förstå. Det räckte att Gud förstod och fann det gott.

Om han behövt något slutligt bevis på det, så fick han det i går kväll. Han hade vetat, helt säkert när de började prata om resultatet av blodprovet, att han skulle spärras in som en brottsling. Han hade inte tänkt på att djävulen också hade fått honom att lämna spår på kroppen.

Men han hade skrattat djävulen rakt i ansiktet. Till hans stora förvåning hade poliserna istället meddelat honom att provet frikände honom. Det var det slutliga bevis han behövde för att övertygas om att han var på rätt väg och att inget skulle kunna stoppa honom. Han var speciell. Han var beskyddad. Han var välsignad.

Sakta strök han flickan över håret igen. Han skulle bli tvungen att hitta en ny.

Det tog bara tio minuter, sedan ringde Annika tillbaka igen.

"Det var som du trodde. Jacob har fått cancer igen. Men den här gången är det inte leukemi, utan en stor tumör i hjärnan. Han har fått beskedet att de inget kan göra, det är för långt gånget."

"När fick han det beskedet?"

Annika tittade i anteckningarna hon kastat ner på blocket framför sig. "Samma dag som Tanja försvann."

Tungt satte sig Patrik i soffan i vardagsrummet. Han visste, men hade ändå svårt att tro det. Huset andades sådan frid, sådant lugn. Det fanns inte ett spår av den ondska som han höll beviset för i sina händer. Bara bedräglig normalitet. Blommor i en vas, barnleksaker spridda över rummet, en halvläst bok på soffbordet. Inga dödskallar, inga blodbestänkta kläder, inga svarta brinnande ljus.

Ovanför eldstaden hängde till och med en tavla av Jesus, på väg upp mot himlen efter återuppståndelsen, med en gloria kring huvudet och med bedjande människor på marken nedanför honom, blickande uppåt.

Hur kunde man rättfärdiga de ondaste av handlingar med tanken att man gjorde det med carte blanche från Gud? Fast det kanske inte var så konstigt. Genom tiderna hade miljontals människor mördats i Guds namn. Det var något lockande i den makten, som berusade människan och förvillade henne.

Patrik ryckte upp sig ur sina teologiska funderingar och fann att teamet nu stod och tittade på honom, i väntan på ytterligare instruktioner. Han hade visat dem vad han funnit och var och en kämpade nu inombords för att inte tänka på de fasor som Jenny kanske genomlevde just i detta ögonblick.

Problemet var att de inte hade en aning om var hon befann sig. Under tiden han väntade på att Annika skulle ringa tillbaka, hade de fortsatt ett nu ännu mer febrilt letande i huset, samtidigt som han själv hade ringt upp till herrgården och frågat Marita, Gabriel och Laine om det fanns något ställe där han kunde tänkas finnas. Deras motfrågor hade han bryskt viftat bort. Det fanns inte tid till det just nu.

Han rufsade till håret som redan stod på ända. "Var fan kan han vara? Vi kan ju inte gärna leta igenom hela trakten, centimeter för centimeter. Och han kan lika gärna ha henne i närheten av gården i Bullaren istället, eller någonstans mitt emellan? Vad fan gör vi?" sa han frustrerat.

Martin kände samma maktlöshet och sa ingenting. Patrik hade inte menat det som en fråga. Sedan slogs han av en tanke:

"Det måste vara här kring Västergården någonstans. Tänk på spåren av gödslet. Min gissning är att Jacob har använt samma ställe som Johannes, och vad är då mer logiskt än att det är häromkring någonstans?"

"Du har rätt, men både Marita och hennes svärföräldrar säger att det inte finns några mer hus på markerna. Det kan ju i och för sig vara en grotta eller något sånt, men vet du hur stor markareal familjen Hult äger här? Det är som att leta efter en nål i en höstack!"

"Ja, men Solveig och hennes pojkar då? Har du frågat dem? De bodde ju här förut och känner kanske till något som Marita inte vet om stället?"

"Det var en jävla bra idé. Sitter det inte en telefonlista vid telefonen i köket? Linda har ju sin mobiltelefon med sig, så jag kan förhoppningsvis nå dem direkt via den."

Martin gick och kollade och kom tillbaka med en lista där Lindas namn var prydligt nedtecknat. Otåligt lät Patrik signalerna gå fram. Efter vad som kändes som en evighet svarade Linda.

"Linda, det här är Patrik Hedström. Jag skulle behöva prata med Solveig eller Robert."

"De är inne hos Johan. Han har vaknat!" sa Linda glädjestrålande. Med tungt sinne tänkte Patrik att den glädjen snart skulle vara borta ur hennes röst.

"Hämta någon av dem, det här är viktigt!"

"OK, vem av dem vill du helst prata med?"

Han tänkte efter. Men vem kände området omkring där man bodde bättre än ett barn? Valet var lätt. "Robert."

Han hörde hur hon lade ner telefonen och gick för att hämta honom. Man fick säkert inte ha mobilen med sig in på rummet på grund av risken för att störa utrustningen, hann Patrik tänka innan han hörde Roberts mörka stämma i luren.

"Ja, det är Robert."

"Hej, det är Patrik Hedström. Du, jag undrar om du kan hjälpa oss med en sak. Det är jätteviktigt", skyndade han sig att säga.

"Jaa, OK, vad är det?" sa Robert tveksamt.

"Jag undrar om du känner till några fler byggnader på markerna kring Västergården än de som ligger precis i anslutning till huset? Ja, eller det behöver inte vara en byggnad heller egentligen, mer ett bra ställe att gömma sig på, om du förstår hur jag menar. Men det måste vara ganska stort. Det måste få plats mer än en person."

Han hörde tydligt frågetecknen som hopades i Roberts hjärna, men till Patriks lättnad ifrågasatte han inte skälet till hans frågor. Istället kom det efter en stunds fundering ett dröjande svar:

"Jaa, det enda jag kan komma på i så fall är det gamla bombskyddet. Det ligger en bra bit upp i skogen. Vi brukade leka där när vi var små, Johan och jag."

"Och Jacob", sa Patrik, "kände han till det?"

"Ja, vi gjorde ju misstaget att visa det för honom en gång. Men då sprang han direkt och skvallrade för pappa som kom dit med Jacob och förbjöd oss att vara där. Det var farligt, sa han. Så det var slutet på det roliga. Jacob har alltid varit lite för präktig för sitt eget bästa", sa Robert surt när han mindes barndomens besvikelse. Patrik tänkte att präktig kanske inte var det ord som skulle komma att förknippas med Jacob i fortsättningen.

Han tackade hastigt efter att ha fått en vägbeskrivning och lade på.

"Jag tror jag vet var de finns, Martin. Vi samlar alla ute på gårdsplanen."

Fem minuter senare stod åtta allvarliga poliser i solgasset utanför. Fyra från Tanumshede, fyra från Uddevalla.

"Vi har skäl att tro att Jacob Hult befinner sig en bit upp i skogen här, i ett gammalt bombskydd. Han har troligtvis Jenny Möller där och vi vet inte om hon är död eller levande. Därför måste vi agera som om hon lever och vara ytterst försiktiga hur vi hanterar situationen. Vi gör så att vi rör oss försiktigt fram tills vi hittar skyddet, sedan omringar vi det. Under *tystnad*", sa Patrik skarpt och lät blicken vandra runt men vila lite extra länge på Ernst. "Vi har vapnen framme, men ingen gör något utan en uttrycklig order från mig. Är det klart?"

Alla nickade allvarligt.

"Ambulans är på väg från Uddevalla, men de kommer inte att köra fram med blåljusen på, utan stanna strax innan infarten till Västergården. Ljud färdas långt här i skogarna och vi vill inte att han ska höra att något är i görningen. Så fort vi har situationen under kontroll anropar vi sjukvårdspersonalen."

"Skulle vi inte helst ha någon sjukvårdare med oss fram?" sa en av kollegorna från Uddevalla. "Det kan ju vara bråttom när vi väl hittar henne."

Patrik nickade. "Du har rätt i sak, men vi hinner inte vänta på dem. Just nu är det viktigare att vi snabbt lokaliserar henne, så har sjukvårdspersonalen förhoppningsvis hunnit komma hit under tiden. OK, då rör vi oss framåt."

Robert hade beskrivit var de skulle gå upp i skogen bakom huset, för att hundra meter längre in träffa på den stig som ledde fram till skjulet. Stigen var nästintill osynlig om man inte visste att den fanns där och Patrik höll först på att missa den. Sakta tog de sig fram mot målet och efter någon kilometer tyckte han att han såg något som skymtade genom löven. Utan ett ord vände han sig om och manade fram männen bakom sig. De spred sig under största möjliga tystnad i en ring runt skyddet, men det gick inte att undgå att det prasslade en del. Patrik grinade illa vid varje ljud och hoppades att de tjocka väggarna filtrerade bort alla ljud för Jacob.

Han drog pistolen och såg i ögonvrån att Martin gjorde likadant. På tå tassade de fram och kände försiktigt på dörren. Den var låst. Fan, vad skulle de nu göra? De hade ingen utrustning med sig för att få upp dörren och det enda alternativ som återstod var då att uppmana Jacob att komma ut frivilligt. Med bävan knackade Patrik på dörren och flyttade sig sedan hastigt åt sidan.

"Jacob. Vi vet att du är där inne. Vi skulle vilja att du kom ut!"

Inget svar. Han försökte igen.

"Jacob, jag vet att du inte avsiktligt ville göra flickorna illa. Du gjorde bara vad Johannes gjorde. Kom ut så får vi prata om det."

Han hörde själv hur lamt det lät. Kanske skulle han ha gått någon kurs i gisslanhantering, eller åtminstone haft en psykolog med sig på platsen. Men i brist på det fick det duga med hans egna idéer om hur man pratade ut en psykopat ur ett bombskydd.

Till hans stora förvåning hörde han sekunden efteråt hur låset klickade till. Sakta öppnades dörren. Martin och Patrik, som stod på var sin sida av dörren, utbytte ett ögonkast. Båda höll upp pistolen framför ansiktet och spände kroppen för att vara redo. Jacob klev ut genom dörren. I famnen bar han Jenny. Det var ingen tvekan om att hon var död och Patrik kunde nästan känna hur besvikelsen och sorgen svepte genom hjärtat på polismännen, som nu stod fullt synliga med vapnen riktade mot Jacob.

Han ignorerade dem. Istället riktade han blicken uppåt och talade rakt ut i luften.

"Jag förstår inte. Jag är ju utvald. Du skulle beskydda mig." Han såg lika förvirrad ut som om världen precis vänts upp och ner. "Varför räddade Du mig i går om jag inte är i Din nåd i dag?"

Patrik och Martin tittade på varandra. Jacob verkade vara fullkomligt borta. Men det gjorde honom bara farligare. Det fanns inget sätt att räkna ut vad han skulle göra. De höll pistolerna stadigt riktade mot honom.

"Lägg ner flickan", sa Patrik.

Jacob höll fortfarande blicken mot himlen och pratade med sin osynlige Gud.

"Jag vet att Du skulle ha låtit mig få gåvan, men jag behöver mer tid. Varför vänder Du dig ifrån mig nu?"

"Lägg ner flickan och sträck upp händerna!" sa Patrik med mer skärpa i rösten. Fortfarande ingen reaktion från Jacob. Han höll flickan i sina armar och såg inte ut att ha några vapen på sig. Patrik funderade på om han skulle tackla ner honom för att bryta dödläget. Det fanns ju ingen anledning att oroa sig för om flickan skulle skadas. För det var det för sent.

Han hann inte mer än tänka tanken förrän en lång figur kom flygande från vänster, snett bakom Patrik. Han blev så överrumplad att fingret darrade till på avtryckaren och han var nära att sätta en kula i antingen Jacob eller Martin. Han såg med förfäran hur Ernst flög med sin långa kroppshydda genom luften, rakt på Jacob som föll i backen med en duns. Jenny föll ur hans armar och landade precis framför honom, med ett otäckt dött ljud, som en säck mjöl som slängdes ner på marken.

Med ett triumferande ansiktsuttryck bände Ernst upp Jacobs armar bakom ryggen på honom. Han gjorde inget motstånd, men hade fortfarande samma förvånade uttryck i ansiktet.

"Så där ja", sa Ernst och tittade upp för att möta folkets jubel. Alla stod fastfrusna och när Ernst såg det mörka molnet som tornade upp sig framför Patriks ansikte insåg han att han nog än en gång inte handlat särskilt övertänkt.

Patrik skakade fortfarande efter att ha varit så nära att skjuta Martin och fick lägga band på sig för att inte placera händerna runt Ernsts smala nacke och strypa honom långsamt. Det där fick de ta sedan. Nu var det viktigaste att ta hand om Jacob.

Gösta tog upp ett par handbojor och gick fram till Jacob och fäste dem runt hans handleder. Tillsammans med Martin hjälpte han bryskt Jacob upp på fötter och tittade sedan frågande på Patrik, som vände sig till två av poliserna från Uddevalla.

"Ta honom tillbaka till Västergården. Jag kommer strax. Se till att ambulanspersonalen hittar hit också och säg till dem att ta med en bår."

De började gå med Jacob, men Patrik hejdade dem. "Vänta förresten, jag vill bara titta honom i ögonen. Jag vill se hur någon som kan göra det här ser ut i ögonen." Han nickade med huvudet mot Jennys livlösa kropp.

Jacob mötte hans blick utan ånger, men fortfarande med samma förvirrade uttryck. Han tittade på Patrik och sa: "Är det inte märkligt? Att Gud gör ett mirakel i går kväll för att rädda mig, men bara låter er ta mig i dag?"

Patrik försökte se i hans ögon om han menade allvar, eller om allt detta var ett spel för att försöka rädda sig undan konsekvenserna av sitt eget handlande. Blicken som mötte honom var blank som en spegel och han insåg att han tittade rakt in i galenskapen. Trött sa han:

"Det var inte Gud. Det var Ephraim. Du klarade dig vid blodprovet eftersom Ephraim donerade sin benmärg till dig när du var sjuk. Det innebar att du fick hans blod och hans DNA i ditt blod. Därför stämde inte ditt blodprov med DNA-provet vi tog på de ... rester ... du lämnade på Tanja. Vi förstod det först när experterna på labbet kartlade era inbördes relationer och ditt blod visade att du märkligt nog var far till Johannes och Gabriel."

Jacob nickade bara. Sedan sa han milt: "Men är inte det ett mirakel, så säg?" Sedan fördes han bort genom skogen.

Martin, Gösta och Patrik stod kvar vid Jennys kropp. Ernst hade hastigt lommat iväg tillsammans med poliserna från Uddevalla och skulle nog se till att hålla sig osynlig den närmaste tiden.

Alla tre önskade de att de haft en jacka att skyla henne med. Hennes nakenhet var så utlämnande, så förnedrande. De såg skadorna på hennes kropp. Skadorna som var identiska med de som Tanja haft. Troligtvis samma som Siv och Mona också hade när de dog.

Johannes hade trots sin impulsiva läggning varit en metodisk man. Hans anteckningsbok hade visat hur han noggrant tecknade ner de skador han tillfogade sina offer, för att sedan försöka hela dem. Han lade upp det som en vetenskapsman. Samma skador på båda, samma ordning. Kanske för att inför sig själv ge det hela ett sken av att vara just ett vetenskapligt experiment. Ett experiment där de var olycksaliga, men nödvändiga offer. Nödvändiga för att Gud skulle ge honom tillbaka gåvan att hela som han haft som ung. Den gåva han saknat hela sitt vuxna liv och som blev så akut nödvändig att återuppliva när hans förstfödde son Jacob blev sjuk.

Det var ett olyckligt arv som Ephraim givit sin son och sin sonson. Jacobs fantasi hade också satts i rörelse av Ephraims berättelser om Gabriels och Johannes helande under deras barnaår. Att Ephraim för effektens skull lagt till att han såg gåvan även i sonsonen hade fött idéer som under åren fått näring av sjukdomen han var så nära att dö av. Sedan hittade han Johannes anteckningsböcker någon gång och att döma av hur sönderbläddrade sidorna var, hade han återvänt till dem gång på gång. Det olyckliga sammanträffandet att Tanja dök upp på Västergården och frågade efter sin mor, samma dag som Jacob fick sin dödsdom, hade slutligen resulterat i att de nu stod och såg på en död flicka.

När Jacob tappade henne hade hon fallit på sidan och det såg nästan ut som om hon kurade ihop sig i fosterställning. Förvånat såg Martin och Patrik hur Gösta knäppte upp sin kortärmade skjorta. Han exponerade en kritvit, hårlös bringa och utan ett ord bredde han skjortan över Jenny och försökte dölja så mycket som möjligt av hennes nakenhet.

"Man ska inte stå här och glo på jäntan, när hon inte har en tråd på kroppen", sa han grymtande och lade armarna i kors över bröstet för att skydda sig mot den råa fuktighet som bildats av trädens skugga.

Patrik satte sig ner på knä och tog spontant hennes kalla hand i sin. Hon dog ensam, men hon skulle inte behöva vänta ensam.

Ett par dagar senare hade det största tumultet lagt sig. Patrik satt framför Mellberg och ville bara ha det överstökat. Chefen hade begärt en full genomgång av fallet och även om Patrik visste att motivet var att Mellberg i åratal skulle kunna dra skrönor om sin medverkan i fallet Hult, så var det inget som berörde honom nämnvärt. Efter att personligen ha lämnat dödsbudet till Jennys föräldrar hade han svårt att se varken ära eller berömmelse i samband med utredningen och överlämnade med varm hand den biten till Mellberg.

"Men jag fattar fortfarande inte det där med blodet", sa Mellberg.

Patrik suckade och förklarade för tredje gången, denna gång ännu långsammare:

"Jacob fick en benmärgsdonation av sin farfar Ephraim när han var sjuk i leukemi. Det innebar att det blod som producerades i Jacob efter donationen hade samma DNA som donatorn, det vill säga Ephraim. Med andra ord hade Jacob därefter två personers DNA i sin kropp. Sin farfars DNA i blodet och sin egen i övriga delar av kroppen. Därför fick vi fram Ephraims DNA-profil när vi analyserade Jacobs blodprov. Eftersom det DNA som Jacob lämnat på sitt offer var i form av sperma, så hade det provet hans ursprungliga DNA-profil. Alltså stämde profilerna inte överens. Enligt SKL är den statistiska sannolikheten för att något sådant här skulle kunna inträffa så liten att det nästan är omöjligt. Men bara nästan ..."

Mellberg verkade äntligen ha förstått resonemanget. Han skakade förundrat på huvudet. "Vilken jävla science fiction. Ja, mycket ska man höra, Hedström. Ja, jag måste säga att vi gjorde ett jädrans bra jobb med det här fallet. Polischefen i Göteborg ringde upp mig personligen i går och tackade för vår utmärkta hantering av det här fallet, och jag kunde ju inte annat än instämma."

Patrik hade svårt att se det utmärkta i det hela, då de inte lyckats rädda flickan, men valde att inte kommentera. Vissa saker var som de var och det var liksom inte så mycket att göra åt det.

De senaste dagarna hade varit tunga. Det hade på sätt och vis varit ett sorgearbete. Han hade fortsatt att sova dåligt, plågad av bilder som frammanats av skisserna och anteckningarna i Johannes bok. Erica hade oroligt cirklat runt honom och han hade känt hur hon också låg och vred sig av och an bredvid honom på nätterna. Men på något sätt hade han inte orkat att sträcka sig mot henne. Han var tvungen att arbeta sig igenom det här själv.

Inte ens barnets rörelser i magen hade lyckats väcka den välbefinnandekänsla de alltid ingivit honom tidigare. Det var som om han plötsligt blivit påmind om hur farlig världen var där ute och hur onda eller galna människor kunde vara. Hur skulle han kunna skydda ett barn mot allt det? Resultatet blev att han drog sig undan Erica och barnet. Undan risken att en gång få uppleva den smärta han sett i Bo och Kerstin Möllers ansikten, när han stod framför dem och med gråten i halsen meddelade dem att Jenny tyvärr var död. Hur kunde en människa överleva en sådan smärta?

I de mörkare stunderna på nätterna hade han till och med övervägt att fly. Att bara ta sitt pick och pack och dra. Bort från ansvaret och förpliktelsen. Bort från risken att kärleken till barnet blev till ett vapen som pressades mot tinningen och långsamt trycktes av. Han, den som alltid varit plikttrogenheten personifierad, övervägde på allvar för första gången i sitt liv att ta den fega vägen ut. Samtidigt visste han att Erica nu behövde hans stöd mer än någonsin. Att Anna hade flyttat tillbaka till Lucas med barnen hade gjort henne förtvivlad. Han visste det, men förmådde ändå inte sträcka sig mot henne.

Framför honom fortsatte Mellbergs mun att röra sig. "Ja, jag ser inget skäl till varför vi inte skulle kunna få en ökning av våra anslag i nästa budgetprocess, med tanke på den goodwill som vi har fått ..."

Bla, bla, bla, tänkte Patrik. Ord som vällde ut fulla av meningslöshet. Pengar och ära och mer anslag och beröm från överordnade. Meningslösa mått på framgång. Han fick en impuls att ta sin kaffekopp och långsamt hälla det heta kaffet över Mellbergs fågelbo. Bara för att få tyst på honom.

"Ja, och din insats ska självklart uppmärksammas", sa Mellberg. "Ja, jag sa faktiskt till polischefen att jag har haft ett fantastiskt stöd i utredningen av dig. Men påminn mig inte om att jag har sagt det när det är dags för lönesamtalet", skrockade Mellberg och blinkade åt Patrik. "Det enda som bekymrar mig är den delen som rör Johannes Hults död. Ni har fortfarande inte någon aning om vem det var som mördade honom?"

Patrik skakade på huvudet. De hade talat med Jacob om det, men han verkade uppriktigt vara lika ovetande som de var. Mordet låg fortfarande märkt som olöst och verkade så förbli.

"Ja, det vore ju lite grädde på moset om ni kunde sy ihop den biten också. Skadar ju inte att få en liten guldstjärna bredvid sitt stora A, eller hur?" sa Mellberg. Sedan anlade han en allvarlig min igen. "Och jag har självklart noterat er kritik av Ernsts agerande, men med tanke på hans många år inom kåren så tycker jag att vi visar oss storsinta och drar ett streck över den lilla incidenten. Jag menar, allt gick ju bra trots allt."

Patrik mindes känslan av fingret som darrade till mot avtryckaren med Martin och Jacob i skottlinjen. Nu började handen som höll kaffekoppen att skaka. Som av egen vilja började den lyfta koppen och långsamt föra den uppåt, i riktning mot Mellbergs täckta skult. Den stannade mitt i rörelsen när en knackning hördes på dörren. Det var Annika.

"Patrik, det är telefon till dig."

"Ser du inte att vi är upptagna", fräste Mellberg.

"Jag tror faktiskt att han vill ta det här samtalet", sa hon och gav Patrik en menande blick.

Han tittade undrande på henne men hon vägrade säga något. När de kom till hennes rum, pekade hon på telefonluren som låg på skrivbordet och gick diskret ut i korridoren.

"Varför i helvete har du inte på mobilen!"

Han tittade på telefonen som hängde i ett fodral vid midjan och insåg att den laddat ur och var helt död.

"Den är urladdad. Hurså?" Han förstod inte varför Erica blev så upprörd över det. Hon kunde ju nå honom via växeln.

"För att det har börjat nu! Och du svarade inte på din fasta telefon och sen svarade du inte på mobilen heller och då …"

Han avbröt henne förvirrat. "Vadå börjat? Vad är det som har börjat?"

"Förlossningen, din idiot. Värkarna har börjat och vattnet har gått! Du måste hämta mig, vi måste åka nu!"

"Men det ska ju inte komma förrän om tre veckor?" Han kände sig fortfarande förvirrad.

"Bebisen vet uppenbarligen inte det, den kommer nu!" Sedan hördes bara en kopplingston.

Patrik stod som fastfrusen med luren i handen. Ett fånigt leende hade börjat spela på läpparna. Hans barn var på väg. Hans och Ericas barn.

På darrande ben sprang han ut till bilen och ryckte konfunderat ett par gånger i dörrhandtaget. Någon knackade honom på axeln. Bakom honom stod Annika med bilnycklarna dinglande i handen.

"Det går nog snabbare om du låser upp bilen först."

Han ryckte nycklarna ur hennes hand och efter en hastig vinkning tryckte han gaspedalen i botten och körde mot Fjällbacka. Annika tittade på de svarta däckränderna han efterlämnat i asfalten och gick skrattande tillbaka till sin plats i receptionen.

Augusti 1979

Ephraim var bekymrad. Gabriel fortsatte att envist hävda att det var Johannes han såg med den försvunna flickan. Han vägrade tro det, men samtidigt visste han att Gabriel var den siste som skulle ljuga. För honom var sanning och ordning och reda viktigare än hans egen bror, och det var därför som Ephraim hade så svårt att slå bort det. Den tanke han hängde sig fast vid var att Gabriel helt enkelt sett fel. Att skymningsljuset fått hans ögon att bedra sig och att han lurats av skuggbildning eller något sådant. Han hörde själv hur långsökt det lät. Men han kände också Johannes. Hans sorglöse, ansvarslöse son som lekte sig igenom livet. Inte skulle han vara kapabel att ta livet av någon?

Stödd på sin käpp gick han vägen bort till Västergården från herrgården. Han behövde egentligen ingen käpp, hans fysik var lika god som en tjugoårings, i hans eget tycke, men han tyckte att det såg stiligt ut. Käpp och hatt gav honom ett utseende som anstod en godsägare och han använde det så ofta han kunde.

Det plågade honom att Gabriel för vart år ökade avståndet dem emellan. Han visste att Gabriel trodde att han favoriserade Johannes och för att vara ärlig så kanske han gjorde det. Det var bara det att Johannes var så mycket lättare att ha att göra med. Hans charm och hans öppenhet gjorde att man kunde behandla honom med ett milt överseende, vilket fick Ephraim att känna sig som en patriark i ordets rätta bemärkelse. Johannes var någon som han barskt kunde tillrättavisa, någon som fick honom att känna att han behövdes, om inte annat för att hålla sonens fötter kvar på jorden med alla kvinnfolk som jämt rände efter honom. Med Gabriel var det annorlunda. Han tittade alltid på honom med ett förakt som fick Ephraim att behandla honom med något slags kylig överlägsenhet. Han visste att felet i mångt och mycket var hans eget. Medan Johannes hade studsat av glädje varje gång han höll en ny gudstjänst där pojkarna fick komma till nytta, hade Gabriel krympt och förtvinat. Ephraim såg det och det var ett ansvar han tog på sig, men han hade ju gjort det för deras bästa. När Ragnhild dog hade de bara haft hans svada och hans charm att förlita sig på för att få mat på bordet och kläder på kroppen. Det var en lycklig slump att han visade sig vara en sådan naturbegåvning att det slutade med att den där tokiga änkan Dybling testamenterat honom sin gård och sin för-

mögenhet. Nog borde väl Gabriel ändå se lite mer till resultatet, istället för att ständigt plåga honom med sina förebråelser om sin "hemska" barndom. Sanningen var den att hade han inte fått snilledraget att använda pojkarna i sina gudstjänster hade de inte haft allt det de hade i dag. Ingen hade kunnat motstå de två förtjusande små pojkarna som genom Guds försyn fått gåvan att hela de sjuka och lytta. Tillsammans med den karisma och talets gåva som han själv besatt, hade de varit oslagbara. Han visste att han fortfarande var en legendarisk predikant inom frikyrkovärlden och det roade honom omåttligt. Han älskade också det faktum att han i folkmun fått smek- eller öknamnet, vilket man nu ville, Predikanten.

Det hade dock förvånat honom att se den bedrövelse med vilken Johannes hade mottagit nyheten att han nu växt ifrån sin gåva. För Ephraim hade det varit ett lättvindigt sätt att avsluta bedrägeriet och för Gabriel hade det också kommit som en stor lättnad. Men Johannes hade sörjt. Ephraim hade alltid tänkt berätta för dem att allt var ett påhitt från hans sida och att de människor de "helade" var fullt friska människor som han givit en slant för att de skulle spela med i spektaklet. Men allt eftersom åren gick hade han börjat tveka. Ibland hade Johannes verkat så skör. Därför var Ephraim så bekymrad över allt detta med polisen och deras förhör av Johannes. Han var bräckligare än han verkade och Ephraim var inte säker på hur det skulle påverka honom. Därför hade han fått ingivelsen att ta sig en promenad bort till Västergården och prata bort en stund med sonen. Känna av lite hur han verkade hantera allt.

Ett leende for över Ephraims läppar. Jacob hade kommit hem från sjukhuset en vecka tidigare och tillbringade timmar uppe i hans rum. Han älskade sin sonson. Han hade räddat livet på honom, vilket för evigt förenade dem med ett särskilt band. Däremot var han inte så lättlurad som de trodde. Det var möjligt att Gabriel trodde att Jacob var hans son, men han, Ephraim, hade nog sett vad det var som pågått. Nog var Jacob son till Johannes, det såg han i Johannes ögon. Nåja, det där var inget han lade sig i. Men pojken var hans glädje på äldre dar. Visst tyckte han även om Robert och Johan, men de var ännu så små. Det han tyckte mest om hos Jacob var att höra hans kloka funderingar och framförallt, att han lyssnade med sådan iver på Ephraims historier. Jacob älskade att höra historierna om när Gabriel och Johannes var små och de reste runt med honom. "Helarhistorierna" kallade han dem. "Farfar, berätta helarhistorierna", sa han varje gång han kom upp och hälsade på, och Ephraim hade inget emot att uppleva de tiderna igen. För roligt hade han haft. Och inte skadade det heller pojken att han broderade ut historierna lite extra. Han hade gjort det till en vana att avsluta berättelserna med en dramatisk konstpaus och sedan peka med ett knotigt finger på Jacobs bröstkorg och säga: "Och du Jacob, du har också gåvan inom dig. Någonstans, djupt där inne, väntar den på att lockas fram." Pojken brukade sitta vid hans fötter med uppspärrade ögon och vidöppen mun, och Ephraim älskade att se hans fascination.

Han knackade på dörren till huset. Inget svar. Allt var stilla och det verkade inte som om Solveig och pojkarna var hemma heller. Pojkarna brukade höras på flera kilometers avstånd. Ett ljud hördes från ladan och han gick dit och tittade. Johannes stod och gjorde något med skördetröskan och märkte inte att Ephraim kom in förrän han stod precis bakom honom. Han hoppade till.

"Mycket att göra, ser jag?"

"Jo, det är lite att pyssla med på gården."

"Jag hörde att du varit inne hos polisen igen", sa Ephraim som hade för vana att gå rakt på sak.

"Ja", sa Johannes kort.

"Vad ville de veta nu då?"

"Det var mer frågor om Gabriels vittnesmål, självklart." Johannes höll sig sysselsatt med skördetröskan och tittade inte på Ephraim.

"Du vet att Gabriel inte menar att skada dig."

"Nej, jag vet. Han är som han är. Men resultatet är ändå detsamma."

"Sant, sant." Ephraim stod och vägde på hälarna, osäker på hur han skulle fortsätta.

"Härligt att se unge Jacob på benen igen, inte sant", sa han, i jakten på ett neutralt samtalsämne. Ett leende sprack upp i Johannes ansikte.

"Det är underbart. Det är som om han aldrig varit sjuk." Han ställde sig upp och tittade sin far i ögonen. "Jag kommer att vara dig evigt tacksam för det, far."

Ephraim nickade bara och strök sig nöjt över mustaschen. Johannes fortsatte försiktigt:

"Far, om inte du hade kunnat rädda Jacob. Tror du att…" Han tvekade, men fortsatte sedan bestämt, som för att inte hinna ångra sig. "Tror du att jag hade kunnat hitta gåvan igen då? För att kunna hela Jacob, menar jag?"

Frågan fick Ephraim att backa av förvåning och han insåg med förskräckelse att han skapat en större illusion än han önskat. Hans ånger och skuld tände en gnista av ilska som försvar och han for hätskt ut mot Johannes.

"Hur dum är du egentligen, pojk! Jag trodde att du förr eller senare skulle bli tillräckligt vuxen för att inse sanningen utan att jag skulle behöva skriva den på näsan på dig! Inget av det där var på riktigt! Ingen av dem du och Gabriel 'helade'", han gjorde citationstecken med fingrarna, "var sjuka på riktigt. De fick betalt! Av mig!" Han skrek ut orden och små spottpartiklar följde med ut i luften. För en sekund undrade han vad det var han hade gjort. All färg hade försvunnit från Johannes ansikte. Han vacklade fram och tillbaka som en drucken och för ett kort ögonblick undrade Ephraim om sonen höll på att få en attack av något slag. Sedan viskade Johannes, så tyst att det knappt hördes: "Då dödade jag flickorna i onödan."

All ångest, all skuld, all ånger exploderade inom Ephraim och drog in honom i ett mörkt, svart hål, där han bara var tvungen att få ut smärtan i insikten på något sätt. Hans knytnäve for ut och träffade Johannes haka med full kraft. I slow motion såg han hur Johannes med ett förvånat uttryck föll bakåt, mot skördetröskans metall. Ett stumt ljud ekade i ladan när Johannes bakhuvud mötte den hårda ytan. Förfärad stod Ephraim och tittade på Johannes som låg livlös på marken. Han gick ner på knä och försökte desperat känna efter en puls. Ingenting. Han lade örat mot sonens mun och hoppades höra ens det svagaste ljud från ett andetag. Fortfarande ingenting. Sakta insåg han att Johannes var död. Fallen för sin egen fars hand.

Hans första impuls hade varit att springa och ringa efter hjälp. Sedan tog överlevnadsinstinkten vid. Och var det något som Ephraim Hult var, så var det en överlevare. Om han kallade på hjälp skulle han bli tvungen att förklara varför han slog Johannes, och det fick inte till något pris komma fram. Flickorna var döda och det var även Johannes. På något bibliskt sätt hade rättvisa skipats. Själv hade han ingen önskan att tillbringa sina sista dagar i fängelse. Det skulle vara straff nog att leva resten av sitt liv med vetskapen att han dödat Johannes. Beslutsamt började han förbereda arbetet med att dölja sitt brott. Han hade tack och lov en del tjänster att kräva in.

Han fann sig trivas rätt bra med sitt liv. Läkarna hade givit honom max ett halvår till, och han fick åtminstone tillbringa de månaderna i lugn och ro. Visst saknade han Marita och barnen, men de fick komma och hälsa på varje vecka och tiden där emellan tillbringade han med att be. Han hade redan förlåtit Gud för att Han övergivit honom i sista stund. Även Jesus hade stått i trädgården i Getsemane och ropat mot himlen och frågat sin far varför han övergivit honom, kvällen innan Gud offrade sin ende son. Om Jesus kunde förlåta, så kunde även Jacob.

Trädgården på sjukhuset var det ställe där han tillbringade det mesta av sin tid. Han visste att de andra fångarna undvek honom. De var alla dömda för något, de flesta för mord, men av någon anledning trodde de andra att han var farlig. De förstod inte. Han hade inte njutit av att döda flickorna och inte gjort det för sin egen skull. Han gjorde det för att det var hans plikt. Ephraim hade förklarat att han, liksom Johannes, var speciell. Utvald. Det var hans skyldighet att förvalta arvet och inte låta sig själv tyna bort i en sjukdom som envist försökte utrota honom.

Och han skulle inte ge upp än. Kunde inte ge upp. De sista veckorna hade han kommit till insikt om att sättet han och Johannes gått till väga kanske var fel. De hade försökt finna ett praktiskt sätt att få tillbaka gåvan, men det kanske inte var så det var menat. Kanske skulle de ha börjat med att söka inåt istället. Bönerna och stillheten här hade hjälpt honom att fokusera. Gradvis hade han blivit bättre och bättre på att uppnå det meditativa tillstånd där han kände att han närmade sig Guds ursprungliga plan. Han kände hur energin började fylla honom. Vid de tillfällena pirrade hela han av förväntan. Snart skulle han kunna börja skörda frukten av sin nyfunna kunskap. Visst beklagade han då ännu mer att liv spillts i onödan, men det pågick ett krig mellan ont och gott och flickorna var ur det perspektivet nödvändiga offer.

Eftermiddagssolen värmde honom där han satt på parkbänken. Dagens bönestund hade varit extra kraftfull och han kände det som om han själv strålade ikapp med solen. När han tittade på sin hand såg han en tunn strimma av ljus som omgav den. Jacob log. Det hade börjat.

Bredvid bänken fick han syn på en duva. Den låg på sidan och naturen hade redan börjat återta den och förvandla den till mull. Stel och smutsig låg den med ögon som fått dödens vita hinna. Spänt lutade han sig fram och studerade den. Det var ett tecken.

Jacob reste sig från bänken och satte sig på huk bredvid duvan. Ömt studerade han den. Hans hand glödde nu som om en eld brann inuti hans leder. Darrande förde han sin högra hands pekfinger fram mot duvan och lät den vila lätt mot den tilltufsade fjäderskruden. Ingenting hände. Besvikelsen hotade att välla in över honom, men han tvingade sig att stanna på den plats dit bönerna brukade föra honom. Efter en stund riste duvan till. En skakning i ett av duvans stela ben kom härnäst. Sedan hände allt på en gång. Den återfick lystern i fjädrarna, den vita hinnan över ögonen försvann, den ställde sig upp på benen och med ett kraftigt vingslag tog den sig upp mot himlen. Jacob log belåtet.

Vid ett fönster som vette mot trädgården stod doktor Stig Holbrand och betraktade Jacob tillsammans med Fredrik Nydin, en AT-läkare som gjorde en del av sin praktik på rättspsyk.

"Det där är Jacob Hult. Han är lite av ett specialfall här. Han torterade två flickor för att försöka hela dem. De dog av skadorna och han är dömd för mord. Men han klarade inte den rättspsykiatriska undersökningen och dessutom har han en hjärntumör som inte är behandlingsbar."

"Hur länge har han kvar?" sa AT-läkaren. Han såg det tragiska i det hela, men kunde samtidigt inte låta bli att tycka att det var ofantligt spännande.

"Sex månader ungefär. Han påstår att han själv kommer att kunna hela sig och tillbringar större delen av dagarna med att meditera. Vi låter honom hållas. Han gör ju inte någon annan förnär."

"Men vad är det han gör nu?"

"Ja, därmed inte sagt att han inte uppför sig underligt ibland." Doktor Holbrand kisade ut genom rutan och skuggade ögonen med handen för att se bättre. "Jag tror han står och kastar upp en duva i luften. Nåja, den stackarn var ju åtminstone redan död", sa han torrt.

De gick vidare till nästa patient.

Tack

Främst vill jag även denna gång tacka min man Micke, som sin vana trogen alltid sätter mitt skrivande först och ständigt är min främste supporter. Utan dig hade det varit omöjligt att klara av både bebis och författande.

Stort tack också till min agent Mikael Nordin, samt Bengt och Jenny Nordin på Bengt Nordin Agency, som oförtrutet arbetat, och arbetar, för att få ut mina böcker till en bredare publik.

Poliserna på Tanumshede polisstation och dess chef Folke Åsberg förtjänar ett särskilt omnämnande, då de inte bara tagit sig tid att läsa materialet och komma med synpunkter utan även tagit det med jämnmod att jag placerat ett par synnerligen inkompetenta poliser på deras arbetsplats. Verkligheten liknar i detta fall inte dikten!

En person som varit ovärderlig under arbetet med "Predikanten" är min redaktör och förläggare Karin Linge Nordh, som med större noggrannhet än jag någonsin kunnat uppamma nagelfarit manuskriptet och kommit med vettiga synpunkter. Hon har även lärt mig det ovärderliga uttrycket "when in doubt – delete". Jag har överhuvudtaget fått ett mycket gott mottagande av mitt nya förlag, Forum.

Personer som har varit ett stort stöd för mig under arbetet med denna bok, liksom med den förra, är Gunilla Sandin och Ingrid Kampås. Några som villigt läst och kommenterat manuset är Martin och Helena Persson, svärmor, Gunnel Läckberg, och Åsa Bohman.

Slutligen vill jag även rikta ett särskilt tack till Berith och Anders Torevi, som inte bara har marknadsfört "Isprinsessan" på ett hjärtligt sätt utan även tagit sig tid att läsa och kommentera manuset till "Predikanten".

Samtliga personer och händelser är uppdiktade. Fjällbacka med omnejd är sig dock likt, även om jag emellanåt tagit mig vissa friheter även vad gäller platser.

Enskede 11 februari 2004

Camilla Läckberg-Eriksson

www.camillalackberg.com

Fastnade den här boken?

Då vill vi tipsa dig om de här också:

☞

NYHETSBREV FRÅN MÅNPOCKET

Prenumerera på vårt nyhetsbrev via e-post. I det får du läsa om våra åtta nya titlar varje månad, aktuella händelser och tävlingar.

Tjänsten är kostnadsfri och du kan när du vill avsluta din prenumeration. Anmäler dig gör du endera på vår hemsida eller via sms.

☞ ANMÄLA PÅ HEMSIDAN

Gå in på **www.manpocket.se** och välj
Nyhetsbrev/Anmäla i menyn. Följ sedan anvisningarna.

☞ ANMÄLA VIA SMS

Skicka ett **sms** till nummer 72580 (kostnad: 5 kronor + trafikavgift).
Skriv:
månpocket (mellanslag) nyhetsbrev (mellanslag) din mejladress.

Exempel: månpocket nyhetsbrev kalle.larsson@mejl.se

• För att underlätta god service och korrekt administration av dina mobila tjänster används modern informationsteknik inom Bonnier AB, som äger Månpocket. Läs mer om detta på www.manpocket.se.